Herrmann Josef Landau

Stammbuchblätter:

Erinnerungen aus meinem Leben

Herrmann Josef Landau

Stammbuchblätter:
Erinnerungen aus meinem Leben

ISBN/EAN: 9783743620667

Hergestellt in Europa, USA, Kanada, Australien, Japan

Cover: Foto ©Raphael Reischuk / pixelio.de

Manufactured and distributed by brebook publishing software (www.brebook.com)

Herrmann Josef Landau

Stammbuchblätter:

Stammbuchblätter.

Erinnerungen aus meinem Leben

von

Herrm. Josef Landau.

Motto:
Die Erinnerung ist das einzige Paradies, aus dem wir nicht getrieben
werden können.

J. P. Richter.

(Als Manuscript gedruckt.)

Prag 1875.

Druck : Dr. J. N. Vidl & Co. — Selbstverlag.

Meinem Freunde

HANS HAMPEL

Componist .

Der Verfasser.

Einleitung.

Die Idee der sogenannten „Stammbücher", die in der Gegenwart immer seltener, ja bald gar nicht gefunden werden dürften, scheint in Deutschland ihren Ursprung zu haben. Schon in ganz alten Zeiten, vor vielen Jahrhunderten, wurden dergleichen Bücher von Gelehrten und Reisenden gehalten, um sich von Zeit zu Zeit an ihre gemachten Bekanntschaften und die damit verbundenen oder dadurch entstandenen Erlebnisse und Begebnisse zu erinnern. — Unsere Vorfahren im 16. und 17. Jahrhundert hinterließen ein solches Buch ihren Kindern als ein theures Erbtheil und man hat dergleichen, worin sich die ersten Staatsmänner und Helden verewigt haben; daher wahrscheinlich kommt der sonst nicht leicht erklärliche Name „Stammbuch", denn es bildete ein Buch, das im Stamme, in der Familie blieb.

Erst in neuerer Zeit haben die Deutschen, die aus dem Französischen stammende Bezeichnung „Album", statt Stammbuch gewählt, welcher Name nunmehr festgehalten wurde, was auch seiner Bestimmung gemäß bezeichnender ist, denn es besteht aus weißen Blättern, die auf die Handschrift dessen harren, von dem wir eine Zeile für die ganze Lebenszeit bewahren wollen. — Nenne man es jedoch wie man wolle, immer ist die Sitte unserer Ur= und Urväter schön gewesen und verdient heute noch beibehalten zu werden, wenn es sich auch gewissermaßen vom sogenannten „Stamm" zum „Album" modernisirte, es bleibt doch immer ein „Stamm", dessen mehr oder weniger zahlreiche „Blätter" hie und da unsere Augen erfreuen, unser Herz erquicken, unsern Geist beleben und das oft schon längst Vergangene uns in frischer Erinnerung erhalten, ja oft das bereits vom Zahne der Zeit Berührte, vom Einfluß der wechselnden Atmosphäre Vergilbte neu beleben und uns in seiner frühern Frische ins Gedächtniß rufen.

Diese Blätter sind es auch, die uns bald in wehmüthige, pietätvolle Stimmung versetzen, bald wieder „die lichtvollen Augenblicke" in unseren zurückgelegten Erdenwanderungen unserem Auge vorführen, das Herz jugendlicher schlagen machen, den Geist mit Jugendfrische durchwehen und Herz und Gemüth nicht in gänzlich antipathische Versumpfung verfallen lassen. Das hier Gesagte ist keine phantastische Phrase, sondern es ist die w a h r e, tiefempfundene, s e l b s te r l e b t e Erfahrung, die ich gemacht, und zwar bei meinem im Jahre 1839 — also v o r f ü n f u n d d r e i ß i g J a h r e n — angelegten und bis auf den heutigen Tag fortgesetzten „Album".

Das Beginnungsjahr meines Albums birgt gleich von Vornherein die Erinnerung in sich, daß ich gerade zu jener Zeit meine literarische Laufbahn begonnen. Meine „Erstlinge" und „Versuche" befinden sich in der „Frankfurter Zeitung", damals unter Redaction des seitdem verstorbenen Dr. N. Schuster, in der „Allgemeinen Wiener Theaterzeitung", redigirt von dem ebenfalls verstorbenen Adolf Bäuerle, und im „Oesterreichischen Morgenblatt" von Oesterlein, zu jener Zeit unter Redaction des Baron Diezele.

In demselben schon oben bezeichneten Jahre war es, wo M. G. Saphir in Prag verweilte, auf dessen persönliche Bekanntschaft — worauf ich später in dem Buche selbst näher zurückkommen werde — ich damals als „wohlbestellter Referent" der Bäuerle'schen Theaterzeitung, eine gewisse Berechtigung hatte. In diesem Zeitpunkt, wo ich von ihm mit seiner bekannten jovialen und gemüthlichen, wenn auch hie und da sarkastischen Freundlichkeit aufgenommen wurde, entstand dieses mein „Stammbuch", welches die Namen derjenigen Capacitäten und Berühmt

heiten der Dichtung, Wissenschaft, Musik, Malerei, bildenden Kunst und des Theaters enthält, die während eines
Zeitraumes von 35 Jahren ich persönlich kennen zu lernen,
mit denen ich mehr oder weniger anbauernden Umgang zu
pflegen die Ehre und die nie zu erlöschende Freude gehabt
habe. — Alle diese Namen werden meinen Gönnern und
Freunden nicht fremd klingen, mit Ausnahme Derjenigen,
bei denen man mit Schiller sagen kann: „Jedem Verdienst
ist eine Bahn zur Unsterblichkeit aufgethan, zu der
wahren Unsterblichkeit nehmlich, wo die That lebt und weiter
eilt, wenn auch der Name ihres Urhebers hinter ihr zurück
bleiben sollte!" Doch dies, verehrter Freund! sei gewiß und:
   „Meine Hand nimm! Nie mit dem Gemeinen
      Soll uns auch Erinnerung nur vereinen!"
   Um aber meine verehrlichen Leser im Voraus vor jeder
Enttäuschung zu bewahren und mich nach dem Erscheinen
dieses meines Werkes vor dem Vorwurf zu schützen, als hätte
ich mehr versprochen als geleistet, so kann ich nicht unterlassen, schon hier dahin aufmerksam zu machen, daß ich nur
einen Theil der Inscriptionen in diesem Werke aufneh-
men und veröffentlichen konnte, und zwar aus
nachstehenden Gründen:
   1. Hätte nicht nur das „Volumen" des Werkes, sondern
auch die Wiedergabe der musikalischen Inschriften, also der
Notendruck, sowie die Reproduction der Skizzen von Malern,
sei es durch Photographie oder Lithographie, enorme Kosten
verursacht; der Preis eines solchen Werkes wäre ungewöhnlich
hoch gekommen und die Anschaffung dieses immerhin interessanten Buches Vielen mehr oder weniger erschwert worden.
   2. Eine vollständige photo- und autographische Ausgabe dieses Albums würde die Summe von 6000 bis 8000
Gulden erfordert haben, eine Summe, die mir (wie ich meinen
Gönnern und Freunden nicht erst zu beeiden nöthig habe,
sondern Sie mir gewiß auf's Wort glauben werden) nicht
zu Gebote steht, noch zu erschwingen möglich ist.
   3. Was die musikalischen Inscriptionen anbelangt, so
sind es größtentheils „Scenen" und „Motive" aus den be-

kanntesten Compositionen der betreffenden Tondichter, und
sie würden daher nur schon oft Edirtes und allgemein Be=
kanntes, ja oft ganz Populäres wiedergeben.

Ferner gebietet mir es die Discretion, einige,
wenn auch nur sehr wenige Inscriptionen ausfallen zu
lassen, weil sich dieselben ihrem Inhalte nach zur Veröffentli=
chung für die Gegenwart noch nicht eignen! —
und ich dem Grundsatze Montaigne's huldige: „Die Wahr=
heit selbst hat nicht das Vorrecht, zu jeder Stunde und bei
jeder Gelegenheit gesagt zu werden!"

Trotzdem aber bin ich der vollsten Ueberzeugung,
mit diesem Album meinen verehrten Gönnern und geliebten
Freunden eine ebenso hochinteressante als geist=
volle, oft mit Witz und Humor gewürzte Gabe
zu bieten, die keine ephemere Erscheinung ist,
die, wie jeder Gebildete einsehen dürfte, durch die Länge
der Zeit nicht nur nicht „veralten", sondern für immer
einen Platz in jeder Bibliothek einzunehmen würdig sein wird.

Und somit empfehle ich das Werk der mir oft bewie=
senen Theilnahme meiner Freunde. Möge ihr Wohlwollen,
das mich während meiner fünfunddreißigjährigen,
bescheidenen literarischen Wirksamkeit mit gerechtem Stolze
erfüllte, mir auch jetzt, bei dem nun bevorstehenden Ueber=
tritt in mein 61. Lebensjahr — den 19. Juni 1875 —
zufließen und ferner, so lange die göttliche Vorsehung mir
mein Dasein noch gönnt, erhalten bleiben!

Prag, am 6. November 1874.

Herrmann Josef Landau.

1839.

Der „Purim" in Prag. M. G. Saphir. Mein erstes Stammblättchen.

Es war im Jahre 1839, als Saphir in Prag verweilte, und zwar im Monate März, gerade zur Zeit, wo die Juden ihren „Purim," den sogenannten jüdischen Fasching, feierten. Damals verstanden es die aufgeklärten Juden — und deren gab es zu jener Zeit schon sehr viele, mit dem jüdischen Rituale und den ihm anhängenden Ceremonien und insbesondere mit dem schönen patriarchalischen Familienleben Hand in Hand zu gehen, ohne daß dabei die geistige Berechtigung des Fortschrittes in Wissenschaft, im Gewerbe und Handel beeinträchtigt wurde.

Also es war zu jener „Purim=Zeit" und die Judenstadt oder das „fünfte Hauptviertel," wie es genannt wurde, jetzt auch „Josefstadt" genannt wird, prangte in der Nacht vom Sonnabend auf Sonntag, in welcher das eigentliche Hauptfest stattfindet, im festlichen Schmucke, d. h. es standen auf den Gassen Buden und Zelte, deren Besitzer oder Besitzerinnen süße Waaren, darunter, als Hauptartikel die allgemein beliebten „Pilsner Lebzelten," zum Verkauf anboten. Man sah in fast jedem Hause, mindestens im ersten, oft auch im zweiten, dritten und vierten Stockwerke die „festliche Beleuchtung"

der Zimmer, wenn selbe auch nur aus vier bis fünf Talg=
kerzen bestand. Man hörte aus jenen festlich erleuchteten
„Salons" ein Clavier oder eine Harfe, hier und da, auch
ein Orchester aus fünf bis sechs Musicis bestehend, Tanzweisen
spielen, denn überall gab es „Maskenball." Christen und
Juden, maskirt und nicht maskirt, durchwogten die engen
Gassen; man hörte kein Schreien, kein Zanken, man sah
keine Rauferei, und sehr selten fand ein Taschendiebstahl
in diesem lebhaft lustigen Treiben der Menge, statt. Nun
müssen aber die freundlichen Leser wissen, daß bei diesem
Feste vollständige Gastfreiheit herrschte. Ja es ging so weit,
daß sich einzelne Personen vor dem Hausthore postirten,
abwartend, bis ein „Rudel" Masken herangezogen kamen,
und die dieselben à la Leporello in „Don Juan" mit den
Worten einluden: „Kommt, kommt da herauf! Ihr werdet
euch gut unterhalten!" welcher Einladung auch stets Folge
geleistet wurde. Christen wie Juden, Freunde oder Fremde,
ob maskirt oder nicht maskirt, konnten diese Maskenbälle be=
suchen; wohin sie kamen, konnten sie der besten und zuvor-
kommendsten Gastfreundschaft gewärtig sein, beim „Reichsten"
wie beim Mittelstande; und wo es eben den Gästen am
besten gefiel, oder wo sie sich am meisten durch die „orien-
talischen Schönen" angezogen fühlten, konnten sie bleiben,
und so lange es ihnen beliebte, mitessen, mittrinken, mit=
tanzen, kurz alles so thun, als ob sie zu Hause wären, aber
auch alles nur in den Schranken des strengsten An=
standes. Wenn Jemand es sich beifallen ließ, sich auch
nur die geringste „Unanständigkeit" zu Schulden kommen zu
lassen, sogleich mußte er erfahren: „wo der Zimmermann
das Loch gemacht hat!" — Gäste en masque, welche Witz,
Humor und Satyre besaßen, konnten davon hier den schönsten
Gebrauch machen, aber ohne persönliche Beleidi=
gungen, und wahrlich, es fehlte bei dieser Gelegenheit nie
an humoristischen Ein= und Zufällen. Die Witzfunken sprühten

hin und her und zündeten, daß die Lachmuskeln der Zuhörer vollauf zu thun hatten.

Zu jener Zeit existirte in Prag der reiche und ange= sehene Kauf= und Handelsmann Salomon Kuh, Groß= vater des nun seit seiner frühesten Jugend in Wien lebenden, rühmlich bekannten Schriftstellers, Professor Emil Kuh. Auch bei diesem wurde ein Ball arrangirt, und wie es sich leicht denken läßt, hier war alles „noble“. Mehre große, elegante Zimmer prangten wirklich in fast feenhafter Beleuch= tung; Speisen, natürlich streng nach den jüdischen Ritual= gesetzen zubereitet, deshalb aber nicht minder schmackhaft, und selbst den strengsten Anforderungen eines Gourmands genügend, sowie Getränke aller Art wurden in Hülle und Fülle allen Gästen mit der freundlichsten Aufmerksamkeit präsentirt. Hier fand sich auch ein Theil der Elite der damaligen Juden ein — denn die andern reichen Juden gaben ebenfalls einen „Maskenball,“ wodurch sich die ganze Elite der damaligen Judenschaft nicht an einem Orte con= centriren konnte. — An dem eben erwähnten Maskenball nun war Saphir als Gast; er konnte und wollte, trotzdem er zum Protestantismus übergetreten war, nie seine Abkunft verleugnen, und fühlte sich ungemein wohl und heiter, wenn er sich unter seinen früheren Glaubensgenossen bewegen konnte. Hier ließ er namentlich seinem „jüdischen Witz“ freien Lauf und schüttelte das Füllhorn seiner humoristischen Laune aus, daß alles sich erheitert, erlustigt fühlte, und das Zwerchfell der Zuhörer unaufhörlich erschüttert wurde. Es war nur zu bedauern, daß man alle diese ergötzlichen Wortspiele, satyrischen Einfälle, sarkastischen Zeitanspielungen nicht fürs Allgemeine konnte verständlich machen, denn die echten jüdi= schen Witze sind dem Nichtjuden eben so unverständlich oder mindestens sehr schwer verständlich, wie die Calembourgs einem Deutschen, und wenn es auch hier und da mit weit= läufigen Commentaren geschieht, dann hinkt es, wird schwer=

fällig, und die eigentliche Würze des Ganzen geht doch
verloren. Daß aber der Maskenball des Salomon Kuh
an diesem Purim am meisten Zuspruch hatte, von Christen und von Juden, war Saphir einzig und allein zuzu-
schreiben, denn schon mehre Tage früher hatte es sich allgemein
verbreitet, daß Saphir auf dem „Kuh'schen Ball" erscheinen wird, und keiner wollte die schöne Gelegenheit unbenutzt
lassen, den „Großmeister des Humors," wie ihn Castelli zu
jener Zeit nannte, von Angesicht zu Angesicht zu sehen, ihn
zu sprechen und auch „einen Witz" von ihm zu hören. Kurz
Alles und Alle schaarten sich um den Helden des Tages —
Saphir. Auch ich maskirte mich und besuchte den Kuh'schen
Ball, um dort Gelegenheit zu nehmen, Saphir's persönliche
Bekanntschaft zu machen. Als ich in den Salon kam, wurde
ich von vielen Gästen angesprochen, hin und her gezogen —
aber ich hatte für nichts Ohr und Auge, mein Blick spähete
umher, nur um unter der Menge der maskirten und nicht-
maskirten Damen und Herren Saphir wahrzunehmen. Endlich sah ich ihn — und mit hervorgeworfener Brust trat
ich an ihn heran und mit großem Pathos richtete ich die
Worte an ihn:

„Ich bin lüstern
Ein Wort mit diesem Geist zu reden!"

„So wie Du Don Philipp bist, bin ich ein Geist!"
war Saphir's Antwort; doch scheinst Du nicht ‚ohne' zu sein,
bleibe bei mir, und vor allem überzeuge Dich, daß ich kein
‚Geist' bin, hier hast Du meine Hand!" — Wer war damals
glücklicher, als ich — Saphir mir die Hand reichen! Saphir
sich mit mir unterhalten! — Ich hätte in dem Augenblicke
die ganze Welt umarmen mögen! — Vielseitiger Aufforderung Folge leistend bemaskirte ich mich und blieb bis in den
frühen Morgen im Kuh'schen Hause. Im Laufe des Gespräches
mit Saphir lud er mich ein, ihn am anderen Tage in dem
Hôtel, wo er logirte, zu besuchen, was auch geschah; und

ich hatte noch das Vergnügen, während seines mehrtägigen Verweilens in Prag einigemale mit ihm zu conversiren. — Kurz vor seiner Abreise von Prag nach Wien ersuchte ich ihn, mir einige Zeilen auf ein Blättchen Papier, als ein mir schätzbares ewiges Denkblatt zu schreiben. Mit seiner ihm eigenthümlichen humoristischen Liebenswürdigkeit kam er ohne die geringste Zögerung meinem Wunsche nach; er schrieb:

„Meine Tage sind gezählt, das Leben kurz, die Stammbücher gehen aber in's Unendliche! Gott sei allen armen Schriftstellern gnädig!"
Prag, im März 1839.
M. G. Saphir.

Dieses Stammblatt bildete den ersten Grundstein zu meinem heutigen reichhaltigen, mir unschätzbaren Handschriften-Album, welches mir auch fast die Stelle eines vollständigen Tagebuches einnimmt; indem stets bei dem Durchsehen dieser ungemein interessanten Sammlung, alle freud- und leidvollen Erinnerungen in meinem Gedächtnisse aufwachen. — — — Und dieses alles habe ich nur dem ersten Blättchen Saphir's zu verdanken. Eines eigentlichen Tagebuches, das ich genau bis zum Jahre 1848 führte, wurde ich im Jahre 1848 verlustig. — Saphir kehrte nach Wien zurück, bald darauf übersiedelte auch ich von Prag nach Wien. Daß hier meine erste Visite Saphir galt, ist selbstverständlich. Ich wurde sehr freundlich bewillkommt, und Saphir ging mir oft mit Rath und That an die Hand. Ich lernte bald darauf persönlich kennen: Adolf Bäuerle, Castelli, L. A. Frankl, Joh. N. Vogel, Baron Ditzele, Redacteur des „Oesterreichischen Morgenblattes"; Ferdinand Ritter von Seifried, damals Eigenthümer und Redacteur

des „Wanderer," den geistreichen Dr. Wilhelm Schlesin=
ger, einen Intimus Saphir's und eifrigen Mitarbeiter
seines „Humoristen," und F. Hausner, welcher für mich
ein medicinisch=psychologisches Räthsel abgab; denn Hausner,
ein liebenswürdiger Mann, war „stocktaub", doch dabei
einer der geistvollsten Musikkritiker; er schrieb auch
Referate für den „Humoristen". Um aber Hausner dem
Leser doch etwas näher zu bringen, so mögen hier nur jene
fünf Zeilen folgen, die er mir schrieb und in denen er sich
selbst charakterisirte:

Ich gebe Dir hier Schwarz auf Weiß,
Daß ich Jacobus Hausner heiß',
Viel hab' zu thun mit Kunstgeschmeiß,
Das Gute lob', das Schlechte reiß',
Ob's von der Seine kommt oder Theiß.

Wien, d. 23. Febr. 1845.

Bei Bäuerle's „Theater=Zeitung", beim „Morgenblatt"
und Seifried's „Wanderer" war ich ein zeitweiliger Mit=
arbeiter, auch dem „Humoristen" lieferte ich kleine Aufsätze
und Notizen, und blieb überhaupt im freundlichsten Einver=
nehmen mit Saphir. Dieses alles aber hinderte den „Wie=
ner Democritos" nicht, besonders als ich durch meine „humo=
ristischen Vorträge" anfing, in die Oeffentlichkeit zu treten,
hier und da in seinem Blatte kleine satyrischen Ein= und
Ausfälle über mich ergehen zu lassen. So stand eines Tages
in einer Rubrik betitelt: „Große und wichtige Ereig=
nisse in Wien!" unter anderem auch: „Herr Herrmann
Landau wird nächster Tage eine humoristische Vorlesung
abhalten!" — Nachdem ich meinen ersten Versuch mit
einer humoristischen Vorlesung im Saale der Gesellschaft der
Musikfreunde mit sehr günstigem Erfolg abgehalten hatte,
begegnete mich Tags darauf Saphir am alten Fleischmarkte.
Er kam mir sehr freundlich entgegen, grüßte mich zuerst,

reichte mir die Hand und sagte mit sarkastischem Lächeln: „Guten Morgen, Herr Collega!" —

Dieses alles beeinträchtigte unser freundliches Einvernehmen nicht im geringsten, im Gegentheil, es befestigte dasselbe noch mehr; denn als ich einst gelegentlich Saphir zur Rede stellte, weshalb er denn so oft seinen Sarkasmus über mich ergehen lasse, antwortete er mit Ruhe in sehr gemüthlichem Tone: „Was sind Sie für ein ‚närrischer Mensch‘, lieber Freund, wenn Sie sich durch solche unschädliche Nadelstiche beleidigt fühlen; ich gebe Ihnen die Versicherung, ich bin nicht Ihr schlechtester Freund; sehen Sie denn nicht von selbst ein, daß Ihre bisher sehr unbedeutenden journalistischen Arbeiten, zu denen Sie sogar oft nicht einmal Ihren Namen setzen, mir durchaus keine Gelegenheit bieten, ihrer in meinem Blatte Erwähnung zu thun; auf diese Art aber, wie ich es jetzt mache, erfährt am Ende doch das allgemeine Publicum, daß ein „Landau auf der Welt ist," und es dürfte Ihnen dies später, wenn Sie mehr hervortreten, weit eher nützen, als manches Lob Ihrer journalistischen Freunde, das nur wenig gelesen wird." — Und wahrlich, der auch in dieser Hinsicht wohlerfahrene Mann hatte vollkommen Recht; und ich habe daraus den richtigen Lehrsatz gezogen, daß es immer besser ist, von maßgebender Seite getadelt — als ignorirt zu werden, und daß das Lob eines Tageblättchens oft schädlicher wirkt, als die schärfste Kritik einer Autorität! — Und so blieb mir auch Saphir stets zugethan, war mir sogar oft ein Freund in der Noth, jedoch auf Saphir als Mensch und Schriftsteller komme ich noch später zurück.

—⟶⟵—

1840.

Adolf Bäuerle.

Unmittelbar nach Saphir folgt das „Urbild" eines echt vormärzlichen, österreichischen Patrioten. Das Spiegel= bild der damaligen journalistischen Kunstliteratur, nächst Karl Meisl (Verfasser von: Julerl die Putzmacherin, das Gespenst auf der Bastei u. s. w.), des Schöpfers der damaligen komisch=dramatischen Volksmuse, was aber alles bereits in den Strom der Vergessenheit gerieth — ich meine Adolf Bäuerle. Nur seine Selbstbiographie und seine Romane, unter denen namentlich: „Therese Krones" (später von Carl Haffner dramatisirt), „Ferdinand Raimund" und „Director Karl" als die hervorragendsten bezeichnet werden dürfen, sind wohl nicht vergessen. Bäuerle's Romane haben aber alle den Vorzug, daß sie so zu sagen drastische, lebensvolle Daguerrotyps der damaligen Zeit liefern, und in culturhistorischer Beziehung nicht ohne Werth bleiben werden.

Bäuerle stand sofort in erster Reihe, wo es galt, Armen, Leidenden, durch Wasser=, Feuer= oder Hungers= noth Verunglückten zu helfen, er war ein „Almosenier" im weitesten Sinne des Wortes, er half Vielen, Allen, nur nicht sich selbst, denn er hatte den Fehler, nicht sparen zu können, und half oft aus eigenen Mitteln, selbst wenn er noch so wenig sein Eigen nannte. Es ist Thatsache, daß, als man ihn am 24. December 1844 durch die große gol=

bene Civilverdienſtmedaille auszeichnete, ämtlich conſtatirt
worden iſt, daß Bäuerle bis zur obbenannten Zeit die
Summe von einer Million und 200.000 fl. für humane
Zwecke und dergleichen Anſtalten aufgebracht hatte. Man
beurtheile Bäuerle wie man wolle: Eines bleibt feſt und
unumſtößlich, er war ein Mann, der ein gutes, fühlendes
Herz beſaß, und ein „Patriot", wie man ſich ihn „ſchwarz-
gelber" nicht denken kann. Seiner Anhänglichkeit an Oeſterreich und beſſen Metropole gab er auch dadurch blei-
benden Ausdruck, indem er der letzteren das treffende
Epitaph widmete:

„'s iſt nur a Kaiſerſtadt,
's iſt nur a Wien!"

welches als Volkslied bald die Runde durch die ganze Welt
machte. — Und was war ſein Lohn für all' dies?

Er hatte das Schickſal eines Kriegers der Gegenwart.
Er mußte flüchten, um den Klauen der Gläubiger, beſſer
der Wucherer zu entgehen und ſtarb, gleich dem großen,
verdienſtvollen und im Volke unvergeßlichen Helden Oeſter-
reichs — Gablenz! in der Schweiz. Doch Bäuerle's
irdiſchen Ueberreſten wurde es doch noch gegönnt, in heimat-
licher Erde zu ruhen, denn ſein Sohn, Ritter von
Bäuerle, ließ dieſelben ausgraben, in die Heimat über-
führen und in der Familiengruft beiſetzen. Das that freilich ein Sohn ſeinem Vater, aber immerhin ein Privatmann, ſollte aber das dankbare, große öſterreichiſche Vaterland, dieſes nicht auch ſeinem unvergeßlichen und verdienſtvollen Sohne Gablenz thun? — Entſchuldige, lieber
Leſer! wenn ich hier einige Schritte über die Tendenz
meines Werkes hinausſchritt, entſchuldige dieſes um ſo mehr,
da es doch immerhin eine „Erinnerung" aus meinem
Leben, alſo Erlebtes iſt.

Bäuerle ſchrieb mir Folgendes:

„Oft genügt eine kurze Zeit, einen wackern Mann für immer kennen zu lernen, ich habe die Erfahrung neuerdings bei Ihnen gemacht und freue mich recht herrlich darüber.

Wien, am 1. August 1840.

Adolf Bäuerle.

1841.

Ole B. Bull.

Ich kehrte wieder nach Prag zurück, wo zu jener Zeit der größte Sensationsmacher des Virtuosenthums, und wie er sich selbst damals auf den Annoncen mit Riesen= lettern ankündigte, „Ritter" Ole B. Bull, concertirte.

Ich war ihm von Bäuerle empfohlen und ist es leicht begreiflich, daß diese Empfehlung das Beste „Passe-partout" zu allen seinen Concerten war, daß Ole B. Bull stets im besten Einvernehmen mit mir blieb und daß es mir nicht schwer wurde, ein „Stammblättchen" von ihm zu erlangen. Er schrieb:

„Der Künstler ist der Märtyrer der Kunst, aber seine Thaten sind der Segen Gottes auf Erden."
Prag, 20. Februar 1841.

Zur freundlichen Erinnerung

von

Ole B. Bull.

1842.

Servai. Fürst Kohan. Mensel Schols. Johann Strauss Jahr.

Ein Jahr später folgte Servai, dieser „Alleinbeherr-
scher" des Cellos. Ich erinnere mich noch sehr
genau, wie am Abend seines ersten Concertes, der selbst
nicht allzugroße „Convict-Saal" von einer ungewöhn-
lichen „Leere" strotzte. Servai, diese kräftig-männliche
Gestalt, mit dem lang herabwallenden Haare, war, sofort
als er zu spielen begann, durch und durch, mit Leib und
Seele Künstler, es schien, als ob er mit seinem Instrumente
zusammengewachsen wäre. Die öfteren Zuckungen seines
Körpers, das Hin- und Herbewegen seines herrlichen Kopfes,
wodurch sein schönes, langes Haar die Gesichtszüge deckte, bis
eine Gegenbewegung des Kopfes ihm wieder den gewöhnlichen
Platz anwies, dürfte Anfangs wohl Manchem „gemacht"
erschienen sein. Diese „Eigenthümlichkeit" frappirte wohl
im ersten Augenblick, aber sobald man die „Zaubertöne",
welche der unvergleichliche Cellist seinem Instrumente zu
entlocken verstand, hörte, so mußte man glauben, daß alle
diese Bewegungen und Zuckungen mit zum Spiele ge-
hörten, sie waren schön, sie berührten uns sogar angenehm, und erst dann, als wir Servai immer und länger
hörten, als er uns zum Staunen, zur Bewunderung hin-
riß, als er bald uns wehmüthig stimmte, ja oft durch
Innigkeit seines Spieles unser Auge feuchtete, dann erst

begriffen und empfanden wir, daß all' sein Thun und
Lassen keine virtuose Großthuerei ist, daß die Bewegungen
seines Körpers und seines Hauptes durch die Seelentiefe
seines Vortrags naturgemäß entstehen müßen. — Fast
würde das „musikalische Prag" nicht das Glück gehabt
haben, Servai zu hören, denn wie ich schon erzählt, war
der Saal im ersten Concert am 28. April 1842 nur von
so wenigen Personen besucht, daß der Betrag für die ge=
lösten Karten kaum die Unkosten des Concertes deckte. Das
Concert war zu Ende, einige der Anwesenden, größtentheils
hervorragende Persönlichkeiten, becomplimentirten den Künst=
ler, mußten aber mit Schrecken vernehmen, daß Servai
sofort zu packen und abzureisen gewillt sei, trotzdem
einige Concerte von ihm projectirt waren. Nur der
liebenswürdigen Ueberredungskunst des ebenfalls im Con=
cert anwesenden Fürsten Camil Rohan hatten es die
Prager zu verdanken, daß Servai sich entschloß, ein
zweites Concert zu geben. Der fürstliche Mäcen hatte gut
vorausgesehen, daß erst dann, wenn das Publicum von
der seltenen Meistererscheinung gehört und gelesen, dasselbe
den weiteren Concerten zuströmen werde, indem Servai
seine Rundreise in Oesterreich erst begann. — Viele Künstler
und außergewöhnliche Kunstfreunde kannten ihn schon dem
Namen nach, aber dem „Gros" des Publicums war er nicht
bekannt. Das zweite Concert am 2. Mai 1842 war in
der That auch schon ein ungemein besuchtes, so daß auf
allgemeines Verlangen noch ein drittes am 7. Mai folgen
mußte, bei welchem der Saal stets in allen seinen Räumen
überfüllt war. Servai schrieb mir Folgendes:

Monsieur, je serais bien charmé, quand cette
raillerie puise vous rapporter cent cinquante mille
livres de rente.
Prague, le 7. Mai 1842.

F. Servai.

Balb barauf kam Wenzel Scholz nach Prag gastiren. Scholz, der König der Komik, das Prototyp des theatralischen Unsinns und Gallimathias, dabei aber in wahrhaft kunstvollendeter Form (wenn auch nur in Fresco-Strichen und nicht in feinen Farbentönen) eine Fülle der verständigsten Anschauungen in frappirenden Bildern aus dem vollen Volksleben darbietend. Man sah ihn nur und — man mußte lachen! Er konnte mit Stolz ausrufen:

Veni, vidi, vici!

Scholz schrieb Folgendes:

Lieber Freund!
Leihen Sie mir 500 fl. C. Mz. und vergessen Sie
Ihren Freund
Prag, d. 24. Juni 1842.
Wenzel Scholz,
Komiker am k. k. p. Theater a. b. Wien.

Nach dem König der Komiker folgt der sogenannte Walzerkönig. Es war im September 1842, als ich mich wieder in Wien befand und erneuerte Gelegenheit hatte, mit hervorragenden Männern in Verbindung zu treten. Der erste unter denselben war Johann Strauß senior, oder wie man ihn auch sonst zum Unterschied von seinem Sohne Johann zu bezeichnen pflegte, Johann Strauß Vater! Er erfreute mich auch mit einem Stammbuchblättchen und wie selbstverständlich mit dem Anfang einer Composition aus dem Tonreiche, das er in so vorzüglicher Weise zu beherrschen verstand. So verdienstvolle Männer auch noch nach der Strauß-Lanner'schen Periode im Reich der Terpsichore für kürzere oder längere Zeit zur Herrschaft gelangten, keiner von allen hat so lange, mit so viel Anerkennung, mit so

vieler Ehre und Verehrung von Seiten eines „Weltpubli=
kums", die große Masse, die Forderungen seiner Zeit und
selbst auch jene der Kunst zu befriedigen gewußt, wie S t r a u ß
und L a n n e r; selbst seine Söhne n i c h t ausgenommen,
so sehr auch dieselben, wenn nicht ihrem Vater gleichgestellt,
doch seine würdigsten Nachfolger sind und bleiben werden.

. Es vergiengen beinahe zwei Jahre, ohne daß sich mein
Album um ein Blättchen vermehrte. Meine freundlichen
Leser werden daraus ersehen, daß ich selbst in jener Zeit,
wo diese Sammlung erst im Werben war und für mich
den Reiz der Neuheit hatte, zudem meine Connexionen in
Wien mit hervorragenden Persönlichkeiten nicht als geringe
bezeichnet werden durften, keine sogenannte „Jagd" nach
Authographen machte. Das habe ich damals und auch
bis zum heutigen Tage vermieden. Ich bin der vollen
Ueberzeugung, daß meine Stammbuchblätter — wenn ich,
ohne auch nur im geringsten aufbringlich gewesen zu
sein, in anständigster Weise die Sache angelegentlicher ver=
folgt hätte, heute mehr als das Doppelte der Zahl, die ich
besitze, diejenigen von theatralischen Berühmtheiten sogar
nach Legionen zählen könnte.

Es waren zwei Grundsätze, an denen ich dabei festhielt;
der Erste, es müßte sich eine passende Gelegenheit dazu dar=
bieten, der zweite Grundsatz war, ich mußte die Person, die
ich um Inskription ersuchte, mehrmals gesprochen, kürzeren
oder längeren Umgang mit ihr gepflogen haben. Nur in
sehr vereinzelten Fällen, wo es eine ganz besonders hervor=
ragende Persönlichkeit war, und wo es d i e Wahrscheinlich=
keit voraussetzte, daß ich d i e s e r Persönlichkeit nicht mehr
im Leben begegnen dürfte, da machte ich wohl eine Ausnahme
und wie ich mir schmeicheln darf, in höchst diskreter Weise.

1844.

Castelli. Franz Stelzhammer. Prof. Wolf. Der Eremit von Gauting. Siegfried Kapper. Adam Drklrusschläger. Johann Gabriel Seidl. Moscheles.

Erst im Jahre 1844 begann eine neue Saison für mein Album mit dem literarisch-klassischen Urbild des vormärzlichen gemüthlichen Wiens, J. F. Castelli.
Indem ich zu jener Zeit Muth genug besaß, trotz Saphir den humoristischen Vorleser ohne Gleichen, ebenfalls mit „humoristischen Vorträgen" in die Oeffentlichkeit zu treten und zwar mit entschieden günstigem Erfolge, so konnte doch dieser „österreichische Anakron", wie Castelli von Saphir bezeichnet wurde, einen kleinen Ausfall nicht unterdrücken, er schrieb:

Worte an einen Vorleser.

Ein Wort bringt so tief
Als sieben Brief.

Der redet, rede so klar und haarscharf,
Daß man keines Zigeuners zur Auslegung bedarf.

Zu kurze Red' ist wie des Blitzes Licht,
Sie blendet, aber leuchtet nicht.

Ist deine Rede nicht ganz reif,
So pfeif'!

Wien, 17. April 1844.

Dr. J. F. Castelli.

Castelli hatte mir aber Glück gebracht, wenn ich es so nennen darf, d. h. in Bezug meiner Sammlung, denn das Jahr 1844 war ein für mich sehr ergiebiges. Noch im selben Monate April folgte der damals in Wien verweilende, echt poetische, zumeist in der obderensischen Mundart dichtende Franz Stelzhammer. Wenn ich mir denke, daß damals noch alle deklamatorischen und sonstigen Vorträge erst die Censur passiren mußten, bevor man solche öffentlich vorlesen durfte und daß selbst meine harmlosen Vorlesungen, diese Feuer- und Wasserprobe durchzumachen hatten, und daß z. E. das, in einer von mir verfaßten Vorlesung vorkommende Wort „Actus" ohne allen Nebengedanken, gestrichen und dafür „Vorgang" hingesetzt wurde und zwar von einem Censor, der selbst Schriftsteller und Redacteur war (nämlich von den noch in Wien lebenden Johann Umlauf, den Pragern als Redacteur und Herausgeber des „Novellisten", Zeitschrift für unterhaltende und moderne Lectüre, vielleicht noch bekannt), so wird man begreifen, daß mich Stelzhammer's Inskription in Erstaunen setzte und daß ich seine Verse nicht Jedermann zeigte in der Furcht, falls sie bekannt würden, des Blattes verlustig werden zu können und Stelzhammer vielleicht als rother Demokrat unter polizeiliche Aufsicht gesetzt zu sehen. Um so mehr, da die Worte frei und Freiheit damals vollständig verpönt waren und uns lammfrommen Oesterreichern eine Terra incognita bleiben mußten, denn auf dem Paniere der damaligen österreichischen Politik, prangte die Devise:

Metternich, Dein Wille geschehe!

Stelzhammer's Inscription lautet:

Frei g'lebt und frei g'storben,
frei g'sung'n sein G'sang
Und a nöb aweil b'sorgen,
Währts kurz ob'r lang.

Wien, 22. Aug. 1844.

Franz Stelzhammer.

Während dieser Zeit verweilte auch in Wien der Improvisator, O. L. B. Wolff, Professor an der Universität zu Jena, dessen nähere Bekanntschaft ich gemacht hatte. Wolff war in seiner Weise ein Genie; seine Improvisationen waren wirklich vorzüglich und wenn selbe auch oft nur poetische Reime waren, die Verse, wie Saphir sich auszudrücken pflegte, „gleich den Füßen der Kinder unter den Schulbänken herumtummelten," so erhoben sie sich dennoch häufig über eine alltägliche Reimerei, zeugten doch von einem ungeheuern Wissen, vielfachem Studium und mannigfacher Gelehrsamkeit und unterschieden sich wesentlich von den Improvisationen seiner wässerigen Nachtreter. Aber in einer Beziehung hat sich Wolff sehr verdient gemacht und wird sein Name in der Literaturgeschichte für alle Zeiten einen sehr ehrenvollen Platz einnehmen und zwar durch Verfassung der Werke „Poetischer Hausschatz" (bereits einige zwanzig Auflagen erlebt), „Prosaischer Hausschatz", die heute noch unerreichbar in ihrer Art sind. Sie legen das glänzendste Zeugniß für seine staunenswerthen, reichhaltigen Kenntnisse der deutschen klassischen Literatur von der ältesten bis auf die neueste Periode, wie für seinen anerkennungswerthen Geschmack in der Auswahl ab. —

Auffallend war es mir, daß Wolff, dieser treffliche Improvisator, mir nichts Eignes schrieb; er wählte einen

Spruch, den Viele, welche ihn lasen, Göthe zuschrieben und Viele wieder für einen maurischen Wahlspruch hielten, weil Meister, Geselle und Lehrling darin vorkommen. Die Inscription ist aber nicht maurisch und auch nicht von Göthe, sondern Göthe selbst hat denselben nur citirt, ohne die Quelle anzugeben. Der Spruch ist von Agricola, einem Poeten aus der Hälfte des 17. Jahrhunderts, wie Wolff eigenhändig dazu bemerkte; er lautet:

> Wer soll Meister sein?
> Wer was ersann!
> Wer soll Geselle sein?
> Wer was kann!
> Wer soll Lehrling sein?
> Jedermann.
>
> Wien, 24. April 1844.
>
> Zur freundlichen Erinnerung von
> O. L. B. Wolff.

Während dieser Zeit begegnete ich fast täglich in dem unmittelbar an der Donau liegenden, allbekannten Stierbeck'-schen Café einen nicht allzugroßen, aber ziemlich kräftigen, alten Mann. Er hatte bereits graues Haar und schien auch schon das 60. Lebensjahr weit überschritten zu haben. Obzwar er in Civilkleidung erschien, hatte diese doch einen theilweise militärischen Anstrich, und aus seinem Knopfloche lugten einige Ordensbändchen hervor. Seine Kopfbedeckung bestand aus einem kleinen Hut, fast einer Kappe ähnlich. Sein Benehmen war gemessen, ruhig, er las viel Zeitungen, zog zwar die Aufmerksamkeit der Gäste auf sich, da aber dieselben demjenigen Stande angehörten, der sich besser auf Staatspapiere, Wolle und Getreide versteht als auf alles

andere, was nicht in diesen Bereich einschlägt, hatte er keine
Ansprache. Mir fiel er besonders auf. Wir saßen durch einige
Tage an einem Tische, wechselten hier und da miteinander
gegenseitig die Zeitungen, was selbstverständlich auch gegen=
seitige Ansprache veranlaßte, der bald ein Gedankenaustausch
folgte. In Folge dessen erkannte ich in ihm sogleich, daß er trotz
seines martialischen Aeußern nicht blos in der Führung des
Degens, sondern auch der Feder bewandert sein muß. Endlich
faßte ich eines Tages Muth und frug ihn: Wen hab ich die
Ehre zu sprechen, gewiß einen „Ritter des Geistes?" — Er
lächelte und sagte, nun, ich bin „der Eremit von Gauting!" —
Ich konnte mich ebenfalls eines Lächelns nicht enthalten
und da mir dieses Prädicat schon oft vorkam, und daher
auch bereits das Nähere nicht unbekannt war, setzte ich sofort
hinzu: Herrn General Freiherrn von Hallberg? — Da freuete
sich dieser höchst eigenthümliche, aber immerhin sehr gemüth=
liche berühmte Reisende und sprach: „Nun, Sie gehören viel=
leicht auch zu den Federhelden?" — „Feder=H e l d? Nein! Ich
führe auch hier und da die Feder, aber zum Helden habe
ich noch Zeit, noch habe ich keinen Sieg erfochten und wer
weiß, ob es mir je gelingen wird zu siegen!" — „Sie sind
bescheiden! Jetzt thut es mir leid, daß ich nicht länger das
Vergnügen haben kann, ich verlasse morgen schon Wien!" —
„Das thut mir auch leid, um so mehr, als es mir ein Ver=
gnügen gewesen wäre, Ihnen vielleicht dienlich zu sein, da
Sie hier fremd sein dürften. — „Ich danke Ihnen, aber
ich habe mich schon hier ausgefunden, so ein herumwan=
dernder Vogel wie ich, weiß sich schon zu helfen." Er reichte
mir die Hand zum Abschied mit den Worten: „Leben Sie
wohl, im Falle ich nicht mehr das Vergnügen haben sollte
Sie zu sehen, behalten Sie mich in guter Erinnerung!" —
Gewiß bleibt mir eine so, wenn auch nur kurze, aber immerhin
sehr werthe Bekanntschaft in guter Erinnerung, dennoch,
wenn ich es wagen dürfte, möchte ich Sie um Etwas er=

suchen. — Und das wäre? — Eine Zeile von Ihrer Hand!
— O mit vielem Vergnügen; kommen Sie also heute noch
zwischen 3 und 4 Uhr Nachmittags hierher, bringen Sie
sich ein Blatt mit, ich will es gerne mit meiner Handschrift
ausfüllen. Wir schieden, uns die Hände drückend und mit
dem von uns beiden zugleich ausgesprochenem Wunsche:
„Also heute Nachmittag hier im Caffé!" — Wir fanden
uns beide zur bestimmten Stunde ein und Hallberg rief
sogleich dem Marqueur zu, geben Sie mir für einen Augen=
blick Tinte und Feder! was mich um so freudiger über=
raschte, als ich dadurch der nochmaligen Aufforderung ent=
hoben wurde. Ich reichte ihm das Blatt, er schrieb:

Zum Andenken!

Im Caffehaus zu Wien
   am 17. May 1844.
      Theodor Freiherr von Hallberg
        aus München in Bayern.

Nun folgte der nunmehrige Med. Dr. Siegfried Kapper,
mit dem trefflichen Spruch:

Daß wir Erfahrungen machen ist gut;
Daß wir Erfahrungen machen müssen — ist traurig.
  Wien 15. Juni 1844.
      Zur freundlichen Erinnerung von
        Siegfried Kapper,
         Med. Studiosus.

Dabei lugte aber schon damals der „Zukunfts=Tscheche"
hervor, denn auf der Rückseite des Blattes schrieb er mit

Noten und unterlegtem slavischen Text eine „Slavische Melodie" mit der angefügten Bemerkung:

„So gut und so schlecht ichs halt kann."

Kapper.

Doch sei es wie es wolle, so wird Kapper (der Schwager und Freund des leider in der Blüthe seines Alters verstor=benen, durch und durch deutschen Dichters Moritz Hart=mann und Intimus des leider allzufrüh hingeschiedenen ebenfalls deutschen Dichters der „Sensativen" Friedrich Bach), als Dichter in deutscher Zunge sich für die Nach=welt ein besseres und dauerndes Andenken erworben haben, als durch sein slavisches Glaubensbekenntniß. Es streifte wahrlich ans Lächerliche, wollten etwa die Serben Kapper als den „Ihrigen" bezeichnen, bloß weil er „die Gesänge der Serben" deutsch wiedergab; so müßten die Engländer den bisher unerreichbaren Uebersetzer Byron's, Adolf Bött=ger, als Engländer bezeichnen, oder man müßte auch Carl Egon Ebert, Moritz Hartmann und Alfred Meißner als slavische Dichter anerkennen, nur weil sie sich zu ihren herrlichen Dichtungen wie „Vlasta", „Břetislaw und Juta," „Žiška" und „Kelch und Schwert" Vorwürfe aus der Geschichte Böhmens wählten. Meine Wenigkeit, und wie ich fest überzeugt bin, mit mir alle Gebildeten echt deutscher Gesinnung werden Kapper als Dichter, Begründer und Herausgeber des Jahrbuchs für deutsche Belletristik, achten und schätzen — was das Andere anbelangt, singe ich mit Figaro:

„Das Uebrige, das Uebrige verschweig ich, doch weiß es die Welt!" —

Nun folgt ein wahrhaftes Phänomen in der Dichter=welt, ein Dichter „Zweier Zungen" (der dänischen und deutschen), und so ausgezeichnet derselbe in seinem Berufe stand, so bescheiden und liebenswürdig war er als Mensch

im Umgange; ich meine Adam Oehlenschläger. — Erst
jetzt bei meinem letzten Verweilen in Wien, wo ich den
berühmten Maler Amerling besuchte, wurde in mir der
Aufenthalt Oehlenschläger's in Wien neu erweckt, denn
ich fand im Atelier, oder besser in der unschätzbaren Gallerie
der Meisterwerke des genannten Künstlers das ebenso sprechend=
ähnliche, als musterhaft ausgeführte Bildniß des verewigten
Dichters des „Coreggio" und „Alladin" nach der Natur
aufgenommen. Auch der Dichter des „Camoens" des „Habs=
burgliedes", L. A. Frankl, ein warmer Freund und un=
endlicher Verehrer Oehlenschlägers ist im Besitze eines in
Oel ausgeführten Bildnisses Oehlenschläger's, das, wenn auch
nur Copie des obgenannten Bildes, immerhin aus dem ge=
nialen Pinsel Amerlings stammt. Oehlenschläger's Inscrip=
tion hat namentlich für mich persönlich einen unschätz=
baren Werth, und wie ich glaube mit vollem Rechte, doch
lieber Leser entscheide Du selbst; er schrieb:

> Eh' ich wieder aus Wien muß fort
> Schreib ich Ihnen ein herzliches Wort:
> Wir lieben beide die Poesie
> Und scheiden also im Leben nie.
> Wien, d. 3. Juli 1844.
> A. Oehlenschläger.

Eines Tages machte ich einen Ausflug von Wien
nach dem naheliegenden Curorte Baden, woselbst zur Er=
holung und zum Curgebrauch der, was Herz und Gemüth
betrifft, unter den ausgezeichnetsten Männern des österrei=
chischen Parnasses zählende Johann Gabriel Seidl ver=
weilte. Ich hatte das Vergnügen, diesen Dichter schon früher
gekannt zu haben, und da es auch meine Zeit erlaubte,
stattete ich demselben meinen Anstandsbesuch ab. Er schien

sehr erfreut barüber, wir sprachen lange Verschiedenes und über Verschiedenes. Im Verlaufe des sehr animirten Zwiegespräches erinnerte ich Seibl an das schon früher gegebene Versprechen, mir ein Stammbuchblättchen zu widmen. „Ja wohl, sehr gerne, das kann sogar gleich geschehen," war die Antwort. Er holte ein Oktavblättchen Papier, setzte sich an den Schreibpult und verabfolgte mir sodann das Blatt mit der gemüthlichsten Freundlichkeit, worauf er folgendes Impromptu geschrieben hatte:

> Ueberrascht vom Augenblicke
> Schreib ich, was mein Herz mir nennt:
> Rüstig vor in Leib und Glücke,
> Poesie — dein Element!
> Baden b. 15. August 1844.
>   Johann Gabriel Seibl.

Im selben Jahre kam nach langer Zeit und fast am Schluß seiner glänzendsten Periode, der erste der reisenden, modernen Claviervirtuosen, wir möchten sagen, der Begründer des modernen Clavier=Virtuosenthumes in Oesterreich, der nicht genug zu hochschätzende klassische Clavierspieler, ausgezeichnete Componist und Lehrer für sein Instrument, Ignatz Moscheles nach Wien. Er gab ein Concert, und wenn ich nicht irre, zum Besten eines humanen Zweckes. Daß dasselbe ungemein besucht war, läßt sich leicht denken und daß man in seinem Vortrage noch immer den hochgebildeten, wahrhaft vollendeten Spieler erkannte, ist auch Thatsache, allein die „Alt=Meisterschaft" trat doch in hohem Grade hervor, es fehlte, wenn auch nicht Verständniß, welches im Gegentheil noch mehr als früher sich kundgab, doch immerhin die jugendliche, Herz und Gemüth des Zuhörers erweckende Kraft, die eben nur mit wallendem, jugendfrischem Blut und fantasievollem Geiste vereinbart ist.

Was ihm trotz alledem zu so glänzendem Erfolge half, war nicht die Pietät allein, die man dem Altmeister und Bahnbrecher des Virtuosenthumes schuldete, sondern die wahrhafte Bewunderung, die man den damals schon fünfzigjährigen Künstler angedeihen lassen mußte. Wenn auch Moscheles der „erste Virtuos" von seinen Nachfolgern und Nachäffern, was Fertigkeit und Modernisirung des Vortrages betrifft, überragt und sogar in vielen Momenten des goldenen Zeitalters des Virtuosenthums in den Hintergrund gedrängt wurde, aus der Geschichte der Musik konnten sie ihn nicht verdrängen und wird er auch nie verdrängt werden. Was seine Compositionen betrifft, so ragt er heute und für immer weit hinaus noch über Alle seine Aposteln, mögen sie heißen wie sie wollen. Es werden Viele, wenn nicht die meisten seiner Nachfolger längst in den Strom der ewigen Vergessenheit gesunken sein, aber der Name Moscheles als Componist und Lehrer wird ewig glänzen am Firmament der h. Musica! Moscheles mit einer enharmonischen Cadenz, schloß die Periode d. J. 1844 für mein Album, und so würdig dieser Schluß war, ebenso würdig begann die neue Periode d. J. 1845.

1845.

Molique. Thalberg. Laube. Jos. Keiser.

Kein Geringerer war es, der im Monat April des letztgenannten Jahres mir ein Blatt widmete, als Bernhard Molique, „der König der Violinspieler,“
wie man ihn mit vollem Rechte nannte. Viele der
großen Geiger jener Zeit, selbst der unvergeßliche Spohr,
dürften ihn in dieser oder jener einzelnen Richtung überragt haben, was aber Universalität, Vielseitigkeit und Gediegenheit anbelangt, steht Molique als eine für sich abge-
schlossene Größe da. Ebenso groß wie Molique als
Virtuos in der Kunstwelt steht, ebenso vollendet ragt er als
Componist fast über alle seine Collegen hervor. Er verschmäht durch Nipptisch- und Kunststückchen dem großen
Haufen zu imponiren, seine Compositionen sind nicht gemacht, was er hervorbrachte, trug den Schöpfersiegel des
Genius an sich, und er hat sich auch neben den Virtuosen
zum Meister und mannigfaltigen Tondichter emporzuschwin-
gen verstanden. Molique war zudem ein liebenswürdiger
Mensch, ein Deutscher voll Kraft und Biederkeit; ihm
war die Kunst keine melkende Kuh, er war gegen alle seine
Nebenbuhler ohne Neid, er huldigte aber auch nicht wie
die „Halbheiten und Mittelmäßigkeiten“ im Bewußtsein ihrer
Schwäche, stets in der Furcht, leicht überragt zu werden, dem

absoluten Grundsatz: „Wir dulden keine Nebengötter!" Er erhöhte mein Album mit einem Notensatze.

Nach Molique folgt Thalberg, diese personificirte Eleganz des Virtuosenthumes, aus dessen Spiel man leicht schließen konnte, daß ein aristokratisches, fürstliches Blut in seinen Adern fließt. Ich habe Thalberg aus früherer Zeit nur flüchtig gekannt, die etwas nähere Bekanntschaft mit ihm führte ein Zufall herbei. Thalberg, lange Jahre von Wien abwesend, kam nämlich 1845 wieder zu Besuch in die Residenz und veranstaltete ein Concert. Kaum war dasselbe annoncirt, so waren auch schon, besonders von der höheren Aristokratie, alle Sitzplätze vergriffen, es wurde Agio, hohes Agio angeboten. Einen Tag vor dem Concerte passirte ich das Hôtel zum Lamm, noch heute das Beste und auch noch heute das Besuchteste. Da stand vor dem Thor Herr Baptist Haubtmann, Inhaber und Leiter desselben und unstreitig eine in ihrer Branche hervorragende Persönlichkeit, auch in Wien sehr gekannt und beliebt. „Herr von Landau! schrie er mir mit Stentorstimme zu, sehr gut, daß ich Sie sehe. Ich habe eine Bitte! heute Morgens ist eine serbische Herrschaft hier angelangt, und als sie erfuhr, daß Thalberg morgen Concert gibt, verlangte sie zwei Sitze — aber prosit Malzeit! Kein Sitz ist zu erlangen, nicht für den doppelten und dreifachen Preis. Da es aber auf den Preis nicht ankommt, würden Sie mich sehr verbindlich machen, wenn Sie vielleicht durch Ihre ausgebreitete Connexion im Stande wären, irgendwie gegen „Gold" zwei Sitze zu verschaffen. Freund! Ich stehe Ihnen zu Gegendiensten!" — Ich versprach nichts, sagte aber, daß ich es an Nachforschungen und Ermöglichung der Sache nicht werde fehlen lassen. Mein erster Weg war zu dem damals noch lebenden Musikalien-Händler und Custos oder Verwalter des Vereins der Gesellschaft der Musikfreunde, Glöggl. Der gute Mann pflegte bei ähnlichen Gelegen-

heiten, wie die bei Thalberg, jene Vorsicht zu gebrauchen:
die Reservirung von Sitzen, um im äußersten Nothfalle sich
„die Dankbarkeit" derjenigen zu erwerben, die kein Geld
scheuen, wenn es galt, etwas Außergewöhnliches zu hören
oder zu sehen, und Glöggl war nicht „unfehlbar."
Jedoch hier kam ich bereits zu spät, auch trotz meiner nach=
drücklichen, aber in sehr zarter Weise gemachte Bemerkung,
„der Preis kann sein so hoch er wolle!" — Als ich aus
dem Thore des Musikvereins=Gebäudes trat, fiel mir die
große Annonce des Concertes in's Auge, ich blieb stehen
um das ausführliche Programm zu lesen. Unter den anderen
Piecen las ich auch Lieder vorgetragen von Staudigl.
Der Name Staudigl zündete auch hier. Ich verfügte mich
sogleich sofort in seine Wohnung trotz der außergewöhnlichen
Stunde, die zu einer Visite nicht passend war. Als ich
eintrat, sah ich einen Herrn daselbst, dessen Physiognomie
mir sehr bekannt war, ich konnte mich aber im Augenblicke
nicht entsinnen, wo ich diese schönen, bleichen, echt aristokra=
tischen, feinen Gesichtszüge schon gesehen. Staudigl, mir
die Hand reichend, empfieng mich mit seiner ihm eignen
schlichten, aber um desto liebenswürdigeren Zuvorkommenheit
und mit den Worten: Was verschafft mir das Vergnügen? —
Ohne mich weiter um die Anwesenheit des obbezeichneten
Herrn zu kümmern, erzählte ich ihm den ganzen Vorgang
und schloß mit dem Ersuchen an ihn, als Mitwirkenden
im Concerte mir womöglich zwei Sitze zu verschaffen.
Er bedauerte, es verneinen zu müssen, trug mir aber auch
sogleich einen Sitz — den seine Frau benützen sollte —
mit Bereitwilligkeit an, und bemerkte hinzu mit Lächeln:
meine Frau schieb ich schon durch's Künstlerzimmer irgend
wohin auf's Podium. Ich schlug dies so günstige Aner=
bieten, wie selbstverständlich, ab, um so mehr ein Sitz
nicht dem Verlangen des fürstlichen Verehrers Thalberg's
entsprochen hätte. — Da frug Staudigl: „Lieber Freund!

kennen Sie denn nicht den Thalberg, wenden Sie sich
an ihn!" Ich habe nicht das Vergnügen ihn genauer zu
kennen, frühere Jahre habe ich ihn wohl einige Male flüchtig
gesprochen, er würde sich meiner gewiß nicht mehr erinnern,
und dann wäre das eine eigenthümliche Zumuthung von
mir. — Nun, da kann abgeholfen werden, sagte Staubigl,
wandte sich etwas näher zu dem in stiller Hingezogenheit
auf dem Sopha ruhenden Herrn, und sprach: „Erlauben
Sie, daß ich die Herren einander vorstelle: Herr von Thalberg — Herr Schriftsteller Landau!" Mir fiel es wie
Schuppen von den Augen, Thalberg, welcher sich bei der
gegenseitigen Vorstellung von seinem Sitze erhoben hatte,
griff in die Seitentasche seines Frackes, holte ein elegantes
Portefeuille aus derselben, öffnete es, und überreichte mir
zwei Karten mit den Worten: „Es ist mir ein Vergnügen,
Ihnen damit zu dienen!" — Jubel im Israel! Ich dankte
recht herzlich, verweilte noch einige Minuten, empfahl mich
mit den Worten zu Thalberg, ich werde mir noch das
Vergnügen machen, Ihnen meinen persönlichen Besuch in
Ihrer Wohnung zu machen, was mit den Worten: „Es
wird mir ein Vergnügen sein!" beantwortet wurde. Mit
Storchesfüßen, in freudigster Aufregung, ich möchte sagen,
mit einem gewissen Stolz, das erlangt zu haben, was
anderen selbst gegen blankes Gold nicht gelungen, schritt ich
der Leopoldstadt, dem „golbenen Lamme" zu, und übergab
Herrn Baptist Haubtmann die beiden Karten. Mit Freude
und mit dem Ausbruck: Sie sind doch ein Tausendsassa:
nahm er selbe an und frug mich, was ich dafür bezahlte.
„Nichts!" war meine Antwort, „ich habe die Karten geschenkt
bekommen, und anständiger Weise kann ich dieselben nicht
verkaufen! — Sie sind ein närrischer Mensch, lieber Freund!
sagte Baptist, wozu das — !? — Nichts, nichts und abermals nichts, sagte ich, wandte mich um, empfahl mich und
verließ hastig sein Comptoir. Einige Tage später erhielt

ich ein sehr werthvolles und anständiges Cadeau, welches ich, da es eigens für mich bestimmt war, nicht refusiren konnte. Die schwere Noth der Zeit und die schwere Zeit der Noth im Jahre 1848 nöthigte mich dasselbe zu „versilbern". Das einzige Andenken an diesen Vorfall, an die Freundlichkeit des unvergeßlichen großen Virtuosen Thalberg ist und blieb ein „Stammbuchblättchen" (Noten), das er mir schrieb, als ich einige Tage darauf meinem Versprechen gemäß Besuch abstattete.

Eines Tages, als ich Mittags ins Hôtel Lamm ging um dort zu speisen, natürlich nicht im Salon, sondern nur im „Extra-Zimmer", und in der schönen, geräumigen Flur des Hôtels eintrat, stieg eben ein Herr aus einem ebenfalls erst angekommenen zweispännigen „Numerirten" aus, schwarz in Galla gekleidet, mit einer weißen Cravatte versehen. Mein Staunen war nicht gering, als ich in dem eben bezeichneten Manne den mir bereits bekannten Heinrich Laube erkannte. Ich ging sogleich auf ihn zu, reichte ihm die Hand mit der Ansprache: „Willkommen, Herr Doctor! Wie kommen Sie nach Wien?" — Laube antwortete, ich komme soeben von einer Audienz beim Metternich! — „Bei Metternich? Was haben Sie bei Metternich zu thun, Sie und Metternich, diese Antipoden?" — „Ich war bei ihm, um die Aufführung meines „Struensee" zu bewerkstelligen!" war die eben so rasche als kurze Antwort. Viele werden sich gewiß daher gedacht haben: Tempora mutantur et nos mutamur in illis. Ich aber konnte „Laube und Metternich" nicht aus dem Sinne bringen, ich citirte mir die Müllnerische Phrase:

Erklärt mir Graf Oerindur
Diesen Zwiespalt der Natur!

Ein Laube, welcher seinen „Politischen Briefen" (Leipzig, 1833, Liter. Museum) das Motto ohne Gänsefüßchen, also sein geistiges Eigenthum: „Es gibt einen Gott, denn

es gibt den Gedanken der Freiheit — Freiheit, Dich bet'
ich an!" voransetzte, kann im J. 1845 nicht nur unange=
fochten in der Metropole eines Metternich=Sedlnitzky'schen
Systems verweilen, ja sogar mit dem absolutesten Unter=
drücker der geistigen Freiheit in Oesterreich verkehren. So
damals! — Heute? Citire ich die Schlußworte der Vorrede
zu den oberwähnten „Politischen Briefen": „Ach, ich darf
nichts Richtiges sagen — o ich bitt' Euch, lest zwischen
den Zeilen, da stehen charmante Dinge." — —

Zur selben Zeit schrieb mir Heinrich Laube Nach=
stehendes ins Album, was ich mir factisch als einen wohl=
weislichen Spruch beherzigte, so daß ich von da anfing,
meiner literarischen Wirksamkeit eine andere, mir persönlich
mehr zusagende und meinem Talente geeignetere Richtung
zu geben; der Spruch lautet:

Jeder Mensch hat ein Talent, dieses an sich
aufzufinden und dann rücksichtslos auszubilden, dieses
ist seine Aufgabe. Möge sie Ihnen leicht gelingen!
Wien, 19. November 1845.

Laube.

Es war im J. 1868, als ich in meinem mir, von
meinem Aufenthalte 1849—50, sehr liebgewordenen Leipzig
wieder einige Wochen verweilte. Zur selben Zeit kam auch
Laube dahin, wegen der Directionsübernahme des Stadt=
Theaters. Wir begegneten uns bei der Table d'hôte im
Hôtel Baviere, damals der Sammelpunkt aller fremden
Schriftsteller, Künstler, besonders jener, welche der dramati=
schen Kunst angehörten. Eines Tages während des Speisens
gab mir das gegenseitige Gespräch eine passende Gelegenheit,
Laube an das in Wien gegebene Versprechen, mir eine

Photographie zukommen zu lassen, zu erinnern. „Das Glück kann Ihnen sogleich zu Theil werden", sagte Laube lächelnd, kommen Sie nach der Table d'hôte mit mir auf's Zimmer. Es geschah, Laube gab mir eine der höchst gelungensten Photographien; sie stammt aber auch von einem der vorzüglichsten Photographen Wiens, der factisch als Künstler in seiner Art bezeichnet zu werden verdient, von Fritz Burkhardt. Laube schrieb rückwärts darauf:

Man kommt endlich wieder zu seinem Ausgangspunkte zurück; es fragt sich nur mit wie viel Gepäck? Sorgen Sie für Ueberfracht!

Leipzig, 11. Juli 1868.

Laube.

Wahrlich, Laube hat Recht! Denn kein dramatischer Dichter, kein Novellist, kein Kritiker und kein politischer Schriftsteller, welche alle Eigenschaften Laube vereinigt, hat es so verstanden, in so ausgedehnter Weise, mit so anerkennungswürdigem Fleiße, mit solcher staunenswerthen Gewandtheit „sein Talent aufzufinden und rücksichtslos auszubilden", wie Laube selbst, so daß man mit vollem Rechte sagen kann: Er sorgte für Ueberfracht!" — Denn es steht fest, daß Laube zu den reichsten deutschen Schriftstellern gezählt werden darf; — möge es Ihm wohlbekommen, er hat sich's durch Fleiß — selbst erworben! Eines nur ist zu bedauern, daß Laube seit der Zeit, wo er sich auf das Directionsführen allein warf, die dramatische Feder leider fast gänzlich aus der Hand legte. Die deutschen Bühnen entbehren Laube's Feder, wir haben außer ihm keine Dramatiker der Jetztzeit, denen der Effect für die Bühne, das Packende für's Publicum, so geläufig ist und

die uns Stücke bieten können, wie: „Struensee", „Karls=
schüler", „Essex", „Rococo", „Monaldeschi" u. u. v. a.
Ich glaube, es dürfte bald die Zeit herrannahen, wo das
Publikum die Demimonde=Jahrmarktswaare der franzö=
sischen bramatischen Fabrikanten satt bekommen wird, und
die Herren Theater=Directors ausrufen werden: „Ist kein
Laube ba!"

Das Jahr 1845 schließt mit einem „Roten=Blatte"
von dem verstorbenen Kapellmeister und Componisten Joseph
Netzer.

1846.

Alexander Dreyschock. Vieuxtemps. Alfred Meissner. Hector Berlios. — Intermezzo: Mein Vater; mein Grossvater und Kaiser Franz I. — Adalbert Gyrowetz.

Den Reigen des Jahres beginnt „der Doctor beider Rechte" des modernen Virtuosenthums, nämlich Alexander Dreyschock. Das obige Prädicat stammt von Saphir her, er legte es Dreyschock bei, als dieser in Wien concertirte, mit seinen Variationen mit linker Hand allein zuerst hervortrat und alles so in Erstaunen setzte, daß man beinahe glauben konnte, Dreyschock besitze keine linke Hand, sondern zwei Rechte.

Die Verehrer des hingeschiedenen Virtuosen Dreyschock, und diese sind gewiß heute noch zahlreich, dürften sich auch im Besitze eines vorzüglich getroffenen Portraits desselben, von dem Meistergriffel Kriehuber's ausgeführt, befinden, und denen wird der darauf sich befindende wortspielende Vers Saphir's nicht unbekannt sein; für Diejenigen jedoch, die ihn nicht kennen, möge er hier ein bescheidenes Plätzchen finden:

Welcher Titel, der nicht hinke —
Man dem Meister geben möchte,
Der zur Rechten macht die Linke,
— Nennt ihn „Doctor beider Rechte!"

Von Dreyschock erhielt ich ein Blättchen Noten und das eben erwähnte Bild mit einer eigenhändig geschrie=benen Widmung. Nach Dreyschock concertirte in Wien Henry Vieuxtemps, durch seine Solidität im Spiele, wie durch seine Compositionen für sein Instrument, die sich ungemein über das Niveau der alltäglichen Parabestückchen seiner Collegen erheben, zu den vorzüglichsten Geigern der Neu=zeit gehörig. Vieuxtemps verstand es nicht allein durch Fertigkeit die Bewunderung und den Enthusiasmus seiner Zuhörer zu erwecken, sondern auch durch die Innigkeit seines Vortrages das Gemüth zu erbauen. In seinem Character verband sich französische Elegang und deutsche Schlichtheit. Er schrieb mir nicht mit der oft gebrauchten künstlerischen Non chalance ein Stammbuchblättchen, son=dern mit größter Zierlichkeit, und befrug mich zuvor, was mir denn am meisten von seinen gespielten Piecen gefallen habe? Ich bezeichnete ihm dieselbe und er schrieb sie mir mit der Widmung:

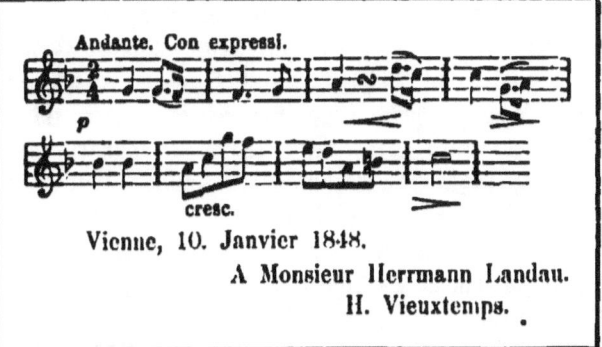

Vienne, 10. Janvier 1848.

A Monsieur Herrmann Landau.

H. Vieuxtemps.

Was mich aber hoch erfreute und für mich eben so schmeichelhaft war, ist, daß Vieuxtemps, mit dem ich durch volle 18 Jahre nicht zusammengetroffen war, im Jahre 1864, als er mit Ullmann nach Prag kam, unter dessen ganzer Künstlergesellschaft, nächst der unvergeßlichen Concert=

sängerin Charlotte Patti, Schwester der noch immer hoch=
gefeierten Adeline Patti, die hervorragendste Größe bil=
dete, sich meiner noch erinnerte und mich mit derselben
freundschaftlichen Zuvorkommenheit aufnahm, wie im Jahre
1846. Er gab mir dieses auch schriftlich kund, indem er
mir seine Photographie überreichte, auf der mit fester, deutscher
Schrift geschrieben steht:

Meinem alten Freunde Herrmann Landau.

Die Hauptveranlassung zu unserer ersten und fort=
dauernden Bekanntschaft lag eigentlich darin, daß wir da=
mals in unserem Aeußern eine frappante Aehnlichkeit ge=
habt haben. Ich sage gehabt haben, also mit bestimmter
Weise, denn es muß wirklich so gewesen sein, und es ge=
schah mir namentlich in Wien, zu wiederholten Malen
auf der Straße begrüßt und angesprochen zu werden, als:
Ah, Mr. Vieuxtemps qu'est-ce que vous méno à Vienne,
comment allez-vous? — Selbst der damals bekannte
Schriftsteller Franz von Branau, mit dem ich selbst be=
freundet war und häufig zusammenkam, der aber an
Kurzsichtigkeit litt, begegnete mir einst auf dem Graben
in Wien, lief auf mich zu, wie in Staunen versetzt, mit
der an mich gerichteten Ansprache: Soyez le bien venue,
Mr. Vieuxtemps. Ich lachte herzlich — er mich näher
ansehend, lachte ebenfalls aus voller Brust — diese Aehn=
lichkeit! ausrufend. Jetzt sind freilich wieder 10 Jahre
verflossen, seit wir uns nicht gesehen, Vieuxtemps zählt
bereits 54 und ich 59 Lebensjahre; ob wir uns jetzt noch
ähnlich sehen? In allen Fällen zählt die Bekanntschaft
mit Vieuxtemps, dem großen Geiger und herrlichsten Men=
schen, zu einer der schönsten Erinnerungen in meinem
Leben. — Nun folgt der „Beethoven der Franzosen", wie
sie jenseits des Rheins Hector Berlioz gerne nennen.

Ich bin nicht Musiker vom Fache, und verstehe mich
eben so wenig auf musikalische Noten, wie auf diplomatische,

am allerwenigsten aber auf Banknoten, mit solchen habe ich nie größere Bekanntschaft gemacht; doch ernstlich, ich verstehe die musikalischen Noten nicht und bennoch habe ich viel, sehr viel über Musik „recensirt", habe aber dabei immer mein Ohr, mein Herz, mein Gemüth zu Rathe ge= zogen, und ich glaube noch heute fest, daß, wer diese „Drei= einigkeit" bei der Musik streng beibehält, wenn er auch nicht zu geweihten Priestern der h. Cäcilie gehört, wenn auch nicht unfehlbar, aber immerhin das Richtige zu verehren im Stande sein wird. So erging es mir auch bei Berlioz. Ich zähle mich noch heute zu den größten Ver= ehrern der Berlioz'schen Compositionen, achte und schätze ihn als den größten Instrumental=Componisten der Neu= zeit, er ist ein Genie in seiner Art und Weise, das nie einen Vorgänger hatte, benn was er schrieb, ist das Schaffen seiner eigenen exaltirten Phantasie, der aber auch keinen Nachfolger haben dürfte, weil eben eine solche Phantasie keine alltägliche ist, sondern vielleicht nur in Jahrhunderten, und da auch nur einmal wieder zum Vorschein kommen könnte, wenn sie je wieder am Horizont der Instrumental= Musik erscheinen sollte. Trotzdem konnte ich mich eines Lächelns nie enthalten wenn man Berlioz und Beethoven in einer Paralelle ziehen wollte. Der Abstand ist zu groß — Beethoven ist der Meister, der was ersann, Berlioz jedoch nur ein tüchtiger Geselle, der was kann, und weil wir in Wirklichkeit keinen derartigen Gesellen mehr haben, müssen wir ihm die Ehre eines substituirenden Meisters angedeihen lassen. Ich hatte auch in b. J. 1850—51 in Weimar das Vergnügen, Berlioz' Oper „Benvenato Cellini" zu hören; sie gefiel im Allgemeinen, und ich muß gestehen, sie sagte auch mir im hohen Grade zu, es ist ein impo= santes Werk und es ist Unrecht, daß man den „Benvenuto Cellini" nicht dem beutschen Publikum vorführt, beshalb, weil man unserem Repertoir der heroischen Oper ein tüchtiges Werk

entzieht. Wir wundern uns nur, daß es Lißt bisher
vermieden hat, Berlioz' Oper am ungarischen National=
theater und an der großen Hofoper zu Wien zur Auf=
führung zu bringen, denn was man dem großen und
liebenswürdigen Virtuosen Lißt gerne zu Liebe gethan,
würde man dem „Abbé" Lißt nun mit um so sehr größerer
Bereitwilligkeit zu Liebe thun, und von Lißt wäre dieses
ein diplomatisches Kunststückchen, denn er würde dadurch
seine Gegner verstummen machen, die da sagen: „Mit dem
Componisten Berlioz schied auch der Journalist und Musik=
kritiker Berlioz, und wir können nun nicht mehr auf seine
„dankbare Feder" rechnen! —

Die Veranlassung zu Berlioz nähere Bekanntschaft
gab ein „Handschuh". — Im März und April 1846
nämlich, als Berlioz in Prag seine Compositionen zur Auf=
führung brachte, dieselben auch persönlich dirigirte, verweilte
und concertirte auch daselbst sein Freund und Verehrer
Franz Lißt. Zu einem Concerte des Letztern im Con=
victsaale am 16. April erhielt ich eine Saalkarte. Als ich
die Räume des Concertsaales betrat, begegnete ich den da=
maligen Secretär Lißt's, wurde von ihm, durch Lißt ge=
kannt, begrüßt und befragt: Wo haben Sie ihren Platz?
Nirgends und überall! — Warum nicht gar, kommen Sie
gütigst, sagte er, führte mich auf's Podium und wies mir
einen Sitzplatz neben Berlioz und unmittelbar in der
nächsten Nähe des Instrumentes an, das Lißt benützte.
Lißt trat auf, den Hut in der Hand, natürlich mit glänzend
weißen Handschuhen, verbeugte sich und da er keine Stelle
fand, seinen Hut niederzulegen, warf er ihn mit künst=
lerischer Gleichgiltigkeit unters Clavier, setzte sich, zog die
blanken Handschuhe ab und — warf selbe hinter seinen
Sessel. Im Nu bog sich Berlioz und ich nieder, wir
brauchten nur die Hände auszustrecken, und Berlioz er=
haschte den rechten, ich den linken Handschuh. Wir lachten,

alle die es sahen, lachten ebenfalls, wir wurden sogar von
einigen schönen Nachbarinnen beneidet, und da Berlioz als
Franzose nicht so galant war, den Handschuh einer Dame
zu präsentiren, dachte ich als Deutscher noch weniger galant
sein zu müssen und steckte den Handschuh ruhig ein. Ich
bewahre diesen Handschuh zwar nicht im Rahmen und
Glas (wie einst Saphir einen Schuh von Fanny Esler's
Füßchen in Rahmen und Glas in seinem Salon zur Schau
aushing! —), aber im Besitze desselben bin ich noch heute.
Vielleicht füllt er einst ein bescheidenes Plätzchen — im
ungarischen Museum aus. — Alles ist möglich! — Dieser
gemeinschaftliche Handschuhfang, so wie, daß der Secretär
noch zu mir kam, sich angelegentlichst mit mir unterhielt,
machte, daß auch Berlioz zutraulicher wurde, und wir auch
später mehrmals verkehrten; und so kam es, daß ich denselben öfters in seinem Hôtel „blaue Stern" besuchte. Als
ich eines Tages, in Gegenwart meines seligen Vaters die
Absicht aussprach, Berlioz wieder eine Visite abzustatten,
sagte mein Papa: Wahrlich, ich möchte auch gerne diesen
berühmten Mann persönlich kennen lernen! — Nichts
leichter als das, war meine Antwort, kommen Sie mit,
ich werde Sie demselben vorstellen. — Nun war mein
Vater ein vielseitig hochgebildeter Mann; er verstand es,
wie nur irgend ein Weltmann, sich in jeder hochansehn-
lichen Gesellschaft zu bewegen; ihm waren auch die italienische, englische, russische und französische Sprache sehr geläufig, und besonders die letztgenannten zwei Sprachen
hatte er sich so zu eigen gemacht, daß man ihn oft für
einen geborenen Russen und oft wieder für einen Franzosen hielt; er würde also bei dem Besuche Berlioz Gelegenheit gehabt haben, wieder einmal so recht con amore
französisch zu sprechen, was ihm damals selten vorkam und
worüber er, wenn sich Veranlassung dazu darbot, immer
hoch erfreut war.

Mein Vater war ein, für die Verhältnisse des Juden=
thumes in Prag im Jahre 1835 schon zu aufgeklärter
Kopf und jovialer Lebemann, so daß man es nicht für
„opportun" hielt, ihn im Rabbinats=Amte, welches zuerst
von seinem berühmten Vater Samuel Landau bekleidet
wurde, nachfolgen zu lassen, trotzdem er auch in der tal=
mudischen und jüdisch=theologischen Wissenschaften, wie nur
irgend ein „Rabbi" bewandert war.

Noch zögerte mein Vater, ob er denn doch mit zu
Berlioz gehen sollte, bis ich endlich sagte: Kommen Sie
mit, lieber Papa! Sie erweisen mir auch eine Gefälligkeit
dadurch, denn, wie Sie wissen, „rabebreche" ich das Fran=
zösische, gerathe hie und da in Stockung, und so würden
Sie Gelegenheit nehmen, wenn ich ein „Bock schieße", zu in=
terveniren, und der Vater würde — wie schon so oft —
wieder das gut und besser machen, was der Sohn ver=
dorben hat. Die Bombe traf, er lachte herzlich und sagte
entschlossen: Nun, so komm, ich gehe mit. Wir gingen;
ich stellte gleich beim Eintritt meinen Vater vor, er selbst
entschuldigte sich sofort in französischer Sprache, daß er sich
die Freiheit nahm, mitzukommen. Ein Wort brachte das
andere, die Conversation kam immer mehr und mehr in
Fluß und im Verlaufe des Gesprächs frug ihn Berlioz:
„Sie sind wohl ein geborener Franzose?" Nein, ich war
wohl in Frankreich, aber auch lange Zeit in Rußland, be=
sonders in Petersburg, da hatte ich eine treffliche fran=
zösische Schule durchgemacht. Eine volle halbe Stunde
dauerte das Zwiegespräch ohne Unterbrechung, denn ich
selbst machte den stummen Zuhörer und erfreute mich
hauptsächlich in der Beobachtung des fröhlich=glänzenden
Ausdruckes in den Gesichtszügen meines, damals schon fast
70 Jahre alten Vaters, den diese Conversation immer
stärker hervortreten ließ. Beim Abschied zeigte sich Ber=
lioz wieder als ein hochgebildeter Künstler und den über=

aus galanten Franzosen gleich, begleitete er uns bis zur Flur, ging nochmals auf mich zu, reichte, schüttelte und drückte mir die Hand, sagte offen, so ohne den geringsten schmei= chelnden Anstrich — ich fühlte, wie wahr er es meinte -- „wie sehr er mir zu Danke verpflichtet sei, daß ich ihm die Gelegenheit bot, meinen „charmanten" Papa kennen zu lernen." —

Armer Vater! Jetzt ruhest Du seit fast 16 Jahren in kühler Erde, aber Dein Geist umschwebt mich stets und das Andenken an Dich, die treue Kindesliebe, die ich Dir bewahrt, kann nur mit dem letzten Schlage meines Herzens enden!

Mein Vater beschäftigte sich auch gerne mit Literatur, er las täglich bis nach Mitternacht die älteren Klassiker, selbst die ihm schon bekannt waren, zu wiederholten Malen, und alle ihm damals zugänglichen neuen literarischen Er= scheinungen. Er schrieb selbst Manches, hielt es aber in seiner bescheidenen Weise nicht für so gut, um es der Oeffentlichkeit zu übergeben. Nur die von meinem seligen Großvater, seinem Vater, dem Rabbiner Samuel Landau in hebräischer Sprache abgehaltenen „Gelegenheits=Predigten" übersetzte er ins Deutsche und es wurden dieselben auch durch den Druck vervielfältigt. So bin ich noch im Besitze einer Trauerrede, welche mein Großvater bei Gelegenheit der Traueranbacht für Se. Majestät den Kaiser Franz I. im März 1835 abhielt, und die von meinem Vater ins Hochdeutsche übertragen und veröffentlicht wurde. Dieser öffentliche Vortrag war die letzte Function meines Groß= vaters in dieser Sphäre, denn bald darauf im selben Jahre 1835 starb auch er, 83 Jahre alt, geehrt und betrauert nicht nur in der ganzen Judenheit, sondern auch von Nichtjuden, von Allen, Allen, die ihn kannten. Für mich, der ich damals im Jünglingsalter war, hatte der fast gleichzeitige Tod des verewigten Monarchen und meines

Großvaters etwas Denkwürdiges, denn der erwähnte hoch=
selige Monarch hegte eine besondere Vorliebe für meinen
Großvater und so oft der Kaiser Prag damals mit Seiner
Gegenwart beglückte, wurde der „Rabbi Samuel Landau zu
einer Audienz beschieden, und der gute katholische Monarch
verschmähte es nicht, sich von ihm „Benschen" (segnen)
zu lassen. So oft aber mein Großvater eine solche „Au=
bienz" hatte, zog er einen Ring an. Die damaligen
„alten" Juden und Frauen meinten, in diesem Ringe liege
eine Zauberkraft, daß demjenigen, der ihn trägt, nichts
„Ungebührliches" wiederfahre. Daß dem nicht so war,
brauche ich meinem Leser nicht erst zu versichern, und mein
Großvater, ein strenger Talmudist und hochfrommer Rabbi,
zählte dennoch nicht zu den Unaufgeklärtesten. Aber es
hatte folgendes Bewandtniß mit dem Ringe: er bestand
nämlich aus einem schweren, goldenen Reif, in dem eine
Camee eingefaßt war, worauf sich ein Papagei, umzogen
von folgender Inschrift in hebräischen Buchstaben und in
derselben Sprache befand:

Chajim wemaweth bejad laschon.

„Leben und Tod hängen von der Zunge (Sprache) ab!"

Also ein Mahn= und Warnungsspruch, daß man im
Umgange oder bei dem Zusammentreffen mit hohen Per=
sönlichkeiten wohl erwäge, wie und was man spricht. —
Bei einer der ersten Audienzen, die mein Großvater hatte,
fragte ihn der verewigte Monarch: „Nun, mein lieber
Rabbi, wie geht es Ihnen? Was beziehen Sie für einen
Gehalt? — „Ew. Majestät! Ich bin wie ein Postillion,
und lebe von Trinkgeldern!" — Zur damaligen Zeit
hatten nämlich die Rabbinen noch kein festes Jahresein=
kommen, sie ernährten sich nur von den damals üblichen
„Neujahrs= und Purim=Geschenken" der „Reichen Gemeinde=
mitglieder", ferner von dem „Honorar", welches sie für

Functionen, wie Trauungen ꝛc. erhielten. Heute freilich ist es anders, da werden die Rabbiner und Prediger mit Tausenden jährlich besoldet, aber die Trinkgelder — haben doch nicht aufgehört!

Und nun, verehrter Leser! Verzeihe, wenn ich hier zu sehr in die Ferne meiner Erinnerungen gegriffen habe, sie dürften doch für Viele nicht ohne alles Interesse gewesen sein. Ferner erlaube ich mir die Frage: Wer, der, wenn er Herz, Gemüth und Pietät genug besitzt, verweilt nicht gerne bei der Erinnerung an seine Ahnen, oder überhaupt an Personen, die ihm nahe standen, ihm lieb und werth gewesen sind? Und somit appelire ich an Dein Herz, an Dein Gemüth, an Deine Pietät, und Du wirst gerne das: „In die Weite schweifen!" verzeihen.

Berlioz schrieb eine Scene aus seiner Symphonie: „Romeo und Julie".

Während dieser Zeit verkehrte ich viel mit Alfred Meißner, welcher damals seinen permanenten Aufenthalt in Prag hatte. Er wohnte bei seinem Vater, der Doctor der Medicin war, in späteren Zeiten jedoch keine Praxis mehr ausübte, da er schon an Jahren vorgerückt war, sondern als Rentier lebte. Im Jahre 1862—65 kam ich öfter ins Haus und nachdem Alfred Meißner mir selbst die frühen Vormittagsstunden als die ihm am liebsten zum Empfang eines Besuchenden bezeichnet hatte, so geschah es häufig, daß ich ihn im Zimmer seines Papas traf, den er damals nie oder selten verließ, dem er ungemein herzlich zugethan war, er las ihm Zeitungen vor, besprach Manches und Vieles mit ihm, was auch Jedem, welcher den alten Dr. Meißner kannte, sehr einleuchtend schien, denn der jetzt leider verstorbene Arzt besaß auch vielseitige Bildung und beschäftigte sich bis in die letzten Tage seines Lebens geistig. Bald nach dem Ableben Meißners des Vaters sagte auch Alfred Meißner Prag Valet! Bei seinem Scheiden dachte ich mir:

„Fallen feh' ich Zweig' auf Zweig',
Kaum noch hält der morsche Stamm!"

Denn zahlreiche, tüchtige, poetische Kräfte besaß einst
Prag, es war ein rühriges, frisches literarisches Leben.
Da waren noch: W. A. Gerle, Uffo Horn, Friedrich
Bach, Julius Seiblitz, Bernhard Gutt, unstreitig einer
der tüchtigsten Kritiker, den Prag je besaß, eingehend scharf,
aber nie verletzend, Rudolf Glaser, Scriptor an der Uni-
versitäts-Bibliothek und Redacteur von „Oft und West" (ein
damals tüchtiges und maßgebendes Journal der deutschen
Literatur und der deutschen Kunst in Böhmen), dessen jetzt
in strenger Zurückgezogenheit noch lebende Gattin Juliana
Glaser (geb. Ebert, Schwester des Dichters C. E. Ebert),
eine geistreiche Frau, die sich auch mit Glück selbst in der
Poesie versuchte. Sodann Graf Schwirnbing, Theodor von
Grünwald, M. J. Landau, Friedrich Sacher, Carl
Ludwig Lippmann, diese alle sind leider schon todt. Zu
denen gesellten sich aber die jetzt noch Lebenden: Siegfried
Spinner oder auch Karl von Wald, unter welchem Namen
derselbe in der neuesten Zeit als tüchtiger Romanschrift-
steller bekannt wurde, der aber in Wirklichkeit Wenzel
Předak heißt, und die Stelle eines k. k. Oberlandesgerichts-
Rathes bekleidet, und Isidor Heller, damals vielver-
sprechend, jetzt ein gänzlich verschollener Novellist; dann
die literarischen und poetischen Diletanten, welche bald
der literarischen Laufbahn ein „Lebe wohl!" zuriefen und
sich ihrem Brodstudium mit allem Eifer zuwandten, um
sich „practisch" eine Existenz zu gründen, wie Med. Dr.
Lucca, jetzt Senior der Badeärzte in Marienbad, dann
die beiden bei den Pragern noch immer in schönster Erinnerung lebenden tüchtigen Mitglieder des deutschen Landestheaters, Franz Brava nnd Preisinger (Letzterer ist
leider auch schon dem Erdensein entrückt). Alle diese
haben mir ebenfalls „Stammbuchblätter" gewidmet, und

zählen sie auch nicht zu den „Capacitäten" in der Literatur und Kunst, so mögen dennoch drei von den Inscriptionen ein bescheidenes Plätzchen einnehmen, in der Voraussetzung, daß sie, da es ihnen weder an Geist, noch weniger an wahrheitlichen Inhalt mangelt, für die Lehrer im Allgemeinen nicht ohne Interesse, meinen heimathlichen Freunden aber gewiß nicht unwillkommen sein werden. Sie lauten:

I.

Wie sich Jener, unkundig des Schwimmens, dem Wasser
vertraut,
Sorglichen Schrittes prüfend den überflutheten Boden
Daß eine gähnende Tiefe, klaffend, ihn nicht verschlinge:
Also prüfe, forschenden Blicks, bei der Wahl eines Freundes;
Denn das Gewässer gibt ein treffend Bild zu den Menschen:
Heitere Ruhe im Antlitz, doch innen — verderblicher Abgrund,
Traue nicht blindlings, und Du wirst Gefahren begegnen,
Dies beherzige o Freund! in diesem Leben voll Scheins.
Den 24. Jänner 1839.

Franz Brava.

II.

In engen stets und engeren Kreisen bewegt das Alter sich, in weiten und weiteren Kreisen umzieht die Jugend den einen Kerngedanken des Lebens: Wirken und Schaffen und die Mahnung an das jugendliche Herz zieht sie hinaus in die Ferne, die voll von schönen Welten mit dem Isisschleier der Zukunft umhüllt vor unserer Hoffnung daliegt; allein die Ferne wird Nähe, die Sehnsucht gestillt, der Isisschleier gelüftet, aber unser Hoffen nie Wirklichkeit und die Flaggen der bangen Erwartung wehen heimwärts.
Prag, 24. April 1839.

Ein Wort aus der Erfahrung Ihres Freundes
Med. Dr. Lucca.

III.

Freund! gib Acht, es kommt auf allen Wegen
Eine lächelnde Larve Dir entgegen,
Die Freundschaft zu sein, sich brüstet.
Doch legst Du ein prüfend Werk ihr auf,
Fort flieht sie in möglichst schnellen Lauf,
Zu dem sie stets gerüstet.

> Die Erfahrung nie zu machen, wünscht Dir
> Dein
> Siegfried Spinner.

Prag, im Februar 1842.

So war's damals in Prag, und jetzt? Dr. Ambros, der ebenso hervorragende, als maßgebende Musik-Kenner und Schriftsteller so wie gediegene Kunst-Kritiker; Salomon Heller, der Dichter des „Ahasverus", der Kritiker mit der „spitzen Feder", sind nach Wien übersiedelt; Dr. Joseph Bayer, der geistreiche Aesthetiker, dessen herrliche Vorträge im „deutschen Casino" wir sehr vermissen, ist ebenfalls nach Wien übersiedelt, woselbst er sich als Professor der deutschen Literatur an der Handelsakademie und als fleißiger Feuilletonist der „Presse" sehr behaglich fühlt. Ein einziger Stern erster Größe leuchtet uns nur noch in Prag, Carl Egon Ebert, aber der greise Dichter lebt sehr zurückgezogen, und wenn er noch heute wie in seinem schönsten Alter, in seinem Aeußern, elegant und jugendlich einherschreitet, so dürfte doch die Last der Jahre sehr beprimirend auf ihn wirken. Möge aber immerhin der allverehrte Dichter und treffliche Mensch C. E. Ebert noch lange zu unserer und zur Freude aller deutschen Gebildeten lange leben und sich des besten Wohlseins erfreuen. —

Eine Hoffnung ist gegenwärtig vorhanden, daß in Prag das literarische und Kunstleben wieder einen neuen Aufschwung nehmen wird durch die Gründung des Vereins

„Concordia." Zwar hat dieser im Fortschritt begriffene Verein einen nicht leicht zu ersetzenden Verlust erlitten näm= lich durch das Hinscheiden des allgemein hochgeachteten Dr. Carl Ritter von Zbekauer, eines Mannes von Geist und Gemüth, von dem man im vollen Sinne des Wortes sagen konnte: „ein Ritter ohne Furcht und Tadel!" Er war sofort bei Gründung der „Concordia," derselben eine geistige und materielle Stütze wie sonst nicht viele; und hier und da und dort, überall wo er geistig und materiell alles Schöne begründete, förderte und befestigte, so wie bei sonstigen zahlreichen Freunden und Verehrern wird er unver= geßlich bleiben. Gegenwärtig sind es die „Ritter des Geistes" wie: J. U. Dr. Anton Görner, J. U. Dr. Prof. C. Th. Rich= ter, Prof. Dr. Benndorf, Prof. Dr. Henke, Dr. Richard Ritter von Helly, die an der Spitze dieses Vereines stehen, ferner findet die literarische Abtheilung ihre Vertreter in Prof. C. Marquard Sauer, Tobisch, dem geistreichen Kritiker und Redakteur des „Tagesboten aus Böhmen", sodann dem Nachfolger Salomon Heller's, bei der Bohemia, Alfred Klar. In gleich würdiger Weise ist in diesem Vereine die Musik, durch den verdienstvollen ersten Capellmeister am deutschen Landestheater, Slansky vertreten, dem der all= gemein beliebte Sänger Hartmann und Theodor Wahle, mit Eifer und Fleiß zur Seite stehen. Letzterer ist zwar Kaufmann von Beruf, aber ein durch und durch vielseitig gebildeter Mann und ein Claviervirtuose von großer Bedeu= tung. Würde Herr Theod. Wahle heute die Musik allein pflegen, wir sind der vollsten Ueberzeugung, daß er, selbst jetzt, wo die Zeit des Virtuosenthumes im tiefen Schlummer ruht, dennoch Sensation zu erregen befähigt wäre. Die Leitung der rethorischen, respective theatralisch=declamatorischen Section befindet sich in den bewährten Händen unseres ersten Helden und Liebhabers Edmund Sauer, und des vorzüg= lichen Oberregisseurs Emil Claar, und auch die bildende-

Kunst hat in diesem Vereine einen würbigen Represen=
tanten in dem rühmlich bekannten Bildhauer Emanuel
Max, dem Onkel des rühmlichst bekannten Malers gleichen
Namens, der neuesten Schule.

Ich habe mich absichtlich hier mit Namen-Anführung
befaßt, um zu zeigen, daß die Prager Concordia wirklich
dazu angethan ist, ein passendes Pendant zu dem, nach
allen Richtungen segensreicher Wirksamkeit nicht genug zu
würdigenden Schriftsteller-Verein Concordia in Wien zu
bieten, wozu freilich Zeit und — Theilnahme gehören,
und eben was das Letztere betrifft, gestatte ich mir ein
wohlgemeintes „Erinnerungswort" an meine zahlreichen Gesinnungsgenossen in meiner theueren Vaterstadt Prag zu
richten, auf daß dieselben jedweden, leider bei derartigen
Gelegenheiten oft hervortretenden Indifferentismus bei Seite
werfen und mit der ihnen mehr als Andern zu Gebote
stehenden Intelligenz und Bildung, den Wahlspruch unseres
allverehrten Monarchen: Viribus unitis! beherzigen mögen;
denn nur so ist die Concordia geeignet, jenen materiellen
und geistigen Zusammenhalt zu erreichen, der diesen Verein
zum Sammelpunkte aller „deutschen Ritter des Geistes" in
Prag in vollkommenster Weise gestalten kann.

Doch nun komme ich wieder auf unseren Dichter des
„Zizka" zurück, welcher, da ich im J. 1846 mich noch viel
mit Humoristik beschäftigte, mir ins Album schrieb:

Sie sind ein Humorist
Und ich bin leider keiner,
In viel Gestalten ist
Der Gott der Dichtung Einer.
Prag, am 26. April 1846.
Alfred Meißner.

Als Meißner mir das Blatt gab, ich dasselbe gelesen, konnte ich es nicht unterlassen, ihm folgendes Impromptu sofort niederzuschreiben:

> Du sagtest, ich wär' ein Humorist,
> Und bedauerst, daß Du keiner bist?
> Freund! dadurch zeigt sich's klar und rein,
> Du kannst auch humoristisch sein!

Nach Meißner folgt und beschließt das J. 1846 einer der fruchtbarsten Componisten, Adalbert Gyrowetz. Von allen seinen zahlreichen Compositionen, sie zählen in die Hunderte, waren es besonders die kleineren Opern oder auch Operetten genannt, welche zu seiner Zeit die glänzendste Aufnahme fanden; von denselben sind heute noch bekannt und tauchen hier und da noch am Opernrepertoir auf: „Agnes Sorel", „der Augenarzt" und „Helene". Als ich Gyrowetz persönlich kennen lernte, war er schon ein Greis in den 80 Jahren, aber noch immer rüstig und voll gemüth= licher Laune, dennoch muß Gyrowetz, in dem Bewußtsein dessen, was er für die musikalische Welt geleistet, ganz eigen= thümliche Empfindungen gehabt und auch gefühlt haben: Wie wenig die Welt bei Lebzeiten derer, denen sie nach ihrem Tode Denkmale oder wenn auch nur Votiv=Tafeln setzt, an eine Bethätigung der Dankbarkeit denkt, so lange sie dem zu Ehrenden selbst noch nützen könnte! — Denn er schrieb mir Folgendes:

> Angenehm ist oft das Künstler=Leben,
> Oft ist es süß wie Mandeln und Zibeben,
> Doch gibt es auch manche Bittern daneben!
> Den 12. August 1846.
>
> Adalbert Gyrowetz.

1847.

Conradin Kreutzer. Joh. Nestroy. Nochmals Zephir. Ludwig Löwe.

Im J. 1847 verweilte ich wieder in meiner Vaterstadt, zu welcher Zeit sich auch Conradin Kreutzer in derselben aufhielt, um seine Oper „die Hochländerin" zur Aufführung zu bringen, die er auch selbst dirigirte.

Kreutzer war im Umgange sehr lieb und einnehmend, er hatte im Aeußern viel Aehnlichkeit mit Oehlenschläger. Wir wurden immer näher und näher bekannt, und würde Kreutzer nur noch länger in Prag verweilt haben, ich bin überzeugt, es wäre zwischen uns die intimste Freundschaft entstanden. Kreutzer war überhaupt ein Wandervogel, es dulbete ihn nirgends allzulange, bis er in Riga leider die „ewige Dulbung" erlangte. Er ist tobt, aber seine Thaten leben fort, ja sie leben im — Volke, denn selten hat ein Componist so für Alle geschrieben, wie Kreutzer. Abgesehen von seiner ewig jungen Oper: „Das Nachtlager in Granada" haben sich seine Lieder und Vocal-Compositionen so ins Fleisch und Blut des Volkes eingelebt, wie selten berartige Compositionen anderer Meister. — Kreutzer ließ mir die Wahl, ihm zu bestimmen, was er mir ins Album schreiben soll, ich sagte, entweder das Lied: „Ein Schütz bin ich 2c." ober: „Die Kapelle"; er entschied sich fürs Erstere und schrieb es. —

Im Mai desselben Jahres gastirte der „Aristofanes"
des Volksschauspiels, Johann Nestroy, in Prag. Wir
kannten uns schon von Wien aus, und ich kann sagen,
Nestroy war mir ein Freund; daß er mir dies war, bewies
er auch dadurch, daß er mich einst in Hamburg, wo ich von
1851 bis 1862 mein festes Domicil hatte, aufsuchte, aber
nicht etwa, als er dort gastirte (das war sein Zweck damals
nicht) sondern als er eine Erholungsreise machte, in deren
Verlaufe er nach Helgoland fuhr, um die Seebäder zu gebrauchen. Ich erinnere mich heute noch mit vielem Vergnügen an die heiteren und für mich angenehmen Stunden,
die ich mit ihm verlebte. Die geehrten Leser werden gleich
zu Anfang meiner „Erinnerungen" wahrgenommen haben,
daß ich stets ein Verehrer und Freund Saphir's war,
und auch als solcher mich in einer von mir veröffentlichten
Brochüre offen bekannte. Ich halte dieses „Bekenntniß",
wobei freilich die Dankbarkeit, die ich dem verewigten
Humoristen schulde, keine kleine Rolle spielt, noch heute
aufrecht. Man glaube aber ja nicht, daß ich ein „blinder"
Verehrer Saphir's bin, man muß Gelegenheit gehabt haben,
den trefflichen „Moritz" als Mensch so zu beobachten, wie
ich solche hatte. Kein Armer, sei er gewesen wer er wolle,
ging unbeschenkt von ihm fort; Hunderte von armen Schriftstellern und Schauspielern wurden von ihm mit vollen
Händen unterstützt, da verstummte seine Satyre und sein
Gemüth hatte die Oberhand. Vom Schriftsteller Saphir
weiß ich, daß er viel zu viel geschrieben hat, daß daher
Vieles darin schon veraltet, Vieles auch mittelmäßig ist; es
bleibt aber bei einer Auswahl seiner „Massenschriften"
immerhin noch so viel des Trefflichen, des Herrlichen, Freude
und Lust Erregenden, Herz und Gemüth Ergreifenden übrig,
daß er als Dichter und Schriftsteller für alle Zeiten einen
ehrenvollen Platz einnehmen wird. Seine Declamations-
Piecen sind heute noch zum dankbaren Vortrage die hervor-

ragendsten; freilich fehlt es uns heute an Louise Müller's,
Julie Rettich's, Louise Reimann's, Mathilde Wil-
bauer's und Ludwig Löwe's. Saphir's beclamatorische
Schriften wollen nicht nur „gesprochen", sie wollen auch
verstanden und empfunden sein. Saphir hatte nur
einen Fehler und den wollte man ihm nicht verzeihen,
nämlich daß häufig sein Humor von bitterböser Satyre
und ätzend scharfer Lauge überfluthet war; ferner war er
„nicht unbestechlich". — Gut! zugegeben! Er selbst hat mir
dieses frei und offen zugestanden, er hat mir eines Tages
gesagt: „Warum sollen wir Männer der Feder unseren
Geist anstrengen, um nur „unser täglich Brod" zu erwerben,
während X. Y. sich Tausende ergeigt, A. B. Tausende
ertrillert, N. N. wieder Tausende ertanzt; wer macht
diese Leute groß —? wir! Während solche Leute in
einem Abend für zwei oder drei virtuos vorgetragene Clavier-
piecen, oder für zwei oder drei trefflich gegurgelte Gesang-
nummern, oder aber für zwei oder drei mechanisch einstudirte
Pas's und Fußspitzen-Bewegungen Tausende einstreichen, sollen
wir „Spalten" füllen um den Ruhm, die „Unübertrefflichkeit",
das „Niedagewesene" auszuposaunen, ihre Ausrufer machen,
die da schreien: Herein da! Herein da! Hochverehrtes
Publikum! Hier wirst Du das Schönste, Beste, Herrlichste
der Kunst sehen und hören!" — ? — So war das voll-
inhaltliche Bekenntniß Saphir's in dieser Richtung, das
er persönlich offen darlegte. Wie trat aber Saphir auf,
galt es einem humanen Zweck, einem Künstler, besonders
vom Theater, der mittellos war, der keine große Gage hatte,
der, um seine Familie zu erhalten, kämpfen mußte, um
„ehrlich zu bleiben"? Da war er stets der Aufmunternde,
der Fördernde, der Nachsichtige, der Protektor; da war seine
Feder ohne „Spitz", da ließ er seinem Herzen, seinem
Gemüthe freien Lauf; ohne allen Nebenzweck, gereinigt
von allem Eigennutz. Ja, was seine Parteilichkeit anbelangt,

könnte man in Versuchung kommen, jenen „Tages=Feder=Helden", die nach seinem Hinscheiden wie „wüthende Bestien über den todten Löwen" über ihn herfielen, zuzurufen:

„Wer sich frei von Sünden weiß, der hebe den ersten Stein auf!"

Man muß auch die bamaligen Verhältnisse der öster=reichischen belletristischen Journalistik berücksichtigen. Saphir's „Humorist" und Bäuerle's „Theaterzeitung" waren die gelesensten und tonangebendsten der Wiener, ja sogar aller österreichischen Journale, und in ihren Händen lag das „Mehr oder weniger Lob", das besondere Hervorheben dieser oder jener Persönlichkeit, dieser oder jener Erscheinung im Bereiche der Kunst und besonders im Virtuosen= und Theaterthume. Damals wurde in Kunst „gemacht", in der Gegenwart wurde und wird noch in „Gründung" und „Politik" gemacht. Und wahrlich, die damalige Kunstkritik hat nicht im entferntesten so viel auf ihrem Gewissen, als viele unserer Journale der Jetztzeit. Nennt mir auch nur drei Journale von Dies= und Jenseits des Rheins, von Dies= und Jenseits der Leitha, die thatsächlich un=parteiisch, unbeeinflußt, ja sogar unhonorirt wären? Nochmals: Wer sich frei von Sünde weiß, der hebe den ersten Stein auf! — Ein unbestreitbares, und nicht genug zu hochschätzendes Lob müssen wir der Feder Saphir's zollen, das ist die Keuschheit derselben und diese ist bei einem Humoristen und Satyriker um so höher anzu=schlagen. Nehmt seine gedruckten Schriften von Beginn seiner Wirksamkeit bis zu seinem Hinscheiden zur Hand und weiset mir darin ein „Zote", eine „Zweideutigkeit"; Ihr kennt Saphir's Werke euren Frauen und Töchtern zu lesen geben, ohne daß Ihr dabei Gefahr läuft, daß sie dabei erröthen. Und so wie er selbst es strenge vermied „unanständig" zu sein, so strenge war er auch gegen alle Schriftsteller, die die bama=ligen Verhältnisse in Oesterreich benützten, wo die „löbliche"

Censur eher Unflätiges schreiben und von der Bühne herab verkünden ließ, als daß sie auch nur eine geistreiche Anspielung auf die politische Lage oder der Politik angehörenden Personen gestattete. Wir erinnern hier nur an des seligen Nestroy dramatische Werke, durch welche so immens-schweres Geschütz auf die Bühne kam, und sich in einer Art und Weise von da entlud, daß es nicht nur auf die Keuschheit und Unschuld des schönen Geschlechtes verderblich wirken, sondern auch das Herz und Gemüth eines jeden gebildeten Mannes verletzen mußte. Was Wunder dann, daß Saphir mit aller Kraft seiner Feder gegen Nestroy auftrat und daß beide lange Zeit in nicht sehr erbaulicher Freundschaft standen. Dieses Letztere hat auch Nestroy zu dem nachstehenden Impromptu für mein Album veranlaßt; es lautet:

Was man selbst kann, darüber staunt man an Andern
nicht;
Sie sind Dichter; auch ich bring' zu Stande ein Gedicht;
Doch wunderbarer Mann!
Ob etwas And'rem staun' ich Sie an:
Sie haben eine ganze Brochüre Lob auf Saphir gemacht,
Beim Styx! Das hätt' ich nie zusammengebracht.
  Prag, 26. 5. 47.
       J. Nestroy.

Nun folgt der „deutsche Garrik" unserer Schauspielkunst, der liebenswürdige und unvergeßliche Ludwig Löwe, eine der schönsten und bis heute in ihrem Fache noch unersetzlichen Zierden des k. k. Hofburgtheaters. Wenn ich so recht nachdenke, und alle theatralischen Künstler die Revue passiren lasse, mit denen ich während eines vieljährigen Zeitraumes meiner recensentlichen, und sogar redactio-

nellen Wirksamkeit kennen gelernt habe, von benen viele,
wenn auch tobt, mir boch in lieber, werther Erinnerung
bleiben, und andere, die noch am Leben mir sehr werth
und schätzbar sind, so gibt es unter den bereits hingeschie=
benen boch nur sehr Wenige, die heute noch frisch und
unvergeßlich in meinem Gedächtniß, in meinem Herzen
fortleben und diese sind: Sophie Schröber, Therese Peche,
Carl Fichtner und dessen Frau Betty, Moritz Rott, Wil=
helm Kunst, Herrmann Hendrichs und — ich hätte ihn in
erster Reihe nennen sollen — Ludwig Löwe. Mit dem
Hinscheiden Löwe's verlor ich nicht einen Gönner, nein,
einen Freund! im wahrsten Sinne des Wortes. Wo er
konnte, ließ er sich Zeit und Mühe kosten, um entweder
für mich Propaganba zu machen oder auch mich an gebil=
bete und hervorragende Persönlichkeiten zu empfehlen. Als
ich eines Tages volle Ursache fand, Löwe zu interpelliren:
In welcher Weise ich mich für seine Güte und Liebenswür=
bigkeit revanchiren könnte? antwortete er mir mit dem ihm
eigenthümlichen Bonhommie: „Was Dank? Was Revanche?
Was ich thue, ist nicht der Rede werth, zubem geschieht es,
um wie möglich Ihnen behilflich zu sein, baß Sie, mit
ruhigerem Fleiße arbeiten können und weil ich — Sie
halt gern hab'!" — „Trefflicher Mensch! Trefflicher Künstler!
Ehre Deinem Andenken!"

Löwe schrieb mir ins Album:

Garrik sagt von der Clairon: „Kunst über allen
Ausbruck, und auf die feinste Art, aber auch nur
Kunst." — Wehe bem Künstler, wo das bewegte Herz
nicht mehr sagt!

Prag, 17. Aug. 1847.

Zur freundlichen Erinnerung
Ludwig Löwe.

Das Jahr 1847 beschließen vier aus dem Bereiche der Musik und zwar sämmtlich mit Noten; so H. W. Ernst:

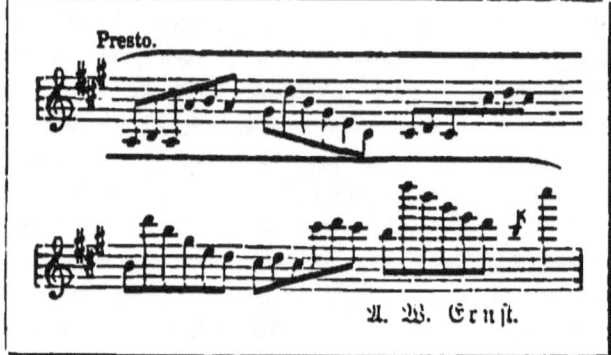

A. W. Ernst.

Felicien David mit einer Scene aus seiner „Wüste":

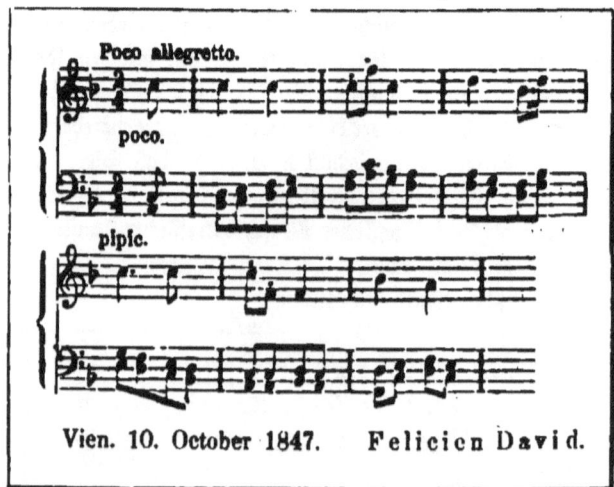

Vien. 10. October 1847.   Felicien David.

Friedrich Flotow mit einer Stelle aus „Martha" und Leopold von Mayer, der größte Lärm-Virtuose des Claviers, dem als „die größte Anerkennung" jene erscheint, die ihm

von Sr. Majestät dem Sultan zu Theil geworden ist; wahr=
scheinlich auch deshalb, weil es ihm durch diese „Auszeichnung"
gelungen ist, sich in Constantinopel 2c. die meisten seiner
„goldenen Lorbeeren" erspielt zu haben, auf denen er schon
seit Jahren, fern allem Kunstleben in Wien ausruht. Leopold
v. Mayer zählt übrigens zu den größten Hassern aller „Recen=
senten", die haben es ihm schrecklich „angethan" und wenn
man selbe darüber zur Rede stellte, so sagen dieselben: „Er
hat uns durch f e i n Spiel t a u b gemacht, so daß, wenn er
wirklich einmal etwas „feinere Seiten aufzog", ihn nicht
mehr kannten, und dafür sollten wir ihn noch loben?"
Herr von Mayer, warum sind Sie auch so scharf ins Zeug
gegangen? — —

1848.

Jellinek. Salomon Kaiser. Friedrich Hebbel. Fried. Halm. Lortzing. — Kurz vor Beginn der Revolution.

Nun komme ich zu einem in der allgemeinen Geschichte und speciell in der Geschichte Oesterreichs ereignißreichen Abschnitt, nämlich „dem 48er Jahr!", wie derselbe allgemein bezeichnet wird. Ich zähle zu Denen, welche diese Periode miterlebt haben von dem Zeitpunkte, wo sich nur so kleine Vorzeichen der Revolution kundgaben, bis zum Schluß der Hauptaction, welche mit der Hinrichtung: Wenzel Messenhauser's, Julius Alfred Becher's, Hermann Jellinek's und Robert Blum's ihr trauriges Ende erreichte.

Indem die „Stammbuchblätter" so zu sagen die Haupt- und Grundbasis zu meinen Erinnerungen geben sollen, so liegt mir jedwede politische Tendenz ziemlich fern, wenn ich auch viele, und wie ich glaube, hochinteressante in das politische Feld eingreifende Erinnerungen mitzutheilen in der Lage wäre. Ich werde nur hier und da, wo selbe so zu sagen zur Erläuterung und zu „meinem eignen politischen Glaubensbekenntniß" beitragen, einige davon berühren. — So möge gleich von Vornherein der eine, ich möchte sagen denkwürdige Umstand, vielleicht durch Zufall, vielleicht aber auch in Absicht hervorgerufen, hier erwähnt sein, daß nämlich „die Begnadigung zu Pulver und Blei" der eben erwähnten Märtyrer der Freiheit, keinen Unterschied der Con-

feſſion in ſich ſchloß. Denn vier Religionen oder Glaubens=
bekenntniſſe, wie es der Leſer zu nennen belieben mag, ſind
dabei vertreten:

Meſſenhauſer . . . . Römiſch=katholiſch.

J. A. Becher . . . . Proteſtant.

Robert Blum . . . . Deutſch=Katholik.

Herrmann Jellinek . . . Jude.

Dieſe Wahrnehmung hatte ich ſofort nach der traurigen
Cataſtrophe gemacht und dieſelbe hier und da Anderen münd=
lich mitgetheilt; ſie dürfte ſich vielleicht traditionell, vielleicht
auch ſpäter durch Journale verbreitet haben, iſt aber immerhin
von mir ausgegangen und in ihrer Weiſe ſoweit intereſſant,
daß ſie wohl eine neuerliche Anführung hier verdient. —
Durch die Zuſammenſtellung der genannten Perſonen
liegt auch der leicht anzunehmende Schluß vor, daß es der
„Camarilla“ traurigen Andenkens, nicht nur darum zu thun
war, die p h y ſ i ſ c h e Macht zu unterdrücken und zu ver=
nichten — denn dieſe wäre hinlänglich durch Meſſenhauſer
und Conſorten, die erſten hervorragendſten Oberhäupter,
vertreten geweſen — ſondern auch die geiſtige Kraft nieder=
zutreten und als Opfer fallen zu laſſen. Und wahrlich
Keiner von den Genannten, ſelbſt Becher und Blum nicht,
haben das Philoſophiſch=Freidenken in ſo hervorragender
Weiſe repräſentirt, wie Herrmann Jellinek. Und faſt unum=
ſtößlich wurde es von in dieſer Richtung maßgebenden Perſön=
lichkeiten aller Parteien ausgeſprochen, daß mit Jellinek's
Tod wir für die Zukunft wahrſcheinlich einen der größten
Philoſophen, epochemachenden Denker, verloren haben. Jellinek
zählte im J. 1848 erſt ſein 26. Lebensjahr (geboren den
22. Januar 1822 zu Droslowitz bei Ungariſch=Brod in
Mähren), ſtand alſo in der ſchönſten Blüthe ſeines Alters,
erregte ſchon damals auch durch ſeine journaliſtiſchen Arbeiten,
freilich im radicalſten Sinne, die allgemeine Aufmerkſamkeit,
kurz und gut Jellinek war alles, nur kein — Held; und

nur moralisch richtig bemerkt F. A. Brockhaus: „Obgleich er (Jellinek) an den Octoberkämpfen nicht persönlich theilgenommen, ward er doch kriegsrechtlich zum Tode verurtheilt." Ich sagte eben zuerst, daß Jellinek kein Held war und daß nur moralisch richtig sei, daß er nicht mitgekämpft. Ich bin in der Lage Beides durch Selbsterlebtes zu behaupten, und glaube dem auch sonst als Mensch edlen Charakter Jellinek's nicht zu beeinträchtigen, wenn ich Beweise liefere, daß er kein Held war und die October-Revolution doch „mitgemacht" hat. —

Wir patrouillirten an einem Tage des Oktobers, mein Nebenmann war der jetzt in Prag lebende (durch seine merkantilisch-journalistische Thätigkeit in der Kaufmannswelt vortheilhaft bekannt) Herr Sebastian Lochner. Auf der „Biberbastei" kam uns eine andere patrouilirende Gruppe, unter welcher sich Jellinek befand, entgegen. Wir begrüßten uns gegenseitig, machten „Beim-Fuß" und sprachen von den Ereignissen des Tages. Im Verlaufe des Discurses frug mich Jellinek: Freund! Was haben Sie für ein Gewehr? Ich habe noch eines vom alten System, mit Stein- und Stahl-Vorrichtung, war meine Antwort. Ah! das ist gut! wechseln wir aus; ich habe eines vom Zeughaus neuern Systems, mit Zündnadeln; und weiß nicht damit zu hantiren! — Sehr gerne, mir ist es gleichviel, ich verstehe mich auf die Zündnadelgewehre, geben Sie mir das Ihrige — hier nehmen Sie das Meinige. — Wir wechselten die Waffen und gingen uns gegenseitig grüßend in entgegengesetzter Richtung ab. Kaum war ich aber zwanzig Schritte gegangen, hörte ich meinen Namen rufen, ich wandte mich um, meine Begleiter mit mir, und Jellinek kam Sturmschrittes auf mich zu, fragend: Freund! Ist Ihr Gewehr geladen? — Ich lachte und sagte: Das ist doch selbstverständlich, wir gehen alle nicht ohne geladene Waffen. — Nun, dann bitte — behalte ich doch lieber mein Zündnadelgewehr, denn

es ist doch zu gefährlich, stets mit geladenem Geschoß umher-
zugehen. Wir wechselten wieder — behielten beide unsere
frühern Waffen und — gingen. — Ein tüchtiger Kerl ist
der Jellinek, die Feder weiß er zu führen wie nur Einer —
aber Soldat könnte er nicht sein! — war die fast gleich-
lautende, von allen Begleitern ausgesprochene Meinung.
Und doch starb Jellinek auf dem Felde der Ehre — er
hauchte seine edle Seele für die geistige Freiheit aus. Dies
legt wohl sprechendes Zeugniß dafür ab, daß, wie ich schon
bemerkte, zu den Hauptzielen des eingetretenen Absolutismus
die Ausmärzung der geistigen Macht, der oft weit schärfere
Waffen zu Gebote stehen, mit gehörte.

Wenn ich von dem Schriftsteller Messenhauser,
von dem geistreichen Musikkritiker und Componisten
Becher, von dem Gelehrten und Philosophen Herrmann Jellinek und von dem dramatischen Schriftsteller
(Blum schrieb im J. 1836 ein Schauspiel in Versen: Die
Befreiung von Canada. Leipzig bei C. H. F. Hartmann) keine Stammbuchblätter besitze, so wird man sich
gewiß nicht darüber wundern, denn die damalige Zeit
war eine allzu ernste, jeder Tag, jede Stunde förderte
immer und immer neue, wichtige, oder wenn auch nur für den
Moment wichtig erscheinende „Ereignisse" hervor, so daß
selbst bei einem gesellschaftlichen Stelldichein auch nur die
Erwähnung eines „Album-Blättchens" entweder als Absur-
dität oder gar Lächerlichkeit erschienen wäre; und da ich
gerne das Absurde und Lächerliche vermieden habe, so
mangeln meinem Album die vier glänzenden Namen:

Messenhauser, Becher, Jellinek und Blum.

Nur vom Letzteren besitze ich eine Handschrift in Form
eines Stammbuchblattes, da ich aber dieselbe nicht direct
von Blum erhielt, habe ich sie auch nicht unter seinen
Namen eingereiht, komme aber später noch darauf zurück.

Der Januar des J. 1848 beginnt in meinem Album mit dem leuchtenden Stern des Cultus der Judenheit, dem Regenerator des mosaischen Gottesdienstes, dem (nächst wailand Standigl) vortrefflichsten Interpreten Beethoven'scher und Schubert'scher Lieder, dem in seiner Art das Gehör erfreuenden, das Herz und Gemüth bis in die tiefsten Fasen ergreifenden, bisher unerreichten Sänger, mit einem Worte, dem großen Künstler, dem trefflichen Menschen Salomon Sulzer. Er schrieb mir:

> Rab loch al thaschibh dabher!
> Wozu der Worte viele?
> Muß ich Dir erst sagen, daß ich Dein Freund bin?
> Sulzer.

Und nun welche Abstufung! Welches eigenthümliche Zusammentreffen in Welt und Leben. Wer prangt in meinem Album neben dem Verkünder des Glaubens und der Verherrlichung Gottes? Der Schöpfer der „Maria Magdalena"; der hoch und hehr dastehende moderne Recke der deutschen Poesie: Friedrich Hebbel! — Zu jener Zeit war meine persönliche Bekanntschaft mit Hebbel so zu sagen noch im Werden; erst später und namentlich als wir uns in Hamburg wiederfanden, auf welche köstliche Zeit ich noch zu sprechen komme, trat ein freundlicheres Verhältniß ein. Hebbel schrieb:

> Der Mensch ist der bloße Stoff des Zufalls, so lange er sich nicht sittlich frei gemacht hat.
> Es liegt daher nicht allein im Interesse des All's, daß er dieß thue, sondern auch in seinem eignen.
> Wien, den 8. Februar 1848.
> Friedrich Hebbel.

Wie sehr aber Hebbel sich zu jener Zeit darüber zurück=
gesetzt fühlte, daß man seinen herrlichen Dramen nicht jene
Anerkennung und namentlich von Seite der Theater=Inten=
danzen, angedeihen ließ, die sie doch wahrlich in hohem
Grade verdienten, beweiset eine Inschrift, die er mir auf
sein wohlgetroffenes, vorzüglich lithographirtes Bild von
E. Kaiser schrieb; sie lautet:

Längst erschienen die Geister auf unser'm deutschen Theater,
Wann wird endlich dem Geist zu erscheinen erlaubt?

Wien, Januar 1848.

Friedrich Hebbel.

Weit besser ging es, und sofortigen Eingang, beson=
ders am k. k. Hofburgtheater, den romantisch=poetischen
Dramen Friedrich Halm's — eigentlich: Elligius Franz
Joseph Freiherrn von Münch=Bellinghausen — welcher den
unmittelbaren Nachfolger Hebbel's in meinem Album bildet.

Der größte Fehler unserer modernen dramatischen
Dichter ist der, daß sie ihre Helden und Heldinnen unter
Aufgebung jener Objectivität, welche das antike Drama so
erhaben macht, mitten in die Zeitströmung tauchen und
dadurch ihren Werken einen mehr oder minder tendenziösen
Charakter aufprägen, oder daß sie gar — was sehr häufig
der Fall ist — aus Vorliebe für irgend einen hervorragen=
den Darsteller demselben die Hauptrolle so zu sagen an den
Leib passen und die ganze Handlung um diese Rolle, die
immer eine ganz eigenthümliche sein muß, gruppiren. In
beiden Fällen kann das Drama nur ephemer erscheinen,
eine vorgeschrittenere Generation wird wohl an den über=
holten Tendenzen der Vergangenheit ebenso wenig Gefallen
finden, wie an den Formen einer lang zuvor abgelegten
Modetracht und die Anpassung der für einen dahingeschie=
benen Künstler eigens niedergeschriebenen Rolle für andere
Darsteller wird ebenso wenig glücken, als die Umänderung
eines alten Kleidungsstückes, in dem sich der neue Träger

beengt fühlen oder das an ihm herumschlottern muß. Wenngleich von dem letzteren der characterisirten Fehler auch Halm nicht ganz freigesprochen ist, indem er Manches schrieb und deshalb schrieb, wie wir es heute besitzen, weil es ein Löwe, ein La Roche, eine Rettich darzustellen vermochte, so werden doch seine Dramen, selbst wenn sie einst zufolge des Mangels gleich befähigter Darsteller von den Brettern, die die Welt bedeuten, verschwinden sollten, der wirklichen Welt dennoch erhalten, und ob ihres hochpoetischen Inhaltes, ob ihrer literarischen Bedeutung als „Buchdramen" werth bleiben. Dieses ist meine unmaßgebliche Meinung über Halm den Dichter. Halm als Mensch — nun er war ja Baron und da fängt ja eben nach einem bekannten Ausspruche der Mensch erst an! — Halm war oder konnte wenigstens freundlich gegen alle sein; er war es auch gegen mich; und so sehr ich auch von Anfang an — also im J. 1848 — den Aristokraten von Kopf bis zur Zehe wahrgenommen, machte ich dennoch die — wie ich glaube — nicht unrichtige Beobachtung, daß Halm nach dem Tode seiner „intimsten Freundin", der plastischen Verherrlicherin seiner dramatischen Gestalten Julie Rettich niedergedrückt und mehr als früher verschlossen war, dafür aber bei ihm viel mehr menschlichere als aristokratische Gefühle zum Vorschein kamen. Halm's Inskription lautet:

> Es trägt ein Doppelantlitz Welt und Leben
> Und wem der Blick fürs Heitere nicht gegeben,
> Sieht selten auch das Ernste hell klar.
> Wien, d. 12. Januar 1848.
> Frieb. Halm.

Nach Halm dem Dichter folgt Carl Czerny, der Premier aller Clavier-Schul-Meister; der fruchtbarste daher auch der populärste der Componisten, für alle Alten und Jungen, welche je die Schule des Claviers durchgemacht haben. Ich sagte fruchtbar, denn Carl Czerny war der Döbler für Musikfreunde, er theilte gleich dem einst beliebten Escamoteur, seine musikalischen Sträußchen mit unerschöpflicher Geschwindigkeit nach allen Seiten aus. Hier ein Sträußchen! Hier noch ein Sträußchen! Sie wünschen auch ein Sträußchen? Und Sie auch? Hier haben Sie zwei und drei! — Und so ging dieses fort. Er ermüdete nie und kam nie in Verlegenheit. Freilich, sind unter diesen Sträußchen manche Brennesseln, manches Feldblümchen, aber auch viele nette Blümchen, ja sogar duftende Veilchen und liebliche Rosenknöspchen, die, wenn auch schon hier und da ihres frischen Duftes verlustig, ihrer blühenden Farbe beraubt und ihre Jahreszeit längst vorüber, doch noch immer ein Herbarium seltener Art bilden, das stets einen Werth behalten wird. — Zu jener Zeit hatte Czerny zwar schon sein 59. Lebensjahr zurückgelegt, war aber noch rüstig und frisch an Körper und Geist. Er besaß auch eine nicht kleine Dosis von Humor; und als ich ihn endlich um ein schriftliches Andenken ersuchte, sagte er: „Kaum kann ich die Zahl der Blätter mehr genau angeben, die ich für Liebhaber von Stammbüchern geschrieben; meine Schüler und Schülerinnen allein zählen schon nach fast Hunderten, und nun kommen erst meine Freunde, meine Verehrer, wie sich Viele nennen, um allenfalls durch Complimente ein Blättchen zu erlangen; ferner jene hohen Herrschaften, die sich Handschriftsammlungen anlegen, blos weil es zur Liebhaberei oder zur Mode des Tages gehört. Doch ich weiß, Sie zählen nicht zu den „Haschern" von Albumblättchen, ich habe doch schon so lange das Vergnügen Sie zu kennen und dennoch haben Sie bis heute Ihren für mich immerhin schmeichelhaften Wunsche keinen Ausdruck

gegeben. Nun frisch heraus mit dem Blatt!" — Hier,
verehrter Herr von Czerny! — „Da soll aber auch kein
Fleckchen weiß bleiben," sagte er lächelnd, „voll soll es wer=
ben; Sie lieben es doch auch, wenn der Becher überschäumt!"
Und Eins! Zwei! Drei! Schnell ein Sträußchen herbei!
Uebergab mir der schlagfertige Componist das Blatt mit
der Bemerkung, es sollen aber auch Alle die es sehen, wahr=
nehmen, daß dieses Blatt eigens für Sie, bester Freund!
bestimmt ist. Er schrieb mir ein ganzes Blatt Noten, mit
der unten beigefügten Bemerkung: Für das Album des Herrn
Herrmann Landau.

An Czerny schließt sich, wenn auch nicht der Begrün=
der, doch immerhin der erste Componist der deutschen
komischen Oper, dessen Werke nie veralten, nie mit der
Zeit untergehen, und stets eine Zierde der deutschen Opern=
bühne bleiben werden: Albert Lortzing an, der Schöpfer
des „Czar und Zimmermann", der überaus liebenswürdige
Mensch, der musterhafte Gatte, der zärtlichste der Väter,
der treueste Freund, aber auch der hartgeprüfteste
aller deutschen Componisten! Unvergeßlicher Freund! Nie
erlischt die Erinnerung an die schönen Stunden, die ich
mit Dir in und außer Deinem Hause verlebte. Die herr=
lichen Stunden, wo wir beisammen saßen mit Herloß=
sohn, Oettinger, dem noch lebenden trefflichen Sänger,
gegenwärtigen Theaterdirector Beer (das Muster für alle
„Bürgermeister von Saardam"), dem trefflichen Ober=
regisseur Bartls und dem herrlichen Komiker Vallmann
(die zwei Letzten leider schon gestorben) in Dänes Glas=Halle
in Leipzig, um dort die 11 Uhr Messe weinend zu be=
gehen.

Es war vor nicht allzulanger Zeit, wo das Studium,
aus den Handschriften den Character eines Mannes oder
einer Frau zu erkennen en vogue war und das Weltblatt
„Leipziger Illustrirte Zeitung" von J. J. Weber hat uns

vor Jahren oft und Vieles höchst Interessantes und nach
dieser Sphäre viel Animirendes mitgetheilt und was auch
später unter dem Titel: Die Chirogrammatomatie 2c. von
A. Henze mit 1000 facsim. Handschriften erschienen ist.

Ich glaube, diese Sache hat viel für sich, und ich
habe bei manchem meiner Stammbuchblätter dieses
Studium mit ziemlich richtigem Erfolge gemacht; aber bei
keinem so mit unumstößlicher Wahrheit, wie bei Lortzing's
Blatt; denn sein schönes, ich möchte sagen streng reinliches
Aeußere, der glänzende, freundliche Blick seines Auges,
der gemüthliche, herzinnige Ausdruck seiner Gesichtszüge,
die sein Inneres wiederspiegelten, giebt sich auch in seiner
Handschrift kund. Er schrieb mir, wie er sich selbst bei
der Uebergabe des Blattes äußerte, sein: „Schönstes und
Liebstes", das bis in den entferntesten Winkel der weiten
weiten Welt, in Pallast und Hütte gedrungene Lied:

O selig, o selig, ein Kind noch zu sein!

Es ist allbekannt, daß Lortzing bei seinem schlichten,
geraden Character nicht dazu geeignet war, als Componist
„politisch" zu handeln, ferner war Lortzing so durch und
durch von der Kunst und insonders von der Musik inspi=
rirt, daß ihm alle Gedanken zur Politik überhaupt fehlten,
und dennoch glaube ich nicht zu weit zu gehen, wenn ich
behaupte, daß er in dem obenbenannten Liede sein politi=
sches Glaubensbekenntniß mit Kraft und Schärfe zu Tage
förderte, indem er so zu sagen mit demselben allen Poten=
taten ein Memento mori! zurief:

„Und endet dies Streben und endet die Pein,
So setzt man dem Kaiser ein Denkmal von Stein;
Ein Denkmal in Herzen erwirbt er sich kaum,
Ach irdische Größe erlischt wie ein Traum!"

Zu den wehmüthigsten, aber dennoch zu den schönsten
Erinnerungen zähle ich jene Tage, wo ich von Hamburg

aus im August 1851 einen Ausflug nach Berlin machte. Wie selbstverständlich, besuchte ich daselbst das Grab des hingeschiedenen Meisters, ein Blümchen, eigenhändig daselbst gepflückt, schmückt mein „Herbarium" von den Gräbern der „Unsterblichen." Ferner ging ich zu seiner, damals noch immer in Berlin domicilirenden Familie, die mir auf's innigste zugethan war. Es war ein traurig-freudiges Wiedersehen! Wie freudig tief war ich aber bewegt, als beim Abschied die Tochter Lortzing's, Bertha (ich glaube jetzt verehelichte Frau Kraft) an mich herantrat und mir eine Feder überreichte mit den Worten: „Hier! Sie waren stets ein treuer Freund und aufrichtiger Verehrer unseres seligen Vaters, nehmen Sie diese Feder als Andenken, es ist dieselbe, mit der er noch am Abend vor seinem Hinscheiden schrieb!" — Auch diese Reliquie habe ich bis auf den heutigen Tag mit gebührender Pietät bewahrt. — Lortzing's Blatt hat auch für mich einen politischen Anstrich, denn es ist das letzte der „vormärzlichen" Periode. Es war Ende Februar, es fing schon zu dämmern an, und den strengen, feinen Beobachter dürfte schon der Odem der Geistesfreiheit im Stillen angeweht haben. Bereits Sonnabend den 11. März 1848, als Jenni Lutzer-Dingelstedt im k. k. priv. Theater a. d. Wien sang, wurde während den Zwischenacten im Parterre schon „gemunkelt," daß Verschiedenes in den nächsten Tagen sich ereignen soll. Der schon früher erwähnte Musik-Referent des Saphir'schen Humoristen war mein nächster Nachbar im Theater, und da, wie ich ebenfalls bereits erwähnte, er schwerhörig war, so hielt ich mich stram an sein Ohr, ihm zuflüsternd: „Haben Sie auch schon gehört, was Neues in Wien vorgeht?" — „Ja," sagte er, „Montag bekommt Metternich eine Katzenmusik!" — Wie ein elektrischer Funke durchzuckte mich das Wort „Katzenmusik," trotzdem mir ein derartiges Concert dem Namen nach aus dem Studentenleben nicht unbekannt war, und trotzdem es mir auch ganz harmlos, ohne alle politische Bedeutung erschien. Jedoch der Sonnabend und Sonntag verflossen, aber nicht ohne daß man eine schwüle, drückende Gewitterluft, die sich über das „alte Wien" hinzog, verspürte und der Montag — der 13. März 1848 — kam heran.

Es ist derselbe Tag — unauslöschlich in der Geschichte Oesterreichs, an welchem es den Kampf für die Freiheit begann und noch bis zum heutigen Tage fortführt.

Freilich heute nicht mit Pulver und Blei, wie damals, aber mit der unverwüstlichen Macht des Geistes und der Aufklärung. Das Blut des ersten Gefallenen, des 18jährigen Technikers Karl Heinrich Spitzer aus Bicsenz in Mähren und das Blut seiner 12 Aposteln, der 12 Mitgefallenen, hat dem Boden des großen Kaiserstaates die Taufe, der heiligen Dreieinigkeit: „Freiheit, Gleichheit und Brüderlichkeit!" für alle Zeiten verliehen. Der Glaube an das allgemeine Menschenrecht: Er! ist neuerstanden, er hat seine Aposteln gefunden; — man konnte ihn eine Zeit lang wieder niederdrücken, seine Apostel und Gläubiger vernichten, aber ausmärzen konnte man ihn nicht wieder — immer und immer erhob er sein von der goldenen Strahlenkrone der allgemeinen Menschenliebe umleuchtetes Haupt und verbreitete seine erquickende Wärme und sein wohlthuendes Licht nach allen Gegenden und wirkte so lange, bis der große Schandfleck „Concordat" vernichtet, der von der Scheinheiligkeit des Jesuitismus herabbeschworene „Glaube" — der unbefleckten Empfängniß und der „Unfehlbarkeit" von den erleuchtesten Anhängern der reinen Christuslehre in seiner ganzen Hellheit erkannt und verurtheilt worden. — Der 13. März 1848 ist auch der Tag, an dem die ersten Strahlen der confessionellen Freiheit herangebrochen waren, denn: die für Recht und Freiheit Gefallenen Juden, Katholiken und Protestanten, allen wurde zu gleicher Zeit von je einem israelitischen, katholischen und protestantischen Priester das Geleite gegeben, woselbst diese geistlichen wahren Ehrenmänner Hand in Hand, mit dem Blick in das unendliche Firmament des Himmels, ihnen den letzten Segen spendeten, und in welchem Grabe sie auch gemeinschaftlich ruhen. Der Denkstein, der ihre Ruhestätte für alle Zeiten bezeichnet, ist zugleich der Grundstein zur confessionellen Freiheit!

Daß diese Periode des Kampfes für die Rechte der Menschheit, wo die Oelzweige des Friedens und der Seelenruhe nur spärlich und nur momentan auftauchten, um sodann wieder rasch zu verschwinden, nicht geeignet war, die Kunst und Literatur zu fördern, die in jener Zeit nur mit vielem Ringen und Mühen sich hier und da bemerkbar machen konnte; daß überhaupt das Schöne und Erhabene in der Kunst und Literatur nicht auf dem mit Blut befleckten Felde emporsprossen kann und nur im Haine des Friedens und auf den Fluren der Zufriedenheit gedeihen könne, ist unumstößliche Wahrheit. Und somit ist es auch selbstverständlich, daß ich zu jener Zeit mit Künstlern, Dichtern wenig, ja fast gar nicht in Berührung kam. Erst später, wo ich in das Rad der Zeit mit meinen schwachen Kräften miteingriff, um vereint mit vielen Tausenden, es nach Möglichkeit nicht zum Stillstand kommen zu lassen, da hatte ich erst wieder Gelegenheit, mit hervorragenden Persönlichkeiten in Contact zu kommen.

Aber der Anfang war auch einer der glänzendsten, und wird auch das erhaltene Blatt nicht nur eine der schönsten Zierden meines Albums für alle Zeiten bilden, sondern auch mich, so lange ich lebe, mit gerechtem Stolze erfüllen, denn es stammt von keinem Andern, als dem „großen Patrioten": Franz Deák!

Ich kenne überhaupt nur drei Männer in der Ge=
schichte der Neuzeit, die als Patrioten so vollständig frei
von allen Nebengedanken des Egoismus und des eitlen
Ehrgeizes, so „unbefleckt" von allem Staube des Eigen=
nutzes, gleich drei hellglänzenden Sonnen am Firmamente
der Freiheit für alle Zeiten leuchten werden, und diese sind:
Josef Garibaldi, Emilio Castellar und Franz Deák!

Was meine Ansicht des Patriotismus im Allgemeinen
betrifft, so dürfte sich Cavour den obgenannten würdig an=
reihen; und selbst Bismark wird man als solchen stets
mit Bewunderung und Dankbarkeit nennen müssen; denn
nicht nur jeder Germane, selbst der beste Deutsch=Oester=
reicher, und mit Stolz sage ich es, daß ich zu den tiefst=
fühlendsten Anhängern eines großen, deutschen, starken
Oesterreichs unter der glorreichen Regierung unseres
allverehrten constitutionellen Kaisers Franz Joseph I.
zähle — wird eingestehen müssen, daß durch die Wieder=
herstellung eines einigen Deutschlands auch wir zum
Bewußtsein unserer Stärke erwacht, und so auch ge=
kräftigt wurden; ferner, daß nicht nur Oesterreich, nicht
nur Europa, nein, vielleicht eine ganze, ganze weite Welt,
Bismark es einzig und allein zu danken haben wird,
daß wir uns, wenn auch nur schrittweise, aber immer mehr
von dem Drucke des römischen Jesuitismus erleichtert und
einst befreit fühlen werden.

Wie Deák 1848 und wohl auch schon früher gedacht
und gehandelt, so dachte, so handelte er auch bis heute;
er blieb jener Devise, die er mir in's Album schrieb, treu;
sie lautet:

Brüder in der Liebe für Freiheit und Vaterland!
Wien, den 19. September 1848.

Fr. Deák.

Er schrieb dieses in deutscher Schrift und Sprache, mit fester Hand. Aber unvergeßlich bleibt mir auch die abermalige Zusammenkunft mit Deák, im J. 1865 in Pest, und sie werde ich zu den schönsten Stunden meines Lebens zählen. Also es war im schönen Mai 1865, als ich in Pest längere Zeit verweilte, und eines Tages mich entschloß, Deák zu besuchen. Ich konnte mich zwar nicht des Gedankens entwinden, daß Deák schon meiner gänzlich vergessen haben wird, und daß er kaum sich noch meines Namens erinnern dürfte; ich tröstete mich aber damit, daß mir Deáks Leutseligkeit noch in frischer Erinnerung blieb, daher ich keineswegs ein unfreundliches Wiedersehen zu erwarten brauchte, ferner, daß ich selbst, im Falle ich seinem Gedächtnisse entfallen wäre, immerhin in der Lage war, ihn an Dies und Manches zu erinnern, was gewiß seiner Rückerinnerung zu Hilfe gekommen wäre. Wie war aber mein Erstaunen, wie freudig durchzuckte es meine Seele und meinen Körper, als ich beim Eintritt — woselbst Deák sofort vom Sopha aufstand und mir entgegentrat — mich ihm vorstellte und meinen Namen nennen wollte, der große Patriot aber seine Hand auf meine Schulter legte und sprach: „Nicht sagen den Namen! Warten Sie!“ — Und mit offenem Blick mich ansehend, freundlich lächelnd, sagte er nach einer kleinen Weile: „Sie sind der Landau von Wien, wir kennen uns von 48!“ — Wenn man bedenkt, daß seit der Zeit unseres ersten Zusammentreffens 17 Jahre verflossen sind, mit wie vielen verschiedenartigen Persönlichkeiten dieser edle Ungar während eines solchen Zeitraumes zusammengetroffen ist, und daß dabei sein ewiges Denken für das Wohl seines Vaterlandes, seine immerwährenden diplomatischen Unterhandlungen, seine geistigen Kräfte und sein Gedächtnißvermögen in steter Thätigkeit erhielten, und daß ein Mann wie Deák wirklich viel wichtigere und hervorragendere Persön-

lichkeiten in Erinnerung behalten muß; wenn man dieses
Alles in Erwägung bringt, so muß man zu den andern
vielen vorzüglichen Eigenschaften dieses Mannes auch jene,
eines bewunderungswürdigen Riesen = Gedächtnisses bei=
zählen. — Durch diese so liebenswürdige freundliche Auf=
nahme und durch die besondere Ehre, daß Deák mir da=
mals einen Gegenbesuch abstattete, aufgemuntert, unter=
ließ ich es nicht, denselben noch einigemale zu besuchen.
Ich begegnete auch oft Deák, und namentlich im sogenann=
ten „Stadtwäldchen", das bei schöner Witterung dem Publi=
cum, abgerechnet des Staubes, bevor man hinauskommt,
seiner schönen Lage und seiner üppigen Vegetation wegen
zur sommerlichen Erholung dient und auch zahlreich be=
sucht wird.

Ein characteristischer Zug möge hier gelegentlich er=
wähnt sein, wie weit nämlich sich in jener Zeit der Patrio=
tismus der Ungarn erstreckte und wie ungemein die Ver=
ehrung für Deák bis in die untersten Schichten sich fortge=
pflanzt hatte. Die Omnibusse nämlich (die, nebenbei be=
merkt, nicht sehr elegant waren und es noch heute nicht
sind), welche vom Innern der Stadt bis in's „Stadtwäld=
chen" das Publicum befördern, fahren nicht eher von ihrem
Standplatze ab, bis die gehörige Anzahl — 12 Passa=
giere — das Fahrzeug füllen; und oft ist es der Fall, ich
selbst habe ihn mehrmals mitgemacht, daß eilf Personen
den Wagen bereits occupirt haben, und darin eine ganze
Viertelstunde, zuweilen auch noch länger, warten müssen,
bis die zwölfte erlösende Person kommt, die erst den Aus=
schlag zur Abfahrt giebt. Wenn aber Deák kam und
einen solchen Omnibus bestieg, um nach dem Stadtwäld=
chen zu fahren, und wenn auch noch kein einziger Passa=
gier sich sonst darin befand, sofort bestieg der Kutscher den
„Bock" und fuhr dem — Pester Prater zu, wie ihn die
Bewohner der ungarischen Metropole gerne bezeichnen. Nur

bei paſſanten Paſſagieren, die während der Fahrt ein=
ſteigen wollten, hielt der Omnibus an und ließ ſelbe „ein=
ſitzen." Sehr häufig trug es ſich zu, daß dieſer Omnibus,
trotzdem er leer abfuhr, dennoch voll wurde, denn ſelbſt
Paſſanten, die nicht beabſichtigten, in's Stadtwäldchen zu
fahren, oft in die entgegengeſetzte Richtung gehen wollten,
aber wahrgenommen hatten, daß Deák da fährt, gaben
ſogleich das Zeichen zum Anhalten und machten „die
Spazierfahrt wider Willen," nur um die Ehre gehabt zu
haben, in der Nähe des großen Patrioten geweſen zu ſein,
und in ſeiner Geſellſchaft, wenn auch nur eine „ſtumme"
Fahrt gemacht zu haben. Ich habe Deák öfters beſucht
und zu wiederholten Malen äußerte er in meiner Gegen=
wart: „Ungarn kann nicht ohne Oeſterreich ſein, wir
müſſen mit Oeſterreich „Hand in Hand gehen"; aber ein
Oeſterreich kann auch nicht ohne Ungarn ſein!"

Ich könnte noch Manches, Vieles über dieſen Ehren=
mann mittheilen, es würde aber für jetzt die Tendenz
dieſes Buches überſchreiten, nur noch eine kleine Epiſode,
die mir nie aus dem Gedächtniß kam, und auch hiſtoriſch
merkwürdig iſt, will ich erwähnen, aber auch nur zu dem
Zwecke, daß einer oder der andere meiner freundlichen Leſer,
der vielleicht dieſe Epiſode ſchon früher geleſen haben könnte,
und nicht wiſſen ſollte, woher ſie ſtammt, erfahre, daß ich
es war, dem gegenüber ſich der große Patriot im J. 1866
ſo geäußert hat.

Bei Gelegenheit eines Beſuches bei Deák erlaubte ich
mir im Verlaufe eines politiſchen Geſpräches die Frage
zu ſtellen: „Herr von Deák! Was halten Sie jetzt von
uns in Oeſterreich? Wie lange kann es noch ſo ſeinen
Beſtand haben?" — „Ja, lieber Freund! Dieſes zu be=
antworten, muß ich weit ausholen. Sehen Sie, ich hatte
eine Beſitzung, in dieſer Beſitzung war eine Anhöhe, auf
der ſich ein „altes Preßhaus" befand, das auch bau=

fällig war, sich überhaupt in sehr schlimmem Zustande be=
fand. Ich ließ einen Baumeister holen, und ersuchte ihn,
das alte Preßhaus zu besichtigen, und da ich gesonnen
war, meine Besitzung zu verkaufen, würde ich gerne die
Kosten zu einem neuen Gebäude ersparen, er solle mir da=
her sagen, ob das alte Preßhaus noch zu repariren ist,
und wenn man es reparirt, wie lange es noch halten
kann. — Der Baumeister besichtigte das Object und als
ich ihn dann frug, wie es aussieht, so sagte er: Ja, es
kann noch reparirt werden und es kann auch noch ein,
zwei und auch drei Jahre aushalten, aber — kein S t u r m
darf kommen!" —

Im Jahre 1866 kam der Sturm!

Als ich Deák mittheilte, daß ich ein Stammblatt
von ihm besitze, worauf er sich selbst auch noch sehr gut
zu erinnern wußte, äußerte ich den Wunsch, auch noch ein
Bild mit seiner Unterschrift zu besitzen. „O ja, lieber
Freund! Meine Unterschrift können Sie haben, die kostet
nichts, aber mein Bild gebe ich nicht; denn sehen Sie, ich
habe mich einzig und allein stets nur unter der strengen
Bedingung photographiren lassen, daß das Reinerträgniß
der verkauften Bilder den Waisenkindern zufalle.
Kaufen Sie sich ein Bild, bringen Sie mir es, zu j e d e r
Zeit, wenn es beliebt und meine Feder ist bereit. Ich
kaufte ein Bild, legte es Deák vor, er freute sich — mit
den Worten äußernd: „Haben meine armen Kleinen wieder
Etwas!", ergriff sogleich die Feder und schrieb vorn unter
dem Bilde: Deák Ferenz, und als ich äußerte, dieses
Bild wird mir nun ein A b s c h i e d s = Angedenken sein,
wandte er es um und schrieb auf der Rückseite mit deut=
scher Schrift und in gleicher Sprache:

Frohes Wiedersehen!

Pest, den 10. Juni 1865.　　　　Deák.

„Ein abermaliges frohes Wiedersehen!" gabs im
J. 1872 in Pest. Doch traten schon hin und wieder bei
Deák die Mahnungen an das Heranrücken des Alters hervor.
Ich behalte mir für die Zukunft nähere Mittheilungen über
mein damaliges Zusammentreffen mit dem „alten Manne"
vor. Doch so viel sei nur in Kürze hier erwähnt, daß
Deák mir derselbe geblieben ist, was er mir durch ein
abermaliges „frohes Wiedersehen" schriftlich kundgab.

Nur drei Tage, nachdem ich im Besitze von Deák's
Stammblatt war, also im September 1848, erhielt ich ein
solches von Julius Fröbel, dem Mitgenossen Robert
Blum's im Gefängniß. Im Gefängniß — ja! aber sonst?
Sie wurden wohl Beide begnadigt, mit dem Unterschied,
Blum zu Pulver und Blei, Fröbel in Wirklichkeit zum
Leben. Sonderbar sind doch Beide Hand in Hand gegangen,
haben doch Beide ein und dasselbe Princip verfolgt, Beide
waren also Gesinnungsgenossen, Beide waren bewaffnet und
haben mitgekämpft. Mitgekämpft, ich sah es selber, ich war
dabei und auch Fröbel gesteht es in der Inscription, die
er mir gab; sie lautet:

Wenn endlich wir im offenen Kampfe stehen,
Im offenen Kampfe gegen all' das Schlechte —
Das Jahre lang die Seele uns empört,
Dann ist der Kampf Genuß und höchstes Glück
Und diese Stürme sind die beste Zeit!
Wien, den 22. Sept. 1848.
Julius Fröbel.

Und doch — doch wurde Fröbel die ewigstrahlende
Krone des Märtyrerthums für die Freiheit entzogen. Sollen
wir ihn beneiden oder sollen wir ihn bedauern? — —

Fröbel lebt noch, möge es ihm wohlergehen! Der Rest ist
— Schweigen!

Der Nachfolger Fröbel's in meinem Album ist Johan=
nes Ronge, der muth= und verdienstvolle Verfasser des Briefes
an den Bischof Arnold von Trier: „Die Ausstellung des
h. Rocks zu Trier" betreffend, der, fast könnte man sagen,
als das e r s t e furchtbare Geschoß seinen zündenden und ver=
nichtenden Inhalt in das finstere Reich des Aberglaubens,
in das stehende Heer der römischen Finsterlinge geschleudert
hatte. Johannes R o n g e war bekanntlich der Stifter des
Deutsch=Katholicismus, welcher Glaube wohl jetzt, gleich
einem bescheidenen Veilchen, im Stillen fortblühet, aber
immerhin die Avantgarde zu dem nun stehenden und tapfer
ausharrenden Heer der „Altkatholiken" bildet. Der
Altkatholicismus ist keine exotische Pflanze, denn sie ist
d e u t s c h e m Grund und Boden entsprossen, und wird von
dem großen Gärtner des einigen deutschen Reiches K a i s e r
W i l h e l m wohl gehütet und gepflegt, und zudem stehen
ihr Botaniker, wie: B i s m a r k , H u b e r , R e i n k e n s ,
S c h u l t e und — D ö l l i n g e r zur Seite, die es trefflich ver=
stehen die Giftpflanzen aus dem reinen Christenthume aus=
zujäten und zu vernichten.

Johannes R o n g e ist in vielen Hinsichten nicht als
„unfehlbar" zu bezeichnen und wir und Viele müssen dem
Manne manches zum Vorwurfe machen, was er sich als
M e n s c h in seiner Handlungsweise zu Schulden kommen
ließ; aber seine Idee war schön, erhaben und sogar durch
und durch christlich, er war kein Gottesleugner, er blieb der
Tradition seiner ihm angeborenen Religion treu; doch besser,
hier sein Glaubensbekenntniß, wie er es in meinem Album
schriftlich niederlegte:

Jeder einzelne Mensch muß wie Christus die Leidenswoche der Selbstverleugnung durchleben und den Kelch der Schmerzen trinken, bevor er einen neuen Auferstehungsmorgen feiern kann.

Wien, den 3. October 1848.

Zur freundlichen Erinnerung an

Johannes Ronge.

Volle dreizehn Jahre sind verflossen und ich kam mit Ronge nicht wieder in Berührung, erst — auch in einem October — aber des Jahres 1861, trafen wir in Frankfurt a. M. zusammen und die Erinnerungen der im J. 1848 durchlebten Octobertage bildeten, wie selbstverständlich das Hauptthema unserer Unterhaltung. Im Geiste blickten wir nach dem flammenden „Odeon" (einem kurz vor Beginn der Revolution erst neu erbauten großen Saale Wiens, der 12 bis 15000 Menschen faßte), wie die Israeliten nach den Trümmern des zerstörten Jerusalems. Und wer war der eigentliche Brandstifter dieses pompösen und bis jetzt nach seinem Umfange und seiner vielen seltenen Herrlich= keiten noch nicht ersetzten Vergnügungslocales? Kein anderer als Johannes Ronge selbst, d. h. freilich indirect. Ronge übte damals seine deutschkatholischen Vorträge und religiösen Functionen im Odeon aus, weil bei allen den großen Localitäten, welche Wien besaß, doch keine andere die Menge gefaßt hätte, welche sich heranbrängte, um seine Vorträge zu hören. Dem zu Folge wurde das „Odeon" als ein entchristlichtes und ketzerisches Gebäude von den Pfaffen und ihren pfäffischen und soldateskischen Anhängern angesehen und deßhalb ließen sie durch die „Rothmäntler" das vandalische Werk der Vernichtung dieses Prachtbaues vollführen. Es ist ein Glück, daß der Saal der Gesellschaft der Musikfreunde sich mitten in der Stadt befand (und noch

heute als „Strampfer-Gallmeyer-Theater besteht), in welchem Ronge ebenfalls seine Vorträge abhielt, jedoch, eben
wegen Mangel an Raum, sich später nicht als geeignet
zeigte, denn sonst wäre auch dieses Gebäude zur Vernichtung durch Flammen verurtheilt worden. Die alte Geschichte wiederholt sich oft, nur mit Varianten. Einst ließen
die Römlinge den „Hus" verbrennen, aber seine Kirche
nicht; 1848 verbrannten sie die Kirche, aber den — Ronge
nicht; denn selbst die Nürnberger hängen keinen, als bis
sie ihn haben. Und Ronge selbst schien keine Lust zu besitzen
sich „windischgrätzen" zu lassen, und wenn er auch nicht wie
einst der Prophet Elias auf seinem Mantel zum Himmel
flog, so verstand er doch selig ein Jenseits zu erreichen, wo
ihm der Wechsel seines irdischen Lebens, sogar bis auf
heute prolongirt wurde; wir hoffen, die Prolongation wird
nicht so rasch zu Ende sein. Am Tage meiner Abreise von
Frankfurt besuchte mich Ronge, um Abschied zu nehmen,
und überreichte mir bei dieser Gelegenheit sein damals
neuestes Opus: „Zur Religion der Humanität. Acht Reden
v. Ronge gehalten vor der freireligiösen Gemeinde in London
1860.", mit der Inscription: „Zur freundlichen Erinnerung
an den Verfasser. — Ich zeigte ihm das obenerwähnte
Stammblatt; dabei frug er mich: „Fahren Sie wieder nach
Wien? — Ja! wohl dürften noch einige Monate verfließen,
denn ich mache noch eine kleine Rundreise, aber Wien ist
mein Ziel, ich sehne mich dahin, denn mehr als 12 Jahre
sind es, daß ich Wien nicht gesehen; war meine Antwort.
„Nun, so geleite Sie folgender Wunsch." — Er wandte
das Blatt um und schrieb darauf:

Möge Wien bald seinen neuen Auferstehungsmorgen
feiern, seine Leidenswoche war hart und lang!

Frankfurt, ben 27. Oct. 1861.

Auf schnelleres Wiedersehen
Johannes Ronge.

Und wieder ist mehr als ein Decenium verflossen und sachte und schwer umkreist die Sonne der Aufklärung und Freiheit u n f e r Firmament; aber es tagt, die Morgenröthe ist sichtbar und hier und da fallen einzelne Strahlen dieser Sonne nieder, erwärmen, erfreuen und beleben uns; möge sie bald zum schönsten Glanze gelangen, auf daß wir den vollen Auferstehungs-Morgen feiern können!

Doch verlassen wir das J. 1861, auf welches ich später wohl zurückkommen werde, und lassen wir auch die Gegen= wart und kehren in unseren Erinnerungen zum J. 1848 zurück, in welchem ich auch den Geschichtsschreiber Eduard D u l l e r kennen lernte. — D u l l e r war eine lange, hagere Gestalt, hatte ein sanftes einnehmendes Gesicht, war gemessen, fast ruhig im Umgange, und dennoch konnte man ihm Energie nicht absprechen. Er zählte zu den „Deutsch= katholiken," wurde später der Biograph des „Helden von Aspern". Die Zeit, in der wir uns kennen lernten, war eine sehr bewegte, eine zu Thaten animirende. Auf seinem mir als Andenken gewidmeten großen Bilde hatte Duller den Wahlspruch: „W a h r h e i t, F r e i h e i t, L i e b e!" nieder= geschrieben. Wenige Tage darauf, als wir im Verlaufe des Gespräches gegenseitig die Bemerkung ausgesprochen, daß Viele, mit denen wir verkehrten, und sich in den e r s t e n Tagen als H e l d e n, die nie vom Platze weichen, gerirten, nach und nach schweigsam und niedergedrückt erschienen, Einige sogar gänzlich vom Schauplatze verschwunden, so sagte Duller: Lassen Sie diese, und beclamirte, nicht mit Pathos, aber in sehr erregter Stimmung:

Wer nicht kühnen Muthes werben,
Wer nicht handeln kann, nur steh'n,
Wer nicht freudig geht zum Sterben,
Wird des Geistes Sieg nicht seh'n!

Als wir einige Tage später wieder zusammentrafen, bat ich Duller, obzwar er mich bereits, wie ich schon oben bemerkt, mit seinem Bilde erfreuet hatte, doch noch mir einige Zeilen „extra" zu widmen. Was soll ich Ihnen schreiben, lieber Landau? — Ich citirte sofort seinen Spruch: „Wer nicht kühnen Muthes werden rc." Sie haben ein gutes Gedächt= niß — aber fort! fort! dictiren Sie mir weiter — ich schreibe dann meinen Namen darunter, und so erspare ich Neues auszusinnen und Ihnen ist — geholfen. So geschah es. — Duller schloß die Periode d. J. 1848 in meinem Album, denn bald darauf zogen die Rothmäntler, die herr= lichen Landsleute und würdigen Kampfgenossen Jellaciz's in Wien ein: „der Vandalismus hatte freien Lauf, die Un= menschlichkeiten — oft gröbster Art — waren in voller Blüte" und: Ruhe war die erste Bürgerpflicht!

Ruhe! Ja Ruhe des Gefängnisses, Ruhe des Fried= hofes, Ruhe des echten Spießbürgerthumes; nur eines war im vollen Gange und förderte vieles unschuldige Leben zur Qual des Gefängnisses und zum Tode, und das Eine war das: D e n u n c i a n t e n t h u m!

Dieses einzig und allein war es, was auch mich ver= anlaßte Wien, dann Prag und endlich Oesterreich valet zu sagen; denn glaube mir, lieber Leser! nicht Windischgrätz und Consorten, nicht die auf den Basteien aufgestellten Kanonen, die den vernichtenden Inhalt ihrer vollgepfropf= ten Rachen gähnend uns vors Auge hielten, nicht die in allen Straßen und Enden pyramidenmäßig aufgepflanzten Gewehre waren so Gefahr drohend wie die lieblichen D e n u n= c i a n t e n. — Spione sind auch saubere Gesellen, aber sie sind „Kriegsgebrauch" und müssen immer eine bedeutende Dosis Muth und Lebensverachtung besitzen, denn sie setzen immerhin bei ihrem nicht beneidenswerthen Handwerk ihr eigenes Ich auf's Spiel. Aber Denuncianten, dieses feige, sich wurmartig, heuchlerisch=krümmende Gezücht, oft mit Honig auf den Lippen und Dolche im Herzen, diese sind die Henkersknechte in einem absoluten Staate, die Ver=

nichter eines ehrlichen freien Bürgerthums. Und wie
viele solche Denuncianten haben damals durch Schein, List
und Trug ihren Beutel und ihre Knopflöcher gefüllt?
Und das Brod, das sie aßen, war in bittere Thränen, in
frisches, unschuldig dahingeflossenes Blut getaucht; die
„Auszeichnungen für dem Staate treu geleistete Dienste"
wurden zu Schandmalen.

Unter den zahlreichen Personen, welche dem Schand-
handwerk der Denuncianten anheim fielen, wurden viele
mehr oder weniger hart verurtheilt und nur Diejenigen
sind als „unschuldig" entlassen worden, welche sich herbei-
ließen, „Aufklärungen" zu geben. Und diese Zwangs-
jacke des Absolutismus hat so manchen bisher ehrlichen
Menschen, in der schwebenden Angst zwischen Leben und
Tod, gedrängt, „Aufklärungen" zu geben, um nur mit
heiler Haut davon zu kommen. — Ich liebe und ehre stets
die Aufklärung, und werde ihr treu und ehrlich dienen
bis zu meinem letzten Pulsschlage, aber von „Aufklärungen", wie selbe in jener Zeit üblich waren, war und
blieb ich Feind und Verächter, und ich hielt mir den
Spruch des Evangeliums vor Augen: „Herr, führe mich
nicht in Versuchung!" — Ich ließ mich nicht in Versuchung
führen, ich wich aus, reiste am Tage nach dem Tode
Blum's nach Jamnitz (bei Mährisch-Budwitz), verweilte
dort einige Wochen bei Anverwandten, dann wurde ich
von meiner Familie aufgemuntert, nach Prag zu kommen,
welche Metropole Böhmens von dem drückenden Alp des
Belagerungszustandes noch nicht heimgesucht war, reiste
dahin und verweilte daselbst bis zum 10. Mai 1849, an
welchem Tage auch die Gefilden der Moldau von dem eisernen
Joche des militärischen Despotismus umschlungen wurden.

Am letztgenannten Tage verließ ich meine väterliche
Wohnung, um mir Prag im Belagerungszustande anzusehen, denn er kam so gelassen, so unerwartet, so voll-

kommen überraschend, daß man aus dem starren Erstaunen nicht herauskam. Alles war wohl vorbereitet, dennoch war nicht die allerwinzigste Erscheinung des kommenden Zustandes, selbst am Abend zuvor bemerkbar.

Ich war nur eine halbe Stunde vom Hause entfernt, war schon im Begriffe heimzukehren, als mir, die „Eisengasse" passirend, mein alter Vater keuchend und blaß entgegen kam. Kaum als ich seine Aufregung wahrgenommen, fragte ich: „Was ist Ihnen passirt, lieber Vater? Warum gehen sie so rasch und sehen so bleich aus?" — „Ich laufe schon eine Viertelstunde alle Straßen auf und ab und suche Dich, Du hast eine Vorladung bekommen!" — „Nun! Nun! Beruhigen Sie sich, lieber guter Vater!" antwortete ich ihm mit Ruhe und Fassung, „die Sache wird nicht so arg sein, würde man mich für gefährlich und wichtig halten, so sendete man mir nicht erst eine Vorladung, sondern man möchte mir die Ehre einer persönlichen Abholung wiederfahren lassen. Im Uebrigen, auf wann ist die Vorladung ausgestellt?" „Auf morgen den 11. März, 11 Uhr Vormittags," war des etwas beruhigten Greises Antwort. — „Nun morgen, ja morgen" sagte ich lachend, „kann ich nicht erscheinen, denn morgen bin ich — nicht mehr in Prag!" —

Ich ging mit dem Vater nach Hause, packte alles — alles, was ich hatte, zusammen. Ein „Gubernial-Paß," also auch für's „Ausland" giltig, den ich mir schon im Anfang des Jahres 1848 verschaffte, und der drei Jahre Giltigkeit hatte, kam mir, wie selbstverständlich, sehr gut zu statten. Also am andern Morgen, den 11. März, 2 Uhr früh, fuhr ich mit einem, am Abend vorher bestellten Einspänner nach Obřistwi an der Elbe, von wo das Dampfschiff nach Dresden abging. — Die Trennung, der Abschied war hart und traurig. Ich verabschiedete mich von allen meinen Geschwistern, endlich vom Vater.

Er wollte durchaus aufstehen, und mich bis an's Schiff begleiten, ich gab es nicht zu. „Bleiben Sie ruhig im Bette, lieber, guter Vater — ruhen Sie aus, und wozu die nochmalige Aufregung. Adieu! Und noch einmal trat ich an's Bett, der Vater legte seine Hand segnend auf meinen Kopf, ich küßte ihm die Hände, den Mund, die thränenden Augen, Alles! Alles! Und noch bei der Thüre stehen bleibend sah ich weinend und tief bewegt mir nochmals sein milblächelndes, aber von Schwermuth über= fluthetes Gesicht scharf an, prägte mir's bis in's tiefste Innerste ein, und verließ, hellauf schluchzend und weinend, das väterliche Haus. — Es waren die letzten kindlichen Grüße, es waren die letzten herzinnigen, ehrerbietigen Küsse, die ich ihm gegeben, es war der letzte Moment, wo ich ihn noch lebend sah. Denn im Jahre 1858 ging er in ein besseres Sein, und mir war das Glück nicht gegönnt, ihm die Augen zuzudrücken. Schlummere sanft!

In Dresden angelangt mußte ich einige Stunden verweilen, bis der nächste Zug nach Leipzig fuhr; ich sah damals den „noch rauchenden Zwinger;" verweilte einige Zeit in Gedanken an die Heimath auf der Brühl'schen Terasse, die herrliche Aussicht daselbst, das Leben und Treiben an der Elbe, Alles war mir neu, that mir wohl, beruhigte mich, ich wurde gefaßter und faßte Muth um im Eldorado des deutschen Buchhandels eine literarische Position zu erlangen.

Bevor ich jedoch diese Periode vollständig schließe, kann ich es nicht unterlassen, noch einen Blick in die ersten Tage nach dem Falle Wiens zu werfen, um meinen verehrten Lesern für die allzuernsten Mittheilungen meiner letzten Erinnerung eine kleine heitere Revanche zu bieten; zudem ist es eine allzucharakteristische Episode, die ich selbst erlebte.

Ich stattete in den ersten Tagen des November 1848 einer Künstlerfamilie einen Besuch ab. Dieselbe wohnte damals in einem Hause, dessen Fenster unmittelbar nach der — zu jener Zeit noch bestehenden — Bastei gingen, auf welcher, wie ich schon früher bemerkte, die schweren Geschütze mit brennender Lunte aufgepflanzt waren. Ich befand mich im Zimmer mit dem einen Sohne des Hauses, dem ich damals sehr befreundet war, und der gegenwärtig eine große Rolle an einem großen Hoftheater spielt. Als wir so im Gespräche uns befanden, rief die „Mama": „Du . . . . . komme doch einmal herein zu mir, ich will Dir etwas zeigen!" Der Sohn: „No, das wird was Schönes sein!" ging hinein, forderte mich auf, ihm zu folgen; ich thats. Als wir in's Zimmer der „Mama" traten, führte sie uns zum Fenster und sagte: „Siehe . . . . . wie diese Kanone da herein in mein Toilettzimmer guckt — sie koquetirt förmlich mit mir!" — No, Mama, die Kanone muß wirklich vernagelt sein! — war die liebenswürdige Antwort des liebenswürdigen Sohnes! — —

1849.

Julius Schaus. Oppolzer. Louise Aston. Herlossohn.

„Mein schönes Leipzig, das ist ein klein Paris, und bildet seine Leute!" So sprach einst Göthe von der Universitäts=Stadt Leipzig, von der Metropole des deutschen Buchhandels und dem Ver= und Ein= kaufs=Sammelort für die industrielle und kaufmännische Handels=Welt. Leipzig war aber lange Zeit der Mittelpunkt vieler alten deutschen Dichter und Schriftsteller und bildete bis zum Jahre 1848—50 noch so ziemlich ein „Haupt= quartier" für viele Männer der Feder in allen Branchen. Ich konnte aber trotzdem damals schon sagen: Ich zähle die Häupter meiner Lieben, und siehe — gar so Viele fehlen mir. Nur zwei waren es, mit denen ich nähere Bekanntschaft zu machen Gelegenheit hatte: Carl Herloß= sohn und Eduard Maria Oettinger. Später lernte ich auch die zu jener Zeit in Leipzig lebende Louise Aston kennen. Im Verlaufe der Zeit wurde ich auch mit einigen als Gelehrte und als Schriftsteller hervorragenden Persön= lichkeiten, wie dem Geschichtsschreiber Prof. Wutke, dem Literarhistoriker und Bibliothekar Gerstorf und Professor Oswald Marbach flüchtig bekannt. In näherer Verbin= dung stand ich mit dem Redacteur des damals in Leipzig erschienenen democratischen Blattes „Leipziger Reibeisen,"

Robert Binder und dessen fleißigem Mitarbeiter Julius
Schanz, Letzterer jetzt Professor in Italien. — Julius
Schanz verschwand bald vom Schauplatze, denn als die
Reaction auch in Sachsen immer mehr und mehr die Ober=
hand gewann, mußte auch er unter den „Mai=Gefangenen"
auf der Festung Königsstein mehrere Jahre verbringen.
Später zählte er unter die Amnestirten, und diese Amnestie
verursachte, daß man die Aechtheit seines politischen Charakters
zu bezweifeln anfing. Ich — weit entfernt davon, hier
für Julius Schanz eine Lanze einlegen zu wollen —
gehöre zu Denen, und diese sind nicht Wenige, die Julius
Schanz eine politisch=unehrenhafte Handlung, noch dazu
durch „Aufklärungen," also zum Unheil für Andere, nicht
zutrauen. Ich combinire: Ehe ist seine Amnestirung durch
den Einfluß seines in Chemnitz lebenden Bruders Moritz
Schanz, einer in ganz Sachsen, besonders in den besten
Kreisen allgemein bekannten, hoch achtbaren und vielverehrten
Persönlichkeit bewerkstelligt worden. Zudem frage ich,
weshalb sollte sich Julius Schanz, der als Schriftsteller,
Dichter und Polyglottist sich in vortheilhaftester Weise be=
kannt machte, also in allen Fällen ein geistvoller Mann
ist, sich erst mehrere Jahre besonnen haben, bis er sich
entschloß, „gewünschte Geständnisse" zu machen; dies konnte
er doch schon gleich vom Anfang thun, und sich wohlweis=
lich ersparen können, erst viele Jahre im Gefängniß kör=
perlich und geistig zu schmachten. Oder sollte er auch zu
jenen Opfern gehören, denen man das Marterwerkzeug
„Kerker und Festung" so lange angedeihen ließ, bis es
„mürbe" gemacht, endlich in das Stadium jener mensch=
lichen Verzweiflung geräth, in welcher man alles ver=
gißt, nur um sich selbst zu retten? Gesetzt, es wäre
so! Dann freilich müßte man Schanz bedauern, aber
nicht verdammen, und wäre ich Papst, so würde ich
die Urheber solch' unmenschlichen Vorganges verfluchen

und in die Hölle wünschen; Altkatholiken, Protestanten,
Juden und Freimaurer aber ungeschoren lassen, und ich
bin überzeugt, die ganze Welt würde mich dadurch erst als
einen wirklichen heiligen Vater aller Menschen — ver=
ehren. Aber ich bin nicht Papst, kann und möchte es nie
werden, ich zähle mich überhaupt nicht zu den Heiligen,
rede mir selbst nicht ein, und lasse mir auch von Andern
nicht einreden, daß ich unfehlbar bin, im Gegentheil,
ich bin nur ein Mensch, und Fürsten, ob weltliche oder
kirchliche, sollten auch bedenken, daß sie nur Menschen,
daher auch nur — fehlbar sind. Und so will ich auch
hier in meiner Ansicht über Julius Schanz nach keiner
Richtung hin als unfehlbar gelten; aber für mich persönlich
bleibt Schanz ein lieber, guter Freund; ihm bin ich dank=
bar für so viele, in seiner Gesellschaft verlebte geistig=
vergnügte Stunden, und nie wurden dieselben getrübt, so
lange ich auch Schanz kenne, durch die geringste Erfah=
rung einer unehrlichen Handlung von seiner Seite. Ob=
wohl ich mit Schanz in sehr intimer Freundschaft stand,
besitze ich merkwürdiger Weise dennoch weder Photographie
noch Stammbuchblatt von ihm, nur sein Werk: „Fünfzig
Lieder für Componisten und Freunde des Gesanges; nebst
einem Vorwort: Ueber die Anforderungen an einen Lieder=
text," das er mir vor Jahren mit einer freundschaftlichen
Dedication zugesendet, bildet das sichtbare Andenken
an ihn. —

Ich war nicht lange in Leipzig, als auch der leider
schon verewigte Professor J. Oppolzer an die Universität
dahin berufen wurde. Ich hatte schon von Prag aus das
Vergnügen, Oppolzer persönlich zu kennen, und zwar
durch die Vermittlung des damaligen am polytechnischen
Institut Professors der Chemie Pleischl, mit dem ich öfter
in Berührung kam. Oppolzer freute sich ordentlich, in
Leipzig „auch einen bekannten Landsmann" zu finden;

Leipzig aber freute sich nicht lange, diese medicinische Capacität zu den Seinigen zu zählen, denn schon nach einem
Jahre verließ Oppolzer die Leipziger Universität, um einem
ehrenvollen Rufe nach Wien Folge zu leisten. Als wir
Abschied nahmen und ich ihn um „einige geschriebene
Worte zum Andenken" ersuchte, erfüllte er mit Bereitwilligkeit meinen Wunsch; aber die wenigen Worte, die er
mir schrieb, sind „allzu schmeichelhaft" für mich, so daß ich
selbe zu citiren unterlasse, damit nicht etwa „gute Freunde"
Gelegenheit finden, mich der Unbescheidenheit zu zeihen. —

Im selben Jahre bis 1850 verweilte auch in Leipzig
die Schriftstellerin Louise Aston. Diese Dame, konnte man
sie auch nicht schön nennen, war doch eine äußerst angenehme Person von ungemein reizender Anziehungskraft,
die sie zudem im Umgang durch ihr zwar emancipirtes,
aber immerhin geistig durchwehtes Benehmen zu erhöhen
wußte. Ihre Gespräche, ohne hochpoetisch zu sein, erhoben
sich stets über das Niveau der Alltäglichkeit und zeigten
immer das schriftstellerische Talent, welches jedoch keineswegs von „blaustrumpfigem Prosaismus" durchzogen war.
Am allermeisten wußte sie von sich reden und schreiben zu
lassen während des Schleswig-Holstein'schen Krieges, den
sie als „Freischärlerin" vom Anfang bis zum Schluße
mitmachte, und wodurch sie, wie selbstverständlich, die Aufmerksamkeit der Welt auf sich zog. Sie konnte auch häus-
lich sehr r o m a n t i s c h sein; denn ihre Wohnung war zu
jener Zeit prachtvoll eingerichtet und ihr „Boudoir" näherte
sich jenen, die wir in „Tausend und eine Nacht" so ein-
ladend geschildert finden. Daß sie dies Alles nicht durch
ihre Feder erschwingen konnte, ist leicht zu begreifen, aber
es gab Männer, die sie in ganz besonderer Weise verehrten, und namentlich der Sohn einer geachteten Patricier-
Familie Leipzigs, der zwar nicht F e r d i n a n d hieß, aber
doch für diese „blasse Louise" ungemein schwärmte, scheute

keine Opfer, um seiner Schwärmerei auch den thatsäch=
lichsten Ausdruck verleihen zu können. Endlich mußte sie
Leipzig verlassen, und wie man dazumal sagte, auf bring=
liche Veranlassung der obbezeichneten Familie, die Alles
aufbot, um endlich der kostspieligen Romantik ihres Sohnes,
die noch dazu einen etwas ernsthafteren Charakter nahm,
eine Gränze zu setzen.

Es scheint, als ob sie ihre schwärmerischen, aber immer=
hin von „Liebe" durchflutheten Gefühle poetisch kund geben
wollte, denn sie schrieb mir zum Abschied:

So flüchtig das Leben — so dauernd die Liebe;
So flüchtig die Freude — so dauernd der Schmerz.
Und wenn Freud' und Liebe nun länger auch bliebe,
Befriedigt's das Sehnen? — erfüllt es das Herz? —
Nein! — nimmer und nimmer befriedigt's die Erde,
Das Dasein wird endlich zur bängsten Beschwerde.

Leipzig, den 24. October 1849.

Louise Aston.

Nun folgt der liebliche Sänger des Liedes „Abschied":
„Wenn die Schwalben heimwärts zieh'n,
Wenn die Rosen nicht mehr blüh'n," ꝛc.,
welches der treffliche Componist Franz Abt so herrlich
schön, so durch und durch volksthümlich in Musik setzte,
und das zu jener Zeit die allgemeinste Sensation erregte,
wodurch aber auch, wie wir glauben, der nun reichbe=
lorbeerte Componist sich seinen ersten und populärsten
Lorbeer erwarb.

Herloßsohn hatte eine Aesopische Gestalt, die aber
eine poetische und edle Seele in sich schloß. So trefflich

reizend, oft hinreißend und fesselnd Herloßsohn sich in
seinen Dichtungen und Romanen kundgab, eben so fast
unerreicht steht er als Mensch vor uns. Ich habe viele,
viele Poeten und Schriftsteller kennen gelernt, unter denen
wieder sehr viele auch liebenswürdig und voll Herzensgüte
waren, aber selten ist mir ein Dichter begegnet, der so
ohne alles Falsch, so voll Aufmerksamkeit, wo es galt
Andern zu helfen, sich zeigte, in dessen Umgang sich Freunde
und sonstige Umgebung so wohlthuend hingezogen fühlten,
wie dies bei Herloßsohn und Melchior Mayer
(auf den ich auch später näher zurückkommen werde) der
Fall war.

Herloßsohn, Dettinger und ich kamen fast täg=
lich zusammen. Nach Tische auch zum „Blümchen=Caffee"
im Rosenwäldchen (in dem es Alleen gibt, die zu einer
gewissen Sommerzeit von der angenehmsten Knoblauch=
duft durchweht sind), wo wir auch zuweilen en trois eine
Partie Domino spielten; natürlich gings hoch her, denn
unter zwei bis drei Pfennigen wurde keine Partie ge=
macht; aber wahrlich nicht für blanke „Gott segne Sachsen"
konnte man sich die geistige, humoristisch durchwehte, ge=
müthliche Unterhaltung erkaufen, die wir selbst beim „Do=
mino" hatten. — Abends wieder vor dem Theater traf ich
stets, dem „Rendezvous pflichtschuldigst nachkommend,"
mit Herloßsohn in „Harring's Bierkneipe" zusammen,
um uns, wie es die Vorschrift gebot, durch Vertilgung
von 1 bis 2 „Töpfchen Waldschlößchen" für den bevor=
stehenden Kunstgenuß zu stärken.

Bei Harring, Hainstraße vis à vis der „Tuchhalle"
und in der nächsten Nähe des alten Theaters, war zu
jener Stunde stets der sogenannte Künstlertisch reservirt,
denn es gesellten sich zu uns hier und da auch Lortzing,
der damalige Oberregisseur Bartls, der Komiker Ball=
mann, dem man das Prädicat „Leipziger Scholz" bei=

legte u. n. v. a. — Trotzdem Gespräche: von leibigem
Geschäft (vom Theater), von Wuthausbrüchen und exal=
tirten Expectorationen über schlecht oder ungerecht vertheilte
Rollen und über die Geheimnisse hinter den Coulissen,
strenge verpönt waren, ging es dennoch lustig und heiter,
und um so mehr geistessprühend einher. Später gesellte sich
im Rosenwäldchen und bei Harring auch Ferdinand Mikowec
bei, der damals nach Leipzig kam und längeren Aufenthalt
nahm. Schade um den in der Blüthe seines schönsten
Mannesalters hochbegabten Schriftsteller! — Einige Mi=
nuten vor 7 Uhr fand der allgemeine Aufbruch statt und
alles verfügte sich ins Theater. Herloßsohn wohnte damals
und schon durch lange Jahre vis à vis von Harring, im
unmittelbar an die Tuchlaube gränzenden Erkerhause, im
3. Stock. So einfach, schlicht er wohnte, und so sehr man
auch eine gewisse „Junggesellenwirthschaft" und eine geniale
Unordnung daselbst wahrnehmen konnte, so war es doch
stets gemüthlich und reinlich bei ihm. Herloßsohn war
fleißig, er schrieb viel, er verdiente auch mehr, als er
brauchte, aber er besaß ein zu gutes Herz, half, wo er
nur helfen konnte, hatte auch Mitesser und Mittrinker,
und so geschah es, daß er selbst oft in Verlegenheit ge=
rieth, ohne aber dabei seine heitere Laune, seinen Humor
zu verlieren; er starb, ohne daß er es nöthig hatte über
seine Hinterlassenschaft testamentarisch zu verfügen. Als er
krank wurde und gezwungen das Bett zu hüten, mangelte
es ihm nicht an Besuchen, denn er hatte viele Freunde
und Verehrer, aber gewiß keinen einzigen Feind in Leipzig,
und war im wahrsten Sinne des Wortes „allgemein" be=
liebt. — Auch ich ging täglich zu ihm; nur am 9. December
war ich ungemein beschäftigt, es waren Angelegenheiten,
die keinen Aufschub erleiden konnten, so daß ich es ver=
absäumen mußte, ihn zu besuchen — es schmerzt mich heute
noch! Denn als ich am 10. December in der frühesten

Morgenstunbe in feine Wohnung kam, trat mir eine bort befinbliche Frau entgegen unb frug mich, wohin ich will. „Zum Herrn Dr. Herloßfohn!" — „Ach! ba müffen Sie ins Spital gehen, es ging ihm schon zu schlecht, er mußte eine beffere unb strengere Pflege haben, als hier in seiner einsammen Kammer." Diese Kunbe that mir im Innersten weh! Ja! Ja! Freund Herloßfohn! Warum zähltest Du nicht zu jenen „Dichtern unb Schriftstellern," bie sich bie Titel: K. Rath, Hof-Rath ober gar Ritter-Orben unb so auch einträgliche Pfrünben, beffere Honorare burch ber Mobe unb ber Gesinnung ber Zeit hulbigenbe Werke zu erbichten unb zu erschreiben verstehen? — Warum? Weil Du ein zu ehrlicher Mann in Gesinnung unb That warst. — Ich ging, in traurigste Stimmung versetzt, schleunigsten Fußes ins Spital, um bort noch ben ver= ehrten Dichter, ben theuren Freund zu sprechen. Als ich zu bem betreffenben Krankenwärter äußerte, baß ich Dr. Herloß= sohn zu sprechen wünsche, antwortete mir berselbe: „Sprechen können Sie ihn nicht mehr, wollen Sie ihn aber noch sehen, so kommen Sie mit, ich führe Sie in bie — Tobten= kammer — er ist bereits gestorben — blieb nicht lange bei uns!" — Ich folgte ihm unb sah ben „nun für ewig hingeschlummerten Dichter" auf ber Bahre liegenb; noch waren bie Züge seines Angesichtes nicht entstellt, sie waren noch bie freunblich lächelnben, wie bei seinem Leben, sein Auge war offen, nicht matt, ja sogar noch glänzenb, unb es schien mir, als ob er mir ben letzten Scheibeblick ge= spenbet. Mein Auge feuchtete sich, unb so gefaßt ich mich auch benahm, bennoch konnte ich es nicht hinbern, baß volle Thränen meine Wangen netzten, unb leises, tiefes Schluchzen meiner von Trauer beklommenen Brust entquoll. „Sinb Sie sein Bruber ober ein Anverwandter von ihm?" fragte mich ber Krankenwärter. „Keines von Beiben! Ich beweine nur ben Verlust eines treuen Freunbes!" — „Nun ja," sagte der schlichte, wohl durch langjährig verübte traurige Pflicht schon etwas abgehärtete Mann, „Sie haben Recht, er hat viel Schönes geschrieben, es hat mir selber gefallen — „seine schönen Geschichten," und ich höre allgemein, er soll auch ein guter Mensch gewesen sein." — Hierauf empfahl ich mich, nochmals die kalte Hand des hingeschiedenen Dichters fassend, und als er lebte, drückte ich sie ihm, und seufzte ihm noch ein stilles Lebewohl zu. — Ich ging nach Hause und blätterte in meinem Album, da fand ich:

Das letzte Lied.

Also glaubt ihr wirklich, daß ich
Schon mein letztes Lied gesungen,
Daß der Quell der Harmonien,
Daß das Saitenspiel verklungen?

Nein, doch nein! So lang noch Blumen
Auf dem Feld', im Walde sprößen,
Und so lang' beim Becherklange
Lustig singen die Genossen,

Und so lang' noch Herzen lieben,
Herzen noch in Gram vergehen,
Und so lange Sonn' und Sterne
Immer leuchtend auferstehen,

Und so lang' sie noch erklingen,
All' die Nachtigallenzungen,
Ist die Leier nicht zerbrochen,
Nicht mein letztes Lied verklungen!

Leipzig, den 22. September 1849.

C. Herloßsohn.

Am 10. December 1849 starb er!

Ich las sein „Buch der Lieder," darin befindet sich auch ein Gedicht „Mein letztes Lied," welches aber durch= aus nicht identisch ist mit dem oben angeführten; ich fand das mir gewidmete Gedicht überhaupt nicht gedruckt, und es dürfte vielleicht original sein; in allen Fällen ist es mir schätzbar und werth, es ist die einzige sichtbare „Erinnerung" für mich an den mir unvergeßlichen Dichter und Freund — Herloßsohn!*)

Zur selben Zeit verweilte in Leipzig der sogenannte „Karlsbader Strauß" Josef Labitzky, der sich durch sein herrliches, musikalisches Talent, in seiner wirklich muster= haften Eigenschaft als Dirigent, wie in der Auswahl der Piecen, einen europäischen Ruf erworben hat. Er verdient auch eine ehrenvolle Anerkennung deswegen, weil er der klassischen Musik in seinem Repertoir einen Platz einräumte. Josef Labitzky ist der Begründer der soge= nannten Cur=Musik, und ihm ist hauptsächlich zu danken, daß auch die Dirigenten anderer Cur=Capellen durch sein Beispiel angeregt, zur Entwicklung einer besseren Musik und zu einer sorgfältigeren Auswahl der Piecen wesentlich beige= tragen haben und somit, was die böhmischen Curorte anbe= langt, die Trefflichkeit der „böhmischen Musikanten" wieder zur Wahrheit machten. Gegenwärtig ist August Labitzky,

*) Es wäre interessant über die Geburt Herloßsohn's etwas Näheres zu erfahren; darüber schwebt ein gewisses Dunkel, das uns die Verlagsbuchhandlung Kober's lichten könnte und dürfte. Nach Brockhaus ist Herloßsohn als Jude geboren; Kober aber in seiner Biographie Herloßsohn's bemerkt blos: „Seine näheren Familien= verhältnisse und Jugendjahre taugen nicht viel für die Oeffent= lichkeit." Nun fragen wir, wenn der hingeschiedene Dichter vor 70 Jahren in Prag, im Kleinseitner Viertel geboren wurde, wie kam zu jener Zeit und in jenes für alle Nichtchristen r̄ schlossene Stadtviertel eine Judenfamilie dahin; ferner, w' es möglich, daß zur damaligen Zeit ein Judenknab e St. Nillas=Pfarrschule besuchen durfte. Jedwede A̶̶̶a̶ rung über die Abstammung Karl Herloßsohn's, sie laute wie in̄ 'er, würde weder den Charakter des edlen Menschen, noch den ꓤ .hm des Dichters auch nicht im Geringsten beeinträchtigen.

der Sohn des obgenannten, der als würdiger Nachfolger seines Vaters, in Carlsbad, die Capellmeister=Stelle bekleidet.

Leipzig, den 5. December 1849.

Josef Labitzky.

Eine der interessantesten „Erinnerungen“ bildet der Besuch in Leipzig bei der Wittwe Robert Blum's. Zu jener Zeit bewohnte sie noch immer die Wohnung, die ihr Mann lebend verließ, ohne selbe je wieder betreten zu haben. Sein Arbeitszimmer befand sich noch in unver= änderter Einrichtung, wie er es verlassen hatte, Alles war noch am selben Orte und an derselben Stelle, nichts wurde beseitigt — Bücher, Schriften, Büsten, Bilder füllten noch dieselben Räume, wie bei Lebzeiten Blum's. Kein Frem= der, der nach Leipzig kam, unterließ es, zu jener Zeit die S... zu besuchen, wo der Märtyrer der Freiheit seine ... e Werkstätte aufgeschlagen, sein glückliches, häus= ... Leben im Kreise seiner ihm theuern Angehörigen ... cht hatte. Als Fremder betrat ich die Wohnung der ... we, und als ich mich ihr vorstellte und meinen Namen n... te, äußerte sie, daß ich ihr dem Namen nach nicht un... kannt sei, und ihr — da ich ihren „ theuern Gatten“ persönlich gekannt — um so willkommener bin. Sie zeigte mir Alles und Jedes, auch das minder wichtig Erscheinende, Bücher, Schriften u. s. w., wenn dieselben nur irgend wie einen Anknüpfungspunkt an die letzten Tage seines Verweilens in seiner Häuslichkeit bildeten. Ich wiederholte zuweilen die Besuche bei der gebildeten und geistig begabten Frau Blum's, und als ich eines Tages, da ich Leipzig verlassen mußte, Abschied nahm, erhielt ich einen Haarring Robert Blum's nebst einem Blatt mit seiner Handschrift ausgefüllt, bei welchem die nunmehr auch in die Ewigkeit eingegangene Frau eigenhändig nachstehende Schlußbemerkung beifügte:

Die Frösche thun sich selber schaden,
Wenn sie den Storch zu Gaste laden.

Güldne Salbe Wunder thut,
Sie erweicht manchen harten Muth.

Das Netz, darin Petrus Fische sing,
Jetzt Burgen, Land und Geld verschlingt.

Lügen und Trügen ist ein Pflug,
Der hat Ackerleut genug.

Die Zunge hat kein Bein
Und bricht doch Bein und Stein.

Der Krummstab ist ein langer Speer,
Der droht und sagt: Komm, gib was her.

Unter den Auszügen meines Gatten gefunden,
von ihm selbst geschrieben.

Eugenie Robert-Blum.

Leipzig, den 8. October 1849.

Ja! Wie ich hier eben bemerkte, ich mußte Leipzig „Abieu" sagen, denn ich wurde ausgewiesen, trotzdem ich mit meinem regelmäßigen, noch immer giltigen Paß versehen

war, trotzdem man mir Unzukömmlichkeit nicht einmal auf-
bürden, noch weniger nachweisen konnte, trotzdem ich weder
moralisch noch materiell irgend Jemand lästig war, und mein
bescheidenes Auskommen hatte. — Sie sind doch Oesterreicher,
haben einen vollgiltigen Paß, wenden Sie sich doch an das
österreichische Consulat! — riethen mir Viele. — Ich dachte,
Risiko hast du nicht dabei, und verfügte mich zum Consul.
Ich muß gestehen, daß ich ungemein höfliche Aufnahme
fand, und als ich das Ersuchen stellte, mich als geborenen
Oesterreicher, gegen den nichts vorliege und der mit einem
hochämtlichen Reisedokument versehen sei, vor Ausweisung
zu schützen, überhaupt das erzwungene Verlassen Leipzigs,
dem ich jetzt so ungerne den Rücken wende, zu verhindern;
antwortete mir der Herr Consul, die Achsel zuckend und wie
es mir schien, überflog sein Gesicht dabei ein „schelmisch-
gutmüthiges Lächeln: „Ja, ich kann da nicht interveniren,
das ist gegenwärtig einzig und allein Sache der sächsischen
Behörde, wenden Sie sich zur Polizei, vielleicht richten Sie
dort etwas aus.“ — Ich dankte für den guten Rath, empfahl
mich höflichst und im Bewußtsein meines, nach jeder Richtung unantastbaren Betragens verfügte ich mich zur polizei-
lichen Behörde, ließ mich sofort bei dem damals fungiren-
den Polizei-Director Stengel anmelden, wurde sogleich
vorgelassen, und frug, was ich denn eigentlich verbrochen
habe, daß man mir den Aufenthalt in Leipzig verweigere?
Habe ich Schulden, hat man mich etwa deshalb hier ver-
klagt? Liegt sonst ein Vergehen gegen mich vor, das mich
der Gnade einer löblichen Polizei unwürdig macht? —
waren meine offenen, freilich auch in etwas ironischem Tone,
gestellten Fragen. Aber alles umsonst, der Stengel bewegte
sich nicht, nur daß er mir den Rath gab, mich — an das
österreichische Consulat zu wenden. — „Von dort komme ich
soeben!“ sagte ich, „und der Herr Consul glaubt, daß dieses
einzig und allein Sache der hiesigen Behörde sei, da bei

ihm nichts gegen mich vorzuliegen scheint." Da zuckte auch der Herr Stengel die Achseln, auch bei ihm nahm ich ein Lächeln wahr — dieses war aber ein polizeilich-ironisches Lächeln, wie es nur Beamten der damals allmächtigen Polizei eigen war. Ich erhielt meinen Paß und Herr Stengel zierte denselben mit der in meiner Erinnerung unvergeßlichen Inschrift: „Der Herr Inhaber dieses Passes reiset von hier, ohne allen weiteren Aufenthalt im König-reich Sachsen, direct nach Hamburg!" — — — — Selbst-verständlich war dies angegebene neue Domicil meine eigene Wahl. Ich hatte bereits das Bureau verlassen und befand mich schon auf freier Straße, da nahm ich nochmals den Paß zur Hand, las wieder und wieder die liebenswürdige Inschrift auf meinem Passe, und so ungern ich aus wichti-gen und mannigfachen Gründen Leipzig verließ, und meine Stimmung nicht die heiterste war, konnte ich mich des La-chens dennoch nicht enthalten; ja ich fühlte mich gewisser-maßen stolz, ich sah mich als eine gewichtige politische Persönlichkeit an, denn das, was der Herr Stengel schrieb, konnte ja nicht anders gedeutet werden als: Dieser Landau ist ein Demagoge erster Klasse, ein österreichischer Flücht-ling wie nur Einer aus dem ff., überhaupt ein gefährliches politisches Individuum!" Daß die hier mitgetheilte Ausle-gung wirklich hier und da gemacht wurde, daß mir dieselbe in vieler Hinsicht keinen Vorschub leistete, dagegen aber in einzelnen Momenten dennoch nicht schadenbringend war, werden meine lieben Leser noch im Verlaufe meiner folgen-den Erinnerungen erfahren. Und so ging es, wenn auch nicht lustig, aber keineswegs entmuthigt, mit Dampf nach der „freien Handelsstadt", respective nach der „Republik Hamburg", denn Hamburg hat bekanntlich kein gesalbtes oder gekröntes Oberhaupt, dafür aber 12 bis 13 Oberhäupter, die man dort — Senatoren nennt.

1850.

Ferdinand Kürnberger.   Leopold Feldmann.

Ich langte glücklich und wohl in Hamburg an. Hier
fand ich zuerst meinen lieben und werthen Freund
Ferdinand Kürnberger, welcher es ebenfalls für
besser gehalten hatte, Oesterreich den Rücken zu kehren,
um nicht einen Beitrag zur Bewahrheitung des Sprichwortes:
Mitgefangen, mitgehangen! zu liefern. Wer Kürnberger,
den durch und durch gründlich wissenschaftlich gebildeten
Schriftsteller, kennt, wer seine Schriften a l l e, bei welchen
freilich sein: „Der Amerika Müde" als Muster seiner literarischen Arbeit hervorleuchtet, gelesen, wird ihn unstreitig
zu den bedeutendsten Männern der neuern deutschen Literatur zählen. Ebenso dürfte man unter den schockweise vor-
kommenden Feuilletonisten der Gegenwart nur sehr wenige
finden, die was Schärfe und Charakteristik in der Wiedergabe ihrer Beobachtungen, was ferner makellos deutschen
Styl betrifft, Kürnberger würdig an die Seite gesetzt zu
werden verdienen. Meiner unmaßgeblichen Meinung nach
sollte man Kürnberger's kürzere Arbeiten, wenn sich selbe
auch „unter dem Strich" befinden, nicht den leichtklebrigen
Namen „Feuilleton" beilegen, sondern vielmehr sie den
Arbeiten eines: Grimm, Vischer, Vircher und Holzen-
dorf anreihen und sie „Perlen der deutschen Erzählungskunst
und des deutschen Styls" bezeichnen. — Es ist nicht zu

leugnen, daß Kürnberger manches Extravagantes an sich hat,
aber dasselbe trägt immerhin den Stempel des Außergewöhnlichen an sich, wir bemerken es wohl, es erregt unser
Staunen, es zwingt uns zuweilen ein Lächeln ab, es dürfte
sogar hie und da Manchen irritiren, aber nie wird es
uns unbequem, störend erscheinen. Und eben diese Eigenthümlichkeiten Kürnberger's als Schriftsteller geben sich auch
bei Kürnberger als Menschen kund. Man muß daher
im Umgang mit Kürnberger ihn als Menschen erst studiren,
man muß sein, im Bewußtsein seiner Kraft, seines Schaffungs-
vermögens und Gedankenreichthums, ungewöhnliches Thun
und Lassen, seine Ungenirtheit, seine scharfeinschneidenden Ansprüche an Personen, Ereignisse und Begebnisse studiren und
respective vom Diogenes-philosophischen Standpunkte aus,
mit Beimischung von etwas epicuräischer Lebensanschauung
auffassen und man wird ihn dann erst begreifen, goutiren,
vielleicht auch richtig verstehen, in allen Fällen aber ebenso
als Menschen wie als Schriftsteller ehren, achten und lieben.
Man macht ihm gerne den Vorwurf, um mich gelinde auszudrücken, daß er saumselig im Schreiben sei — daß er
weit mehr zu leisten im Stande wäre als er bisher geleistet.
Dagegen würde ich mir erlauben zweierlei zu bemerken,
erstens: Muß denn ein Schriftsteller auch Vielschreiber
sein? Haben wir nicht die augenscheinlichsten und zahlreich-
sten Beweise dafür, daß gerade die Vielschreiber in unserer
modernen literarischen Welt die allermittelmäßigsten, ja
oft die geist- und tendenzlosesten, überhaupt gar keiner bestimmten Richtung zuzuzählen sind? Haben wir nicht
Beispiele, daß sogar Dichter — die Namen nenne ich nicht! —
die sich durch ihre ersten, wahrhaft bedeutungsvollen Poesien
einen wohlverdienten immergrünen Lorbeer erwarben, als
sie im Besitze desselben waren, sich auf die „Vielschreiberei"
warfen um — reich zu werden, der Poesie valet sagten
und sich mit dem errungenen Sieg begnügten, während ihre

folgenden Thaten, mehr ober weniger, früher ober später in den Strom der Vergessenheit gerathen werden. Verdienen nicht solche Autoren eher den Vorwurf der Vielschreiberei als Kürnberger jenen der Saumseligkeit des Schreibens? Die zweite Bemerkung ist, daß Kürnberger alle seine Producte vorerst in seiner geistigen Gehirn-Werkstatt, vollständig durcharbeitet, so baß er nie eine Feder erfaßt, bevor nicht bas Product vollendet in seinem Kopfe ruht, und baburch wird ihm — wie man sich leicht benken kann, bas Nieberschreiben zu einer mechanischen Arbeit und einem Geiste und Denker, wie Kürnberger, ist das Mechanische eine Last — und biese glaube ich umgeht er gerne. Ich zweifle nicht im Geringsten, baß Kürnberger, wenn er in ber Lage wäre, sich einen gebilbeten Secretär zu halten, bem er seine Werke bictiren könnte, uns bis heute mit weit zahlreicheren Schätzen aus seinem „Kopfe" erfreut hätte; aber bas Sitzen und Selbst-Schreiben ist ein wibermärtiges Ding! Das werden mir selbst die geistreichsten Schriftsteller zugestehen müssen. —

Ich lebte zu jener Zeit, wenn auch nicht in glänzenben, aber immerhin confortablen und georbneten Verhältnissen, während Kürnberger viel zu kämpfen und zu ringen hatte und babei Manches entbehren mußte. Freilich trugen die bamaligen politischen Verhältnisse bazu bei, indem Kürnberger in Hamburg nicht festen Fuß saßen, keine, wenn auch noch so einfache Werkstätte für seine Geistesarbeit acquiriren konnte, um baselbst mit Ruhe, respective sorgenfrei thätig zu sein. Das bamals in ber freien Hansestadt garnisonirende österreichische Militär bewirkte, baß auch die Hamburger Polizei in die ihr sonst nicht so eigne Nothwenbigkeit versetzt wurde, ein wachsameres und strengeres Augenmerk zu richten auf die „politischen Flüchtlinge", „politisch Compromittirten", „Demagogen" und „Democraten", als welche man überhaupt bamals „unliebsame" und nicht „gut-

gefinnte" Perfönlichkeiten gerne characterifirte, um felbe auch
in anderen Städten unfchäblich zu machen. Auch Kürnberger
fand es enblich angemeffen, allen Unannehmlichkeiten aus=
zuweichen, er verließ Hamburg und reifte nach Bremen zu
feinem Freunde Rudolph Dulon. — Ich könnte noch manche
Epifode, ernften und heiteren Inhaltes aus dem Zufammen=
leben mit Freund Kürnberger erzählen, aber noch find fie
nicht reif für die Gegenwart und ich will felbe daher vorerft
in dem Erinnerungs=Speicher meines Hirns für eine beffere
und paffendere Zeit bewahren, in der Hoffnung, daß Bater
Hain noch nicht fobalb mich fammt allem, was an und in
mir ift, confisciren wird. — Wir fchieden, Kürnberger fchrieb
mir ins Album:

Ein Humorift muß fein wie ein Schiffer, der
dem Ufer, dem er zurubern will, den Rücken wendet.
So fcheint auch jener in Satyre und Ironie von der
Menfchheit fich abzuwenden, in dem fie doch in Wahr=
heit der Zielpunkt feiner Liebe und feines höheren
Selbft ift.

So fei Du!

Hamburg, ben 3. September 1850.

Ferbinand Kürnberger.

Zu jener Zeit kam ber nun alte vortreffliche Luft=
fpieldichter Leopold Felbmann nach Hamburg. Felb=
mann lebte beinahe bis zu feinem 50. Lebensjahre als
Junggefelle, hatte zu jener Zeit fchon fchneeweißes Haar,
aber dicht und voll. Diefes Zeichen des erreichten Alters,
oft, wie es bei Felbmann der Falle war, nur ber frühe
Bote und die Mahnung des herannahenden Alters, ent=
ftellte nicht nur nicht fein ftets freundliches Aeußere, nein,

faſt möchte ich ſagen, es kleidete ihn ſehr gut, machte ihn
noch anziehender und verurſachte, daß man ihm nebſtbei
eine gewiſſe Ehrerbietung zollen mußte, ja ſogar in den
Augen des ſchönen Geſchlechtes that es ihm keinen Ab-
bruch, denn ſelbſt manche hübſche junge Dame fühlte ſich
zu ihm hingezogen. So geſchah es auch einem hübſchen,
blutjungen, einfachen und ſchlichten Mädchen, das Neigung
fühlte, ſich der theatraliſchen Kunſt zu widmen. Sie
wandte ſich — da Feldmann damals in der Blüthe und
dann raſch auf der Höhe ſeines Ruhmes ſtand — an den-
ſelben, um Rath bei ihm zu holen. Das junge Mädchen
fühlte ſich im Laufe des wiederholten Zuſammenkommens
immer mehr und mehr zu Feldmann ſympathiſch hingezogen; das Sympathiſche entwickelte ſich bald zur Herzens-
neigung, die immer tiefer wurzelte; und da, wie es ſchien,
Feldmann auch das „Junggeſellenleben" ſatt hatte und
ſich durch die innige Zuneigung des ſchönen Mädchens
ebenfalls mehr und mehr gefeſſelt ſah — mußte er alles
Bedenken über den Unterſchied des Alters über Bord werfen, und ſich das blühende Mädchen als junge Frau an-
trauen laſſen. Feldmann beging damit nur die Handlung
eines Ehrenmannes! Auch dieſes Bündniß zählt zu
den häufig erſcheinenden pſychologiſchen Räthſeln, daß
junge Mädchen ſich oft mehr zu Männern „älteren Cali-
bers" hingezogen fühlen, als zu jungen, denen ſie naturgemäß paſſender ſich anſchließen müßten. — So weit es
mir aber bis noch vor nicht allzulanger Zeit bekannt
wurde, und ſoweit ich ſelbſt die Ueberzeugung davon zu
gewinnen die Gelegenheit hatte, lebt Feldmann in zufrie-
dener Ehe und ſeine häuslichen Freuden ſind auch von
„elterlichen Freuden" verſchönt, was mich durchaus nicht
in Erſtaunen ſetzt, da er ſich nur ſtets als ruhiger, be-
ſcheidener, mit ſeinen Verhältniſſen ſich zufriedengebender
Mann zeigte. Möge er noch lange unangefochten von den

Eindrücken des Alters — er hat bereits sein siebenzigstes
Lebensjahr überschritten — im Kreise seiner Familie glück=
lich, also auch sorgenlos leben!

Ich war schon lange Zeit mit Feldmann befreundet,
als wir uns eben im Jahre 1850 in Hamburg wieder=
fanden, und ich kann es frei gestehen, daß ich ihn mit
offenen Armen empfing; daß aber auch Feldmann dieses
Wiedersehen nicht gleichgiltig war, beweiset jenes kleine,
aber gemüthlich=humoristische Impromptu, das er in mein
Album schrieb; es lautet:

> Weit mehr als der Städte=Bau
> Liebte ich stets Land und Au,
> Bei dieser Liebe wurde ich grau,
> Sterb' auch in Liebe zu Landau.
> Hamburg, den 6. October 1850.
> L. Feldmann.

Ein Decenium schwand dahin, schon war ich in
Hamburg eingebürgert, und Feldmann kam wieder nach
Hamburg, damals als „Reisemarschall" der nun bereits
verstorbenen, rühmlich bekannten Humanistin Frau Elise
Herz, geb. von Lämel. Als er mich besuchte, freudig
überrascht, zeigte ich ihm das Blatt mit der obigen In=
schrift, fragend: „Sind Sie noch derselbe von Anno Dazu=
mal?" — „Zeigen Sie das Blatt her, lieber Landau!"
erwiederte er, bat sich eine Feder aus und schrieb folgende
Randglosse:

Zehn Jahre sind dahin,
Land und Au ward zehnmal grün,
Seit ich jene Zeilen schrieb,
Während grau ich immer blieb',
Doch auch treu in meiner Lieb',
Die ich damals Dir verschrieb.

Hamburg, den 22. Juli 1860.

L. Feldmann.

1851 & 1852.

Dr. Carl Köpfer. Rudolf Gottschall. — Keine
Haft und Ausweisung aus Hamburg. — Aufenthalt
in Braunschweig. — Prof. Griepenkerl. Henry
Litolff. G. Meyerbeer. — Ein Lutermesso:
Ferdinand der Gütige. — Gebrüder Müller die
senioren. Jos. Joachim. A. Ehlard. J. O. Ekker-
mann. Heinrich Marschner.

Nach und nach fing ich an mich in Hamburg heimi-
scher zu fühlen, und mit den hervorragenden Persönlichkeiten des musikalischen und literarischen Hamburgs in freundliche Verhältnisse zu treten; aber
auch im bürgerlichen Kreise fand ich bald Freunde. Auch
Hamburg hatte, wie jede andere Stadt, mehr oder weniger
seine wirklichen Berühmtheiten und seine sogenannten
„localen Größen." Unter Letztere zählen namentlich die
„Recensenten" und „Dirigenten" der verschiedenen Musik-
oder Gesangvereine; den Ersteren muß aber am allermeisten „hoffirt" werden, und besonders von den, dem
Theater angehörenden oder sich sonst einer Kunst weihenden
Persönlichkeiten, so wie von gastirenden Künstlern aller
Art. Hamburg war damals ein gesegneter Boden für
„Recensenten," und es haben sich sogar allbekannte Schriftsteller, deren literarischer Ruf sich weit über Hamburg

hinaus erstreckte, mit der Ausübung des Recensirens, in sehr einträglicher Weise beschäftigt. Ja dieses edle Hand= werk hatte damals in Hamburg einen goldenen Boden, und das war auch stadtbekannt, Alles wußte davon, man sah es ordentlich, man las es aus den Zeilen oder auch zwischen den Zeilen der „Kritiken" heraus, aber man schwieg, man lächelte, man duldete es — denn Hamburg ist eine große Hafen= und Handelsstadt, wo gewöhnlich Alles vom mercantilischen Standpunkte aufgefaßt wird. Ich könnte manches Ergötzliche über dieses, noch heute fast überall, freilich in noblerer Weise, stehende Thema mit= theilen, doch noch ist nicht die Zeit dafür da, daher sei der Rest schweigen! —

Ich lernte den damals in Hamburg weilenden Rudolf Gottschall, dann die stabilen Schriftsteller Robert Heller, Adolf Glasbrenner, J. P. Lyser, Dr. Carl Töpfer, Carl Prätzl und Dr. Hermann Schiff kennen, mit den Letzteren trat ich in freundschaftlichere Verbindung. Die damalige Zeit war eine Epoche des Lustspieles, denn Dr. Carl Töpfer, der noch lebende Bauernfeld und der nun dahingeschiedene Roderich Benedix bildeten ein Trifolium, welches das deutsche Publicum zu Dank ver= pflichtete für die zahlreichen, amusanten Stunden, die seine Producte ihm verschafften, und das auch die Herren Theaterdirectoren noch jetzt zu Dank verpflichten sollte für die gefüllten Säckel, welche es ihnen einbrachte. Ueber= haupt zählen Töpfer, Bauernfeld und Benedix trotz des zahlreichen und auch mitunter verdienstvollen Nachwuchses im Bereiche der heiteren dramatischen Muse dennoch ein für alle Male zu den productivsten, auf das Publicum am intensivsten und nachhaltigsten einwirkenden Lustspiel= Autoren.

Dr. Carl Töpfer hatte viel Eigenheiten, die zwar seinen Character nicht beeinträchtigten, aber doch immerhin die Glorie eines Dichters etwas verdunkelten. Allein selbst diese Schwäche mußte man dem damals schon beinahe 60jährigen Mann nicht so hoch anrechnen, da er in seinen häuslichen Verhältnissen manche trübe Stunden hatte und auch in seiner verdienstvollen literarischen Laufbahn viele bittere Erfahrungen machte. Töpfer bewohnte mit seiner Frau und seinem Sohne ein für sich abgeschlossenes Haus, in dem sich beim Boden eine recht nette, helle, geräumige Kammer befand. Daselbst errichtete er sich zu seinem Zeit=vertreib ein Daguerrotype-Atelier und es machte ihm Spaß, seine Freunde und Bekannte „aufzunehmen." Mit Beihilfe seiner Frau hat er sich selbst daguerrotypirt, ich besitze ein solches Daguerrotyp mit einer von ihm eigenhändig geschrie=benen „Erinnerung" und zähle dieses Bild zu den gelun=gensten, die ich je von Töpfer gesehen habe. Eines Tages war ich bei Töpfer zum „Nachmittags-Caffee", Carl Prätzl, sein intimster Freund, sein eifrigster Anhänger, war eben=falls anwesend. Da kam Einer von den ambulirenden Silhouettenschneidern, der taubstumm war und sich anbot, den „berühmten Doctor" zu „schneiden". Töpfer willigte ein und da Prätzel und auch ich dem armen Manne Etwas zukommen lassen wollten, entschlossen auch wir uns „schnei=den" zu lassen. Töpfer's und Prätzl's Silhouetten waren wirklich höchst gelungen, und da wir gleich einige Exem=plare machen ließen, so fand sofort ein gegenseitiger Aus=tausch statt und noch bin ich im Besitze dieser Silhouetten, die ich den Handschriften der beiden Autoren in meinem Album beigefügt habe. Töpfer schrieb:

Erinnerung ist ein Dichter — sie idealisirt,
Erinnerung ist ein Philosoph — sie nimmt Ungemach
leicht;
Erinnerung ist eine Jury — sie spricht „schuldig" oder
„nicht schuldig";
Erinnerung ist ein Lüftchen — sie säuselt in Blättern;
Sie säusle auch über dieses!
Hamburg, April 1851.
Dr. Carl Töpfer.

Diesem folgt der als Dichter, Dramatiker, Literarhisto=
riker und Redacteur der in ihrer gediegenen Weise bisher
noch nicht übertroffenen, von F. A. Brockhaus edirten
„Blätter für literarische Unterhaltung" rühmlichst bekannte,
bereits erwähnte Dr. Rudolf Gottschall.

Ich habe absichtlich von Vornherein mit obigen wenigen
Zeilen Gottschall den Schriftsteller zu charakterisiren
gesucht; und was ich damit gesagt habe, dürfte vom ganzen
deutschen gebildeten Lese=Publikum acceptirt werden, wenn
es sich mit den in seinen Dichtungen, hier und da exaltirt=
hochpoetischen Eigenheiten, und mit seinen kritischen Anschauungen befreundet hat. Die deutsche Kritik dürfte auch ihr
Urtheil, das im Ganzen genommen nur zu Gunsten Gott=
schall's lautet, bereits abgeschlossen haben. Und wahrlich
könnte mancher Autor vollständig zufrieden sein, wenn er
das Glück hätte, für sein literarisches Wirken sich in der
Literaturgeschichte eine solche nachhaltige Anerkennung errun=
gen zu haben wie Gottschall. Allein Gottschall scheint mit
der Anerkennung als Dichter und Literarhistoriker allein
sich nicht zu begnügen, denn im Umgang mit ihm wird
jeder Unbefangene Gelegenheit finden, wahrzunehmen, daß

er nicht Schriftsteller allein sein will, sondern sich gerne auch als „Hofrath" und der mit „Orden" geschmückte „Dichter" kund-gibt. Gottschall scheint oder will vergessen, daß Dichter und Künstler, so sehr sie auch durch „Adel, Titel oder Orden" ausgezeichnet werden, was auch immerhin schön, z u w e i l e n auch ehrend sein mag, dennoch nicht durch Adel, Titel oder Orden, sondern nur einzig und allein durch ihre „Werke" der Nachwelt erhalten und unvergeßlich bleiben. Gibt es doch genug Dichter, Künstler und Virtuosen, die wohl die Knopflöcher ihres „Schwarzen", mit Dutzenden von Orden zu behängen in der Lage sind, .so daß sie bei gewissen feierlichen Anlässen wie „decorirte Fetischbilder" aussehen, dennoch aber nach ihrem Tode, der Vergessenheit anheim-fallen werden, weil eben ihre Werke nicht dazu angethan sind, ihnen die wirklich einzig zierende Auszeichnung — den immergrünenden Lorbeer zu verschaffen. D i e s e n Lorbeer muß man sich verdienen, den kann kein Potentat der ganzen Welt ertheilen, der ist kein — wie es sonst oft der Fall ist — erheucheltes, erschmeicheltes, durch Protection erschlichenes, durch Frauengunst erzieltes Huld- und Gnaden-Zeichen! Wer fragt heute, ob ein Schiller, Göthe, Wieland, Herder, Bürger, Richter, Uhland, Rückert bis auf Börne, Heine, Lenau, Grill-parzer, Hebbel, Freiligrath, Hoffmann von Fallersleben, Hayse, Lingg, Anastasius Grün, Hamerling u. s. w. Orden besaßen oder besitzen?

Mögen doch endlich Ritter des Geistes, vom Schlag und Korn wie Gottschall und Consorten endlich ein Banner errichten, auf welchem der Wahlspruch:

Mittelmäßigkeit, dein Name ist Eitelkeit!

prange, das als Palladium für andere Dichter und Schrift-steller diene, damit sie — wenn auch der Dichter mit dem König gehen soll, dennoch nicht vergessen sollen, was Posa, besser Schiller sagt:

„Ich kann nicht Fürsten-Diener sein!"

Warum gerade bei Gottſchall dieſe Bemerkung? dürfte mancher Leſer fragen; und die Antwort wird mir nicht ſchwer: Leſe gütigſt „Wiener Immortellen" von R. Gottſchall; leſe gefälligſt: „Den Manen Robert Blum's", von demſelben; und in welchem Gedicht es unter Anderem heißt:

Die Thronen fallen vor dem Geiſt der Zeit!

Dann wirſt Du es begreifen, freundlicher Leſer, warum ich dieſe „Stanbrede" gerade an Gottſchall richtete, weil bann nur er mir ſagen könnte, wenn „die Thronen fallen", wer die Orden und Hofrathstitel ertheilen könnte.

Die Inſcription Gottſchall's, des von uns immerhin geſchätzten Dichters, lautet:

In meine Lieder wirft die Zeit
Zerpflückte Blüthen mir hinein,
Die Aſche glüh'nder Seligkeit
Und großer Thaten Feuerſchein.
Du Zeit mit dem Megärenblick
Trägſt doch den Thyrſus in den Händen!
So mögſt bu nach zertret'nem Glück
Der Zukunft reichen Segen ſpenden.
Die Hand, die nicht mit Schmerzen kargt,
Mög' einſt ein froh Geſchlecht bewirthen,
Und wo ſie Herzen eingeſargt,
Da pflanze Roſen ſie und Myrthen,
Laß über wüſten Lebens Trümmern
Prophetiſch neue Sterne ſchimmern.
Hamburg, den 6. Auguſt 1851.
Rudolf Gottſchall.

Lebe wohl, mein ſchönes Hamburg! hieß es auf einmal, benn nur politiſche Calamitäten, zu benen einzig und

allein meine Ansichten vom reinmenschlichen Standpunkte
Veranlassung gaben, verursachten, ohne daß mir auch ein
Schatten einer unrechtlichen Handlungsweise nachgewie=
sen oder auch nur aufgebürdet werden konnte, meine Auswei=
sung aus Hamburg. Eines Tages nemlich erhielt ich den
Besuch eines Polizeibeamten, der mit größter Höflichkeit
alle meine Bücher, Manuscripte und Briefe zusammenfaßte
— und da dieselben ziemlich zahlreich waren, sich einen
großen Wäsche-Korb von meinen Hausleuten erborgte,
in welchem er Alles sorgfältigst, daß ja kein Streifchen
Papier verloren gehe, einschlichtete; sodann ersuchte er mich
ihm zu folgen. Als ich, der Beamte und der Korb beim
Hausthore anlangten, war schon ein Confortable bereit uns
aufzunehmen und nach jenem Ziele hinzuführen, das man
bei uns in Oesterreich „Polizei-Direction“, in Hamburg aber
„Stadthaus“ nennt. Während des Einsteigens in den
Wagen und noch bei der Fahrt in der Straße, wo ich wohnte,
leuchteten mir noch einige Polizeiantlitze von verschiedenen
Seiten und Enden entgegen; und ich dachte mir, das müssen
doch sehr wichtige Staatsverbrechen sein, die gegen
mich vorliegen, indem man ein so vielseitiges strenges
Augenmerk mir angedeihen läßt, damit der gefährliche Mann
ja nicht den Händen des Strafgerichtes entschlüpfe. Nach
einer kleinen Stunde Verweilens im Stadthause wurde ich
ohne sofortiges Verhör, ebenfalls mit einem Confortable,
nach der „Groß-Neumarkt-Wache“, ein in der Mitte eines
großen Platzes im Innern der Stadt alleinstehendes kleines
Gebäude transportirt, wo ich volle drei Tage und zwei
Nächte „fern von Madrid nachdenken konnte,“ wie ein
mächtiger monarchischer Staat selbst auf „freie Republiken“
so einzuwirken versteht, daß man Jedem, nur weil er nicht
„gutgesinnt“ ist, die Existenz abschneiden, das Leben erschwe=
ren und verbittern kann. Als ich während meiner Haft,
in einer zwar etwas dumpfigen, aber doch immerhin lichten

Kammer, die mit einer sogenannten Bretter=Pritsche als Schlafstelle versehen war, den dortigen, wohlbeleibten Gefangenwärter bat, mir etwas zum Lesen zu geben, da brachte er mir eine „Missions=Bibel" und als ich frug, ob ich nicht auch eine Zeitung bekommen könnte, so sagte derselbe, o ja, die sollen Sie auch haben. Ich freuete mich schon, aber die Freude währte nicht lange, denn er brachte wohl eine **Zeitung**, die sich aber durchaus nicht eignete, mich die Oede und Einsamkeit meines Gefängnisses einiger Maßen vergessen zu lassen, sondern wie möglich, dieselbe noch zu erhöhen, denn es war — doch lese selbst den Titel dieser Zeitung — die ich mir nach meiner Entlassung vom Gefangenwärter für Geld und gute Worte erbat und bis heute als liebliches Andenken an die schönen Tage in Aranjuez, die, Gott sei es Dank, längst vorüber sind, aufbewahrt habe, er lautet:

Amerikanischer Botschafter.

Siehe, ich verkündige Euch große Freude, welche allem Volke widerfahren soll. Luk. 2. 10.

Band 5, Nr. 2. Februar, 1851. Ganze Nr. 50.

Monatlich herausgegeben von der Amerikanischen Tractat=Gesellschaft, Nr. 150. Nassau=Strasse, Neu=York.

Aber weder die „Missionsbibel" noch der salbungsvollchristliche Inhalt der obenangeführten Zeitung konnten auch nur eine einzige „Bekehrungsidee" in mir erwecken, die Langweile aber haben selbe mir vertrieben, denn so oft ich das Eine oder das Andere zu lesen begann, schlief ich sogleich den Schlaf des Gerechten. Ja, lieber Leser! verzeihe es, daß ich so ein verstockter Jude bin, der bei einer solch erbaulichen Lectüre einschlafen konnte, und sei damit getröstet, daß ich „das Leben Jesu" von David Friedrich S t r a u ß nicht nur einmal, ja sogar zu wiederholten Malen gelesen, ich habe mich dabei sehr angestrengt — und konnte

doch nicht einschlafen; denk' Dir, ich wurde sogar dabei
munterer, geistig aufgeregter, und siehe das Wunder über
alle Wunder, der Jude Landau, dessen Ahnen, wie Du
bereits aus diesem Buche erfahren haben wirst, „große
Rabbi's" waren, hat „das Leben Jesu" liebgewonnen.
Sind doch die Römlinge und die „Puritaner" dumme
Kerle, sich lauter jesuitische Missionäre auszusuchen, sollten
sie doch lieber Missionäre, wie David Friedrich Strauß,
Renan und Consorten wählen, das sind Männer, die zu
schreiben und zu wirken wissen. — Dann würde ich den
Häuptern der Mission den guten Rath ertheilen, wenn
ihnen die Schriften von Renan und Strauß zu modern
sind, Luther's „abgemahltes Papstthum" und Erasmus von
Rotterdam's „Lob der Narrheit" in Millionen Exemplaren —
aber ja mit den herrlichen Bildern, die ziehen noch mehr
an — als Tractätchen vertheilen zu lassen, und ich bin
vollständig überzeugt, vielleicht noch viele Tausende
mit mir, daß sie damit weit mehr wirken könnten, wie
bisher, und wenn auch nicht die Menschen selig, aber doch
beseligend machen würden. — Doch nun wieder zur Sache.
Am dritten Tage kam ich zum Verhör. Es konnte nichts
gegen mich aufgebracht werden, ich wurde entlassen, aber:
„Der Jude muß geprügelt werden!" Und so wurde so=
fort mir die mündliche Anzeige gemacht, binnen dreimal
24 Stunden Hamburg zu verlassen. Ich verließ Hamburg
und reiste nach Braunschweig. Das Ausführlichere über
meine Haft, die wirklichen Ursachen derselben, das humane
Vorgehen des damaligen Polizei=Actuars, der alles zu
Protocoll nahm, und dessen ehrenvoller Name mir leider
in dem Momente nicht einfällt, will ich bei einer andern
und passenderen Gelegenheit niederschreiben.

Nach Braunschweig hatte ich mehrere Empfehlungen,
die alle günstigen Erfolg hatten; hier war es auch, wo
ich zuerst die berühmten „Quartett-Müller" (die ältern),

sodann Professor Robert Griepenkerl kennen lernte und mit Henry Lytolff wieder zusammentraf, da wir uns schon 1848 in Wien kennen lernten.

Ein Zusammentreffen mit G. Meyerbeer daselbst zählt mit zu den schönsten Momenten während meines Aufenthaltes in Braunschweig. Ich hatte eine einfache, hübsche Wohnung am „Bohlweg" inne, und speiste täglich für einen ungemein geringen Abonnementspreis an der Table d'hôte im Hôtel „Deutsches Haus." Eines Tages, die Speisestunde war schon vorüber, die Gäste tranken schon den „Schwarzen" und mancher schmauchte schon seine „Aechte" und war so im gemüthlichen Nachmittags=Plausch; als ein Herr zur Thüre, die sich fast am Ende des ziem=lich großen Speisesaales befand, eintrat, sich kaum umsah, schnurstrads zu einem sich dort befindenden Schreibepulte begab, die Feder ergriff und seinen Namen ins Fremden=buch einschrieb. Ich sah hin, stieß meinen Nachbar Griepen=kerl an und sagte: Sie, Professor! Bliden Sie hin, ist das nicht der Giacomo? — Ja wahrlich, Sie haben Recht!" rief Griepenkerl. Meyerbeer war indeß mit dem Ein=schreiben fertig und ging wieder fort, ohne auch nur einen Blick auf die damals so ziemlich, namentlich von perma=nenten Gästen stark besuchte Table d'hôte zu richten. Ich hatte Meyerbeer's Bekanntschaft schon in Wien ge=macht, zu jener Zeit, wo er sich dort aufhielt, um sein „Feldlager in Schlesien" einzustudieren, selbst zu dirigiren und in welcher Oper, wie bekannt, die „schwedische Nachti=gall" die eigens für sie componirte Hauptrolle inne hatte. Allein in Wien war Meyerbeer so mit seinem großen Opus beschäftigt, zudem von so vielen hohen und auch nicht hohen Persönlichkeiten förmlich umlagert gewesen, daß es zwischen mir und ihm, so oft wir auch zusammenkamen, nie zu einer ruhigen und andauernden Unterredung oder Unterhaltung kommen konnte. Als wir daher vom Speisen

aufgestanden, uns gegenseitig empfohlen hatten und das
Hôtel verließen, fiel es mir ein, Mayerbeer zu besuchen.
Ich frug den Portier um die Zimmer-Nummer, ging in
das erste Stockwerk und klopfte an. „Herein!" scholl es
volltönig, jedoch trat mir der Kammerbiener entgegen; ihm
eine Visitkarte reichend, ersuchte ich ihn, mich anzumelden.
„Ach!" sagte der überaus höfliche Kammerbiener, „ich muß
um Entschuldigung bitten, der königliche Generalmusik-
Director hat mich strengstens beauftragt, Niemanden vor-
zulassen, indem er heute, von Paris kommend, sehr lei=
bend ist, hier nur übernachtet, um sich zu erholen, und
morgen früh die Weiterreise nach Berlin macht. Er ist
wirklich sehr schwach, zudem ordinirten ihm die Aerzte,
Abends gar nichts zu genießen, höchstens eine Pomeranze
mit Zucker, und ich bitte Sie, ein solcher alter Mann nichts
essen, er wird schwach!" Das wäre vielleicht noch so lange
fort gegangen, wenn ich — kaum ein Lächeln unter=
drückend — dem treuen, um das Wohl seines Herrn so
besorgten Manne nicht in die Rede gefallen wäre und mich
mit den Worten empfohlen hätte: „Nun gut! So geben
Sie nur meine Karte ab (ich machte rasch noch den übli=
chen Bug hinein) und sprechen Sie dem Herrn königlichen
Generalmusik-Director mein doppeltes Bedauern aus, daß
er nicht wohl ist und daß ich eben dadurch das Vergnügen,
ihn zu sprechen, nicht haben kann." Ich ging in ziemlich
gemüthlichen Schritten die Treppe hinab, war schon eine
schöne Strecke vom Hôtel entfernt, als ich einige Male
„Herr Doctor!" „Ich bitte Herr Doctor!" rufen hörte.
Da ich nicht Doctor bin, mich nie auf meine Schriften
oder Visitkarten als Doctor signalisirte, so wandte ich mich
lange nicht um, bis, da der Doctor-Ruf nicht enden wollte,
die Neugierde mich hierzu doch veranlaßte; da kam fast
athemlos der „treue Kammerbiener" auf mich zu und sprach:
„Ach, ich bitte um Entschuldigung, ich habe Ihre Karte

sofort überreicht, und der Herr königliche Generalmusik=
Director läßt bitten, zu ihm zu kommen, es wird ihm ein
Vergnügen sein, Sie zu empfangen, obzwar, wie ich Ihnen
schon früher sagte, er sonst Niemanden sprechen würde." —
Ich ging zurück, ward vom Maestro herzlich bewillkommt,
mußte einen Platz neben ihm am Sopha einnehmen und
nun ging die Conversation vor sich. Wie leicht begreiflich,
war unser Grundthema die Musik, speciell aber die Meyer=
beer'sche, denn wie ich im Verlaufe des Gespräches wahr=
genommen hatte, liebte es Meyerbeer, wenn seine Schöpfungen
in ziemlich ausführlicher Weise den Mittelpunkt der Con=
versation bildeten. Ich fügte mich, dem guten Manne
seine Freude nicht störend, ließ daher alle früher gemachten
Anklänge: Rossini, Marschner, Lortzing u. a. betreffend, fallen
und wählte die Tonleiter: „Robert," „Hugenotten," „Feld=
lager in Schlesien" und „Prophet"; letztere Oper war da=
mals neu, und er schien auch bei dieser am liebsten zu
verweilen. Wie strahlte aber Meyerbeer's Gesicht vor Freude,
wie innig, ich möchte sagen beseligt bewegt war er, als ich
ihm sagte, daß ich auch seine Oper „Il Crociato" gehört habe.
Dies schien ihn nachhaltig für mich gestimmt zu haben,
denn von diesem Momente an war er nicht der bisherige
liebenswürdig=artige, sondern auch der hingebendste Mann
für mich und blieb es lange, lange Zeit noch, selbst in
der Entfernung, wovon ich thatsächliche, oft die schmei=
chelhaftesten schriftlichen Beweise empfing. Ich muß es
aber wirklich gestehen, daß, so viele, viele große Opern
der verschiedensten Componisten und zu unzählig wieder=
holten Malen ich gehört, wenige von allen diesen zahl=
reichen Aufführungen mir so im Gedächtniß, daher unver=
geßlich blieben, als die erste Aufführung des „Propheten"
in Hamburg (unter Direction Maurice und Wurba) mit
Johanna Wagner als Fides, die unstreitig als Muster
aller deutschen Fides=Sängerinnen für alle Zeiten gelten

muß; die erste Aufführung der „Afrikanerin" am National=
theater in München und jene der „Kreuzritter" am deutschen
Theater zu Prag, als Krönungsoper für Se. Majestät den
allverehrten und mit vollem Rechte allgeliebten constitutio=
nellen Kaiser Ferdinand den Gütigen!

Halt! Verehrter Leser! Hier mußt Du mir gestatten,
von dem Grundthema dieses Capitels etwas abzulenken,
und ich bin gewiß, Du wirst es mit voller Verehrung und
Pietät erlauben, denn ich sprach — besser — ich schrieb
hier gelassen einen großen Namen nieder, den Namen:

Ferdinand der Gütige!
Gott hat Ihn erhalten! Gott erhält Ihn noch! Gott
wird Ihn noch lange erhalten!

Er lebe lange! rufe ich aus der tiefsten Tiefe meines
Gemüthes und ich bin vollständig überzeugt, dieser Ruf
findet ein nach Millionen zählendes Echo in den Herzen
aller Oesterreicher. Ich schwöre es, ich zähle nicht zu den
„Heuchlern", „Schmeichlern" und „poetischen Anbublern";
aber ich habe einen Grund so zu denken und zu fühlen, der
auf voller Wahrheit basirt. Grund? Nein! Gründe,
viele gewichtige Gründe bieten sich dar, unter denen aber
die drei Nachstehenden ewig leuchtend hervorragen werden:

Ferdinand der Gütige ist, wie ich schon oben
bemerkte, der erste constitutionelle Kaiser von Oesterreich!
Ferdinand der Gütige ist der humanste, der wür=
dige Nachfolger Seines großen Ahns, des unvergeßlichen
Kaiser Josef; denn wohlthuenden Segen spendet er nach
allen Gegenden und Richtungen des Kaiserreiches; er ist der
Vater und Wohlthäter unzähliger Armen, Witwen, Waisen,
mittelloser Studirender ꝛc.

Ferdinand der Gütige huldigt der: Allgemeinen
Menschenliebe!

Er hat sich selbst, mit wenigen Worten, ein Denkmal gesetzt, das fester und dauernder in der Weltgeschichte und in der Geschichte der Menschheit im Allgemeinen sein wird, als alle in Erz gegossenen und in Marmor gehauenen Monumente, welche die Nachwelt Ihm einst errichten wird. Die wenigen, schlichten, einfachen, herzigen Worte lauten:

„Ich lasse nicht auf meine lieben Wiener schießen!"

O hätte man damals — 1848! diesem eben so weisen als liebevollen Ausspruch des Monarchen Gehör gegeben, würde man ihn befolgt haben, wie anders, wie besser — doch genug — bis daher und nicht weiter, ich will hier keine Politik treiben, und dann, wozu braucht man mich zur Erzählung solcher Ereignisse, von denen es heißt:

Die Weltgeschichte ist das Weltgericht!

Nun kehren wir zu unserem früheren Thema zurück, zum Meister der Tonkunst, unserem Meyerbeer, zu dessen letztgenannten Oper „die Kreuzritter". Diese Oper bleibt mir von allen Opern, deren erster Darstellung bei pracht= vollster Ausstattung ich beigewohnt, in größter und frische= ster Erinnerung, trotzdem bereits 38 Jahre dahingeflossen sind; denn sie wurde am 7. September 1836 gegeben und die böhmischen Stände haben damals nicht weniger als 80000 fl., sage achtzig Tausend Gulden, für Decorationen und Costüme hierzu votirt. Auch die Darstellung war eine eminente, und sind mir unter den Mitwirkenden am lebhaf= testen erinnerlich in der ersten Reihe die Schröder= Devrient, dann die beiden Damen Lutzer und Pob= horsky und der Tenorist Fritz Demmer und der einst berühmte Pöck. Nun dürfte es Manchem auffallen, wie es mir denn damals möglich war, einer solchen Vorstellung beiwohnen zu können; es war Theater-Paré, also fürs Geld keine Karte zu haben und wenn eine solche auf indi=

rectem Wege zu erhaschen geglückt ist, der bekam eine Karte
fürs „Paradies" und die wurde mit dem Preis von einem
Ducaten gerne bezahlt; auch gehörte ich noch nicht der Zunft
der Recensenten an, konnte also auch als Berichterstatter
keine erhalten, und bennoch: hört! hört! saß ich in einer
Parterre-Loge und hörte gleich den allerhöchsten und hohen
Herrschaften die Krönungsoper mit der gemüthlichsten Ruhe
an. Ich konnte damals sagen: Kleine Ursachen, große
Wirkung! denn am Tage der Aufführung, es war schon
bald die Speisestunde, passirte ich vom Pulverthurme aus
das damalige Generalcomando — (später 1848 denkwürdig,
als die Wohnung des Fürsten Windischgrätz, in welcher
vom vis à vis liegenden Hôtel „zum goldenen Engel" eine
Kugel die Fürstin traf, die ihr den Tod brachte) das heutige
Landesgerichtsgebäude. Vor dem Gebäude standen zwei Schild-
wachen und als ich nahe an denselben vorüberging, hörte ich,
daß ein Fremder den einen Posten mit der Frage ansprach:
„Wo ist das Hôtel zum ,schwarzen Roße'?" Beide Soldaten
waren jedoch Tschechen, verstanden die Frage nicht und konnten
daher keine Auskunft geben. Dieser Herr, in Begleitung zweier
Damen, trat nun an mich heran, den Hut lüftend und bat
mich, ihm zu sagen, wo er gehen müßte, um ins genannte
Hôtel zu gelangen. Da ich keine Eile, zudem an den verschiedenen sichtbaren Ordensbändchen wahrgenommen hatte,
daß er zu jenem diplomatischen Corps gehören dürfte, das
damals von auswärtigen Regierungen zur officiellen Bei-
wohnung der Krönungsfeier abgesandt war und er mir
seiner schönen, reinen deutschen Aussprache gemäß als „Aus-
länder" — wie man damals jeden nicht-österreichischen
Deutschen nannte — erschien, dachte ich einen um so größeren Akt der Gastfreundschaft auszuüben, wenn ich sofort
bereitwillig erklärte, ihm nicht blos den nächsten Weg zu
zeigen, sondern auch ihn bis an den Punkt, von welchem
aus man das Hôtel bereits sehen konnte, zu geleiten. Mein

Antrag wurde mit außerordentlicher Höflichkeit acceptirt, wir gingen und als wir vor den Pulverthurm gelangten, waren wir bereits so tief, namentlich über die Sehenswürdigkeiten der böhmischen Krönungsstadt, ins Gespräch gerathen, daß wir kaum es merkend, schon vor dem Einfahrtsthor des „schwarzen Roßes" standen. Hier war die Grenz= und Scheidelinie, ich wollte mich verabschieden, da luden mich die Damen und zustimmend der Herr ein, ihnen das Vergnügen zu machen, und sie aufs Zimmer zu geleiten. Ich schlug es ab; da forderte mich der Herr auf, Ihnen Nach= mittag „die Ehre meines Besuches" zu schenken und dann mit Ihnen an der Table d'hôte zu speisen. Das geschah aber in so gentiler und einschmeichelnder Weise, daß ich nicht umhin konnte, dadurch Gelegenheit zu nehmen, die nähere Bekanntschaft dieser trefflichen Familie zu machen. Ich kam, speiste mit, wir unterhielten uns ganz köstlich, so daß die Stunde des Theaters herangerückt war, ehe man's dachte. Ich stand auf, nahm Hut und Stock und verab= schiedete mich, aber wie mußte ich erstaunen, als die Herr= schaften alle in einem Tone, als thäte ich da etwas Abson= derliches, frugen: „Was, Sie wollen gehen, und jetzt — o nein! Das geben wir nicht zu, Sie müßen mit uns ins Theater, wir haben eine Loge für uns allein, und für Sie wird sich auch ein Plätzchen finden." — Wer kann da wider= stehen? dachte ich mir und da mein Hang und meine Liebe zur Kunst und zum Theater schon damals nicht klein war, so sagte ich nur noch in heiterer Weise: Die Herrschaften scherzen wohl, wie hätte ich mir diese Ehre verdient gemacht? — „Nein! Nein! kein Scherz, es ist voller Ernst!" und die ältere Dame trat an mich heran, nahm mir Hut und Stock ab und sprach: Sie bleiben noch hier bei meinem Gatten, wir gehen aufs Zimmer um Toilette zu machen, später holen uns die Herren ab. So geschah es und so wurde mir die bis auf den heutigen Tag unvergeßliche Freude zu

Theil, „die Kreuzritter" zu hören. Wie wenige dürfte es
noch von meinen Mitlebensgenossen geben, die sich jenes
herrlichen Abends mit so freudiger Bewegung erinnern?
Und siehe, diese Erinnerung hat dem Schöpfer der „Kreuz=
ritter" fünfzehn Jahre später ebenfalls eine freudige Stunde
verursacht; was auch den Hauptgrund dafür abgeben dürfte,
daß ich heute im Besitze eines Stammbuchblattes von
G. Meyerbeer bin. Es war schon Nacht — die zehnte
Stunde nahe — als ich von Meyerbeer Abschied nahm, so
rasch und angenehm waren die Stunden vergangen, und
wie ich eben den Moment benützend, ihn ersuchte, mich mit
einer Zeile von seiner Hand zu erfreuen, frug er mich, ob
ich denn nicht eigene Blätter für mein Album besäße?
Als ich das bejahte, sagte er: „Also rasch, holen Sie Eines!
wohnen Sie entfernt von hier?" In Braunschweig fern?
Was ist in Braunschweig entfernt? — Ich lief, gleich einem
Läufer am 1. Mai im Wiener Prater, schönen Andenkens
von dazumal, und flog nach einer kleinen Viertelstunde schon
wieder ins Zimmer Meyerbeer's zwar nicht wie Noah's
Taube mit einem Oelblatt im Munde, aber mit einem
Rosa=Blatt in Händen; denn in meinem Zimmer ange=
langt, nahm ich mir nicht Zeit erst Licht zu machen, steberte
so in der Schieblade des Schreibtisches, wo die Blätter
lagen, herum; jedoch die Nacht=Helle hatte mich so getäuscht,
daß ich statt ein weißes ein rothes Blatt Papier ergriffen,
welches eigentlich für Damen=Inschriften bestimmt war.
Dieses that dem Ganzen jedoch keinen Eintrag. Die Glocke
schlug 10 Uhr und der Schöpfer des „Robert der Teufel"
saß am Pulte, zog mit freier Hand die Linien, auf denen
er nachstehende Noten und seinen unsterblichen Namen
schrieb:

G. Meyerbeer.

Nun folgt Henry Litolff, der Virtuose, Musikalien=
Händler und Verleger. Derselbe war zu seiner Zeit ein
tüchtiger Virtuose, zählte in dieser Sphäre wenige seines
Gleichen, war auch oder ist auch noch ein tüchtiger Componist,
bei dem sich trotz etwas exaltirter Manier, immerhin deutsche
Festigkeit, mit etwas spleenhaftem Ernst gemengt kund gibt
und dem Erfindung und Empfindungs=Gabe nicht abzu=
sprechen ist. Seine Symphonie=Concerte und Ouverturen,
unter welch Letzteren jene zu Griepenkerl's „Girondisten",
besonders hervorzuheben ist, zählen unstreitig zu den besseren
Concert=Piecen der neueren Zeit und verdienten wirklich,
daß sie dem Publikum bekannter würden. Der Name Litolff
klingt englisch und der Musiker entstammt auch in der That
dem Lande des Spleen; so liebenswürdiger und jovialer
Natur er im Umgang ist, so wenig kann sich das „Nebel=
hafte" seines ursprünglichen Vaterlandes bei ihm verleugnen.
Litolff ist auch als Mensch voll Herz und Gemüth, konnte
sich sogar für Politik begeistern, wie p. E. im Jahre 1848
in Wien. Litolff, auch ein Freund Griepenkerl's, schrieb
mir einige Zeilen aus der „Girondisten" Ouverture.
Griepenkerl war eine der schönsten Erscheinungen
der literarischen Männerwelt, ich habe nur Einen, den

ich in dieser Beziehung Griepenkerl an die Seite setzen
möchte, kennen gelernt: Johannes Nordmann in Wien,
auf den ich später ausführlicher zu sprechen komme. Griepen=
kerl besaß nebstdem ein Riesenorgan, das aber aller Modu=
lation fähig war. Beides kam ihm gut zu statten, und
er wußte es in zweifacher Richtung trefflich zu verwerthen,
denn er reiste einst als Verleser, aber nur seiner eignen
dramatischen Werke; und da seine wiederholten Verlesungen
stets zahlreichen Besuch hatten, so verdiente er, namentlich
in Leipzig, dadurch Geld und machte zudem für seine Dramen
Propaganda. Ich hatte ihn, eben in Leipzig, seinen „Robes=
pierre" vorlesen gehört und finde, daß von allen spätern mir
bekannt gewordenen Recitatoren wie Palleske, Genée und
Türschner, mit Ausnahme Ludwig Eckhardt's, keiner
eine so reine bis in die feinste Färbung deutlich vernehmbare
Vortragsweise zu entwickeln befähigt war, wie Griepenkerl.
Aber auch seine dramatischen Werke, unter denen besonders
„Robespierre" und „die Girondisten" hervorragen, zeugen von
einer nicht zu verläugnenden Genialität. Es ist zu bedauern,
daß die letztgenannten zwei Dramen, ihres hochpolitisch=
republikanischen Inhaltes wegen nicht alle Bühnen passiren
dürfen, sie sind mit einer überaus vollen Kenntniß des Bühnen=
wesens gearbeitet und erheben sich weit über das Niveau
der alltäglichen Effectstücke; zudem ist die Diction trefflich,
zuweilen poetisch schön, nur wollte Griepenkerl mitunter
shakespearesiren, doch um dies zu können, muß man
auch wenigstens einen Theil vom Geiste des großen Britten
besitzen, und da dies bei Griepenkerl nicht der Fall war —
denn man kann sich immerhin als ein sehr verdienstvoller
Dramatiker kundgeben und braucht dennoch kein Shakespeare
zu sein; so finden wir in seiner Diction hier und wieder
exaltirte Stellen, die Manchen, oft Vielen, zuweilen allen
Lesern unverständlich bleiben. Eine solche Stelle aus seinen
„Girondisten" schrieb mir Griepenkerl ins Album, sie lautet:

> Verginaud: Wie kannst Du einst gewesen sein,
> wenn Du jetzt denken kannst, daß Du gewesen?
> Braunschweig, den 4. Jänner 1852.
>
> Robert Griepenkerl.

Mir ist es bis heute, trotzdem ich das Drama gelesen und den Zusammenhang des Vorhergehenden und Folgenden herzustellen mich bemühte, nicht gelungen die „Idee" des Dichters zu klären; vielleicht gelingts Andern, vielleicht bin ich zu wenig Philosoph u. s. w. — Im Uebrigen scheint es Griepenkerl auch geliebt zu haben, sich wie und wo nur möglich selbst zu citiren, denn in dem Exemplar seines „Robespierre", das er mir verehrte, schrieb er vorn ebenfalls eine Stelle aus demselben Drama. Doch sei dem wie ihm wolle, ein jeder „Begabte" hat seine Eigenheiten, und daß er zu den Begabtesten der Neuzeit gehörte, beweiset auch sein Werk „das Musikfest der Beethovener", eine köstliche Novelle, die er „G. Meyerbeer in wahrer Verehrung zugeeignet" hat. — Und welch' ein Lebensende hat dieser Schriftsteller sich selbst bereitet? Er zählte nicht zu jenen Männern, die es lieben, wenn zuweilen der Becher der Freude überschäumt, nein zu jenen, denen es zur Gewohnheit wurde, einen stets „schäumenden und überfluthenden Kelch," als das Schönste im Leben anzusehen; doch weder Gehalt, noch das Honorar seiner Schriften reichten hin, eine solche Lebensweise zu ermöglichen, da wurde denn zu Wuchern die Zuflucht genommen, endlich konnten dieselben gar nicht befriedigt werden und das Schuldgefängniß wurde seine Heimatsstätte. Von dort entlassen, verstossen, vergessen von Allen, sank Griepenkerl so tief, daß er bettelte: „Freund! Einen Groschen

auf Schnaps!" — Mich schauerts, wenn ich hier den herr=
lichen, schönen, liebenswürdigen Griepenkerl vom J. 1851
so herabgekommen mir vors Auge bringe und heute — ist
er der Dritte im Bunde der deutschen Schriftsteller, die
ein ähnliches Ende hatten, der genialste, Grabbe, dann
Ortlepp und Griepenkerl!

Doch Brrr! Schnell ein anderes Bild! Ein besseres,
schöneres, heitereres! Ja gleich, lieber Leser, wo sind wir
denn eigentlich — ja richtig, in Braunschweig, in der herr=
lichen Residenz, wo einst der „Diamanten=Herzog" thronte,
in der Residenz, wo das Gras auf den Straßen wächst,
auf der Stätte, wo das herrliche Mumme=Bier gebraut
wird, wo man den süßen Braunschweiger=Lebzelten und die
Europa=berühmten Braunschweiger Würste bekommt — doch
mir ist nun schon alles Wurst (verzeihet mir diesen Pro=
saismus!) und obwohl es mir bereits damals zum großen
Theil gelang, konnte und kann mich das Schicksal, selbst in der
Erscheinung einer hohen Polizeibehörde, nicht dazu
bringen, in der Weise mich den obgenannten genialen Schrift=
stellern einzureihen; gelingt es mir nicht, in geistiger
Richtung einst neben ihnen ehrenvoll genannt zu werden,
dann lieber nicht und wenn „gewisse Freunde" mich dazu
bringen wollten, dann — herunter mit dem Vorhang!
und ich rufe ihnen, wie einst der genialste Componist zu:
Plaudite amici! comoedia finita est!

Doch am Ende glauben meine werthen Leser, daß
auch ich auf meinem Pulte, an dem ich schreibe, ein volles
Glas stehen habe, dasselbe leere, wieder fülle u. s. w. —
Nein, darin bin ich ein Erz=Philister, ich trinke gar Nichts,
d. h. nur Caffee und Wasser und von diesen Getränken
kann man nicht in einen „überschwänglichen Zustand" ver=
setzt werden; und das Einzige, was ich stets im Auge —
also vor mir habe — ist — — — Wahrheit! Und so hat
auch die obige, dem Leser vielleicht wie aus den Wolken

gefallen erscheinende Bemerkung von einer hohen Polizei=
behörde ihre Richtigkeit, denn eben jetzt, wo ich in meinen
Erinnerungen mich in die Zeit meines Verweilens in
Braunschweig zurück versetzte, erwachte in mir lebhaft jene
Scene, wie ich eine „Zustellung" der Polizeibehörde erhielt,
in welcher mir in zwar höflicher, aber immerhin categorischer
Weise angedeutet wurde: „Schauen's, daß Sie weiter kom=
men!" Also die zweite Ausweisung! Und als ich
recurirte, bekam ich den Bescheid: „Laut Erlaß eines hohen
Ministeriums darf ein fremder Schriftsteller in Braun=
schweig keinen permanenten Aufenthalt nehmen." Und wahr=
lich, Erlässen eines solchen Ministeriums, ob schriftlich oder
mündlich, muß man genau Folge leisten, will man sich nicht
die Annehmlichkeit verschaffen, den Paß mit einer „Zwangs=
Reise=Route" versehen zu erhalten oder aber gar einem
„vagabondirenden Lumpen" gleich, per Schub an die Gränze
gebracht zu werden. Und obzwar ich, wie der Leser noch
später erfahren wird, in diesem „Genre" noch manches
Interessante erlebte, habe ich doch kein Verlangen darnach
getragen und jeden Weg vermieden, um solche Annehmlich=
keiten mit in meinen Erinnerungen zu bewahren. Somit
sagte ich auch Braunschweig Lebe wohl! und reiste nach
Weimar. In Weimar ging mirs gut, was ich einzig
und allein in aller=allerersten Reihe dem nicht nur als
Virtuosen, sondern auch als Mensch voll Güte und
Großmuth noch heute hochbastehenden Franz Lißt zu
danken hatte. Dem reihten sich mit wirklich liebenswür=
diger und kunstsinniger Theilnahme an, der alte Genast,
der damalige Oberregisseur des Hoftheaters Seibl, der
intimste Freund Raupach's, und der einstmalige Tenorist
Beck. Zu jener Zeit lebte auch im „Exil" Dr. Adolf
Frankl, von dem man vermuthete, daß er der Verfasser
ist der herrlichen „Jellacsichiade", ein Heldengedicht in fünf
Gesängen (Leipzig, Ernst Keil 1850). Würde es der da=

maligen österreichischen Behörde gelungen sein, Dr. Adolf
Frankl habhaft zu werden, auf die Vermuthung einer hohen
Behörde hin würde er gewiß nicht mehr unter den Leben=
den zählen. In Weimar jedoch — (er lebte von seinen
nicht unbedeutenden Renten, und das gibt in einer kleinen
Residenz schon Ausschlag, so daß man gerne durch die
Finger sieht) — vertrieb er sich die Zeit mit der — —
— — Dichtung „Wiener Gräber" und eines nahe an
400 Seiten starken Epos: „Der Tannhäuser", Weimar,
Herrmann Böhlau 1854. — In allen Fällen zählt Frankl
unter den begabtesten Schöngeistern, welche eine treffliche
Feder führen, und er würde gewiß bei anhaltendem Fleiße,
einige, vielleicht mehrere Stufen am Parnasse emporgestie=
gen sein; jedoch wenn man „reich" ist, hat man dies nicht
nöthig. Nach der Amnestie kehrte Frankl in seine Vaterstadt
Brünn zurück, lebte dort als Privatier, und als er gar
den kühnen Gedanken zur That werden ließ, Theater=
director zu werden, so warf er die ganze ihm zu Gebote
stehende Dichtkunst über Bord und freut sich nun der
Sorgen, Mühen und Unannehmlichkeiten eines Theater=
Directors im österreichischen Manchester. Nun des
Menschen Wille ist sein Himmelreich! Und das Himmel=
reich eines großen Provinztheater schließt doch so manche
„hübsche" Engelchen in sich, mit denen man sich immer=
hin recht amüsiren kann. —

Weimar war auch damals der heil. Ort der heil.
Musica des heil. Wagner; dahin wallfahrten alle die
Jünger und Aposteln der „Zukunftsmusik" und sie fan=
den auch dort auf der „Altenburg", woselbst Liszt residirte,
die beste, gastfreundlichste Aufnahme. Vieles Schöne,
Angenehme, Pikante aus dem Kunst= und anderem Leben
habe ich dort mitgemacht und erfahren, doch es würde
mich zu weit führen, ich will nicht vorgreifen, um so mehr

ba, wie ich schon bemerkte, noch nicht Alles sich für die
Gegenwart eignet. Kommt Zeit, kommt Rath! —

Mein Album wurde in Weimar durch mehrere Blät=
ter bereichert, von denen ich hier nur Eckermann (den
treuen Eckhardt Göthe's) und Joseph Joachim hervorhebe.
Von Lißt erhielt ich kein Blättchen, doch wundere Dich
nicht, verehrter Freund! Ich besitze dennoch von Lißt
eine Handschrift, um die mich so Mancher beneiden dürfte.
Eines Tages, als ich Lißt besuchte, zu ihm in sein wahr=
haft fürstlich eingerichtetes Arbeitszimmer trat, saß er in
einem langen Fauteuil hingelehnt, Zeitungen lesend. Nach
Gruß und Bewillkommnung sagte Lißt im Laufe des Ge=
spräches, fast mit etwas schwermüthig klingendem Tone zu
mir: „Lieber Landau, machen Sie mich unsterblich!"
Da lachte ich hell auf und entgegnete: „Aber Herr Doctor!
Ich Sie unsterblich machen, dazu gehören größere Leute;
im Uebrigen sind Sie es nicht schon? Die Geschichte der
Tonkunst weiß heute schon viel von Ihnen zu erzählen
und bei Ihrer ewigen Jugend, bei Ihrer Energie, bei
Ihrem unaufhörlichen Fleiße, wie viel werden Sie dadurch
noch Stoff liefern, mehr und wenn möglich Größeres zu
erzählen. Und was hat die Zukunftsmusik Ihnen zu
danken, die Zukunftsmusik, die eine ebenso denkwürdige als
bedeutende Rolle in unserem Zeitalter spielt. Lißt und
Wagner, Wagner und Lißt, zwei harmonisch=volltönende
Namen, die unzertrennlich sind, so unzertrennlich, wie die
beiden Namen „Schiller und Göthe", wenn man heute
und für alle Zeiten vom „Musenhof" der literarischen
Glanzperiode unseres schönen Weimars spricht und sprechen
wird. — Lißt reichte freundlich lächelnd mir die Hand und
sagte: „Ja, lieber Landau, es ist Alles sehr schön, was
Sie mir soeben sagten, ob Alles aber auch wahr ist?"
— „Vieles ist schon wahr, Vieles ist in der besten Ent=
wicklung zur vollsten Wahrheit!" — Nun benützte ich die

„Gunst des Augenblickes" und rückte mit dem schon längst gehegten Wunsche heraus, eine Zeile von ihm zu erhalten. „Ein Stammblatt! Das bedauere ich Ihnen verweigern zu müssen, ich habe einst wegen eines Stammblattes eine große Unannehmlichkeit mit einer Gräfin — gehabt, und zu jener Zeit habe ich mir „geschworen", nie mehr Eines zu schreiben." — „Das thut mir leid, bester Herr Doctor, daß gerade ich, der ich, wie Sie wissen, ein großer Verehrer von Ihnen bin, gar nichts von Ihrer Hand als einen Hand= schuh besitzen soll!" Da lachte er herzlich und sagte: „Warten Sie — Liszt gegen Liszt! Sehen Sie ge= fälligst dorthin, da liegen verschiedene Rollen, es muß mein Bild von Kriehuber dazwischen sein; suchen Sie!" — „Ja, da ist es! Ein Brustbild, die Arme sichtbar, doch die Finger fehlen." „Lassen Sie es sehen! 1838! So sah ich aus — noch bin ich es, Meister Kriehuber's Griffel arbeitet auch für die Zukunft! Reichen Sie mir eine Feder!" Ich that es. Auf dem Bilde stand lithographirt das Epitaph Saphir's:

An Liszt's Bild.

Zum Spielen ähnlich! Ausdruck, Geist und Haltung!
Allein die Hand? Die Hand voll Wunderwaltung,
Ich frage, wo die Hand, die zaubervolle ist?
Die schafft Natur ihm ähnlich nicht mehr wieder,
Darum legt auch die Kunst den Griffel nieder
Und schweigt von ihr — das ist Liszt gegen Liszt.

Und der unerreichte Meister des Claviers fügte unten hinzu:

und noch obendrein
Liszt.

Dieses Bild ist, wie alle derartige Lithographien, in Großfolio, daher nicht geeignet, ins Album gelegt zu werden, als ich in Hamburg wieder — wie später zu ersehen —

meinen permanenten Aufenthalt nahm, prangte es unter
so vielen mir von Künstlern und Schriftstellern gewidmeten
Portraits in meinem kleinen, aber gemüthlichen „Sans-
Soucis-Stübchen" im Rahmen und Glas, und jetzt liegt
es „gerollt" unter allen anderen halbvergangenen und
vielen noch nicht untergegangenen gerollten Größen; und
fragt man warum? Die Antwort bleibe ich schuldig,
wie Vieles! Hier hast Du die Antwort! — —

Das erste Stammblatt, das ich in Weimar erhielt,
ist von Joachim, dem klassischen Geiger, einst der kleine
Joachim von M. G. Saphir genannt, da er als Knabe
in Wien concertirte, und schon damals die Vorboten seiner
künftigen Größe voraussandte. Er wohnte zu jener Zeit
in Weimar und oft gewährte er mir die Freude, ihn in
seiner Wohnung hören zu dürfen. Von allen Piecen, die
ich bei solchen Concerten ohne Entrée hörte und die mich
oft zur Bewunderung hinrissen, hatte keine meinem Ohre
und meinem Gemüth so zugesagt, als die Fuge von Bach
ohne Begleitung, die ich nie genug anhören konnte.
Daher kommt es auch, daß, als Joachim mich befrug,
was er mir fürs Album schreiben sollte, ich ihn bat,
wenigstens den Anfang der Fuge mir eigenhändig niederzuschreiben; mit fast anmuthigem Lächeln gewährte mir
der Virtuos die Bitte.

Nach Joachim folgt nun J. P. Eckermann. Wenn
man die Gestalt des „treuen Eckhardt Göthe's" genau ins
Auge faßte, sein einfaches, von allen Prätensionen freies
Benehmen con amore beobachtete, ohne ihn zu kennen,
würde man eher geglaubt haben, daß er ein rechtschaffener,
geistig begabter protestantische Pastor, oder ein mit mehr
als pädagogischer Bildung ausgestatteter Schullehrer sei,
nicht aber der Secretär unseres „deutschen Prometheus";
und doch war er der Glückliche, der Göthe so nahe stand.
Diesem Verhältnisse haben wir das Entstehen seiner „Ge-

spräche mit Göthe" zu danken und diese, fast einzig und allein nicht seine Dichtungen, nicht seine Poetik, selbst nicht die von ihm besorgte Herausgabe der Göthe'schen Werke sichern seinem Namen einen ehrenvollen Klang. Eckermann schrieb mir fürs Album:

Wer klare Begriffe hat, kann befehlen!

Weimar, den 18. August 1852.

J. P. Eckermann.

Während des Aufenthaltes in Weimar wurde mein Verweilen daselbst behördlich nach keiner Richtung hin beeinträchtigt. Eines Tages jedoch erhielt ich ein „mündliches Ersuchen", gelegentlich mich im Fremden-Bureau aufzuhalten. Ich ging dahin; der fungirende Beamte war zufällig mir schon persönlich bekannt, was in einer so kleinen Residenz, wo das Publicum nur auf gewisse Orte, wie: Theater, Schützenhaus, Concertsaal beschränkt ist, und sich immer und immer daselbst begegnet, sich stets näher kommt, endlich bekannter wird u. s. w. u. s. w. nicht zu verwundern ist. Als ich eintrat, wurde ich aufs zuvorkommendste empfangen, es wurde mir ein Sitz angeboten, und endlich sagte mir der Herr Commissär: „Sie müssen gefälligst nach Hause schreiben, daß man Ihnen einen neuen Paß zusende, der hier deponirte ist — (lachend) — wie wir jetzt erst wahrgenommen, längst abgelaufen und in gegenwärtiger Zeit sind wir oft gezwungen, selbst gegen unsere besten Bekannten uns strenger an die gesetzlichen Vorschriften zu halten als früher; jedoch es hat keine Eile, aber in allen Fällen bitte ich, sich einen neuen Paß kommen zu lassen." Ich war nicht

sehr erbaut von dieser Mittheilung, mußte aber zum
schlimmen Spiele gute Miene machen. Ich schrieb nach
Prag, bat Mühe und allenfallsige Kosten nicht
zu sparen, um nur so rasch als möglich mir ein ueues
Reisedocument zu verschaffen. Briefe zwischen Weimar
und Prag gingen fleißig hin und her; man vertröstete
mich, es wird wohl der große Wurf gelingen, aber so
schnell ging es nicht. Es dauerte mehrere Wochen, noch
war ich nicht im Besitze des Passes! der Herr Commissär
verlor auch die Geduld oder wurde genöthigt, die Geduld
zu verlieren, genug, alle Protection nützte nichts und ich
wurde nicht nur in Weimar ausgewiesen — britte Aus=
weisung! — nein, da der Paß, wie ich schon eben er=
wähnte, längst sein Ende erreicht hatte, wollte oder konnte
man mir ihn nicht mehr nach dem von mir bestimmten
Reiseziele vidiren, sondern schrieb mir auf die betreffende
Seite des Documentes: „Reiset von hier direct nach Prag
ohne weiteren Aufenthalt!" Also eine „Marsch=Route"
nur mit der mir gegenüber gemachten Bemerkung: „Wie
lange Sie dahin reisen wollen, das steht Ihnen frei,
aber nach Hause müssen Sie." Da bat ich den Herrn
Commissär, mir nur noch 8 bis 14 Tage Frist geben und
zugleich die besondere Gefälligkeit erweisen zu wollen, selbst
an die Behörde nach Prag sich zu wenden, da doch von
Weimar aus kein Grund vorhanden sei, mir den Aufent=
halt zu verweigern. Meine Bitte wurde mir gewährt, die
Galgenfrist von 14 Tagen gestattet und die Verwendung
zugesagt. Es vergingen 14 Tage, ich erhielt keinen Paß,
ich wartete, bis ich wieder vorgeladen wurde; es vergingen
noch 8 Tage — endlich mußte ich wieder vorsprechen.
Beim Eintritt ins Bureau begrüßt, lachte mir schon der
Commissär entgegen und sagte: „No, ich muß mich schön
bei Ihnen bedanken, wissen Sie, welchen Bescheid ich von
Prag erhielt?" — „Wie kann ich das wissen?" — „Nun,

nicht nur keinen Paß, sondern in Form einer „höflichen
Nase" die Antwort: Wie wir uns für einen Mann, wie
der Schriftsteller H. J. Landau, verwenden konnten! —
Ja, nun bleibt mir leider nichts mehr übrig, als Ihnen
ein „Lebe wohl!" sagen zu müssen."

Ich ging nach Hause, um mir reiflich zu überlegen,
was zu thun, wie und wohin mich zu wenden. Da lag
ein Brief von meinen Schwestern vor, in welchem mir angezeigt wurde, daß es nunmehr mit Gewißheit anzunehmen
sei, daß mir ein Paß ausgestellt werden wird — durch
Verwendung — durch dieses und jenes 2c. 2c.; aber Geduld müßte ich haben, es dürfte noch 14 Tage dauern.

Nun — dem Muthigen gehört die Welt! dachte ich
mir und Entschluß und That waren Eins. Ich beauftragte
meine Hausleute, bei denen ich wohnte, mir Briefe 2c.
nach Jena zu senden, unterließ den größten Theil meiner
Habseligkeiten in Verwahrung bei ihnen, nahm mir das
Allernothwendigste mit und machte einen „Spritzer" nach
Jena, mit dem festen Vorsatz, da ich einige Studirende,
die oft nach Weimar kamen, kannte, mich an diese zu
wenden, ob daß es mir gelinge, eine kurze Zeit unbehelligt
in Jena zuzubringen, bis ich einen Paß erhalte. —

Unvergeßlich bleiben mir die in Jena unter der Gastfreundschaft der Studirenden verlebten 14 Tage; ich täuschte
mich nicht, als ich in der Rückerinnerung an die „acade-
mische Legion" in Wien mir dachte: die „Alma mater"
ist sich überall gleich, und als ich demzufolge nach Jena
flüchtete! „Gekneipt" habe ich da, wie nie zuvor und
auch nie wieder; machte oft die Wanderung nach „Ziegen-
hein" mit, um dort Vater Gambrinus zu huldigen, dessen
wohlschmeckender Hopfensaft dort in „Holz-Krügen" servirt
wird; hatte aber das Malheur in Versch....zu gerathen,
was jedoch sonst keine üblen Folgen nach sich zog, nur mußte
ich mirs gefallen lassen, weiblich ausgelacht zu werden. —

Endlich kam der Tag der Erlösung, denn wahrlich, wenn man nicht weiß, w o h i n man sein müdes Haupt mit R u h e hinlegen kann, bedarf man nicht wenigen Muthes und einer schönen Dosis Humor, um . den Umständen angemessen, nicht aus Rad und Geleis zu gerathen. Ich erhielt ein Schreiben von meinen Hausleuten aus Weimar, mir meldend, daß ein recommandirter g r o ß e r Brief auf der Post für mich vorliege, den man ohne meine Unterschrift nicht verabfolgen will. Sofort verabschiedete ich mich, noch eine Abschiedskneiperei wurde schnell improvisirt und Theilnehmer so viel als möglich einberufen; nach wenigen Stunden fuhr ich ab — ein „Gaudeamus" erscholl — meinem Auge entfloßen Thränen der Dankbarkeit. — In Weimar ankommend, war mein e r s t e r Weg zur Post, ich wies meinen, mit den schönen Aviso's versehenenen, alten Paß vor, zum Nachweise, daß ich der richtige L a n d a u sei, sagte im Voraus, daß ein n e u e r Paß im Brief sich be- finde — öffnete Letzteren und zeigte jubelnd den neuen k. k. Gubernial=Paß! — Sodann ging ich in meine Woh= nung, auch hier waren die trefflichen Hausleute voll Freude, als ich eintrat und ihnen das für mich wie unbezahlbare Document zeigte. — Tags darauf verfügte ich mich ins Fremden=Bureau; bei meinem Eintritte wurde ich mit den in größtem Staunen ausgerufenen Worten: „Was! Sie n o c h in Weimar?" empfangen. — „Ja noch, d. h. w i e d e r in Weimar, und aus Ihrer gütigst für mich pro= jectirten Reise nach Prag wird nichts. Hier! sehen Sie, kann ich in Weimar bleiben?" — Ja, das ist schön, es freut uns, der Paß hat seine Gültigkeit, Sie können reisen wohin S i e wollen, aber in Weimar — mit den Achseln zuckend — bleiben, der schöne Bescheid, der uns von Prag wurde — nein, das geht n i c h t mehr!" Auch gut! dachte ich mir und sagte: „Ich werde jetzt nur einen Brief von Hamburg abwarten, er muß längstens in zwei bis drei

Tagen eintreffen, dann kann ich Ihnen meinen nächsten
Bestimmungsort angeben zum gütigen Aviso — ohne
Randgloffen!"

Der erwartete Brief von der Redaction eines in
Hamburg erscheinenden Blattes mit etwas „Inhalt", nebst
Auftrag nach Hannover zu reisen, um über die am 1. Sep=
tember 1852 stattfindende Eröffnung des neuen, damals
königlichen Hannoverischen Hoftheaters, Bericht zu erstatten,
kam richtig an. Ich reiste nach Hannover. Nachdem ich
dort 14 Tage verweilte, den Boden sondirte, gab ich die
anfangs gehegte Idee, hier meine Hütte zu bauen, auf,
denn der damaligen hannoveranischen königlichen Welfen=
Regierung war die immer sich mehr und mehr breit=
machende Reaction allerhöchst willkommen, so daß auch mir
daselbst kein Weizen blühen konnte. Die Eröffnung des
neuen Theaters hatte viel Interessantes für mich, es wurde
ein Festspiel dargestellt, Text von dem einstmaligen Inten=
danten von Perglas, mit eigens hiezu componirter Musik
von Marschner. Dem folgte Göthe's „Tasso" mit Carl
Devrient in der Titelrolle. So viel ich mich heute noch
sehr gut zu erinnern weiß, war die Mitternachtsstunde
bereits längst verflossen, als ich abgespannt und müde das
Theater verließ, ohne daß noch die Vorstellung beendet
war. Ich habe Hannover gesehen, habe es kennen gelernt,
manche Verbindung angetreten, aber unter allen Annehm=
lichkeiten, die ich in Hannover hatte, bleibt die schönste,
hervorragendste und bis auf heute unvergeßlichste, die
persönliche Bekanntschaft Marschner's; derselbe schrieb
mir Nachstehendes aus der Composition des obener=
wähnten Festspieles:

Andantino.

Zur freundlichen Erinnerung an den 1. Sep=
tember 1852 und an   Dr. H. Marschner.
Hannover, den 3. September 1852.

Es blieb mir nichts Anderes übrig, als, da bereits ein
volles Jahr meiner Ausweisung aus Hamburg verflossen
war, das Wagestück zu unternehmen und wieder dahin zu
reisen und wenn möglich, abermals dort meinen Aufenthalt
zu nehmen. Bei meiner Ankunft in der freien Hansestadt
entstand das nachstehende Epigramm, das in einer sehr
verbreiteten Hamburger Zeitung Aufnahme fand und von
da dasselbe damals, so ungemein zutreffend und nicht nur
für mich, sondern für viele Tausende die passendste Anwen=
dung in sich schloß, von vielen Zeitungen reproducirt wurde.
Es lautet:

Die deutsche Heimat.

Ein Deutscher will im Vaterlande weilen,
Er muß gesetzlich, schleunigst sich beeilen,
Herbeizuschaffen einen Heimatschein!
Warum? Ist doch des Deutschen Heimat — Schein!

In Hamburg gelang es mir wirklich, wieder meinen
Aufenthalt zu nehmen, jedoch mit etwas erschwerten und
oft unangenehmen Umständen, denn ich erhielt stets nur
einen sechswöchentlichen Erlaubnißschein, den ich immer
nach Ablauf erneuern lassen und dabei Manches anhören
mußte, das meinem etwas feinfühlenden Ohre nicht sehr

harmonisch klang. Bei diesen meinen wiederholten sechs=
wöchentlichen Aufenthalts=Operationen fielen mir stets zwei
Gedenksprüche meines Großvaters mütterlicher Seite (Wolf
H. Taußig), eines schlichten, frommen höchst eigenthüm=
lichen und alterthümlichen Mannes ein; er sagte zu wieder=
holten Malen zu mir, als ich noch ein kleiner Knabe war:
„Herrmann! Merke Dir: Man muß hören, sehen und
schweigen! Wissen, was man spricht, aber nicht alles
sprechen, was man weiß!" — — — Bis zum J. 1854
hatte ich bereits in solcher „Erlaubnißweise" wieder
meinen Aufenthalt in Hamburg gefristet, als ich wieder
um eine Prolongirung persönlich ansuchen mußte, die aber
diesmal nicht sofort bewilligt wurde. Indem ich nach der
Ursache der Verweigerung frug, antwortete man mir mit der
Gegenfrage: „Warum wollen sie gerade bei uns bleiben? Es
gibt doch noch andere große Städte, Sie verweilen als Frem=
der schon zu lange hier, das geht nicht. Nun ich werde Ihnen
noch diesmal die Erlaubniß für abermalige sechs Wochen
geben, aber dann — dann wird es nicht mehr gehen!" —
Dankend und mich empfehlend verließ ich das Bureau und
dachte mir: Zeit gewonnen, Alles gewonnen und der „liebe
Gott verläßt keinen — Deutschen!" — Aber schon naheten
die sechs Wochen ihrem Ende, ich hatte noch keinen Ausweg,
wie ich einen weiteren Aufenthalt erreichen werde. Da saß
ich eines Morgens beim Frühstück und las das eben aus=
gegebene Morgenblatt „der Freischütz" und unter andern
„Stadtereignissen" fand ich darin, daß der Tod der „vor=
gestern" verstorbenen Frau Senatorin Binder, geb. Schmidt
(Tochter des zu seiner Zeit sehr berühmten Hamburger
Theater=Directors Schmidt) ungemeine Sensation und all=
gemeines Bedauern in der Stadt erregte. Daß auch die
zahlreiche Theilnahme des Publikums aller Stände bei dem
Begräbniß, die vielen Thränen, welche wegen ihres wohl=
thätigen Wirkens an ihrem Grabe geflossen, das lebendigste

Zeugniß für ihren schönen und edlen Charakter ablegten. Ferner las ich die alle Zuhörer tiefergreifende Rede, welche am Grabe von einem Pastor abgehalten wurde, die ein förmliches Register aller ihrer Tugenden und Vorzüge enthielt. Da dachte ich mir: Ich hege nicht den geringsten Zweifel, daß das Alles, was hier in dieser Zeitung und auch in anderen Zeitungen steht, wirklich wahr ist, gesetzt aber den Fall, es wäre auch nur die Hälfte wahr, so ist dennoch diese Frau so hochachtbar und würdig erhaben über viele ihres Gleichen, daß ein „Nachruf" keineswegs als eine Speichelleckerei oder als eine Honorarspeculation erscheinen würde, ergriff die Feder — der erste auch auf mich tiefeingehende Eindruck, weihte dieselbe und ein poetischer „Nachruf an die hingeschiedene Frau Senatorin Binder geb. Schmidt" entstand, bei dem es freilich nicht an „Anmelden-Füßchen" fehlte. Nach Ablauf von nur zwei Stunden wanderte er in die Buchdruckerei und ich ließ denselben in einer ziemlich großen Anzahl vervielfältigen. Am Abend, als ich ins Theater ging, beauftragte ich den dort stehenden Portier, morgen früh zeitlich in meine Wohnung zu kommen, er könnte sich eine Mark verdienen. Dieser Thürsteher hatte eigentlich kein weiteres Amt, als daß er die Thüre der heranfahrenden Equipagen öffnete und dafür von den permanenten Besuchern des Theaters eine Weihnachtsgabe, oder auch hier und da einige „Schillinge" erhielt, was seinen „Gehalt" ausmachte. — Es war am Morgen des 18. Octobers, welcher Tag damals noch in Hamburg als hoher Festtag gefeiert wurde, als der bestellte „Portier" kam, ich übergab ihm die gesiegelten Exemplare des „Nachruf's," welchen ich ein Briefchen beigefügt hatte mit dem Auftrag, das Packet beim Portiere des Stadthauses, in welchem der Herr Senator Dr. Binder wohnte, abzugeben und folgte ihm den zugesagten Botenlohn aus. Noch im Laufe desselben Vormittags klopfte es an meiner Thür;

herein! — Es trat ein sehr anständig gekleideter Mann
ein. Es ist sonderbar, Viele werden auch schon dieselbe
Erfahrung gemacht haben, daß Polizeibeamte, besonders der
unteren Classe und prostituirte Personen, selbst wenn selbe
in bester Kleidung und Toilette, und mit noch so großer
„Gravität" einherschreiten, dennoch sofort beim ersten Anblick
erkennbar sind. Es liegt so etwas scharf Ausgeprägtes in
ihren Physiognomien, das ihren Stand, dem sie angehören,
sogleich erkennen läßt. Als ich daher beim Eintritt des
obenerwähnten Mannes, ebenfalls wahrgenommen, daß er
ein „Abgesandter der löbl. Polizei" ist, brummte ich ein
leises „O weh!" in meinem Innern, denn mir fiel sogleich
der Ablauf meines „Sechswochenscheines" ein. Allein, als
der Mann mit außergewöhnlicher, seinem Stande durch=
schnittlich nicht eigener Höflichkeit fragte: „Habe ich die
Ehre den Schriftsteller Herrn Dr. Landau zu sprechen?"
Da konnte ich mich nicht enthalten tief aufzuathmen und
freudig lächelnd sagte ich: „Ja, ich bin der Schriftsteller
Landau, aber Doctor bin ich nicht! Womit kann ich dienen?
— „Herr von Mevius (eine zu jener Zeit bedeutende und
allmächtige Persönlichkeit der damaligen Hamburger Her=
manbab) läßt sich bestens empfehlen und läßt höflichst
ersuchen, wenn Sie später das Stadthaus passiren, für
einige Augenblicke bei ihm im Bureau vorzusprechen; ich
habe die Ehre!" — Er ging und ich ebenfalls, da es schon
gegen Mittag war und ich befürchtete, dann Herrn Mevius
nicht mehr im Bureau zu treffen; mehr aber noch zog mich
meine ungemein erweckte Neugierde, „was das wohl zu
bedeuten habe." Nach rasch angelegter Feiertags=Toilette
verfügte ich mich sofort ins Stadthaus. Den Portier
fragend, wo ich hier zu Herrn Mevius gelange, zeigte er
mir eine Thür: Da hinein, im letzten Zimmer. Ich mußte
mehrere Amtszimmer passiren, die wegen des Festtages fast
alle leer waren und kam endlich zur offenen Thür des

Mevius=Bureau, klopfte an, und sah schon von der Ferne auf dem Pulte dieses Beamten einige Exemplare meines „Nachrufes" Als er mich erblickte, rief er laut: „Ah, Sie sind willkommen, gehen Sie nur weiter!" Er stand auf vom Pulte, reichte mir die Hand, drückte die meinige und wies mir sofort einen Sitz neben sich an. Als ich ihn frug: Womit ich ihm dienen könnte, da er mich zu sich beschieden; streckte er seine Hand aus, nahm eines von den auf dem Pulte liegenden Exemplaren des Gedichtes und sagte: „So= eben hatte mich Herr Senator Dr. Binder zu sich berufen, zeigte mir hier diesen Nachruf, er war so erfreut darüber, die Worte sind so herzlich und gemüthlich, und frug mich, wie er Ihnen denn dafür danken könnte? Wir sind unter uns! Wünschen Sie ein Honorar, Sie haben doch Unkosten gehabt, der Druck ist doch nicht umsonst! — „Unkosten? Honorar?" sagte ich — „Geehrter Herr! Sagen Sie gefälligst dem Herrn Senator, daß die Unkosten gar nicht bedeutend, überhaupt gar nicht der Rede werth sind; wenn dieses ein Gelegenheits=Poem zu einem freudigen Ereigniß wäre und er mir allenfalls dafür ein kleines Cadeau zustellen würde, so hätte ich dasselbe vielleicht, um keinen Anstoß zu geben — nicht refusirt; da es aber eine zu ernste Gelegen= heit ist, so würde es wie eine bezahlte Sache aussehen, und überhaupt mich ein Honorar, ob 1 oder 100 Louisdors aufs tiefste verletzen. Sagen Sie gütigst ferner Herr Dr. Binder, wenn ihm meine bescheidene Arbeit auch nur den geringsten Trost bei seinem schweren Verlust gewährt und er sich gedrungen sieht, mir dafür zu danken, so solle er mich rufen lassen, mir seinen Dank aussprechen, oder mich mit einigen Zeilen beehren und ich werde mich durch das Eine oder das Andere mehr erfreut und geehrt fühlen, als durch das kostbarste Geschenk!" — Da, als ob ich es heute noch lebendig vor mir sehen würde, lächelte der gewiegte Polizeibeamte, drohte mir scherzend mit dem Finger

und sprach: „Sie sind ein schlauer Mann! Ich verstehe Sie
recht gut, nun, es dürfte Ihnen gelingen. Ich werde es,
so wie Sie mir sagten, dem Herrn Senator Binder berichten."
— Wir schieden ungemein höflich und bis ins andere Zimmer
geleitete mich der Beamte. Auf der Straße athmete ich
auf, es war bereits die Speisestunde herangerückt, ich ging
zu Tische und lange hatte mir in Hamburg mein einfaches
Mal nicht so geschmeckt, wie an diesem Mittag. Gleich
Tags darauf klopfte es wieder an meiner Thür, abermals
trat nach dem üblichen „Herein!" eine Person, ihrem Stande
nach mit unverkennbarer Physiognomie, ins Zimmer, über=
gab mir, in höchst feierlicher Weise, mit den Worten: Eine
Empfehlung vom Herrn Senator Dr. Binder! einen Brief
und verließ mich sofort, ohne ein von mir dargebotenes
„Ueberbringungs=Geschenk" anzunehmen. Der Brief lautete:

Herrn Herrmann Landau
Wohlgeboren!

Herzlichen Dank für die gefühlvollen Verse, wodurch Sie
meine seelige Frau — mein Liebstes auf Erden — geehrt
und zu dem Troste, den mir die Theilnahme guter Menschen
in meinem Unglück gewährt, einen dankbar anerkannten
Beitrag gegeben haben.

Mit aufrichtiger Hochachtung

Ihr ergebener
18. October 1854.   B i n d e r.

Nebenbei sei es nur bemerkt, daß der berühmte Gelehrte
und productiver, wissenschaftlicher Schriftsteller Professor
Fr. von Holzendorff in Berlin, Schwiegersohn des nun
leider verstorbenen Senators Dr. Binder ist. — — Seit
dieser Zeit blieb ich vollständig unbehelligt in Hamburg,
lebte mich förmlich dort ein, erwarb mir viele Gönner und

Freunde, aber auch manche Feinde, was doch am Ende im
Weltgetriebe Gang und Gäbe ist; und Hamburg, wo ich
12 Jahre ohne Unterbrechung bis zum J. 1862 verweilte,
wurde mir im weitesten Sinne des Wortes eine zweite
Vaterstadt, an die ich heute noch mit Liebe und Dankbarkeit zurückdenke und den innigen Wunsch hege, mein schönes
liebes Hamburg in meinem Leben nur noch einmal zu sehen.

1853 & 1854.

La Roche. Ira Aldridge. Franz Abt. Therese Milanollo. Drei Lenny's. Hans von Bülow. — Drittes Intermezzo: Ein kleines Exposé über Richard Wagner.

Schon im J. 1853, als ich immer mehr und mehr zur Ruhe gelangt war, meine Verhältnisse sich auch immer besser, zuweilen sogar brillant gestalteten und so auch wieder häufiger Gelegenheit sich darbot, mit Männern der Literatur und Kunst zu verkehren, besonders mit „Gästen" verschiedener Genres, erwachte in mir auch ein neues Animo, meine Stammbuchblätter wieder zu vermehren. — La Roche gastirte häufig, fast alljährlich in Hamburg, er war dort sehr gerne gesehen und was die Hauptsache war, er machte volle Häuser. Obzwar ich, wie leicht denkbar, La Roche schon lange persönlich kannte, ergriff ich dennoch erst jetzt die Gelegenheit, ihn um seine Handschrift zu ersuchen. Er schrieb mir die allgemein bekannte Stelle aus Göthe's Faust: „Grau theuerer Freund!" 2c. Und ich muß es offen gestehen, daß ich mir von dem großen Künstler und gemüthlichen Menschen etwas Anderes versprochen hatte als einen mephistofelischen Ausspruch. Doch freut mich das Blättchen, denn es prangt ja immerhin der Name La Roche darauf! — Eine weit treffendere Wahl machte der ameri= kanische Collége La Roche's, Ira Aldridge; er schrieb mir eine Stelle aus Shakespeare's: Kaufmann von Venedig; jene Ansprache des Prinzen von Marocco an Portia; in der Original-Sprache der Dichtung, die vollständig Bezug auf Albridge's Aeußere nimmt und zugleich für ein Stamm=buchblättchen aus der Feder eines Schwarzgeborenen wie ausersehen ist:

„Mislike me not for my complexion,
The shadow'd livery the burnish'd sun."
Hamburg 1 Juni 1853.

Ja. Aldridge.

(Verschmähet mich um meine Farbe nicht,
Die schattige Livcrei der heißen Sonne.)

Franz Abt besuchte zu jener Zeit Hamburg und da ich schon von Braunschweig aus denselben kannte, trat ich auch an ihn heran mit dem Ersuchen, mir eine Zeile für mein Album zu geben. Es war Abt nicht unbekannt, daß ich ein Verehrer und Freund Herloßsohn's war und er wählte daher in sinniger Weise den Anfang des Liedes:

„Wenn die Schwalben heimwärts ziehen."

Damit schloß das J. 1853 und schon im Januar 1854 war es, als Therese Milanollo, dieser „Engel mit der Geige" in Hamburg concertirte. Sie war damals in Begleitung ihres Vaters und wohnte im sogenannten Künstler=Hôtel bei La Marche, wo wir uns fast täglich als Nachbaren bei der Table d'hôte begegneten und so immer näher und näher bekannt wurden. Als ich bei solcher Ge=legenheit eines Tages sie aufforderte mir ein Stammblätt=chen zum Andenken an die schönen Stunden, die ich so

gemüthlich und angenehm in ihrer liebenswürdigen Gesell=
schaft verbrachte, zu widmen, frug sie mich, was mir denn
am besten zugesagt hätte von allen Piecen, die sie in ihren
Concerten spielte; ich sagte: „Als guter Deutscher würde
ich mir das „Rheinweinlied" wählen." Eine Piece voll
echter deutscher Kraft und inneren Gehaltes, die sie zudem
mit Virtuosität, aber auch mit solcher Innigkeit vortrug,
als fließe deutsches Blut in ihren zarten Adern. Tages
darauf, als ich zur Table d'hôte mich setzte, die Serviette
abhob, lag in Form eines Briefes ein gesiegeltes Papier
auf dem Teller, und da ich es zu Händen nahm und öffnete,
lächelte sie mit holder, zarter Jungfräulichkeit und ich —
hocherfreut fand ich nachstehendes Blättchen:

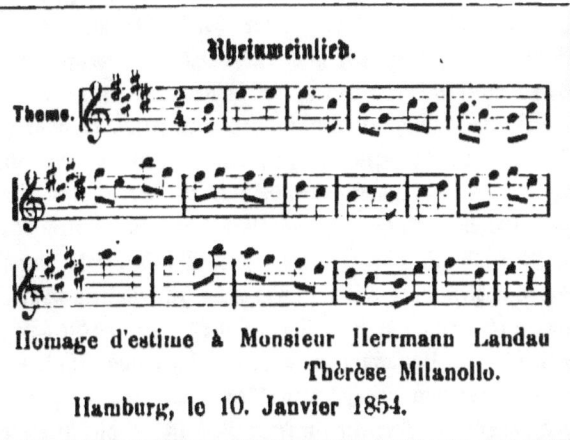

Rheinweinlied.

Theme.

Homage d'estime à Monsieur Herrmann Landau

Thérèse Milanollo.

Hamburg, le 10. Janvier 1854.

Therese Milanollo hatte überhaupt in ihrem Wesen
weniger die Gluth einer Italienerin, als vielmehr etwas
recht deutsch=jungfräuliches. Sie war so zutraulich in ihrem
Benehmen, daß man sie nicht nur ehren und achten, sondern
auch lieben mußte, aber bis hierher und nicht weiter, denn
sie war — göttlicher Natur!

Neben Therese Milanollo nimmt eine Künstlerin einen Raum in meinem Album ein, die mich an meine Jugendzeit (wo mich die „böhmische Nachtigall" — Jenny Lutzer — entzückte), erinnerte, nämlich eine zweite Jenny — Ney=Bürde. In meinem ganzen langjährigen Recensenten=Leben, wo ich Gelegenheit hatte, Coloratursängerinnen „schockweise" zu hören, von der bescheidensten Anfängerin bis zur vollendetsten Künstlerin aller Art und Weise, aller Nationalitäten, bleiben mir, was unverfälschte, nicht erkünstelte, gesunde, schöne und kräftige, dennoch aber voll bewunderungswürdiger Modulation begabte Stimme betrifft, drei Jenny's am unvergeßlichsten. Die Sonntag, Zerr, Mara (Vollmer), La Grange, die beiden Patti's und noch alle die hervorragenden Sängerinnen aus den verschiedensten Herren Ländern, die ich später hörte, die mich oft zur Bewunderung hinrissen, mich auch entzückten, ebenfalls mein Herz und Gemüth ergriffen, bei Keiner, wie sie waren und wie sie noch sind, quollen so voll und frisch, so ohne alle künstlerischen Zuthaten und Annehmlichkeiten, so recht natürlich lerchen= und nachtigallen=mäßig, die Töne hervor, wie es bei Jenny Lutzer, Jenny Lind und Jenny Ney=Bürde in ihrer „Blüthe" der Fall war. Freilich haben diese Jenny's, ihre Parthien nicht plastisch=schön zu gestalten vermocht, was auch schon — namentlich bei der Lutzer und Ney-Bürde betrifft — der Umfang ihrer äußern Erscheinung nicht so leicht zuließ, aber man vergaß dieses Alles, man: Hörte singen und wie?! — Nur in neuerer Zeit ist es die Perle des k. k. Hofoperntheaters in Wien, Frau Marie Wilt, die mich, so oft ich das Vergnügen hatte, sie zu hören, in meine Jugenderinnerung in dieser eben hier berührten Richtung zurückversetzte. Bei Frau Marie Wilt geht die noch immer volle, frische Stimme mit der Kunst Hand in Hand; man hört und bewundert, man ist entzückt, man wird erfreut, man ist erbauet und man vergißt — alles Andere!

Jenny Ney-Bürde kam damals vom Hoftheater in Dresden als Gast nach Hamburg, es war ihre erste Künstlerreise, sie reusirte und erst von Hamburg aus erweiterte sich ihr künstlerischer Ruf. Sie schrieb mir einen Schiller'schen Spruch mit einer eingeklammerten Randglosse, wie folgt:

Ernst ist das Leben,
Heiter ist die Kunst! (aber nicht immer).

Zur freundlichen Erinnerung an
Jenny Ney.

Den 5. Mai 1854.

„Der Künstler steht dem Publikum gegenüber nicht als ein Angeklagter vor seinem Richter, sondern als Zeuge der ewigen Wahrheit und Schönheit!"

Dieser Ausspruch Franz Lißt's existirt zwar nicht gedruckt, aber dafür eingegraben in den Herzen derjenigen, deren größter Stolz ist, sich die Jünger dieses Mannes zu nennen, als deren Einer sich hiermit freundlichem Andenken empfiehlt

Hans von Bulow.

Hamburg, den 20. Februar 1854.

So, wie Du siehst, freundlicher Leser, lautet der Inhalt des „Stammblattes," womit mich erfreut Hans von Bulow, der große klassische Virtuose, der musikalische Kritiker aus dem F. F., der treueste Jünger Lißt's, die beste Stütze, der größte Vertheidiger der Zukunftsmusik, welche ihr Emporblühen, ihre Verbreitung, ihre, nunmehr mit vollem Rechte, wenn auch nicht in allen Linien, errungenen Beliebtheit und Anerkennung nur, ja man könnte sagen, fast einzig und allein Franz Lißt und Hans von Bulow zu danken hat. Man muß ein strenges Augenmerk im Allgemeinen und dazu noch viel Gelegenheit gehabt haben und von Beginn der Zukunftsmusik-Periode 1849—1850, die Ausdauer, den heiligen Eifer, die elastische Zähigkeit, die Riesenstärke, mit welcher alle Hindernisse beseitigt wurden; die spaltenlangen Zeitungsevangelien über den Werth und die Unfehlbarkeit der Zukunftsmusik genau zu beobachten und bis auf heute zu verfolgen um die Verdienste gehörig zu würdigen, welche sich Franz Lißt und Hans von Bulow um die Zukunfts- — respective — um den Schöpfer der so benamster Tonschöpfungen, um Richard Wagner erworben haben. Ich erinnere mich sehr gut, daß, als ich nach der ersten Aufführung des „Tannhäuser" am Hoftheater in Weimar, unter persönlicher Leitung Franz Lißt's, einige Tage später mit Letzterem gesprochen und befragt wurde, wie mir die Oper gefallen, antwortete: Gut, doch ich bin noch nicht im Klaren, ich finde mich aus der, durch die labyrinthische Instrumentation hervorgerufenen Verworrenheit der Melodien, nicht heraus. Lißt sagte: „Warten Sie nur, und hören Sie erst die Oper öfter an, die Schönheiten, die reizenden Melodien werden sich nach und nach Ihnen auch mehr und mehr kundgeben, Sie werden Sie liebgewinnen!" — Aber, lieber Doctor! Gesetzt! Sie haben Recht, und gewiß dürfte dieses bei mir und noch vielen Anderen zutreffen, aber das Publikum, da zweifle ich und glaube kaum, daß diese Musik durchbringen wird; das allgemeine Publikum wird die Oper einmal hören und dann nie und nimmer wieder. — „O, hegen Sie keine Furcht," sagte Lißt. „Ich lasse die Oper so lange aufführen, bis das Publikum sie hören muß — es muß sich daran gewöhnen und dann — wird es auch dieselbe goutiren!" —

Waren diese Worte Lißt's, im J. 1850 ausgesprochen, nicht die Worte eines Propheten? Wie klein ist heute das Häuflein der Gegner Wagnerischer Musik, wie fast in Nichts ist dasselbe seit jenem Ausspruch Lißt's zusammengeschmolzen, denn Alle, Alle sind sie Verehrer und Liebhaber der Opern: Fliegender Holländer, Tannhäuser, Lohengrin und Meistersänger geworden, und wie beherrschen diese großen Tonwerke unser Repertoir? Und abermals muß ich und kann ich nicht wiederholt genug hervorheben, daß nur Franz Lißt und Hans von Bulow es sind, die Wagner auf jene Höhe gebracht, die er gewonnen, denn ohne jene beiden Apostel würde ganz gewiß Wagner heute nicht das sein, was er ist, vielleicht wäre sein Name (in diesem Umfange) nie berühmt geworden, oder würde es erst nach langer Zeit, vielleicht gar erst nach einem Jahrhundert geworden sein! Denn die Monarchen hätten ihn als „politischen Verbrecher" in den Strom der Vergessenheit gerathen lassen, indem sie seinen Werken die Pforten ihrer „Hof-Kunst-Tempel" verschlossen, wie dies auch lange Zeit in Sachsen der Fall war und das „vielköpfige Ungeheuer" Publikum liebt so sehr „die Gunst des Augenblickes", um sich für die „Zukunft" zu begeistern und bedarf wahrlich nach allen Richtungen hin Männer, die es leiten, Männer, die ihm, wo nöthig, die Augen öffnen, wo nöthig die Ohren schärfen, den Füßen die Richtung zeigen, die Hände, wo es angezeigt, fesseln und wo es erforderlich, frei bewegen lassen. Und wieder wäre es Wagner ohne Lißt und Bulow nicht gelungen, es würde ihm die Gelegenheit nie geboten worden sein, sich die Gunst eines königlichen Protectors so zu erringen, wie er sich diese bei Sr. Majestät dem König von Baiern zu erobern verstand. Aber auch das Publikum ist zu hohem unvergeßlichen Dank Lißt und Bulow dafür verpflichtet, daß sie Wagner so gehoben und wird gewiß auch für alle Zeit den beiden Künstlern diesen Dank bewahren. In nicht mindere Grade dürfte selbst die Geschichte der Tonkunst dieses Vorgehen zu würdigen wissen; aber wie hat Wagner seinen Dank den beiden Protectoren dargethan? Ich und gewiß Tausende und abermals Tausende mit mir zählen zu den feurigsten Verehrern und Anhängern des Componisten Wagner, aber wer zählt zu denen, die ihn verehren und achten als Mensch? — Wie dankbar würde ich mich verpflichtet fühlen, wenn Einer aufträte und mir auch nur eine That nachwiese, die mir Wagner als Mensch, der Herz und Gemüth hat, darstellte? Ja, wenn Wagner in einzelnen Fällen gegen Künstler und Schriftsteller sich gefällig zeigte, hier und da ihnen auch eine „Gunst" angedeihen ließ, so geschah es auch nur in seinem eigenen Interesse, damit ihn dieselben „mitanbeten sollen; eine aus freiem Willen, aus dem Quell eines guten Herzens oder eines edlen Gemüthes entsprossene Wohlthat dürfte man kaum Richard Wagner nachweisen können. Aber von seiner Undankbarkeit im Privatumgange mit ihm, da dürfte es gar Vieles, Vieles zu sprechen und zu schreiben geben. — Welche schändliche That! Denn Undank ist die größte Schandthat, die ein Mensch begehen kann, hat nicht Richard Wagner an seinen Wohlthäter Hans von Bülow begangen? Diese eine That reicht weit aus, um Wagner als Mensch vollständig zu „charakterisiren"; aber es ist eine zu delicate Angelegenheit, sie ist schon zu sehr ins Publikum gedrungen, als daß wir uns hier veranlaßt sehen sollten, dieselbe in ihrem vollen Glanze darzustellen. Und so wird es auch geschehen, wenn Clio den Griffel erfassen wird über ihn zu schreiben; und sie wird kaum ermüden, Capitel über Capitel über Wagner den Componisten dem Buche der Musikgeschichte einzureihen, wenn sie aber zum Capitel Wagner als Mensch gelangen wird, da wird sie gewiß, aus Rücksicht für den großen Künstler den „undankbaren Menschen" vergessen! Und nun ich meinen „Erinnerungen" an Wagner als Mensch mit ungebundener Wahrheit freien Lauf gelassen, will ich mir nur die Bemerkung erlauben, daß ich nie Gelegenheit suchte mit Wagner zusammenzukommen, daß daher keine p e r f ö n l i ch e Veranlassung mich etwa zu meiner hier ausgesprochenen vollständig unparteiischen Anschauung geleitet hat.

Das Jahr 1854 schloß mit einem Stammblatt des deutschen Sängers mit dem čechischen Namen T i ch a t f ch e k, welcher eben zu jener Zeit in Hamburg gastirte und auch als Lohengrin (eine seiner Glanzrollen) sang. Bekanntlich zählt Tichatfchek zu den bevorzugtesten „Wagnersängern" und half auch durch seinen „Rienzi" mit, Wagner's Bahn zu ebnen. Tichatfchek schrieb mir jene schöne Stelle aus Lohengrin: „Wer hat wohl je das Glück besessen, das sich uns nur durch Glaube gibt!".

1855 und 1856.

Brüder Winiavsky. Ign. Lachner. Carl Prätzl. Die Göttliche. Charlotte Birch-Pfeiffer. — Viertes Lotteriemesso: Des Lotto.

Im Jahre 1855 machte ich die persönliche Bekanntschaft der beiden Virtuosen, die Brüder Joseph und Henry Winiavsky, von denen bekanntlich nur der Violinspieler einen hervorragenden Namen sich erworben hat. Sie schrieben beide Noten; so auch Ignaz Lachner, der Bruder des großen Franz Lachner. Ferner „die göttliche Fany," Carl Prätzl, der treffliche Novellist und Verfasser des allerliebsten humoristischen Epos „Feldherrnränke." Prätzl war damals schon ein alter Mann, aber eine so herrliche, liebe, ehrfurchtgebietende Erscheinung, daß man von ihm sagen konnte: Was dieser Mann schreibt, muß gut sein; denn er war zu ehrlich, Schlechtes zu schreiben. Dennoch schien es, als ob Prätzl sich in seiner späteren Periode sehr gekränkt fühlte, weil man hier und da den einst vielgelesenen und rühmlich bekannten Dichter und Schriftsteller zu vergessen trachtete und jüngeren Talenten, die mehr dem modernen Zeitgeiste huldigten, eine größere Aufmerksamkeit (nicht immer verdientermaßen) schenkte; denn er schrieb mir:

> Oft klingt's abjurd, wenn man von Künstlerdünkel
> spricht,
> Der Dünkel zwar ist da, der Künstler aber nicht.
>
> Hamburg, im Mai 1855.
>
> Karl Prätzl.

Fany Elsler lernte ich erst in Hamburg persönlich kennen, wo ich durch Saphir bei ihr eingeführt wurde, auch sie verließ zu jener Zeit Hamburg und schrieb mir beim Abschied einige Zeilen Prosa, sie sind etwas „lau= warmer" Natur, und ich entziehe dem Leser nichts, wenn ich dieselben nicht reprobucire und verschaffe mir dadurch vielleicht noch heute den Dank der „Diva." Dafür will ich aber meine freundlichen Leser revanchiren und ihnen einige „Erinnerungen" aus meiner Bekanntschaft mit einer Dame mittheilen, die freilich in ihrer Erscheinung nicht reizend und in ihrer Wirksamkeit nicht göttlich war, aber doch immerhin Geist und viel Talent besaß; die durch ihren eminenten Fleiß, durch ihre Federgewandtheit sich nicht nur alle deutschen Theater=Directoren verpflichtete, sondern auch das ganze deutsche Publikum zu ihren Verehrern und Hul= bigern machte; sie hieß: Charlotte Birch=Pfeiffer. Im Jahre 1855 war es auch, als „Die Waise von Lowood" ihre sensationelle Reise über alle Bühnen nahm; die Waise ist es auch, welche den Grundstein zu dem späteren Ruhme einer Marie Seebach legte, die diese Rolle zuerst am Thalia=Theater in Hamburg unter der genialen Leitung des Directors Charles Maurice spielte. Da gastirte auch mein nun hingeschiedener Freund Herrmann Hendrichs als Rochester, und da ebenso die andern Parthien in Hän= den vorzüglicher Darsteller sich befanden, so gestaltete sich die Aufführung zu einer Art Mustervorstellung, welcher

auch dadurch noch ein hohes Interesse verliehen ward, daß
die Verfasserin in eigener Person, einer Einladung der
Direction folgend, derselben beiwohnte. Ich wurde bei
Ankunft der Frau Birch-Pfeiffer sofort von Hendrichs ihr
vorgestellt und eben so rasch als herzlich wurde eine Bekanntschaft geschlossen, die eine gewisse Intimität annahm.
Am 4. Juli 1855 fand die erwähnte Aufführung, die
11. Vorstellung der „Waise von Lowood", statt; wie bereits gesagt, mit einem so trefflichen Zusammenspiel, wie
es kaum an einem der ersten Hoftheater gefunden werden
konnte, so daß nicht nur das massenhaft anwesende Publikum enthusiastisch wurde, sondern auch die gute Charlotte
förmlich in Freude und Entzückung gerieth und ihrem
freien Humor freien Lauf ließ. In einem der Zwischen-
akte der obigen Darstellung verließ ich meinen Sitz und
wollte auf die Bühne gehen, da begegnete ich im Foyer die
Birch-Pfeiffer. Als sie mich sah, lief sie förmlich an mich
heran, mit einem großen Rosenbouquet in Händen, mich
ansprechend: „Nun Landauerchen, was sagst Du dazu?
Wie herrlich spielen die Leute? Einer besser, wie der
Andere. Da hast Du!" — Sie riß einige Rosen aus
dem Bouquet und gab sie mir. Schon wollte ich mich
entfernen, und als ich anfing, mich freundlichst zu empfehlen,
fiel sie mir ins Wort: „Halt! wie ist's, Du kommst doch
heut nach dem Theater zu mir das Abendbrod nehmen, es
wird Niemand dort sein, als unser Hendrichs, wir wollen
so recht unter uns plauschen, ungenirt, komme gewiß!" —
Wir trennten uns; später sandte Hendrichs einen Boten
von der Bühne herab zu mir ins Parquet, mich ersuchend,
nach der Vorstellung ihn von der Garderobe abzuholen,
wo er mir mittheilte, er sei beauftragt, mich nicht auszu-
lassen und ja mit ins Hôtel „Kronprinz", in welchem
Frau Birch-Pfeiffer logirte, zu bringen. Ich folgte der
nun so categorisch höflichen Einladung; wir waren wirklich

nur Drei, wir speisten sehr gut und tranken gut, aber
sehr mäßig. Es war 11 Uhr Nachts und die Pfeiffer
fing an, von ihrer morgigen Abreise zu sprechen. „Ach,
gut daß Sie mir das sagen," interpellirte ich sie, „dem=
nach würden Sie mir durchgegangen sein?" — „Womit?"
„Nun mit dem Blatte, das ich Ihnen gab, und welches
Sie mir für mein Album zu „beschreiben" versprochen
hatten." „Richtig und fast hätte ich in meinem Dulce
jubilo mein Versprechen nicht gehalten, deshalb will ich
aber die Sache lieber gleich abmachen." Sie stand auf,
holte sich das auf dem Schreibpulte liegende Blatt und
zugleich Tinte und Feder und postirte Alles hübsch zwischen
den noch am Speisetische sich befindenden Tellern und Flaschen,
welche noch ziemlich reichliche Ueberbleibsel unseres lucul=
lischen Abendschmauses in sich bargen. Endlich faßte sie
die Feder, tauchte sie tief in die Tinte, so daß mich schon
ein Angstschauer überlief, daß ich ein „gestempeltes" Blatt
erhalten werde, und sie rief laut: „Hendrichs! was soll
ich schreiben? — doch halt! — unser Landau ist doch ein
Recensent, ich habe ihn aber gern, denn er ist Einer von
der besseren Sorte, jedoch einen kleinen Nasenstüber muß
ich ihm doch geben," und sie schrieb:

Alles verzeiht ihr dem Weib, Schönheit und Untreu,
selbst Laster,
Eines nur büßet sie schwer — Erfolge, vergebt
ihr nie!
Charlotte Birch-Pfeifer.

Hamburg, den 4. Juli nach der 11. Aufführung
der Waise von Lowood in der 11. Stunde 1855
als Zeuge
Herrmann Hendrichs.

Selbstverständlich schrieb der Zeuge nach Aufforderung der lustigen Schriftstellerin eigenhändig seinen Namen darunter. — Es war schon nach Mitternacht, als ich mit Hendrichs, Frau Birch-Pfeiffer verließen, sie begleitete uns bis zur Thüre hinaus, mich an der Thüre umwendend, um sie an einer Weiterbegleitung zu verhindern, fiel mir die Nummer des Zimmers 13 in die Augen. „Sehen Sie, wie doch die Sage, daß 13 eine ominöse Zahl sei, zu Schande wird! Sie wohnen in 13 und haben doch einen so glücklichen und vergnügten Aufenthalt in Hamburg." — „Ja, Sie haben Recht, setzen Sie doch den „13" ins Lotto!" — „Ach, ich setze nie, bin ein Gegner der Zahlenlotterie und eine Nummer? Das steht ja gar nicht dafür. Aber weil Sie es wollen, setze ich: 4, das heutige Datum, 11, die 11. Aufführung der Waise und 13 Ihre Zimmernummer!" Wir lachten alle Drei, unter dem gegenseitig gespendeten „gute Nacht!" — Als ich von Hendrichs auf der Straße mich verabschiedete — wir wohnten in entgegengesetzter Richtung — und schon eine Strecke von ihm entfernt war, rief er mich zurück; mir entgegenkommend, sagte er: „Vergessen Sie nicht, morgen die drei Nummern zu setzen." Lachend antwortete ich: „Nein! ich werde sogar einen ganzen Thaler setzen!" — „Gute Nacht!" — „Gute Nacht!" —

Den darauf folgenden Vormittag war ich sehr bringend beschäftigt, so kam es, daß ich erst gegen Mittag mich an das Lottospiel erinnerte; ich mußte von Hamburg erst beinahe ¼ Stündchen gehen, um nach Altona zu kommen, woselbst die Collectur sich befand. Alle Collectanten waren förmlich belagert, denn es war in Wirklichkeit die allerletzte Ziehung, indem die damalige Dänische Regierung dem Volke die nicht genug zu belobende Wohlthat angedeihen ließ, das Zahlenspiel aufzuheben. Bayern folgte sehr bald nach, in Deutschland überhaupt existirt dieses

Spiel, das schon so viel Unglück heraufbeschworen, dem so
viel Menschenleben zum Opfer gefallen, nicht; wann wird
denn endlich die österreichische Regierung dieses Joch,
einer juridisch zwar freiwilligen, moralisch aber immer er=
zwungenen Steuer, ihren Völkern abnehmen? Ich sagte
„dem Volke," denn nur diesem saugt das erbärmliche
Lottospiel den im Schweiße des Angesichtes erworbenen
Kupferpfennig aus. Die Armen und Dürftigen entziehen
sich, dem Weibe, den Kindern oft das Brod, um der
Leidenschaft dieses Spieles zu fröhnen; führt das Volk
nicht in Versuchung und es wird besser, mora=
lischer, ernster und arbeitsamer werden. Der Tag,
an welchem bei uns die Aufhebung der Zahlenlotterie ver=
kündet wird, würde nächst dem Tage 5. Mai 1874 als
einer der schönsten und herrlichsten in der Geschichte Oester=
reichs für alle Zeiten glänzen und würde eine der er=
habensten und werthvollsten Zierden in der Krone „Oester=
reichs-Ungarn" bilden.

Möge es so und bald so werden!

Es ist hoch am Tage!

Also ich ging von einem Lotto-Bureau zum andern,
überall alles voll Menschen, nirgends war, fast mit Gefahr
des Lebens aufzukommen, endlich gelang es mir, ich sagte
die drei Nummern, hatte den Thaler bereitet, aber es war
zu spät: Es wird nichts, es kann nichts mehr eingeschrieben
werden; Schluß! dröhnte es mir ins Ohr. — Ich ging
und dachte mir: Gewiß wirst du gewinnen, ich meinte
den Thaler, den ich durchs Nichtsetzen wieder in die Tasche
gleiten ließ. Den andern Tag las ich die „Reform" und
das Erste, was mir unter den Tagesneuigkeiten in die
Augen fiel, waren die in der allerletzten Ziehung ge=
zogenen Zahlen, unter denen sich 4, 11, 13 befanden. —
Glaubst Du, lieber Leser, mich traf der Schlag? Nein,
sonst könnte ich Dir heute nicht so viel übers Lotto schreiben;

ober baß ich wenigstens in Ohnmacht fiel? Nein, auch
dies nicht, ich lachte und wurde von Freund Hendrichs
noch mehr ausgelacht. In einigen Stunden war die Sache
vergessen, gelegentlich, so wie heute, erinnere ich mich
daran, lache — und citire mir:

Wer Unglück soll haben,
Der stolpert im Grase,
Fällt auf den Rücken,
Zerbricht sich die Nase.

Aergern würde mir nicht nur nicht nützen, sondern
sogar schaden, also bleibts beim Alten — ich lache. Damit
schloß das J. 1855, im Jahre 1856 habe ich nur ein
Blättchen aufzuweisen und zwar von dem vorzüglichen
Novellisten, dem Verfasser des „Schieflevinchen", „die Waise
von Tamaris", „101 Sabbath" und noch gar vieler vortrefflichen, mustergültigen Erzählungen. Dr. Herrmann
Schiff zeigt nicht nur in seinen Schriften das eigenthümliche „Grau in Grau" eines E. T. A. Hoffmann, es gibt
sich dieses auch in seinem launenhaften Umgang kund.
Seine Erscheinung war jene eines ergrauten Kriegers, groß,
kräftig, graues volles Kopfhaar, grauer martialischer Schnurr-
bart. Er liebte es stets einen schwarzen Frack zu tragen,
fast niemals erschien er in einem andern Rock; ein großer,
ziemlich umfangreicher Naturstock war sein steter Begleiter.
Seine Lebensweise war keine geordnete; als ich einstmals
frug, sage mir, wann trifft man Dich zu Hause? „Mich?
in meiner Wohnung, nur von 12 Uhr Mitternacht bis
Morgens 5 Uhr!" war seine Antwort. Der gute Mann,
gut war er, er besaß das edelste Herz, war einer der fleißigsten Schriftsteller, er schrieb viel, sehr viel, trotzdem nicht
Schlechtes und das Meiste war stets schön oder interessant;
einiges, wie ich schon oben bemerkte, mustergültig. Um so
mehr mußte es mich wundern, daß ich in Heyse's und
Kurz's deutschem Novellenschatz, bisher Schiff vermißte,

ober sollte ich's übersetzen haben? fast möchte ich mich selbst lieber des Letzteren beschuldigen, als daß ich glauben sollte, einem Heyse und Kurz sollten die bei Hoffmann und Campe in Hamburg erschienenen Novellen — oder jene bei J. F. Richter in Hamburg, dem Verleger der Hamerling'schen Dichtungen — unbekannt geblieben sein, oder daß ich die ge= nannten Herausgeber einer Parteilichkeit zeihen sollte. Was Ersteres betrifft, muß ich noch beifügen, daß es un= bentbar ist, daß durch die erst vor wenigen Jahren bei J. P. F. E. Richter in Hamburg erschienenen Schriften Schiff's, wie: „Ein Mondstück", „die wilde Rabbizin", „das koschere Haus", „das verkaufte Skelett", „Damenphilosophie", „Hein= rich Heine und der Neuisraelitismus", Briefe an Adolf Strotmann, die Aufmerksamkeit der beiden Herren auf „Schiff den Novellisten" nicht gelenkt worden sein sollte; auf Schiff, der schon im Anfang seiner novellistischen Laufbahn die Aufmerksamkeit eines H e i n r i c h H e i n e so auf sich zog, daß Letzterer ihn in seinen Schriften hervorragend erwähnt. Wahrlich, so sehr auch das deutsche Lese=Publikum den Herren Heyse und Kurz zu Dank verpflichtet sein mag für die Herausgabe des „Deutschen=Novellen=Schatzes," der Literatur= historiker wird diese Lücke stets rügen müssen; denn Schiff wird, trotz seines „Grau in Grau," trotz seiner hier und da cynischen Ansichten über Charaktere, Welt und Leben, und sonstigen spitzen, aber immerhin genialen Eigenthüm= lichkeiten, stets einen sehr würdigen Platz unter Deutsch= lands. Novellendichtern einnehmen und eben in s e i n e r Manier und als Schöpfer eines b r a s t i s c h e n H u m o r s, als würdigster Nachfolger eines E. T. A. Hoffmann bezeichnet werden. Vom unparteiischen Standpunkte aus war es mir unmöglich, diese meine Bemerkung hier zu unterdrücken, ich bin aber auch überzeugt, daß, wie sie von dem verehrten und beliebten Paul Heyse gelesen wird, derselbe geneigt sein dürfte (der verdienstvolle Herrmann Kurz, zählt leider nicht mehr unter den Lebenden!) diese meine Bemerkung, nur aus edler, pietätsvoller Absicht entsprungen, zu betrachten und vielleicht das was bisher n i ch t geschehen ist, nachzuholen. Unter den nicht so leicht zählbaren Schriften Herrmann Schiff's wird und muß sich eben so gut e i n e klassische Novelle finden, wie unter den einigen Bänden der „böhmischen Juden," der „Ghetto-Gesichten" u. s. w. von Leopold Kompert. Freilich, Schiff ist todt und Kompert lebt; er lebe l a n g e ; aber Schiff wird n o ch — leben! Schiff liebte ein „Gläs= chen" auch mehr, einige! und er hatte Momente, wo er dadurch aufgeregt war, aber nie vergaß er sich, nie war er unanständig, im Gegentheil, er wußte sich stets mit einer gewissen Autorität und Nobleſſe zu benehmen und hatte das Bewußtsein seines besseren Ichs. Im Uebrigen hatte seine zeitweilige Erregtheit auch ihr Gutes, denn in solchen Momenten schrieb er am Meisten, oft das Beste und mit beispiellos genialer Leichtigkeit. Er trug auch immer Papier und Stift bei sich und selbst bei Besuchen seiner Freunde, im Kaffee und Wirtshaus, setzte er sich hin und schrieb. Kaum daß er das Geschriebene corrigirte, faſt so, wie er es entwarf, in einzelnen Blättern, kam es zum Verleger, von da in die Buchdruckerei. Nie schrieb Schiff etwas ins Neine, er brachte die Verbesserungen am Rande an; auch ihm war das Copiren eine mechanische Arbeit. — Der Geist mußte beschäftigt sein. Schiff war auch musikalisch und spielte mit besonderer Vorliebe das „Viola d'amore" *) und trug sich lange mit der extravacanten Idee herum, die

---

*) Viola d'amore, auch Viole d'amour (Liebesgeige), ein Geigen=
instrument von äußerst lieblichem Tone, das sich besonders zum
Vortrag cantabler Sätze eignet. In früheren Zeiten war dieses
Instrument der Liebling aller Gebildeten und kein musikalischer
Zirkel bildete sich, in welchem die Viole d'amour gefehlt hätte.
In neuerer Zeit, wo mehr auf die Virtuoſität gesehen wird, ist
sie fast gänzlich vergessen.

„Bratsche" unter den Streichinstrumenten zu Ehren zu bringen. Ich besitze ein kleines Bildniß in Wasserfarben gemalt, Schiff darstellend, wie er die Viola spielt, es ist das ähnlichste Bild, das von ihm existiren dürfte. Er schrieb mir Folgendes:

Sie kennen mich in einer Zeit, die nicht zu den glänzenden Perioden meines Lebens gehört. Doch gebe der Himmel, daß wir Beide noch glücklichere Zeiten erleben und alsdann werden Sie sehen, daß auch ich ein Anderer sein kann.

Hamburg, den 29. März 1859.

Zur Erinnerung an ihren Freund
Dr. Herrmann Schiff.

Zu meinem Geburtstag im J. 1861 schickte er mir das oben erwähnte Bild und schrieb dazu:

So viel Du brauchst und etwas drüber,
Was auf den Leib, was in dem Bauch,
Im Beutel was, je mehr je lieber
Und etwas in dem Gläschen auch.

Es lebe die Poesie! Zum Geburtstag seines Freundes Herrmann Josef Landau

Dr. Herrmann Schiff. *)

---

*) Wen von meinen Lesern es interessirt, über Schiff noch Näheres zu erfahren, der nehme zur Hand: „Neuer deutscher Hausschatz" von H. J. Landau. 4. Auflage. Literatur. Pag. 1121 bis 1126.

1857 bis 1861.

Der Teutscheste der Teutschen. — Franz Bacherl. Redivivus Friedrich Hebbel. Borker. Sophie Schröder. Bottesini.

s war am 21. Juli 1867, als die erste und letzte Verlesung des wandernden Barden, Franz Bacherl im Wörmer'schen Saale zu Hamburg stattfand. Bevor ich mir in meine Erinnerungen irgend ein Wort für oder wider den, nun bereits hingeschiedenen „Teutschesten der Teutschen" „er = Laube, sei hier die Thatsache mitgetheilt, daß der Saal überfüllt war. Zwei= tausend Personen dürften immerhin versammelt gewesen sein. Bacherl erschien, wurde mit Jubel, wenn man einen Lärm, wovon mir noch lange die Ohren gellten, so nennen kann, empfangen; und dieser, selbst während des Vortags anhal= tende laute Jubel machte es mir denn geradezu unmöglich, irgend ein Urtheil über den Werth oder Unwerth, was Bacherl las, mir bilden zu können, da nur einzelne Worte zu meinem Ohre gelangten. Was ich hörte, bezeugte übrigens, daß Bacherl zwar sprechen, aber kein reines, richtiges Deutsch spre= chen konnte. Er redete im hochbaierischen Dialekte und der klingt für alle im Norden Lebenden — also damals auch für mich — so daß man lachen muß, man möge nun wollen oder nicht. Hätte jedoch das Publikum seinen Spott, der übrigens mit trefflicher strategischer Kenntniß von den Verehrern Laube's, mit dessen Intimus, dem nun verstorbenen Novellisten Robert

Heller, an der Spitze, der damals in Hamburg den journalisti=
schen Feldherrnstab führte, inscenirt wurde, auf etwas weniger
laute und ungastfreundliche Weise kundgegeben, so würde
es endlich selbst die Entdeckung gemacht haben, daß sich in
Bacherl's Gedichten neben vielem geradezu Absurden, Rohen
und Unbeholfenen, mancher wirklich poetische, kräftige und
eigenthümliche Gedanke findet. Ich las damals mehrere
Gedichte Bacherl's und wenn einige größere auch von
höherem Unsinn strotzten, so kann ich dennoch versichern,
daß wieder andere namentlich in komisch=satyrischen Genre
mir nicht schlechter vorkamen, als die sogenannten „Humo=
resken" anderer Federhelden. Dazu kommt, daß Bacherl
Alles sehr schnell improvisirte. Unter sein lithographirtes
Portrait, welches er mir als Andenken zustellte, schrieb
er aus dem Stegreif folgende Zeilen:

> Laß immerhin die Feinde fluchen;
> Steh' für das Schöne, wie ein Wall! —
> Und willst Du einen Freund Dir suchen,
> So findest Du ihn überall!

Zur Erinnerung an Hamburg, den 20. Juli 1857
Herrn Herrmann Landau
Franz Bacherl.

Als Bacherl mit Lesung der ersten vier Gedichte zu
Ende war, erfolgte abermaliges Skandalgeschrei; Bacherl
wurde gerufen, Hüte geschwenkt, Blumen geworfen u. s. w.
Und sollte so Etwas nicht organisirt gewesen sein? — Bei
der zweiten Abtheilung steigerte sich der Höllenlärm des
Auditoriums wo möglich noch mehr. Am Schlusse wurde
sogar ein Kranz geworfen und zwei Herren — man war
damals der Meinung, es wären zwei in französisch=deutscher
Tracht verkleidete Schiffsknechte gewesen — sprangen auf
das Podium, um Bacherl den Kranz aufs Haupt zu drücken!
„Wie gefällt Ihnen das?" fragte mich mein Nebenmann,

und ich erwiederte: Mir gefällt es gar nicht! — „Mir ebenfalls nicht!" erklärte mein Nachbar und zur Ehre des gebildeten Theils des Publikums will ich glauben, daß es noch recht vielen im Saale Anwesenden nicht gefallen hat. — Wirklich bewunderungswürdig war Bacherl's stoische Ruhe, womit er Alles ertrug. Aber, lieber Leser, wenn ich durchaus weder damals, noch weniger heute, wo die: „Fechter von Ravenna=Frage," einen längst überwundenen Standpunkt einnimmt, keine Lanze für des hingeschiedenen Schulmeisters Dichtertalent einlegen will und Dir es gänzlich freistelle, ihn einen „Reimschmied" zu nennen, so rathe ich Dir dennoch wohlmeinend, nicht zu denken, daß er dumm gewesen sei. Ich glaube sogar, Bacherl errathen zu haben, wenn ich sage, er dachte: „Wenn es Euch Vergnügen macht, anstatt meine Begabung oder Nichtbegabung einer ernsten, ruhigen Prüfung zu unterwerfen, Euch auf solche Weise über mich lustig zu machen, immerhin! Den Kopf kostet es mir nicht und nicht mich entehrt es, wenn Ihr mich verhöhnt, indem ich, um mir ein kleines Kapital zu sammeln, was mir als armer Dorfschulmeister nicht möglich wäre, mein geringes Talent zu verwerthen suche. Ich gebe Euch, so gut ichs kann, das Beste von dem, was ich habe, und nur ein Schelm gibt mehr, als er selber hat." — Was mich in dieser Ansicht bestärkte, ist der Umstand, daß, als er mich am Tage nach seiner Vorlesung besuchte, er sich wohlgemuth zeigte und mit köstlicher Laune äußerte: „Ja, man ließ mich gestern vor lauter Enthusiasmus gar nicht zu Worte kommen!" — Ich forderte ihn auf, mir einige Zeilen zu schreiben, ohne sich lange zu besinnen, schrieb er den nachfolgenden Vers und sagte, indem er mir das geschriebene Blatt überreichte: „Hier haben Sie meine Kritik über meine gestrige Vorlesung:"

Es gibt der Leute allerhand; —
Von Weisen, wie von Dummen;
Die Nachtigall besingt das Land, —
Der Ochs zertritt die Blumen.

Hamburg, den 22. Juli 1857.

Franz Bacherl.

Ich habe das obige Stammblatt Bacherl's ohne An=
stand als „Curiosum" meinem Album eingereiht. Die Großen,
deren Namen mein Album ziert, sind zu erhaben, um sich
darüber pikirt zu fühlen, daß ich ihnen Bacherl zugesellt und
werden auch wie so viele Tausende und Tausende, wenn
sie den Namen Bacherl lesen, ihm eine dankende
Erinnerung nicht versagen können; denn er ist und
bleibt ein für allemal derjenige, der den ersten, freilich
rohen, unbeholfenen und nur in Schattenrissen entworfenen
Stoff zu dem schönen, herrlichen, echt deutschen Dichter=
werke Halm's: „Der Fechter von Ravenna" geliefert und
wie bei allen — selbst den großartigsten Bauwerken, Meister,
Geselle und Lehrling wirken, so auch hier: Meister Halm,
Geselle Laube — Lehrjunge Bacherl!

Nun kömmt aber die Quint-Essenz des Humors, wel=
chen die Erinnerung an Bacherl für mich und vielleicht
auch für noch Viele enthält, die immerhin aber Stoff zum
„Nachdenken" bieten dürfte. Viele Dichter und Schrift=
steller, intelligente, hochbegabte und vielbelesene Personen,
nämlich, die mein Album in Augenschein nahmen und bei
welcher Gelegenheit ich, im Anfang scherzweise, später ab=
sichtlich um zu prüfen, stets die Hand auf die Unterschrift
Bacherl's legte und die Beschauer frug: „Rathen Sie ein=
mal gefälligst, von wem die Verse sind?" — antwortete
man mir beiläufig folgendermassen: „Bekannt sind sie mir,

sie haben einen Saphir'schen Anstrich"; die Meisten aber
sagten sofort: „Von Heine!" sie haben so ganz Heine's
Satyre und Versmaß, es klingt so Heinisch!" — Nun, ver=
ehrter Leser! lache, lache zu! Ich habe auch gelacht, recht
herzlich gelacht, wenn ich die Hand von der Unterschrift
abhob und dem Gelehrten, dem gebildeten Literaturfreunde
oder der schönen vielbelesenen Dame den Namen Bacherl
zeigte; und sie lachten auch und sagten alle stets: „Es hat
so etwas Heine'sches! — Und ist etwa dies nicht humoristisch?
Heine=Bacherl! Bacherl muß doch mindestens ein Lehrling
im Dienste der Poesie gewesen sein und ich glaube fast,
ein Lehrling, der mehr zu beneiden ist, als mancher —
literarischer Handlanger. Doch fort! fort!

> „Die Flasche zur Hand! Die Flasche zur Hand!
> Und prüfet mit Verstand!"

lautet der Text des Trinkliedes in der lieblich=schönen Oper:
„Des Adlers Horst" von Franz Gläser; das mir auch, der
nun verstorbene Componist für mein Album schrieb, und
welches Blatt neben jenem Bacherl's eingereiht ist. Nach
Gläser folgt unmittelbar der treffliche und anmuthige Sänger
Roger. Der Name klingt überrheinisch, Roger ist auch
Franzose und doch schrieb er mit deutlicher, fester deutscher
Handschrift sich in mein Album ein. Eben so sinnreich als
für mich schmeichelhaft erwählte er eine Stelle aus seiner
Glanzrolle in den „Hugenotten", 4. Act, nämlich:

> Dieses Wort Deiner Liebe leuchtet mir so hell
> durch die Nacht!
>
> Hamburg, den 30. Juni 1857.
>
> Roger.

Am Tage vor seiner Abreise übergab er mir noch
sein von F. Bürde herrlich gezeichnetes und von Korn in
Berlin gedrucktes sprechend ähnliches Bildniß — Kniestück —
mit der Inscription:

A. Mr. Landau
Souvernir de G. Roger.

Im J. 1857 war es, wo Hebbel nach langer Zeit
wieder Hamburg besuchte, und als wir uns begegneten, mich
mit einer besonderen Freundlichkeit begrüßte. Wir gaben
uns zuweilen Rendez-vous, um hier und da eine kleine
Promenade zu machen, oder einen Nachmittags-Caffee oder
ein Glas Bier zu nehmen. So geschah es, daß wir einmal
für den nächsten Tag um 11 Uhr Vormittags ein Stelldichein verabredeten und zwar zu einem „Morgen-Seidl"
in der „Tonhalle", einem damals besuchten Locale, wo man
sehr gutes Bier trank. — Julius Stettenheim, ein
geborener Hamburger, damals noch jung, hatte sich schon
bei der J. F. Richter'schen „Reform" seinen ersten goldenen
Sporn als humoristischer Schriftsteller unter dem Pseudo-
nym „Faust" oder „Mephistopheles" erworben. Er studirte
fleißig, siedelte dann nach Berlin über, nahm daselbst seinen
permanenten Aufenthalt und wurde Begründer und Haupt-
redacteur des noch heute bestehenden satyrischen Blattes
„Die Wespe"; er heirathete die Tochter des Dr. Schweizer,
einstmaligen Hauptredacteurs der k. k. Wiener Zeitung. —
Also Hebbel und ich saßen erst allein am Tische,
sprachen sehr gemüthlich, Hebbel freilich mit seiner philoso-
phischen Ruhe, aber immer voll Geist und zuweilen Humor,
der aber einen Anstrich von Bitterkeit annahm, sobald man
auf das Thema von Aufführungen, oder besser Nicht-
Aufführungen seiner Dramen kam. Da trat der oben
erwähnte Humorist Stettenheim ein, als er mich sah,
wir waren befreundet, trat er an mich grüßend heran,
ergriff den leeren Sessel mit den Worten: Sie erlauben

doch? Störe ich die Herren nicht? Letzteres wurde verneint. Es blieb mir nichts Anderes übrig, als die beiden Herren gegenseitig vorzustellen, mit den üblichen Worten: Herr Friedrich Hebbel! Herr Julius Stettenheim, Schriftsteller. Stettenheim, hocherfreut und angenehm überrascht, sich vom Sitze erhebend schrie fast: „Das freut mich ungemein!" Hebbel erhob sich ebenfalls, jedoch sehr gelassen, reichte dem jungen Manne die Hand mit dem Ausdruck: Ist mir ein Vergnügen! — Der Gedanken= und Meinungsaustausch über Theater, Literatur und alles in diese Sphäre Einschla= gende wurde immer lebhafter und animirter, es verging die Zeit raschen Laufes, wir merkten es nicht und symbolisch sei es mir erlaubt zu erwähnen: Wir säßen vielleicht noch heute beisammen — wenn es nicht wie ein Blitz aus hei= terem Himmel gekommen wäre, der da zündete und das Feuer rasch um sich greifen machte; denn dem guten, harm= losen Julius, nichts Uebles denkend, fiel es auf einmal ein zu fragen: „Herr Doctor! (so titulirte er artiger Weise Hebbel) sagen Sie mir einmal gefälligst, was macht denn jetzt der Laube in Wien?" — Da überflog eine Scharlach= Röthe Hebbel's mildes Antlitz, er erhob sich rasch von seinem Sitze, griff in die Tasche nach seiner Börse, rief: zahlen! bezahlte. „Ich empfehle mich, meine Herren!" und wie im Nu war er entschwunden. Lieber Freund Julius! wenn ich jetzt zurückdenke, wie sie da saßen fast starr vor Ver= wunderung, mich mit offenen, staunenden Blicken ansehend. Ich lächelte und sagte: Lieber Freund! wie konnten Sie so unvorsichtig sein und nur den Namen Laube in seiner Gegenwart aussprechen? Wissen Sie denn nicht, und lesen Sie denn nicht die Zeitungen, daß Hebbel und Laube die größten Antipoden sind? — — Den andern Tag suchte ich Hebbel auf und sprach ihm mein Bedauern aus, daß ich die indirecte Veranlassung des für ihn nicht erfreulichen Vorfalles war. Da sprach Hebbel: Vergessen! Lassen wir

bas, der gute Mann kann ja nicht dafür, Sie noch weniger,
daß ich ungern an unliebsame Dinge erinnert werde und
was sollte ich ihm auch sagen? Es war besser, ich ging.
— Und später? Der Wahrheit eine Gasse! später hat Laube
wieder Alles gut gemacht, was er einst — vielleicht durch
Verhältnisse, theils auch durch die Zeitumstände gedrungen,
an Hebbel Uncorrectes begangen hat.

Was der Mensch auch gewinne, er muß es zu theuer
             bezahlen,
Wär's auch nur mit der Furcht, ob er's nicht wieder
             verliert.

(Gesammtausgabe meiner Gedichte.)

Zur freundlichen Erinnerung an
Friedrich Hebbel.

   Dieses zweite Stammblatt, welches mir Hebbel,
bei seiner Abreise von Hamburg schrieb, hat die hier mit=
getheilte Anekdote aus dem Leben des großen Dichters in
meiner „Erinnerung" frisch bewahrt.
   Würdig neben Hebbel reiht sich in meinem Album,
zwar kein Dichter, aber eine ideale Künstlerin an, welche
die erhabenen Gestalten der größten Dichter deutscher
Zunge uns lebendig vor Augen führte, wie keine andere
vor ihr und bisher keine nach ihr: Sophie Schröder.
Sie war eine Freundin und Verehrerin Dr. Carl Töpfer's
und diesem habe ich es auch zu danken, daß ich damals
die schon 76 Jahre alte, große Tragödin persönlich kennen
lernte. Unvergeßlich bleibt mir der Umgang mit der da=
mals, trotz ihres hohen Alters, noch immer geistesfrischen
und hochgebildeten Greisin, unvergeßlich bleibt es mir auch,
sie zu jener Zeit noch die Glocke von Schiller vortragen zu
hören. — Sie ließ sich dazu herbei, in Berücksichtigung

eines humanen Zweckes und sie ward, ihren Jahren trotzend, der Kunst noch immer in ausgedehntester, bewunderungs= würdiger Weise gerecht und es hat auch der Vortrag ihrem edlen Gemüthe in vollem Maße Rechnung getragen, denn er war die Hauptveranlassung, daß das kunstliebende Publikum Hamburgs in Masse herbeiströmte und so dem betreffenden humanen Zwecke eine hohe Summe zuführte. Sie schrieb mir:

> Die Kunst werden wir seh'n in himmlischer Klarheit,
> Wenn uns leitet Natur — zum Tempel der Wahr=
> heit! —
>
> Hamburg, den 13. September 1857.
>
> Zur freundlichen Erinnerung an
> Sophie Schröder.

Nachstehendes „Andante Sostenuto", von dem berühm= ten, vielleicht auf seinem Instrumente Contrabaß, einzigen Virtuosen Bottesini, beschließt in meinem Album die Periode des J. 1857.

Andante Sostenuto.

Hambourg le 25. November 1847. Bottesini.

1858 & 1860.

Ristori. Hoffmann von Fallersleben. F. W. Oettinger. Arnold Schlönbach. Krebs. Spyrer. Zürcher. Frau Hirsing-Hauptmann. J. L. Perärr.

Die Ristori gastirte in Hamburg und wohnte in dem bereits erwähnten „Künstler-Hôtel" La Marche's. Bei der Table d'hôte war sie mein vis à vis, aber nur zeitweilig, sie speiste größtentheils auf ihrem Zimmer; doch es wurde ihr bald bekannt, daß ich Theaterreferent einer Zeitung bin und ein Entgegenkommen ihrerseits bewerkstelligte bald darauf, als man ihr meine Berichte übersetzte, ein sehr freundliches Einvernehmen. Ihre Rollen, die sie spielte, waren: Medea, Lady Macbeth, Maria Stuart, Phädra, Deborah und eine heitere Rolle in einem einaktigen Lustspiel: „Die glücklichen Eifersüchtigen" von J. Giraud. Die Legouvé'sche „Medea", welche uns die große italienische Tragödin vorführte, legte aufs Neue den Beweis ab, wie selbst schwache dramatische Producte in den Händen echter Künstler zur Geltung gebracht werden können; denn abgesehen von den uns leider verloren gegangenen frühern Bearbeitung desselben Stoffes von Aeschylos, Sophokles, sind doch noch von den alten Bearbeitungen jene des Euripides und Seneca vorhanden, die in jeder Weise hoch über jenem französischen ins Italienische übertragenen Producte des Legouvé stehen. Selbst das einactige Gotter'sche Melodrama

ist ein wahres Meisterstück der Poesie gegen das in Rede
stehende Trauerspiel und die Triologie unseres Grill:
parzer's gehört unstreitig zu den besten poetischen Werken
dieses Dichters. Würde uns dasselbe von einer Künstlerin
wie die Ristori vorgeführt worden sein, so dürfte man
schon zu jener Zeit erkannt haben, welch' einen Schatz der
dramatischen Poesie wir in Grillparzer's Medea besitzen,
so aber wurde erst später — Dank der Wolter! — die
Aufmunterung und Aneiferung für die deutschen Schauspielerinnen erweckt, die eine Glanzrolle darin für sich erblickten
und es dürfte, wenn auch noch immer erst im Beginn, doch
nach und nach gelingen, daß der Grillparzer'schen „Medea"
der andauernd ste Ehrenplatz im deutschen Repertoir einge-
räumt wird, den sie im höchsten Grade verdient. —
Macbeth! Daß der Shakespear'sche Macbeth, der bei
uns Deutschen nach der Tieck-Schlegelschen, bisher noch
immer unübertrefflichen Uebersetzung auch nicht in seinem
ganzen Umfange gegeben wird, hier aber in italienischer
Bearbeitung von G. Caacone eine noch imensere Zusammen-
schmelzung erleiden mußte, ist leicht begreiflich. Der fünf-
actige Macbeth wurde zu einem vieractigen zusammengezo-
zogen, der erste Act wurde allerdings fast ganz ohne jeb-
wede Kürzung der Scenerien, ja selbst nicht mit Auslassungen
im Dialoge gegeben; aber die letzten Acte waren fast um
die Hälfte abgekürzt. Doch ist dieses bei derartigen Fällen
wirklich zu entschuldigen und zwar um so mehr, als man
berücksichtigen mußte, daß das Personale der italienischen
Gesellschaft, ein der Zahl nach geringes war, um dem
Macbeth nur halbwegs gerecht werden zu können. Wenn
hier und da einige „orthodoxe" Shakespearianer, an der
Art und Weise der Aufführung und Wiedergabe des Charakters der Lady durch Ristori Etwas zu mäkeln fanden, so
hatte dies weiter keinen Einfluß auf die allgemeine gerechte
Anerkennung, die ihr geworden und hat bis auf heute um

so weniger der Ruhm der Ristori nur um ein Haar breit
verringert, als ihre Auffassung der Rolle als eine durchaus
freie, geniale anzusehen ist. Fast dieselbe Anschauung haben
wir in unseren „Erinnerungen" über ihre „Maria Stuart"
bewahrt. Jedoch weiß ich mich noch recht zu erinnern,
daß gebildete und selbst urtheilsbefähigte Leute, welche auch
die Stuart von der Rachel spielen sahen, die Ristori in
dieser Rolle höher stellten als die französische Tragödin.
Ich aber glaube trotzdem, daß diese Erhöhung nur auf Rech=
nung der Erscheinung geschah, indem die Ristori in ihrem
Aeußern sich mehr zu einer „verführerischen Marie" eignete,
als die heroische, unvergeßliche Sprecherin von: „Allons,
enfants de la patrie!" — Die uns von der Ristori vorge=
führte „Phädra" ist aus dem französischen Original ins
Italienische von Dall'Orgra, und von da erst wieder ins
Deutsche, für die, für Deutschland bestimmten Verkaufs=
Exemplare übertragen; jedoch hält die letztere Uebertragung
in keiner Weise einen Vergleich mit jener Schiller's aus,
denn in der Schiller'schen Phädra ist nicht nur eine treue,
fast wörtliche Uebersetzung zu finden, sondern es ist dieselbe
auch durch und durch von einer echt dichterischen Weihe
durchflossen. Die „Phädra" kann als die beste aller ihrer
vortrefflichen Leistungen bezeichnet werden. Und so groß
und unerreichbar die Ristori als Medea ist, würde ich ihrer
Phädra doch noch den Vorzug geben, denn hier war es,
wo uns die Künstlerin einen Charakter von Anfang bis
zum Ende, wie aus einem Guß, nicht nur geistig, sondern
auch verkörpert zur Anschauung brachte; hier war es, wo selbst
die allergeringste Situation, der unscheinbarste Moment von
ihr zur Geltung gebracht wurde, so zwar, daß hier ein in
allen Theilen vollendetes Ganzes geboten wurde und nicht
Einzelnes vor dem Andern, die schöne Illusion zerstörend,
hervortrat. Mit einem Worte, die Ristori war eine Phädra
von Scheitel bis zur Zehe, mit aller körperlichen Macht und

geistiger Kraft, wie sie uns aus dem Chaos der Mythe das schöpferische Genie Racin's heraufbeschworen. — Deborah! Ins Italienische übersetzt von Cajetan Cerri. Es dürfte nicht uninteressant sein, zu erfahren, daß Cerri, von Geburt ein Italiener, schon in seinen frühesten Jünglingsjahren nach Wien übersiedelte. Noch Anfangs der 40er Jahre, als er in Wien sein Domicil aufschlug (wo er noch heute als k. k. Beamte lebt), verstand er kein Wort deutsch; allein er studirte alsobald mit vielem Eifer und Fleiß deutsche Sprache und Literatur, arbeitete dann für deutsche Journale und zählt jetzt mit zu den besseren deutschen Lyrikern der Geibl'schen Schule; und eben er ist der Uebersetzer des Mosenthal'schen Volksdramas „Deborah" und nach competenten Urtheilen erhielten wir selten eine so treue Uebersetzung eines deutschen Dramas in eine fremde Sprache, als die in Rede stehende. In dieser Hinsicht kann Mosenthal vollkommen zufrieden sein, noch mehr aber mit der gefeierten Künstlerin Ristori, welche diesen Titelpart zu seiner höchsten Höhe erhob. So sehr mir auch damals noch die Leistungen der Damen Enghaus (später Hebbel-Enghaus), Wilhelmi, Heuser und Mittel-Weißbach in guter Erinnerung waren, so mußte ich doch bekennen, daß die Deborah der Ristori die richtigste und wahrste ist; ja selbst heute, nachdem ich noch so viele hervorragende Künstlerinnen in dieser Rolle zu sehen Gelegenheit hatte und trotzdem ich auch eine Janauschek und Klara Ziegler darin bewunderte, hat sich diese meine unmaßgebliche Meinung nicht abgeschwächt. Die Ristori hat wie keine andere Darstellerin den Charakter der Deborah, nicht nur vom ersten bis zum letzten Moment mit eiserner Consequenz in allen wechselnden Schmerz- und Freude-Momenten richtig aufgefaßt und durchgeführt, sondern auch mit echt orientalischer, wohlthuender Wärme und wieder, wo es die Situation erfordert, mit einer an Shylock mahnenden Schärfe, die uns tief erschüt-

terte, auszustatten vermocht und verstanden. — Ich erwähnte
auch, daß die italienische Tragödin in dem Lustspiele „die
glücklichen Eifersüchtigen" sich auch im heitern Genre zeigte
und geschah dieses auch in trefflicher Art und Weise, so
glaube ich dennoch, daß es der Ristori mehr darum zu thun
war, das Publikum, das sie durch den Ernst aller ihrer
Rollen so viel zum Nachdenken, zur Trauer, zur Wehmuth,
zum Mitleid gestimmt, auch zu revanchiren, ihm mit der
kleinen, heiteren Rolle so zu sagen ein Baiser des Dankes
als Abschied zukommen zu lassen und ihm dadurch heiteres
Lächeln, freundliche Stimmung zu verleihen. Sie gab mir
ihr wohlgetroffenes Bild, in Costum der Medea mit einer
Inscription versehen und ein Stammblättchen, worauf sie
schrieb:

Ricorditi di me che son la Pia.

Hambourg, 8 Tevirer 1858.

Adelaide Ristori del Grilla.

Nun komme ich zu dem Béranger der Deutschen,
dem biederſten und herrlichſten Sänger für Freiheit und
Vaterland, dem edelſten und begeiſterteſten Dichter ſeines
Volkes, dem ehrlichſten und größten Patrioten des geeinigten
Deutſchlands, dem liebenswürdigſten und humanſten Men=
ſchen — Hoffmann v. Fallersleben!

Im Jahre 1858 war ich schon so glücklich, eine zwar
nur circa 1000bändige, aber was beſſere Belletriſtik und
Literaturgeſchichte betrifft, ziemlich gewählte Bibliothek zu
beſitzen, und dieſe Bibliothek verſchaffte mir die Ehre des
Beſuches Hoffmann von Fallersleben's, der, als er erfuhr,
daß ich im Beſitze einer ſolchen bin, ſofort ſich in meine
Wohnung begab. Eines ſehr heißen Auguſt=Nachmittags
ſaß ich recht kommode in etwas leichtem Hausanzuge in
meiner hübſchen, geräumigen Wohnung — einem ſchönen
ebenerbigen Zimmer mit Alcoven — am ſogenannten Gänſe=

markt, da klopfte es an der Zimmerthüre. „Herein!" —
Ein großer, ziemlich kräftiger Mann, mit schon ziemlich
weißem, lang herabwallendem Kopfhaar trat herein. „Mein
Name ist Hoffmann von Fallersleben!" sprach er mich an
und reichte mir seine biedere Rechte. „Das ist mir sehr
angenehm; längst war es mein heißester Wunsch, Sie persönlich kennen zu lernen; endlich! endlich! — Und was
verschafft mir die Ehre Ihres Besuches? Wie kommt dieser
Glanz in meine Hütte?" — Da lächelte er so holdseelig-
freundlich, so kindlich, es spiegelte sich sein bieder-deutsches
Gemüth, so frei von allem Falsch und Truge, in seinen
edlen Zügen ab. — „Nun, ich habe Ihr Werk „Hausschatz" einige Male in die Hand bekommen, es ist ein
brillantes Zeugniß Ihres Fleißes, und Fleiß ist auch ein
Talent, und ein Talent kann sich auch zu einer gewissen
Genialität emporschwingen!" — „Sie beschämen mich
doppelt, geehrter Herr Professor," sprach ich, „ich will es
nie an Fleiß fehlen lassen, aber „genial", das kann nur
ein literatur-historischer Heroe wie Sie es sind, sein; und
zudem beschämen Sie mich, weil Ihr gefeierter Name mein
Werk noch nicht ziert!" — „Nein! so ist's nicht gemeint,"
entgegnete Hoffmann, „ich lebe ja noch, warten Sie —
warten Sie — bis ich . . . „Oho! fiel ich ihm ins
Wort, „da kann ich noch lange warten, Sie müssen, Sie
werden noch lange leben!" — „Nun wollen wir beim Leben
bleiben," sagte er, sich vom Sitze erhebend, „und auch
dem Geiste huldigen." Da ging er auf die Bücher-Borde
los, ergriff den einen oder den anderen Band, blätterte hin
und wieder. „Nun, Sie haben doch eine hübsche encyclo-
pädische Sammlung, ich sehe da den großen Jäcer, sogar
mit der Fortsetzung von Adelung, den Jörden, Meusel,
auch den Eschenburg, und schau! schau! auch das
Schleswig-Holstein'sche Lexicon!" — „Ich habe auch den
Brockhaus, man muß ihn doch haben, schon der neuen Zeit

wegen." — „Was haben Sie denn da?" — „Das sind
Poesien, so viel es mir möglich war von der ältesten Zeit
bis auf heute aufzutreiben. — „Was sehe ich," rief er,
„das ist schön, das freut mich, bei Ihnen zu finden den
Lohenstein, Gryphius, Hoffmannswalbau —
was ist das für eine Ausgabe?" — „Die ist von 1717 —
hier ist eine ältere von 1689." — — So ging das eine
volle Stunde fort. Endlich nahm er einige Bände, legt
selbe bei Seite, und als er sich empfahl, steckte er die aus=
gewählten Bücher unter die Arme, reichte mir die Hand
und sagte: „Die entführe ich Ihnen!" — „Ich würde sie
wohl schwer entbehren, aber es ist mir ein Vergnügen,
wenn Sie selbe wünschen?" — „Nein! Nein! Es ist nur
Scherz. Uebrigens, wissen Sie was ich suche, und hier in
Hamburg bei allen Antiquaren nicht bekommen kann;
haben Sie ihn vielleicht, den Erlach, seine Volkslieder
der Deutschen, die Mannheimer Ausgabe von 1834, sie ist
doch so alt nicht und doch schon so selten." — „Bedaure,
den besitze ich nicht, ich konnte ihn bisher auch nicht er=
langen, erinnere mich auch nicht, ihn sobald antiquarisch
angezeigt gefunden zu haben." — ˙ — — — — Und heute!
Unvergeßlicher, herrlicher, lieber Hoffmann! Heute bin ich
im Besitze desselben, nach sechszehn Jahren, wie gerne
würde ich Dir es überlassen (so lieb und werthvoll mir
auch das Werk als Unicum in seiner Art ist), würdest Du
noch leben. Und doch Du lebst in den Herzen aller
Deutschen für alle Zeiten!

Und so kam es auch, daß ich während des ganzen
damaligen Aufenthaltes Hoffmann's in Hamburg öfter mit
ihm verkehrte; wie viel Schönes und Herrliches habe ich
von ihm gehört, gesehen, erfahren und gelernt. Und welche
Aufmunterung, welche liebevolle Ermahnungen zum weiteren
Streben, zu weiterer Arbeit, welche Fingerzeige, welche
väterliche Lehren hat er mir angedeihen lassen und gegeben.

Er besuchte mich noch einige Male, und als er mir seine Abschiedsvisite machte, so herzlich innig, frug ich ihn: „Geehrter Herr Professor! Wer weiß, wann ich wieder das Glück habe, Sie zu sehen, aber gewiß, ich will alles Mögliche anwenden, wieder einmal den Hochgenuß Jhres für mich nicht genug zu schätzenden Umganges mir zu verschaffen; wenn es gelingen sollte, werden Sie mir das bleiben, was Sie mir heute sind?" — „Hier!" mir die Hand reichend, „heut und immer!" Da wurde ich muthig-heiter, und scherzend, doch ernst meinend, warf ich so die Worte hin: „Geben Sie mir das Schwarz auf Weiß!" — „Auch das!" — Lieber Leser! Du kannst Dir denken, daß im Nu ein Kärtchen bläuliches Briefpapier, was mir gerade am nächsten lag, unter der Feder Hoffmann's ruhte und auch im nächsten Augenblicke stand mit perlenbschöner, deutlichen Handschrift darauf:

Heut und Immer!

Hamburg, ben 31. August 1858.

Hoffmann von Fallersleben.

Und „heut!" ist der große Lehrer und „Meister" todt! Aber für „immer!" lebt sein Geist im — Volke! Nun folgt Eduard Maria Oettinger mit dem bekannten lateinischen Spruch: Scientiae ipsae ignorantiae festes; später erhielt ich von bemselben, als wir in Dresden zusammenkamen, auch dessen Photographie, ihn in Lebensgröße in einem großen Mantel gehüllt barstellend, und ba es im Sommer und die Hitze eine bebeutende war, so schrieb er rückwärts barauf: „Denken Sie zuweilen an biesen Mann, der seinen Mantel bei dieser Hitze gerne bei irgend einer schönen Potiphär zurückließe. Dresden am 18. Mai 1868. E. M. Oettinger. Zu jener Zeit nahte sich die Vollendung seines Werkes: „Moniteur de Dats", das wahrlich, freilich in äußerster Prägnanz, das reichhaltigste encyklopädische Werk ist, das wir bisher besitzen. Oettinger hielt sehr viel von dieser seiner jahrelangen Arbeit, und er äußerte einst zu mir: „Wenn ich ein sehr reicher Mann wäre, hätte ich von diesem Werke (es erforderte die Ausgabe die Summe von 6 bis 8000 Thalern) nur drei Abdrücke machen lassen und zwar hätte ich ein Exemplar dem lieben Gott gewidmet, das zweite dem König von Preußen, und das dritte hätte ich mir selbst behalten." — Und was war der Lohn dieser seiner Riesenarbeit? Nichts! Noch weniger als Nichts, Schulden, Sorgen! Jetzt ist Oettinger todt, starb in nicht sehr glänzenden Vermögensverhältnissen, und testamentarisch hat er den berühmten, in Dresden lebenden Schriftsteller und Gelehrten Dr. Hugo Schramm die Fortsetzung, respective Nachträge zum „Moniteur de Dats" übertragen. In bessere Hände konnte diese Arbeit nicht gegeben werden. Schramm hat den Fleiß, das Wissen dazu, überhaupt ist wie geschaffen für dasselbe.

Bereits 1861 trat ich von Hamburg aus eine kleine Rundreise an, nach Bremen, Hannover, Coburg, Cassel, Frankfurt, Nürnberg, berührte Würzburg u. s. w. So manches Blättchen, während dieser Reise erworben, ziert mein Album, ich will jedoch nur die hervorheben, welche ein gewisses Interesse haben und wieder eines darunter, welches als das wichtigste und hervorragendste dieser Periode erscheint, von Friedrich Rückert. — Es ist leicht begreiflich, wenn man schon in Coburg war, daß man sich da nicht die Gelegenheit entgehen lassen konnte, wenn möglich Rückert zu sprechen. Allein Rückert wohnte ur selben Zeit in Neuße, nächst Coburg, für eine Fußparthie lag es doch etwas zu entfernt, und fahren war, wenn auch für einen solchen Genuß nicht zu kostspielig, aber immerhin, die Auslagen abgesehen, zu problematisch, denn es frug sich, ob der damals schon alte, und hier und da sich nicht immer wohl befindende Dichter Fremde empfängt, und ob er überhaupt disponirt sei, Besuche anzunehmen. Ich erkundigte mich, und man gab mir den Rath, mich vorerst bei seinem in Coburg domicilirenden und als Arzt practicirenden Sohne Dr. Rückert zu erkundigen, ob man den Papa besuchen könne. Der Vorschlag schien mir einleuchtend, ich acceptirte denselben, und verfügte mich eines Nachmittags zwischen 2 und 3 Uhr in die Wohnung des Dichter-Sohnes. Kein betreßter Diener, kein sonstiger Dienstbote kam mir entgegen; eine Thür wahrnehmend, klopfte ich an; „herein" hörte ich und trat ein. Ich sah eine lange Tafel, noch mit den Ueberresten des vollbrachten Mittagstisches, ein Herr trat mir freundlich entgegen, fragend: „Was steht zu Diensten?" — „Ich möchte das Vergnügen haben, den Herrn Dr. Rückert zu sprechen." — „Der bin ich." — „Das freut mich, und ich kann sogleich mit meiner Bitte herausrücken: Ob ich die Ehre haben könnte, in Neuße von Ihrem Herrn Papa empfangen zu werden, mein Name ist Landau!" — „Landau? Landau? Vielleicht der Verfasser des „Hausschatzes?" — „So ist es!" sprach ich in freudigster Stimmung versetzt, mir denkend, daß meine Arbeiten doch manches Gute haben müssen, wenn selbe bis zu einem Rückert gelangen. — „Nun meinen Vater wollen Sie sprechen? — „Ja, ich möchte gerne die Ehre haben, aber fruchtlos will ich nicht nach Neuße fahren." — „Schön! Nehmen Sie gefälligst Platz, warten Sie einige Augenblicke," war die Antwort, und Dr. Rückert ging in eines der nächstanstoßenden Zimmer. Ich war nur einige Minuten allein meinen Gedanken überlassend, da öffnete sich die Thüre des Zimmers, Dr. Rückert trat heraus,

die Thüre offen lassend, stellte sich zur Seite, ihm folgte
sogleich eine große, magere, aber doch ziemlich kräftige
Männergestalt mit langem, weißem Haare — dem Bilde
nach erkannte ich sofort den Dichter, und trat ehrerbietig
ihm entgegen; der Sohn sagte: „Mein Vater! Herr
Schriftsteller Landau, der Verfasser des „Hausschatzes";
und Rückert reichte mir seine Hand entgegen, mit den
Worten: „Es ist mir angenehm, Sie zu kennen! Doch
setzen wir uns." Als wir uns niederließen, verließ uns
der Sohn, wir blieben allein. Eine volle halbe Stunde
dauerte die Conversation, auch die Politik wurde dabei
flüchtig berührt; da fiel es mir ein, es ist nach Tische,
ich störe am Ende den alten Mann in seinem Nachmittags=
Schläfchen, erhob ich mich mit den Worten: „Nun will ich
Herrn Professor nicht länger incomodiren, Sie wollten
vielleicht gerade jetzt Ihre Nachmittagsruhe pflegen?" —
„Wohl! Doch das hat keine Eile!" Ich empfahl mich,
wie selbstverständlich, mit dem Ausdruck, daß es mir zu
den angenehmsten Erinnerungen zählen wird, Herrn Pro=
fessor persönlich kennen gelernt zu haben, und hier war es
auch, wo mir der Gedanke kam, daß ich vielleicht das
erste — aber auch das letzte Mal das Glück haben
dürfte, Rückert zu begegnen, und der Spruch Schillers:
„Die Gunst des Augenblickes" ermunterte mich zu sagen:
„Ich wünschte nur sehnlichst ein sichtbares Andenken
an diese Stunde zu besitzen!" — „Worin könnte dieses
bestehen?" frug freundlich lächelnd der greise Sänger
deutscher Lieder. „Nun, wenn ichs wagen darf — einige
wenn auch nur wenige Worte aus Ihrer Feder." Heraus
war es! und ich muß gestehen, daß eine Blutwärme meinen
ganzen Körper durchzog, und mein Gesicht sich geröthet
haben muß, ob der Furcht, daß mein Ersuchen etwa als
unbescheiden gedeutet werden dürfte. Doch rasch wars
vorüber, hocherfreut, muthiger als zuvor wurde ich, als

Rückert sagte: „O gerne, gerne! Mit Vergnügen!" ein Blättchen Briefpapier und Feder ergriff, sich nochmals niedersetzte und schrieb:

Zum Andenken an

Friedrich Rückert.

Coburg, November 1861.

Auch Arnold Schlönbach, der Antipode Julian Schmidt's, erfreute mich mit folgender Inscription, die, wie ich meinen Lesern bemerken muß, auch auf meine noch damalige Junggesellenschaft anspielt:

Möge Ihr reicher Hausschatz Ihnen auch eben solchen Schatz für das Haus bringen und zwar in doppelter Beziehung. Mit dieser Aussicht werden Sie auch wohl gerne auf einen Vers verzichten; im Geiste der Grenzboten sind ja auch Brod, Braten und Sittlichkeit weit mehr werth als alle Verse.

Coburg, den 9. November 1861.

Arnold Schlönbach.

Schlönbach hatte während unseres fleißigen Zusammenkommens in Coburg, wo, wie natürlich, die Literatur den Hauptstoff unserer Conversation bildete, wahrgenommen, daß ich ein eifriger Leser und Verehrer aller Göthe und Schiller bezughabenden Schriften bin, worauf er mir auch noch sein Werk: „Zwölf Frauenbilder aus der Göthe=Schiller=Epoche" (Hannover, Carl Rümpler 1856) mit folgender Widmung überreichte:

„Todte Frauen sind meist interessanter wie lebende. Möchte aber wenigstens Ein lebendes Frauenbild Sie auf Ihrem thätigen und wirkenden Lebensgange begleiten. Als freundliche Erinnerung an den Verfasser dieses Buches. Coburg, den 9. Dezember 1861.
Arnold Schlönbach.

Auch Frau Versing=Hauptmann, damals Mit=glied des Hoftheaters in Coburg=Gotha, gegenwärtig eine Zierde des deutschen Landestheaters in Prag, erfreuete mich mit einem Stammbuchblatte, und da zur selben Zeit eine Sammlung ihrer Poesien bei Wigand in Leipzig er=schienen war, sie sich also als Poetin kundgab, erforderte es auch schon die Artigkeit, von meiner Seite sie zu einem Verse zu animiren; sie schrieb daher:

In trüber, langer, sorgenvoller Zeit —
Von Schicksalsschlägen fast vernichtet —
Giebt's einen Ausweg noch zur Seligkeit —
Ein Stern, der bald das Dunkel lichtet;
Es ist das Selbstbewußtsein groß und rein:
Schuldlos zu dulden Ungemach und Pein!

Da ich nicht im Stande bin humoristisch zu sein und Sie einen Vers von mir haben wollen, so nehmen Sie diese Betrachtung einer sentimentalen Stimmung und Stunde von
Anna Versing=Hauptmann.
Coburg, 12. Dezember 1861.

G. von Meyern-Hohenberg, damals Intendant des Hoftheaters und geheimer Cabinetsrath Sr. Hoheit des regierenden Herzogs, welcher auch als Dichter rühmlich sich hervorthat, und dessen „Heinrich von Schwerin" zur Zeit des Schleswig-Holstein'schen Krieges große Sensation erregte und seinen Namen als dramatischer Schriftsteller popularisirte, hat, meinem „sehr freundlichen Wunsche gerne entsprechend," einen Beitrag für mein Album mir zukommen lassen.

Von Coburg reiste ich nach Würzburg, wo ich den, namentlich was Vocal-Quartette betrifft, berühmten Componisten V. E. Becker kennen lernte, mit dem ich auch in nähere freundschaftliche Verbindung trat. Er schrieb mir Noten: „Sängerspruch" mit nachfolgendem unterlegten Texte:

„Deutsches Wort und deutsches Lied, Lieb' zum Vaterland,
Schlingt um alle Herzen fest der Eintracht Band!"

Und fügte noch sein treffliches Bildniß als Dirigent, versehen mit einer liebenswürdigen Inscription, bei. — Fast ein ganzes Jahr lang hatte ich theils keine Gelegenheit, theils wieder waren die Verhältnisse und Umstände nicht so günstig, um mein Album zu vermehren. Erst bei meiner Ankunft in Wien 1862 begann eine neue, ich möchte sagen eine sehr günstige Periode für meine Erinnerungen.

1862 bis 1864.

Bauernfeld. L. A. Frankl. Carl Beck. Mosenthal. Offenbach.

Bauernfeld beginnt den Reigen, und zwar schrieb er
in Folge einer Conversation, die einige Rückblicke in
die Vergangenheit Oesterreichs zum Vorwurf hatten,
folgende Sentenz:

Vor Zeiten.

Das war das heit're Schlaraffen-Land,
Der Sitz der Philister-Innung!
Da frug nach Geist und Talent Niemand —
Man verlangte nur gute Gesinnung.

Wien, Oktober 1862.   Bauernfeld.

Nun folgt der Dichter des Balladen-Cyclus „Habsburg-
lieder" und des noch lange nicht genug gewürdigten Helden-
liedes: „Don Juan d'Austria", der als Tourist in den
Landen der bildenden Kunst und Malerei seine reichlich
eingesammelten Erfahrungen trefflich wiederzugeben verstand; der Pilger „Nach Jerusalem," der uns auch „Aus
Egypten" viel weisheitliches mitgebracht, der treffliche Autor:
„Aus halbvergangener Zeit", die für die Geschichte in
Zukunft erst den wahren Werth erhalten wird, der mit

Unrecht viel angefeindete „Necrologist" hingeschiebener be=
rühmter Persönlichkeiten. Mit Unrecht, sagte ich, und
wiederhole es nochmals; denn ist es ein Unrecht, wür=
bigen Männern einen würdigen Nachruf zu widmen?
Frankl tröstete sich barüber, und wahrlich, diese seine
Feinde dürften, wenn einst die Tinte ihrer Lebensfähigkeit
eintrocknet, einen Nachruf aus seiner Feber zu erhalten,
nicht zu stolz ober vielmehr sich benselben schon heute zu
sichern gerne bereit sein. — — L. A. Frankl ist auch der
„Alte überall!" wo es gilt mit Unermüblichkeit zu arbeiten
für humanitäre Anstalten, Errichtung von Monumenten
großer Männer aus dem Gebiete der Literatur und Musik
und Gründung von Kunstanstalten; der Mann, der, wenn
er selbst dieses Alles nicht wäre, hätte seinen Namen
Ludwig August Frankl dennoch für alle Zeiten in der
Geschichte des Jahres 1848 durch sein erstes censurfreies
und zündendes Gedicht: „Die Universität" verherrlicht.

Fast glaube ich, Frankl hat geahnt, was ich einst
nach 12 Jahren über ihn schreiben werde, und selbst ge=
fühlt, wie „unbelicat" manch' schreibseliges und humoristisch=
seinwollendes Jüngelchen mit in Neid getauchter Feber sich
über ihn ausließ, denn er schrieb mir:

> Willst burchs Leben wandern
> Froh und leicht ans Ziel?
> Hoffe — nichts von Andern,
> Von Dir selbst — nicht viel!
>
> Was Dich leicht bewahre
> Vor der Menschen Neid?
> Altergraue Haare
> Und ein Bettlerkleid!

Wien, 1862.   L. A. Frankl.

Nun folgt zwar ein deutscher Dichter voll Kraft
und Saft, aus dessen Poesien aber stets der, die Freiheit
liebende Ungar sich nicht verläugnen läßt. Wer kennt
sie nicht, seine „Nächte", „Gepanzerten Lieder", seine
„Lieder vom armen Manne", seine Gesänge: „Aus der
Heimat"? Carl Beck zählt auch zu jenen wandernden
Poeten, denen es theils durch politische Verhältnisse, theils
aber auch durch ihre „Eigenthümlichkeiten" nicht gelungen
ist, einen festen und dauernden Aufenthaltsort zu erreichen,
und es scheint, als ob er sein Ahasverus-Leben selbst entschuldigen wollte, denn er singt von sich und schrieb mir
ins Album:

> Das Täubchen liebt die sichern Kreise,
> Nicht fragend, ob's gefangen sei;
> Doch nur der Vogel auf der Reise,
> Der heimatlose, der ist frei!
>
> Wien, 1862.   Carl Beck.

Beck zur Seite — ich meine in meinem Album —
steht der unermüdliche Dichter S. H. Mosenthal, welcher
viel auf dem Felde der dramatischen Literatur gearbeitet
hat; unter dem Vielen jedoch haben sich seine: „Deborah",
„Sonnenwendhof" und „Deutsche Comödianten" eine allgemeine Anerkennung erworben und werden daher unter
allen seinen weiteren Producten, so sehr diese immerhin
von seinem schönen und reichhaltigen, poetischen Talente
ein schönes Zeugniß ablegen dürften, die genannten Dramen
den ersten Platz einnehmen und am längsten der Bühne
erhalten bleiben. So Mosenthal der Dichter, Mosenthal
der Mensch — freundlich, liebenswürdig im Umgang, doch
liebt er es, das Bewußtsein seiner ihm geworbenen „Aus-

zeichnungen" gerne hervorleuchten zu laſſen. Ich aber ge=
ſtehe trotzdem, daß ſo viele Jahre ich auch das Vergnügen
habe, Moſenthal perſönlich zu kennen; ich liebe und
ſchätze ihn heute noch ſo, wie vor länger als einem
Decenium, denn ſein trefflicher Gedanke, die Erfahrung
über den Umgang mit Menſchen, den er mir als Stamm=
blatt ſchrieb, hat ſich bei mir eingeniſtet; er lautet:

Nicht Jahre und Jahrzehnte, nein, Augenblicke
feſſeln den Menſchen an den Menſchen.

Wien, den 30. Juni 1863.

Zur Erinnerung an
Dr. Moſenthal.

Nun folgt Paul de Kock unter den Componiſten der
überrheiniſchen komiſchen Oper: Offenbach, mit einer
Melodie aus dem „Lied des Fortunio", deſſen Handſchrift
und namentlich ſeine Namensfertigung eben ſo ſchwer zu
enthüllen ſein dürfte, als wollte man beſtimmen, ob er
Franzoſe oder Rheinländer ſei. Seine Compoſitionen ſind
leichtfüßiger Natur, ſie kitzeln das Ohr, heben die Beine,
bewegen das Zwerchfell und nehmen die Lachmuskeln in
Anſpruch — laſſen jedoch bei Allem dem, unſer Herz und
Gemüth im Status quo. Dennoch verdanken viele Tau=
ſende ihm manche heitere Stunde und auch wir ſind ihm
zu Dank ſchuldig, denn keiner hat es ſo wie Offenbach
verſtanden, von der Bühne herab in ſo verſteckter Weiſe
die Gebrechen unſerer modernen Welt zu geißeln und zu
verhöhnen, und dürfte ſein „Orpheus" das größte muſikaliſch=
ſatyriſche Epos auf das „Kaiſerthum", überhaupt auf das
Regierungsweſen mancher Potentaten bilden. Neben Offen=
bach — ich hoffe, derſelbe wird mir dafür zu Dank ver=

pflichtet fein — habe ich die reizende, liebliche, anmuthige Nachtigall Adeline Patti eingereiht; fie schrieb mir in englifcher Sprache nur eine kleine, aber immerhin fehr freundliche „Erinnerung." —

Im Jahre 1864 kam Ullmann mit feiner Quint= Effence concertirender Künftler: H. Vieuxtemps, Alfred Jaell, Julius Steffens (dem leider fchon. hinge= fchiebenen trefflichen Celliften) und der Charlotte Patti nach Prag. Die genannten Herren fchrieben mir „Noten=Blätter", die Patti II erfreute mich mit ihrer Photographie und eigenhändigen Namensfertigung; fomit endete das J. 1864; es folgt das J. 1865.

Alfred Jaell.

1865.

Lewinsky. Grillparzer. Otto Prechtler. Constant von Wurzbach. Heinay Josef. Jokai Mor.

Eine für mich, was meine Wanderungen betrifft, denkwürdige Zeit, denn nicht weniger als ein volles, ganzes Jahr bin ich gereist, der erste und längste Aufenthaltspunkt war wieder Wien, von da gings nach Preßburg, Pest, Szegedin, Temeswar, Arad, Miskolcz, Debrezin, Niregyhaza, Tokay, Kaschau, Eperies u. s. w. Und überall wurde ich gastfreundlich aufgenommen, überall fanden meine literarischen Arbeiten Freunde und Theilnehmer, kurz und gut, es war eine Reise, die sich nach jeder Richtung lohnte, dabei hatte ich das Bewußtsein, den Samen deutscher Literatur und Cultur ausgestreut zu haben, und ich glaube, es dürften auch seine Früchte nicht ausgeblieben sein. Doch über diesen Punkt kann ich nicht sprechen, ich komme später darauf zurück, bei Gelegenheit, als andere competentere Männer sich darüber äußerten. Also Wien — erste Station! Aufenthalt? Mehrere Wochen. In diese Wochen fiel der schöne Mai und gleich der Anfang des Mai hatte für mich drei hintereinander folgende liebliche Tage, denn am 2. Mai erhielt ich ein Blatt von Josef Lewinsky, am 3. Mai von Franz Grillparzer, am 4. Mai Otto Prechtler, dem folgte Ende des genannten Monats Constant v. Wurzbach.

Josef Lewinsky ist einer der bedeutendsten, wenn nicht der bedeutendste Künstler der Gegenwart, in seinem

Fache. Wir haben keinen Zweiten, welcher mit solcher
Schärfe, mit solcher gewissenhaften Intuition seine Auf-
gaben zu lösen versteht; dieses und daß er hier und da
mit einem allzuspitzen Meißel jeden Zug, jede Falte seiner
darzustellenden Gestalten hervorzuheben versteht, daß er ferner
mit seinem wohl nicht allzuvolltönenden und etwas scharfen
Organ bennoch dem Hörer keine Silbe des Textes entzieht,
zudem burch seine weitaus reichende, nicht alltägliche, geistige
Bildung, burch Fleiß und Stubium tief in ben Geist und in
bie Intention des Dichters zu bringen befähigt ist; sich in
ben Momenten, wo er spielt, der Außenwelt entzieht und
in bie Welt der Kunst und höheren Seins zu versetzen
versteht, dieses Alles gibt uns allein Veranlassung, Lewinsky
als ben Seydelmann der Gegenwart zu bezeichnen.
Lewinsky sagt: Ich will! — der Wille wird zur That,
Zeit, Mühe, Stubium und Geist sind bie Zauberbinge,
mit benen er alle Hindernisse, bie ihm Natur und äußere
Einflüsse entgegensetzten, aus dem Wege zu räumen versteht. — Entschlossenheit, dein Name ist: Lewinsky! —
Hier muß ich nochmals auf A. Heinze's Chiromantie zurückkommen, denn auch in Lewinsky's Handschrift liegt sein
ganzer Charakter als Künstler und Mensch. So herrlich,
wie er als Tragöbe, so herrlich ist er als Mensch; jeboch
wie Du ihn als Künstler erst nach und nach, je mehr,
öfterer und schärfer Du ihn als Künstler beobachtest, liebgewonnen hast, so auch als Mensch, Du mußt ihn stubiren,
Du mußt ihn begreifen lernen, und bann wirst Du ihn
auch als Mensch lieben und verehren. Er wird sich Dir
nicht so rasch hingeben, er prüft, er sichtet, und hat er
sich Dir endlich hingegeben, bann ist er Dir auch ein seltener, lieber, gefälliger Freund, für Alles erschlossen und
entschlossen. Lewinsky selbst hat auch eine gute Schule
des Lebens und der Kunst burchgemacht, es scheint, er hat
viel erfahren, und einen Hauptfactor seiner Erfahrungen

hat er in seinem mir gewidmeten Stammblatt mitgetheilt, denn er spricht:

> Verfolge Deinen Weg und laß reden die Leute;
> Steh fest, wie der Thurm steht, der niemals
> Beuget die Spitze, wenn ihn umtosen die Winde!
>
> Herrn Landau zur freundlichen Erinnerung an
>
> Den 2. Mai 1865. Josef Levinsky.

Otto Prechtler, der nie ermüdende, stets schlag=
fertige Dichter verschiedener Genres, Dramen, Opern=
texte, epischen, lyrischen und noch anderen Poesien; und
eben dieses, daß Prechtler so viel geschrieben oder auch
vielleicht schreiben mußte, dürfte die Hauptschuld sein,
daß nicht alle seine Arbeiten von klarem, hochpoetischen
Duft durchweht sind. Einzelne Sachen aus Prechtler's
Feder zeigen uns aber doch immerhin den hochbegabten
Dichter, dessen Werke bei einer sorgfältigen Auswahl sich
nicht nur über die Alltäglichkeit der „Reimschmiede" er=
heben, sondern auch für die Zukunft ihm einen ehrenvollen
Platz unter den Poeten Oesterreichs bewahren. — Grill=
parzer war ihm ein Freund, ein Rathgeber, ein Lehrer;
und dieses schon legt das untrüglichste Zeugniß für
Prechtler als Dichter ab. Weder Prechtler's Aeußere, noch
sein „behagliches" Wesen lassen in ihm im ersten Augen=
blicke den Poeten wahrnehmen; erst wenn er „warm"
wird, wenn er seine nie zu unterdrückende Laune als Im=
provisator gewinnt und anfängt, Alles und Jedes in
Reimen zu fassen, wenn er seiner poetischen Ader freien
Lauf läßt, seinen Ernst und Humor nach allen Richtungen
kund gibt, dann erst erwacht bei denen, die ihn noch nicht
kannten, der Gedanke: Das muß ein Dichter sein! — Er
schrieb mir Folgendes ins Album:

Dein Bestes — Du mußt es geben,
Als wär's Dein Letztes auch;
Der Seele innerstes Leben
Verström's in Einem Hauch!
Wien, am 3. Mai 1865.
Zur freundlichen Erinnerung an
Otto Prechtler.

Lange konnte mir der sehnliche Wunsch, Grillparzer persönlich kennen zu lernen, trotz meines öfteren und mehrmals längeren Aufenthaltes in Wien nicht erfüllt werden. Im Sommer besuchte der Dichter stets einen Curort oder bezog eine Landwohnung, um die Sommerfrische zu genießen, und im Winter war er häufig sehr leidend, so daß er selten oder fast nie Besuche empfing. Erst im Mai des Jahres 1865, als ich von Prechtler das obige Stammblatt erhielt und von ihm befragt wurde, ob ich schon ein Blatt von Grillparzer besitze, und dieses mit den Worten verneinte: „Sie wissen, lieber Freund! ich bin Alles gerne, nur nicht aufdringlich; und so mir nichts dir nichts hinlaufen und sagen: Ich bin der Schriftsteller Landau und will die Ehre haben, den berühmten Grillparzer persönlich kennen zu lernen ꝛc. ꝛc., das ist mir nicht gegeben; Gelegenheit ohne Pression, das liebe ich, das freut, das gibt der Sache eine Weihe!" — Da sagte Prechtler: „Nun warten Sie, ich werde Sie bei Grillparzer einführen." Und schon Tags darauf löste Prechtler sein Wort und zwar in eben so liebenswürdiger als für mich schmeichelhafter Weise.

Der damals schon 76jährige greise Dichter wohnte im vierten Stockwerke und empfing mich, ich möchte sagen, mit anmuthiger Herzlichkeit. Der Discurs war mir sehr peinlich — ja schmerzlich, nicht weil ich meine Brust sehr anstrengen mußte, um von dem schon zu jener Zeit fast gehörlosen Dichter verstanden zu werden, sondern durch das Mitleidsgefühl, daß einer unserer edelsten charaktervollsten Männer von einem so höchst störenden Uebel heimgesucht werden mußte. Trotzdem hatte ich doch die Freude, eine halbe Stunde lang mit ihm zu sprechen. Das Hauptthema war das „Deutschthum", wobei natürlich die „leidige Politik" nicht aus dem Spiele bleiben konnte.

Und ich habe aus der ganzen Conversation entnommen, daß Grillparzer ein deutsches Herz und deutsche Gesinnung hatte, bei dem Allen aber, um mich einer, namentlich in neuerer Zeit populär gewordenen Bezeichnung zu bedienen, sich auch als ein „Deutsch-Oesterreicher" im weitesten Sinne des Wortes gerirte. Ich habe ferner daraus die schöne Lehre gewonnen, man kann ein Deutscher von echtem Schrott und Korn sein, ohne auch nur ein Haar breit von seinem österreichischen Patriotismus, ja selbst nicht von der Anhänglichkeit an die österreichische Dynastie abzuweichen. Ja fest gewurzelt ist in meinem Innern der Gedanke, und selbst das allerstärkste vereinigte große Deutschland mit seinem großen und aller Verehrung und Hochachtung würdigen Bismark an der Spitze, können meine Idee nicht schwankend machen, noch weniger, entwurzeln. Mein lieber Leser! Wer Du auch bist, lege die Hand aufs Herz und gestehe und sage mir, gibt es noch ein Reich wie Oesterreich, ein Land wie dieses, welches ein Volk in sich schließt, das so ohne Falsch und Trug, voll des Herzens und Gemüthes, fähig zu aller Ausbildung in jeder Richtung ist? Ein Volk, das keine Mühe und keinen Fleißaufwand scheut, wo es gilt, sich und seinem Nebenmenschen Ehre zu verschaffen oder ihm wohl zu thun; ein Volk, das einen natürlichen, daher auch richtigen Sinn für die erhabene Dreieinigkeit: Freiheit, Brüderlichkeit und Gleichheit!

bethätigt hat und noch bis heute bewahrt, fern von allem eitlen nur sich selbst liebenden aristokratischen National=Stolz, fern von aller nichtssagenden, aber sich selbst verzerrenden Hochnäsigkeit und Einbildung, eine „Grande=Nation" zu sein? — Darum nochmals: Bäuerle hat Recht, daß er sagte: „Es gibt nur ein Oesterreich!" — Aber auch der große deutsche Dichter Grillparzer mußte seine deutschen Stammesgenossen im Allgemeinen genau gekannt und auch richtig zu beurtheilen gewußt haben; wie er selber aber diese treffend nach einer Richtung zu charakterisiren verstand, legt am deutlichsten nachstehender Spruch dar, den mir der hochverehrte Dichter als Andenken an die mir unvergeßliche Stunde, auf einem Blatte Papier mit kräftiger und deutlicher und auch den einstmaligen k. k. Kanzleibeamten nicht verläugnender Hand schrieb:

Der Deutsche allzuhöchst in Kunst und Wissen stellt,
Hier was er nicht versteht, dort was ihm nicht gefällt.
Wien, den 4. Mai 1865.

F. Grillparzer.

Der berühmte Encyclopädist Constant von Wurzbach schließt diese Periode mit dem sinnigen Spruche:

So manches Große, was je kam zu Tag,
Zuvor in einem Traubenkerne lag.
Wien, Mai 1865.

W. Constant.

Ich begann die Reise nach Ungarn. So lange ich auch in diesem Lande herumgewandert, in so vielen Orten desselben ich auch Aufenthalt nahm, ist es mir dennoch nicht gelungen, Blätter für mein Album zu erobern, denn wo mit Ausnahme von Pest, gibt es eine Stadt im großen Ungarn-Reich, wo hervorragende Persönlichkeiten aus dem Bereiche der Kunst, der Literatur, der Wissenschaft zu finden sind, deren Wirken und deren Werke ihre Namen weit über die Leitha oder auch nur über die Leitha hinübertragen. Local-Berühmtheiten, hier und da verdienst-volle Männer in verschiedenen Richtungen, tüchtige Redacteure und Journalisten ungarischer Zeitungen fand ich wohl häufig, sonst aber birgt das gesegnete Magyaren-Land keine Capacitäten in sich, von denen man sagen könnte, daß sie auch anderwärts gekannt sind. Und so kommt, daß der ganze Erfolg für mein Album während der ungarischen Reise nur zwei Blätter aufzuweisen hat. Das erste erhielt ich von dem populärsten ungarischen Volksdichter, dem Gymnasial-Professor zu Miscolcz Josef Léway, der während meines mehrtägigen Aufenthaltes in Miscolcz mein Alles war, indem derselbe der deutschen Sprache ziemlich mächtig mit mir doch einen geistigen Gedankenaustausch pflegen konnte. Da Léway durch und durch Magyar, ich ein ein-gebissener „Schwob" bin, zudem überhaupt in Ungarn, wo jeder Einzelne an und für sich als Politiker fast schon zur Welt kommt, in diesem Fache viel gemacht wird, konnte es natürlich nicht ausbleiben, daß sich auch oft in unsere Conversation die liebe Politik einmengte. Wie schön und wie edel aber Léway sein politisches Glaubensbekenntniß gestaltete, zeigt seine Inscription in dem mir gewidmeten Stammblatte, welches auch insofern als ein seltenes in meinem Album bezeichnet zu werden verdient, indem es auch das Einzige ist, das in ungarischer Sprache geschrieben. Ich theile sofort die deutsche Ueberseßung, genau nach dem Wortlaut meinen Lesern mit:

Gebildeter Geift und fefter reiner Charakter ver=
fichert jedem Einzelnen und den Nationen die Zukunft.

Miscolcz, den 29. Auguft 1865.

Léway Jósef.

Das zweite, auch das hervorragendere Blatt ftammt
aus der Feder des ungarifchen Alexander Dumas, wie die
Ungarn gerne ihren Mor. Jokai nennen; und wenn
Jokai mir auch mit eben fo deutlicher als fchöner deutfcher
Handfchrift und in eben derfelben Sprache ein Blatt
fchrieb, gibt doch der Inhalt deffelben den „freien Ungar"
kund und birgt einen Gedanken in fich, eines Jokai würdig;
doch lefe:

Es gibt ein feltenes Gut, das je mehr vertheilt
wird, die einzelnen Theile um fo größer werden; diefer
fonderbare Schaß ift — die Freiheit.

Peft, den 20. September 1865.

Jokai Mor.

Ende 1865 kehrte ich in meine Heimat zurück und
verweilte dafelbft bis zum J. 1866.

1866 und 1867.

Seligmann Heller. Reise nach Deutschland. Kroß und Herold. Louis Braun. Bergschmidt.

Im Januar 1866 machte ich einen Ausflug nach Leit=
meritz. Diese intelligente deutsch = böhmische Kreisstadt
ahnte damals nicht im Geringsten, welche literarische
Zukunftsgröße sie in ihren Mauern barg. Einfach,
schlicht ging er daher, einfach und schlicht lebte er, theils
aus eigenen Mitteln, theils aus dem Ertrag, den ihm eine
Pensions=Anstalt für Knaben einbrachte. Von Wenigen,
fast von Niemandem gekannt, pflegte er nur wenig Um=
gang mit Andern und lebte nur sich, seinem Berufe, seiner
Familie und seiner — Poesie!

Und fast glaube ich, Leitmeritz ist der glückliche Ge=
burtsort des „Ahasverus", natürlich meine ich jenes große,
hochpoetische, umfangreiche Epos von Seligmann Heller;
denn in früherer Zeit, bevor ich das Vergnügen hatte, die
Bekanntschaft Heller's zu machen, waren es nur Bruchstücke,
respective Probestücke des genannten Werkes, welche durch
den Druck veröffentlicht, mir bekannt waren; und erst
später kam „Ahasverus" in seinem vollen Glanze bei Otto
Wigand in Leipzig zum Vorschein. —

Daß Heller seinem Werke vorsetzen konnte: „Dem
Altmeister deutscher Dichtkunst, meinem hohen, vatergleichen
Herrn und Gönner Friedrich Rückert in tiefster Ehr=
furcht und kindlicher Dankbarkeit zugeeignet", legt das

glänzendste Zeugniß für den hohen Werth seiner Dichtung
ab; denn wisse, und Du wirst es vielleicht schon wissen,
lieber Leser, daß man ein Werk Niemanden dediciren darf
ohne Erlaubniß oder Einwilligung der betreffenden Person,
und daß eben der unsterbliche Dichter Rückert die Widmung
gestattete, liefert den Beweis, daß Heller nicht zu den
„Duodez-Dichtern", deren Poemata gewöhnlich in reichver=
zierten Deckeln und Goldschnitt erscheinen, zu rangiren ist.
Heller stand auch längere Zeit in Correspondenz mit Rückert,
und zwei Briefe, die eben so interessant sind, als sie uns
auch die Liebenswürdigkeit Rückert's charakterisiren, findest
Du im Supplement zu meinem Werke „Neuer deutscher
Hausschatz", genau nach den Originalien zum e r s t e n Male
reprobucirt. Heller ist auch G e l e h r t e durch und durch,
und seine Kritiken und Essai's bilden eine hervorragende,
feuilletonistische Zierde der „deutschen Zeitung" in Wien.
Als Kritiker hat Heller eine spitze Feder, er kennt keine
Schonung, sei es Feind oder Freund, er ist der Blücher
unter den Theater=Recensenten, er haut drein, was Zeug
hält, und wo er mit seiner Waffe hinreicht, da — wachsen
keine Lorbeeren. — Er ist der „Gott sei bei uns" aller
Theater=Directoren, Schauspieler und Schauspielerinnen,
und ich bin gewiß, daß, wo ihm ein theateralisches Mit=
glied begegnet, wenn dasselbe „der alleinseligmachenden
Kirche" angehört, es „ein Kreuz" schlägt, und wenn es
eines aus dem „auserwählten Volke" ist, es „schema
Israel" schreit. In allen Fällen ist Heller als Dichter,
Gelehrte und Kritiker eine eben so seltene als seltsame Er=
scheinung. Er schrieb mir:

Beisammen sah uns ein Moment —
Was hat der geleistet?
Ewigkeiten ungetrennt
Sind wir, war er frisch durchgeistert.
Leitmeritz, den 13. Jänner 1866.

S. Heller.

Tags darauf erhielt ich von ihm sein Bildniß — größeres Format — mit nachstehender Inschrift:

Wer treu den Ernst im Busen wahrt,
Durch Worte nicht, wie Thorenart,
Ihn leicht und seicht verflattern ließ,
Das Antlitz, das er zeigt, ist dieß.
Leitmeritz, 14. Januar 1866.   S. Heller.

Drei Jahre später trafen wir in Prag zusammen, und wieder erfreute mich Heller mit einer Visitkarten-Fotographie, der er rückwärts folgendes Impromptu beifügte:

Müd' ist und abgehetzt die Zeit und tief verdrossen,
Daß die Blasirten kaum der Schwindel selbst besticht;
In dieser Noth hab' ich zur Tugend mich entschlossen:
Sieh' hier zur Abwechslung ein ehrliches Gesicht.
Prag, 24. Januar 1869.   S. Heller.

In den ersten Monaten des Jahres 1866 trat ein Stillstand für die Vermehrung meiner Stammblätter ein, der dann eine Verlängerung erlitt, indem die Zeit kam, wo der Kampf zwischen Absolutismus und constitutioneller Freiheit, der Kampf der weltlichen Macht und jener des „Krumstabes" eintrat. Wir alle haben diese Periode durch-lebt, wir alle haben diese Zeit mit Interesse, mit Furcht

und Schrecken, mit Mühe, Aufregung und Sorgen mannig=
facher Art paſſirt, wir haben das Ende des „Spiels 66"
erfahren und erfreuen uns des Gewinnes, den wir errungen,
oder bedauern die Verluſte, die wir durch dasſelbe mehr
oder weniger erlitten haben. — Sei es aber wie es wolle,
ſo iſt es nicht zu leugnen, daß durch die Thaten des
Jahres 1866 zwei Grundpfeiler, die gar nicht oder wenig=
ſtens nicht ſo leicht durch Jahrhunderte weggeräumt werden
können, gelegt wurden, auf denen der Bau zweier längſt
gewünſchten und nothwendig gewordenen Monumente für
die Weltgeſchichte begonnen, dann fortgeſetzt, theils der
Vollendung nahe gebracht, theils ſchon vollendet wurden:
nämlich der Grundſtein zum einigen deutſchen Reiche und
der Grundſtein zu einem nicht minder wichtigen, einigen,
ſtarken, conſtitutionellen, freien, öſterreichiſchen Staate.

Man zeihe mich keiner Arroganz, wenn ich mir in
Betreff des Obigen erlaube, den ſchon erwähnten Ausſpruch
Deáks zu variiren. Deák ſagte nämlich: Kein Ungarn ohne
Oeſterreich und kein Oeſterreich ohne Ungarn. — Ich ſage:
Kein Deutſchland ohne Oeſterreich, kein Oeſterreich ohne
Deutſchland. Deutſchland und Oeſterreich müſſen Hand in
Hand gehen, es liegt in ihrem eigenen Beſtand; denn
nur zwei große Reiche wie: ein großes deutſches und ein
großes kräftiges deutſch=öſterreichiſches Reich (Hört! Hört!
Nicht verſchmolzen, nur Hand in Hand!) können die Ruhe,
den Frieden und das Heil Europas herſtellen und er=
halten; geſchieht dieſes, dann iſt den beiden giftigen
Schlangen, welche die Wurzel des Völkerfriedens zur Fäul=
niß inficiren, nicht nur der Schweif, ſondern der Kopf ab=
gehauen; ich meine die Schlangen: Jeſuitismus und
Panſlavismus!

Alſo verehrter Leſer! Daß jene Zeit nicht dazu an=
gethan war, Stammbuchblätter zu ſammeln, iſt wahr,
Denkzettel freilich, die konnte man ſich leicht verſchaffen

die aber paffen nicht für ein Album; und fo war draußen
Sturm, im Album jedoch herrfchte Friede, nicht ein Blätt=
chen fäufelte. Endlich am Ende des Jahres 1866 überfiel
mich die Luft, ja es drängten mich die Umftände, den
Wanderftab zu ergreifen und ich fang mit Göthe:

"Trieben mich umher doch alle Winde!
Sucht' ich Ehr' und Geld auf jede Weife,
Und gefegnet, wenn auch am Schluß der Reife,
Ich die Ruhe endlich wieder finde!"

Ich durchwanderte Baiern, war in Stuttgart und
in Karlsruhe. In Nürnberg, München und Stuttgart
nahm ich langen Aufenthalt. Ueberall treffliche Aufnahme,
reiche Ernte an Ehr' und Geld, glänzendes Refultat für meine
Stammbuchblätter. Befonders aber waren München und
Stuttgart, die mir ein ftarkes Contingent, eine Ehren=Legion
feltener Art für mein Album ftellten, eine Ehren=Legion von
Officieren und Groß=Officieren aus dem Bereiche der Mufik,
bildender Kunft, aus dem herrlichen deutfchen Parnaffe und
auch aus dem fchönen Tempel Thaliens.

Doch bald wirft Du, lieber Lefer! das Refultat felbft
wahrnehmen und mir felbft zugeftehen, daß ich mich hier
nicht exaltirt ausgedrückt habe, und wenn ichs that, fo
gefchah es mit vollem Rechte.

In Nürnberg lernte ich Creling, die Profefforen an
der dortigen Kunftfchule, Wanderer und Jäger kennen;
in Letzterem einen der herrlichften Illuftratoren der Schiller=
fchen Poefie; ferner waren es Lenz und Herold, die
würdigen Nachfolger Burgfchmidt's, und Louis Braun, der
rühmlichft bekannten Schlachtenmaler, mit denen ich in
nähere Bekanntfchaft trat. Louis Braun, eine der liebens=
würdigften Perfönlichkeiten, wurde zur Zeit des Schleswig=
Holfteinifchen Krieges von dem regierenden Großherzog
von Mecklenburg nach dem Kriegsfchauplatz entfendet, um

dort durch eine Reihe von wahrhaften Meisterstücken, Kriegs- und Genrebildern, wo möglich nach der Natur aufgenommen, die großherzogliche Gallerie zu bereichern.

Braun hat sich durch diese seine Werke selbst das schönste und dauerndste Denkmal für die Zukunft gesetzt; er erfreute mich mit einer Crayon-Zeichnung en miniature ihn selbst darstellend, wie er zu Pferde auf dem Schlacht-felde zu Oeversee seine Skizzen zu den obenerwähnten Bildern macht, mit der beigefügten Inscription:

„Auf dem Schlachtfelde zu Oeversee."

Nürnberg, den 6. November 1866.

Zur freundlichen Erinnerung von
Louis Braun.

Am selben Tage erhielt ich auch nachstehendes Blatt:

Der Lenz ist der Herold der Zeit,
Wo die Natur sich in schönster Pracht entwickelt;
Dennoch ist sie wandelbar; doch dauernder die Werke
 der Kunst,
Welche nach überstandener Feuerprobe des Ofens Mund
hervorgebracht.

Nürnberg, den 6. November 1866.

Zur freundlichen Erinnerung   Mit gleichem Wunsche
Ch. Lenz.   Sg. Herold.

Burgschmidt war schon todt, ich lernte jedoch seinen Sohn Jean Burgschmidt, einen ehrbaren Kaufmann Nürn-bergs, kennen, der mich mit einer herrlichen Handzeichnung seines berühmten Vaters erfreute. Die Zeichnung besteht in Folgendem: Vorderseite, ein lebensgroßer Amor, kniend, eine Art Säule neben einer Urne befestigend, mit der In-schrift: Gewidmet von seinem Sohne Jean Burgschmidt.

Nürnberg, den 8. November 1866. — Rückfeite: Ein sitzender Hund, doch nur Halbfigur, und ein reizend schöner Mädchenkopf, in nürnberger Tracht. „Hier", sagte der Sohn des hingeschiedenen Vaters zu mir, „hier sehen Sie, das ist das nach der Natur aufgenommene Bild eines nürnberger Dienstmädchens, dem mein seliger Vater unge= mein zugethan war, die er täglich am Brunnen aufsuchte und sprach. Sie hatte es ihm angethan, und wie Sie sehen, war sie auch schön, sie hatte alles Zeug, jeden Mann zu fesseln, wie denn erst einen Künstler zu begeistern. Sie, lieber Freund, ich weiß es, werden es zu würdigen und zu bewahren wissen!" Der junge Burgschmidt fügte noch einen ganzen halben Bogen Handschrift seines Papas bei; dieses bildet den Entwurf eines Briefes und legt uns in wahrhaft heiterer Weise das glänzendste Zeugniß ab, daß ein Mann ein s e h r großer Künstler sein, aber auch zu= gleich, was richtig Schreiben und Sprechen betrifft, dennoch „Papa Wrangel" weitaus übertreffen kann. Den Inhalt bildet ein höchst gelungener Erguß über einen der größten Meister im Bereiche der bildenden Kunst, und ich halte es für noch nicht an der Zeit, denselben wiederzugeben. D i e Zeichnung und d i e s e Handschrift, so wie das Autograph Robert Blum's sind die einzigen Piecen, die ich n i c h t d i r e c t von der betreffenden Person erhielt, sie sind aber so schön, charakteristisch, so interessant, daß ich keinen An= stand nahm, sie dennoch in meinen Erinnerungen einzureihen.

Ich kam nach S t u t t g a r t und wohnte in dem in ganz Europa mit vollem Rechte berenomirten Hôtel Mar= quardt. Mein erster Besuch galt meinem werthen Lands= mann, dem rühmlichst bekannten Componisten A b e r t, dem Schöpfer der vortrefflichen Oper: „Astorga", dem ich ange= legentlichst empfohlen war. Zudem war er mir am Näch= sten, denn Abert wohnte auch im Hôtel selbst, da er so glücklich war, die liebenswürdige und gebildete Tochter des

Herrn Marquardt als treue Gattin erwählen zu dürfen.
Nie werden meinem Gedächtniß die schönen Stunden entschwinden, die ich in Gesellschaft von Künstlern und Schriftstellern dort verlebte und namentlich jene schönen Abende,
die durch Gesang und dramatische Vorträge von Pischek,
Sontheim, Louise Wahlmann, Herrn und Frau Wenzel
ihre Weihe erhielten und wo auch zuweilen Abert, Carl
von Hallberger u. u. v. Andere zugegen waren. Unvergeßlich bleibt mir auch jener Abend, an welchem wir einst
erst gegen die Mitternachtsstunde, die „Tafelrunde“ bei
brausenden Cliquot begannen und Pischek uns die „Fahnen-
weihe“ und „500000 Teufel“ von Grabben-Hoffmann zum
Besten gab; und zwar mit solcher Begeisterung, solcher
Schönheit und Kraft seines Stimmmateriales, als stände er
noch in seiner vollen Jugendkraft, während er doch schon
pensionirt war und bereits in seinem 52. Lebensjahre stand.
Hackländer, der fruchtbarste, dabei aber auch der liebenswürdigste, mitunter humoristische und geistvollste, daher einer
der beliebtesten und gelesensten Erzähler im Roman- und
Novellengenre, begann für Stuttgart den Reigen meiner
Stammbuchblätter; es sind nur einige recht freundlich klin-
gende Worte, die aber keinen hervorragenden Gedanken in
sich schließen. Diesem folgt der schon oben erwähnte Componist Abert, welcher mir die 3. Scene des 4. Aktes seiner
Meisteroper „Astorga“ schrieb; diesem schließt sich an ein
Tempo di Valse von dem berühmten, würdigen Rivalen
Johann Strauß senior: Joseph Gangl. Nun folgt eine
Reihe von herrlichen Inscriptionen berühmter und hervor-
ragender Poeten des schwäbischen Parnasses. Gustav Pfizer
ist der erste unter denselben, welcher mit dem sinnreichen
Spruche beginnt:

O welch' Verkleinerungsglas schleift uns das Leben!

Stuttgart, den 23. November 1866.

Gustav Pfizer.

Diesem schließt sich an, Eduard Mörike, und obzwar derselbe zu jener Zeit schon in seinem 62. Lebensjahre stand, zeigt dennoch das nachstehende Gedicht noch immer den jugendlich empfindenden Dichter, dessen Alter auch seinen Humor nicht abgeschwächt hat.

Jedem das Seine.

Aninka tanzte
Vor uns im Grase,
Die raschen Weisen.
Wie schön war sie!

Mit den gesenkten,
Bescheid'nen Augen
Das stille Mädchen —
Mich macht' es toll.

Da sprang ein Knöpfchen
Ihr von der Jacke,
Ein gold'nes Knöpfchen,
Ich fieng es auf.

Und dachte Wunder,
Was mir's bedeute;
Doch hämisch lächelt'
Jegór dazu.

Als wollt' er sagen:
Mein ist das Jäckchen
Und was es decket,
Mein ist das Mädchen,
Und Dein der Knopf!

Ed. Mörike.

Wenige Tage nachher hatte ich das Vergnügen den „Franzosen-Fresser" Wolfgang Menzel kennen zu lernen, und war angenehm überrascht, von ihm dem Namen nach gekannt zu sein und eine außergewöhnliche, zuvorkommende Aufnahme bei ihm zu finden. Wir sprachen öfter und immer längere Zeit mitsammen, er stellte mich auch seiner Gattin vor, eine ehrbare, biedere echt deutsche Hausfrau. Eines Nachmittags, als wir so recht con amore über die Deutschen und das Deutschthum in Böhmen eine lebhafte Conversation hielten; frug er mich: „Ich bitte, kennen Sie den Herrn Richard Dotzauer? Das muß ein tüchtiger Mann sein!" — Ob ich ihn kenne? Ich schmeichle mir, daß er mir ein Freund ist, er ist gewiß mein Gönner! — „O hören Sie, so viel ich erfahren habe und mir immer noch bekannt wird, können die Deutschen in Böhmen auf diesen Mann stolz sein. Wie ich aus Allem ersehe, ist dieser Agitator ganz nach meinem Geschmacke, so recht und echt mit deutsch-christlicher Gesinnung." — Ja wohl Herr Professor! Sie haben vollständig recht, Herr Richard Dotzauer ist ein Mann von Charakter, wir Deutschen in Prag haben ihm viel zu danken. Obzwar er Kaufmann durch und durch ist, richtet er dennoch ein Hauptaugenmerk auf den Fortschritt in der geistigen Ausbildung, wo er Hand in Hand mit dem hochgebildeten und liebenswürdigen Professor Dr. Josef Holzamer den „Verein zur Verbreitung gemeinnütziger Kenntnisse", mit Umsicht und Energie leitet. Der genannte Verein hat sich auch bereits weit über die Grenzen Oesterreichs, hohe Anerkennung verschaft und mit vollem Rechte, denn er hat frischen Samen auf dem Felde der geistigen Cultur ausgestreut, der auch schon schöne Blüthen und Früchte hervorgebracht. Die durch diesen Verein in 100000den Exemplaren verbreiteten Schriften, gehören nicht zu den Geist abstumpfenden und tödtenden Tractätchen, sondern sie bilden, erweitern, erheben und erfrischen Geist,

Seele und Herz. Und in humanitärer Beziehung zählt
Dotzauer wahrlich auch nicht zu den Letzten. Sie sehen,
verehrter Herr Professor, ich lasse meinem verehrten Gönner
Dotzauer mit vollem Rechte auch volle Gerechtigkeit widerfahren; aber wir dürfen, namentlich was die Agitation der
Deutschen betrifft, anderen gegenüber nicht ungerecht sein;
und befremdet es mich sehr, daß Ihnen, der Sie sich, wie
ich so eben mit hoher Freude vernehme, für uns Deutschen
in Böhmen so sehr interessiren, nicht auch andere tüchtige,
hochgeistiggebildete, nimmerruhende Agitatoren, welche sich
ebenfalls nicht genug zu hochschätzende Verdienste erworben
haben und noch bis auf den heutigen Tag verdient machen,
genannt wurden. — „Wer sind diese? Ich bitte, nennen
Sie mir dieselben." — Da ist in erster Reihe der J. U. Dr.
Franz Schmeykal, ein Biedermann, voll Geist, Herz
und Gemüth, frei von allem Eigendünkel, erhaben über
alles Kleinliche, mit einem Worte: ein Mann, dessen
Charakter nach keiner Richtung antastbar ist, und selbst
von Gegnern, respective Tschechen, hochgeachtet wird; Herr
Professor! wir haben keinen Zweiten wie
Schmeykal! — Sodann vollständig würdig schließt sich ihm
Max Dormitzer an, ich glaube, derselbe ist jetzt Präsident
der Handelskammer in Prag. Ein Mann von seltener
hoher Bildung, voll Humanität, und was das Mercantilische
betrifft, möchte ich ihn, wenn nicht als alleinstehende, aber
gewiß als eine der hervorragendsten Capacitäten bezeichnen,
die wir in Prag haben. In dieser Richtung hat ihm besonders die deutsche Industrie, Fabrikation und der Handel
in Böhmen viel zu danken; und wie steht auch der Mann
hochgeachtet und verehrt in Prag da? Dann, mein lieber
Herr Professor, wenn ich vollständig unpartheiisch sein will,
und ich bin es stets gewesen und bleibe es für alle Zeiten
— dann bin ich erst recht nicht fertig, denn noch sind es
Männer wie die Doctoren Anton Görner, Emanuel Forster

und Friedrich Wiener, Letzterer Präsident der Advokaten-
kammer, die nie ihre Hände in den Schoß legen, wo es
gilt Humanität, Kunst, Handel und Industrie mit echt
deutscher Gesinnung und Kraft auszubilden und zu fördern!
— — Und ich gerieth so immer mehr und mehr in mein
Element und würde vielleicht noch eine Stunde lang dem
lieben Menzl mit meinem Feuereifer über die Deutschen in
Prag vorgepredigt haben, hätte nicht Menzl selbst sich voll
Frohgefühls vom Sopha erhoben, sich mir vis à vis posti-
rend und die Hand so kräftig in die meinige schlagend,
mich folgender Maßen unterbrochen: „Freund! Ich bin
Ihnen heute zu hohem Danke verpflichtet, denn Sie haben
mir viel, sehr viel Freude verursacht; Ihre Mittheilungen
erfrischen mich ordentlich, und wenn Sie wieder nach Prag
kommen, so grüßen Sie mir und empfehlen Sie mich
bestens — dem Herrn Richard Dotzauer!“ — — — —
Als ich auch später nach Prag zurückkehrte, habe ich es
nicht unterlassen, meinem hoch verehrten Gönner Richard
Dotzauer die frohe Botschaft zu bestellen, und es schien
denselben auch gefreut zu haben.

Nun könnte man mich vielleicht als einen Unartigen
oder als einen Grobian bezeichnen, weil ich die Namen
der obgenannten Männer so schlichtweg nannte, ohne
„Herr von“, ohne „Ritter von“ ꝛc. überhaupt ohne alle
Prädicate; die Genannten werden mich aber gewiß entschuldigen, denn theils waren den in Rede stehenden Persönlichkeiten damals noch nicht jene hohen Auszeichnungen
zu Theil geworden, die ihnen verdientermaßen in letzteren
Jahren von Seite Sr. Majestät unseres Kaisers und
Herrn verliehen wurden; theils sind auch allen meinen
Gesinnungsgenossen die Namen der genannten Männer so
geläufig, daß man sie kurzweg ohne jeden Beisatz nennt,
ohne je die Ehrerbietung und Hochachtung, die man allen
diesen Männern zollen muß, auch nur ein Haarbreit zu

verletzen, und man kann ungescheut bei jedem einzelnen
dieser verdienstvollen Persönlichkeiten citiren:

Sagt Alles nur in Allem! Er ist ein Mann!

Wolfgang Menzl's Inscription für mein Album lautet:

> Schön ist's das zu denken, was Niemand vor
> uns gedacht hat!
> Stuttgart, den 26. November 1866.
> Zur freundlichen Erinnerung
> Wolfgang Menzl.

Nun verehrter Leser führe ich Dir einen Mann vor,
der zugleich ein herrlicher Dichter, ein trefflicher Schauspieler und ein Mensch im wahrsten, edelsten Sinne des
Wortes ist, er heißt: Dr. Feodor Löwe. Feodor Löwe
schrieb bisher keine folianten Gedichte, aber was er schrieb,
ist von der edelsten Gesinnung, voll Geist, Herz und Gemüth; leider dürften Dir nicht alle seine Poesien zugänglich sein, wären sie es aber, Du würdest sofort den
„Meister" in der Dichtkunst erkennen; doch dürfte Dir
selbst auch nur ein kleines Beispiel beweisen, daß mein
Urtheil nicht übertrieben, in allen Fällen bin ich gewiß,
das nachstehende Citat wird Dich freuen:

Der Tempel Salomonis.

Dem Herrn zur Ehre und zu seinem Dienst
Wollt' einen Tempel, wie noch keiner war,
Der weise König Salomon erbaun.
Schon lagen Riß' und Pläne fertig da
Und hoher Baukunst Meister harrten nur,
Ans Werk zu gehn, des königlichen Winks.

Denn für die Arbeit schon herbeigeführt
War aus den Brüchen seltenes Gestein,
Für hohe Säulen Marmor und Erz
Und zum Getäfel kostbar Holz und Gold.
Allein, der König schwieg und winkte nicht,
Weil unentschlossen er im Geiste noch
Die Stätte suchte, die vor allen wohl
Die würdigste für den erhabnen Bau.
Da trat vor Salomon, deß' düstern Sinn
Mit Bangen sah das ganze Hofgesind,
Ein treu bewährter Diener hin und sprach:
„Vernimm, o König, was sich jüngst begab,
So wie's mein Mund in Wahrheit Dir erzählt!
Vielleicht erheitert's Dein umwölkt Gemüth!
Zwei Brüder wohnen in Jerusalem,
Der erstgeborene ist längst beweibt,
Der and're aber lebt für sich allein.
Ein Stein und Akazienbaum dabei
Grenzt beider Aecker in zwei Hälften ab,
Die sich an Größe gleichen und an Werth.
Nun war's zur Erntezeit, in Garben stand
Die reife Frucht gebunden auf dem Feld,
Und für die Einfuhr andern Tags bereit.
Da sprach zu seinem Weibe in der Nacht
Der ält're Bruder: Liebste, gab der Herr,
Daß Gnade ewig, mir in diesem Jahr
Der Erntesegen auch nicht voll und ganz,
So reicht doch, was er gab, für Dich und mich
Und uns're Kinder; Dank darob dem Herrn!
Doch meinem Bruder wurde nicht wie mir
Genügender Ertrag; manch Ungemach
Hat ihm gezehntet, was in Halmen stand,
Und sorglich wird er in die Zukunft sehn.
Drum will ich hingehn, meiner Garben all'

Die schönste nehmen, auf den Acker sie
Des Bruders tragen, zu den seinigen
Hinstellen sie, doch so bedacht und still,
Daß er nicht merken kann, woher sie kommt —
Und freudig stimmt ihm bei sein treues Weib.
Zur selben Stunde aber sprach zu sich
Der jüng're Bruder: Wenn auch nicht wie sonst
Mir diesmal ist die Aehrenfrucht gereist,
So sei darum dem Herrn nicht minder Dank.
Ich steh' allein, für mich ist es genug.
Doch ach, mein Bruder wird voll Sorgen sein;
Denn dicht in Halmen, schwer an Körnern nicht
Wuchs ihm der Weizen und nur tiefbetrübt
Wird er die karge Ernte sich beschaun,
An Weib und Kinder denkend und den Tag,
Wo sich an seinen Herd der Mangel schleicht.
Drum will ich hingehn, meiner Garben all'
Die beste nehmen, auf den Acker sie
Des Bruders tragen, zu den seinigen
Hinstellen sie, doch so bedacht und still,
Daß er nicht merken kann, woher sie kommt! —
Und wo der Markstein beim Akazienbaum
Die beiden Acker trennt, begegnet sich,
Die Garben auf dem Haupt, das Brüderpaar ...

„Halt!" rief der König da, „ich weiß genug!
Nun, Meister und Gesellen, an's Geschäft;
Denn aufgefunden ist, was ich gesucht.
Auf jenem Platz, von Bruderlieb' geweiht
Erheb' der Tempel sich in Herrlichkeit."

Als Schauspieler hat Löwe nie das „hohe Roß" be-
stiegen, er verschmähete es, dem leider stets mehr um sich
greifenden modernen Comödiantenthume zu huldigen. Er

überschätzte nie seine Kräfte, er erkannte genau den Grenz-
punkt, bis zu dem er gehen darf, zudem hat ihm sein
Denken, sein Geist richtig geleitet, und so kam es auch,
daß er zu den würdigsten Künstlern, denen es ernst
um die Kunst, zählt. Und wer so als Poet, als Darsteller
vorgeht, muß auch als Mensch zu den Wenigen zählen,
denen man aus voller Brust zurufen kann: Du bist ein
edler Mensch! Und so soll Feodor Löwe's Inscription,
durch die er mein Album verschönte, Alles über ihn hier
Gesagte documentiren:

Die Phantasie ist Schöpferkraft,
Und doch kann sie nur nachgestalten;
Denn selbst beim Größten, das sie schafft,
Muß sie Natur im Aug' behalten.

Ein guter Nam' ist Schild und Schwert,
Vor jedem Angriff Dich zu decken;
Ein großer Nam' gibt höhern Wert —
Dahinter läßt sich viel verstecken.

Indeß die Schwestern dein zu Hofe gehn,
Die stolze Oper, wälsche Komödie,
Wahrst Du das Haus und bleibst am Herde stehn
Als Aschenbrödel, deutsche Poesie.

Stuttgart, den 4. Dezember 1866.

Feodor Löwe.

Louise Wahlmann zählt mit zu den vorzüglichsten
deutschen Tragödinnen, hat aber vor Vielen das voraus,
daß sie zu den liebenswürdigsten und seltensten Erscheinun-

gen gehört. Ja zu den seltensten, denn noch bis heute hat sie es verschmäht, sich einen besondern „hohen Verehrer" zu annectiren. Kürnberger ist einer ihrer wärmsten Anhänger und sein Herz und seine Feder stehen ihr zur Disposition; ich glaube aber in Stuttgart wahrgenommen zu haben, daß die Wahlmann so sehr sie sich mit hoher Freude, mit größter Achtung und Liebe an ihren Freund Kürnberger erinnerte, doch seiner geistreichen Feder von seinem feinfühlenden Herzen den Vorzug gab. Louise Wahlmann ist ein leuchtender Stern der Stuttgarter Hofbühne, überhaupt eine wirklich hochbegabte Darstellerin, doch verstand dieselbe bis heute noch nicht den Reclam=Hebel gehörig in Bewegung zu setzen, sonst würde ihr Ruf, wenn auch nicht ein besserer, gewiß ein weitertönender sein. Aber auch außer der Bühne zählt sie zu den liebenswürdigsten Frauen, frei von allen Comödianten=Unarten. Und nun, werthe Freundin in Stuttgart! Wenn diese Erinnerung Ihnen bekannt werden sollte, so bitte ich mich hören zu lassen, ob ich nicht den schönen Spruch, den Sie mir ins Album schrieben beherzigt habe? Ich komme Ihrem Gedächtnisse entgegen:

> Wenn Du Gutes hast zu sagen,
> Sag's — wo nicht, so sei nur still,
> Nach dem Schlimmen werd ich fragen,
> Wenn ich Schlimmes hören will.
>
> Erinnern Sie sich, lieber Freund, dann und wann an
>
> Eleonore Wahmann.
>
> Stuttgart, den 5. Dezember 1866.

Der berühmte Kunst- und Literarhistoriker, der treffliche Poet, der vielgeprüfte und dennoch consequente Ver-
fechter der Freiheit, Ludwig Pfau, wählte für mein
Album seinen herrlichen Wahlspruch:

Superbus magnis, parvis modestus!

Stuttgart, den 20. Dezember 1866.

L. Pfau.

Von Stuttgart aus wurde ich veranlaßt, um die
Abert'sche Oper „Astorga" zu hören (da dieselbe damals
wegen anhaltender Krankheit der Prima Donna in Stuttgart selbst nicht gegeben werden konnte), nach Karlsruhe
einen Ausflug zu machen. In Karlsruhe bildete zu jener
Zeit der Salon des berühmten Malers J. F. Lessing den
Mittelpunkt, um welchen sich Künstler, Schriftsteller und
Kunstfreunde versammelten. Auch mir wurde das Vergnügen zu Theil, einige Abende in diesem Kreise zu verleben,
sie bleiben mir unvergeßlich, aufs Beste und Freudigste
eingedenk. Durch Lessing — gleich groß als Mensch wie
als Künstler — lernte ich die beiden berühmten Meister
der Karlsruher Schule, Hans Gude und Holm, kennen.
Lessing erfreute mich mit einer herrlichen Skizze und als
ich ihn auch um eine Handschrift bat — es war in seinem
Atelier, wo er zu jener Zeit an seinem großen und Sensation erregenden Bilde, „die Disputation zwischen Luther
und Eck" arbeitete — sagte er: „Nun hier! Mein Bild,
erinnern Sie sich dessen einst, wenn Sie es vollendet sehen
werden, dann werden Sie sich auch gewiß meiner erinnern,
faffen Sie den Luther gut auf. Wiffen Sie, was der erhabene und lustige deutsche Reformator sang? Hier, und
reichte mir das Blatt:

Wer nicht liebt Wein, Weib und Gesang,
Der bleibt ein Narr sein Lebelang.

Karlsruhe, den 16. Dezember 1866.

C. F. Lessing.

Hans Gude gab mir nicht nur eine herrliche, große Figur, eine „Mäherin", Kreidezeichnung, sondern auch ein wahrhaftes Meisterstück der Radirkunst, eine Landschaft, von ihm selbst entworfen und ausgeführt. Beide Piecen sind mit eigenhändig geschriebenen Widmungen versehen. Nun gings mit kleinen Unterbrechungen direct nach München los. Als man einst einem großen, unvergeßlichen Monarchen den Vorschlag machte, aus sanitären und moralischen Rücksichten die Erlaubniß zu ertheilen, „gewisse Häuser" zu errichten, so antwortete derselbe: „Macht ein Dach über meine Residenz-Stadt, und ihr habt das gewünschte Haus — vollendet!" In einer besseren Anwendung könnte man dieses von München sagen: Man mache ein Dach über das große, weite, schöne München und ihr habt ein in der ganzen Welt einzig bastehendes „Kunst-Museum."

Es war im Jahre 1867, als ich in München einen mehrmonatlichen Aufenthalt nahm, der es mir auch ermöglichte, die damals dort domicilirenden Männer der Kunst und Wissenschaft persönlich kennen zu lernen.

Es ist nicht zu viel gesagt, wenn ich mir die Bemerkung erlaube, daß keine Stadt im ganzen „heiligen deutschen Reiche" — Berlin annäherungsweise vielleicht ausgenommen — damals so viel Capacitäten in sich schloß, als München. Um meine Wahrnehmung zu constatiren,

sei es mir hier gestattet, nur einige derselben namhaft zu
machen, und zwar in der literarischen und wissenschaftlichen
Welt: Justus v. Liebig, Pettenkofer, Moritz Carriere,
Herrmann von Schlaginweit, Freiherr von Schack,
Bodenstedt, Herrmann Lingg, Paul Heyse, Melchior
Meyer, Hedrich 2c. 2c. In der bildenden Kunst: Schwind,
Pilotty, von Ramberg, Horschelt, Beno und Franz
Adam, Gebrüder Volz, Pixis, Kaulbach, A. Seitz
u. A. m.; auch darf ich in wirklich künstlerischer Beziehung
die beiden Großmeister der deutschen Photographen: Hof=
rath Hanfstengel und Josef Albert nicht vergessen, die
nicht allein, was Aufnahme „nach der Natur", sondern
auch was die Reproduction namhafter Meisterwerke betrifft,
in gewissenhafter vollendeter Ausführung wohl selten ihres
Gleichen finden; im Bereiche der Musik habe ich nur den
einzigen Franz Lachner, den Nestor unter den berühm=
ten deutschen Componisten und den jungen, höchst talent=
vollen, für die Zukunft vielversprechenden Componisten
Freiherrn Robert von Hornstein (ein intimer Freund
Heyse's, welcher ihm auch den Text für eine Oper schrieb),
und — Josef Gungl zu erwähnen. — Bei den Nota=
bilitäten der bildenden Kunst war es mir, wie leicht be=
greiflich, das größte Vergnügen, selbe in ihren Ateliers zu
besuchen, dort die vollendeten Meisterwerke zu bewundern
und dabei die Schöpfer solcher Kunsterzeugnisse genauer ins
Auge zu fassen, wie sie arbeiten, wie sie schaffen, ihr
charakteristisches Thun und Lassen im Entwerfen und Aus=
führen zu studiren, und so auch das Emporblühen und
Wachsen ihrer trefflichen Werke beobachten zu können. Bei
diesen allen war es wieder Kaulbach, Karl Pilotti, von
Ramberg und Pixis, deren Ateliers zu besuchen ich
am meisten Gelegenheit nahm und mich auch dort in jeder
Beziehung am meisten gefesselt fühlte. Und nun beginne ich
die Details dieser Erinnerungen mit den herrlichsten, größten

und wahrsten Illustratur der Weltgeschichte, dem Großmeister
des Humors und der Satyre in der bildenden Kunst, dem
leider! leider! nunmehr hingeschiedenen Wilhelm Kaulbach. —
Kaulbach war nicht nur der unübertrefflichste Künstler, er
war auch im Umgange der liebenswürdigste Gesellschafter,
der aber auch stets der Mann war, der den Schelm im
Nacken trägt! — Bei Kaulbach war es auch, wo ich das
Vergnügen hatte, den berühmten Aesthetiker Moritz Carriere
kennen zu lernen, dem ich eben von Kaulbach vorgestellt
wurde; ich traf Carriere auch bei seinem Schwiegervater,
Justus v. Liebig; überhaupt wurde mir dann mehrmals
die Freude zu Theil, mit Carriere zu conversiren. Kaulbach
erzählte mir viele heitere Dinge, zuweilen auch in Gegen=
wart Carriere's, beide baten mich aber, dieselben nicht der
Oeffentlichkeit preiszugeben, indem sie noch lebende und sehr
bekannte Persönlichkeiten betreffen, die Quellen, aus denen
ich sie geschöpft, leicht zu errathen wären, und vielleicht zu
Controversen veranlassen könnten; Indiscretion liegt mir
überhaupt gänzlich fern, also muß ich mir Kaulbach's Mit=
theilungen, sowie noch vieles für spätere Zeiten aufbewah=
ren, aber zwei köstliche Sächelchen mich betreffend, kann ich
meinen Lesern doch nicht vorenthalten.

Eines Tages besuchte ich Kaulbach, beim Eintritt
— nachdem ich angeklopft und das „Herein" meinem
Ohre nicht entgangen war — in's große, saalähnliche
Atelier konnte ich in den ersten Augenblicken keine mensch=
liche Seele wahrnehmen. Das „Herein" jedoch versicherte
mich, daß Jemand sich daselbst befinden müsse; — endlich
scholl es wie aus höheren Regionen auf mich herab:
„Ah! guten Morgen, Herr Landau, wie geht es Ihnen?"
Da erst erblickte ich Kaulbach auf einem stockhohen stufen=
artigen Gerüste sitzend, Pinsel und Palette in Händen, an
seinem genialen „Nero" arbeitend. — „Gleich bin ich zu
Ihren Diensten, setzen Sie sich indessen ein Bischen hier

um und vertreiben Sie sich die Zeit, ich habe nur noch
einige Kleinigkeiten auszuführen, dann komme ich hin=
unter." — Ich sah Vieles und Schönes, unter Anderem
auch ein prachtvolles, sprechend ähnliches Portrait Lißt's,
das, trotzdem es Kaulbach schon vor Jahren gemacht, doch
noch nicht ganz vollendet ist. Endlich stieg Kaulbach herab,
stellte sich in gemessener Entfernung vor den wandhohen
und breiten Cartons, lenkte seine scharffichtigen Blicke dar=
auf nach oben und unten, nach rechts und links, und
sagte endlich, während er seine Beobachtungen bei dem
Bilde fortsetzte: „Ich habe gestern in Ihrem Hausschatze
gelesen, er hat mir viel Vergnügen gemacht; ich muß
Ihnen offen gestehen, ich bewundere Ihren eminenten Fleiß;
Sie treffen in Ihrer Wiedergabe den richtigen Ton, und
bei vielen Stellen lugt halt der „gemüthliche Oesterreicher"
heraus. Aber Leutl, Ihr schreibt viel, sehr viel, das ist
alles sehr schön, aber schreibt doch auch über die Kunst
selbst; in dieser Richtung geschieht wenig." — „Ueber die
Kunst selbst" — antwortete ich — „dazu sind wieder nur
die gründlichen Kunstkenner berufen, darin sind wir nur
Laien; um ins Detail einzugehen, bedarf es langjähriger
Studien nach vielen Richtungen hin, und dazu sind nur
sehr wenige berufen, noch wenigere erwählt — und am
allerwenigsten fühle ich mich befähigt, einen Kaulbach zu —
kritisiren!" — „Sie sind bescheiden, doch Sie wollen
einen Beitrag von mir zu Ihrem „Hausschatz", gut, ich
gebe Ihnen einen Stoff zum Schreiben; schreiben Sie
etwas über meinen „Nero", hier, treten Sie näher, ich will
Ihnen die Sache leicht machen und werde Ihnen genau
meine ganze Auffassung erklären, die ich in dieses Bild
hineinzulegen beabsichtige. — Sehen Sie! Hier tritt Nero
heraus nach einer durchschwelgten Nacht, er hat ein kelch=
artiges Gefäß in der Hand, das überschäumt; hier unten
liegen die ermordeten und noch mit dem Tode ringenden

Christen und er weidet sich an diesem Anblick. Das hat
aber nichts zu sagen, dort kommen ihm dennoch die römi=
schen Frauen und Jungfrauen entgegen; sie sind fast gänz=
lich nackt, nur Blumenketten verdecken die Schamtheile, und
alle, wie sie sind, huldigen ihm, denn sie wissen und
haben es auch erfahren, daß er ein großer — — — Freund
des schönen Geschlechtes ist!" — Damit endigte Kaulbach
seine Erklärung, wendete sich von Angesicht zu Angesicht
zu mir, lachte und frug mich: „Nun, sind Sie zufrieden?" —
„Ja wohl," sagte auch ich, laut lachend, „Meister Kaul=
bach, ich werde mir dieses notiren." — Und nun, freund=
licher Leser, dem gewiß der große Künstler Kaulbach be=
kannt ist, wirst Du es auch nicht mißdenten, daß Du auf
diese Art Kaulbach den Humoristen par excellence kennen
gelernt hast.

Drei Tage vor meiner Abreise von München ging
ich wieder ins Kaulbach'sche Atelier in der Absicht, mich
von dem hochverehrten Meister zu verabschieden. — Als
ich eintrat, stand Kaulbach vor einer Staffelei und arbeitete
an einem Carton „Tannhäuser" für Se. Majestät den
König, den „unschätzbaren" Verehrer Wagner's, natürlich
„auf allerhöchsten Befehl!" — „Guten Morgen!
Wie geht es Ihnen? Was bringen Sie gutes Neues?"
war Kaulbach's Ansprache. „Ich bin ziemlich zufrieden,
und Neues, Gutes gibt es auch!" war meine Antwort. —
„So? heraus damit!" — „Nun ich komme mich zu be=
urlauben, ich reise morgen oder spätestens übermorgen von
München ab! Das ist das neueste, und es ist auch gut,
indem Sie einen Besucher weniger haben werden, Sie
werden ohnedies mit Besuchern überhäuft." — „Die Be=
suche geniren mich nicht — das sind wir Künstler hier in
München schon gewohnt; ist es ein Fall, daß mich Besuche
geniren könnten, oder weiß ich, daß mir ein unangenehmer
Besuch bevorsteht, dann schließe ich mich im Atelier ein,

und Allem ist vorgebeugt. Sie waren mir stets will=
kommen! — Uebrigens glaube ich noch nicht, daß Sie ab=
reisen — wozu? Bleiben Sie noch bei uns!" — „Es
geht nicht", war meine Antwort; „vergessen Sie nicht, wo
ich wohne, in den „Jahreszeiten", und wenn auch der
Besitzer, Herr Simon, wirklich so humane Preise mir ge=
stellt, daß ich fast privatim nicht billiger leben konnte,
so geht einem doch, bei einem dreimonatlichen Aufenthalte
daselbst, bald der „Zwirn aus", und so weit läßt es Unser=
eins nicht kommen." — „Nun ja — ich sehe schon",
entgegnete Kaulbach, „eine schriftstellerische Genialität geht
Ihnen ab — Sie machen keine Schulden!" — Als
ich einen „nackten Amor" wahrnahm, den Kaulbach eben=
falls in Arbeit hatte, und über dies „göttliche Bild" meine
Bewunderung laut werden ließ, da kam Meister Kaulbach
vollends ins Fahrwasser seiner humoristischen Laune. Mir
fielen dabei die Worte Schiller's: „die Gunst des Augen=
blickes" ein, und mit einer gewissen Nonchalence begann
ich folgende feierliche Ansprache: „Lieber Herr Director!
Sie haben mein Album mit einer nicht genug zu schätzen=
den Skizze nebst Handschrift verherrlicht, Sie haben mir
die schöne, große Photographie Ihrer „Mignon" mit der
Inschrift „Zum Andenken an die Werkstätte Kaulbach's"
geschenkt, haben mich überhaupt mit Liebenswürdigkeit über=
häuft — ich habe noch eine Bitte, durch Gewährung der=
selben würden Sie Ihrer Liebenswürdigkeit die Krone auf=
setzen!" — „Nun, nun, nur heraus damit! was wünschen
Sie?" — „Ich möchte Sie noch um Ihre Photographie
bitten!" — „Nun, wenn's weiter nichts ist, gerne, sehr
gerne, wenn ich nur noch eine hier habe." — Nun, lieber
Leser, denke Dir einen großmächtigen, viereckigen Tisch,
auf dem Bücher, Schriften, Zeichnungen, Cigarren=Stümpf=
chen, Brodkrummen, schwarze Kreide und Bleistifte aller
Art im genialen Durcheinander gehäuft waren; und in

diesen Conglomerat von Gegenständen wühlte unser Meister,
um eine Photographie herauszufinden. Während des Su=
chens gewahrte ich auch auf dem Tische ein gebundenes
Exemplar meines „Hausschatzes.“ — „Herr Director, lesen
Sie mein Werk hier im Atelier?“ frug ich. „Nein, zu
Hause — aber ich nahm es wieder her und legte es ab=
sichtlich auf den Tisch, vielleicht zieht es die Aufmerksamkeit
der mich besuchenden Fremden auf sich und ich habe Ge=
legenheit, durch Empfehlung Ihrem Werke die ihm ge=
bührende Weiterverbreitung zu verschaffen.“ — Und wahr=
lich kann ich die Versicherung geben, daß diese wohl=
meinende Aufmerksamkeit Kaulbach's nicht ohne günstige
Erfolge für mein Werk war. Endlich fand Kaulbach eine
„Visitkarten=Photographie“, besah sie und sprach: „No, sie
ist freilich nicht zu schön, sie könnte besser sein, aber immer=
hin ist es besser diese als gar keine! Hier, lieber
Freund!“ und er reichte mir das Bild. — „O nein!“
sagte ich, ohne die Photographie anzunehmen, „so ist es
nicht gemeint! Sie wissen, Herr Director, daß große
Männer alle käuflich sind, daher ich mir Ihre Photographie,
die Sie selber mir jetzt geben wollen, für fünfzig Kreuzer
kaufen kann; soll diese Photographie wirklich einen hohen
Werth haben, bitte ich, wenn auch nur das heutige Datum
und Ihren werthen Namen darauf zu schreiben!“ — „Auch
das soll geschehen!“ sagte Kaulbach, nahm eine Feder,
tauchte sie in Tinte und schrieb auf der Rückseite oben
am äußersten Rande:

„Leben Sie wohl, sehr geehrter Freund!“

„Ich werde es sehr gnädig mit Ihnen machen“,
fuhr er fort, und schrieb unten am äußersten Rande:
W. Kaulbach. — „Ei! ei!“ rief er auf einmal aus, mit
dem oberen Federende auf die Photographie zeigend, „jetzt
sieht das schlecht aus, dieser lange weiße Zwischenraum;

halten Sie Ihren Kopf etwas seitwärts — so — ein wenig
mehr noch — so, ganz recht!" Tauchte die Feder aber=
mals in die Tinte und zeichnete einen Kopf mit wenigen
zählbaren Federstrichen kaum in e i n e r Minute dahin —
aber mit einer Trefflichkeit, daß wenn Du, verehrter Leser,
nur einmal meine hinreißende Physiognomie gesehen haben
solltest — und Dir dann dieses Kaulbach'sche Meisterstückchen
zu Gesichte kommt, sogleich ausrufen würdest:
"Das ist ja der Landau!"
Zwei größere Skizzen, eine schwarze Kreidezeichnung,
große Figur, und eine Gruppe, Federzeichnung, von Moritz
Schwind zieren mein Album, und hat der Meister mit
österreichischer, gemüthlicher Freundlichkeit den Werth der=
selben dadurch wenn möglich noch erhöht, indem er seinen
Namen "Schwind" eigenhändig darunter setzte. — Als
"alter Landsmann" erfreute mich Ramberg "zur freund=
lichen Erinnerung" mit zwei (Skizzen kann ich hier kaum
sagen) fast ausgeführten Genre=Bildchen: Ein sitzendes
Mädchen, in Wasserfarben, und eine Kreidezeichnung, ein
Gnome, der auf einem Schwamm steht und ein Ständchen
bringt. So oft ich Letzteres sehe, kann ich die Genialität
Ramberg's nicht genug bewundern und sein in diesem Bild=
chen wiedergegebene Humor ringt mir stets ein Lächeln ab;
so ergings Allen, die es gesehen! — Von den berühmten
Thiermalern, den Brüdern Ludwig und Friedrich Volz,
kann nur des Letzteren Skizze meiner Sammlung einge=
reiht werden, jene von Ludwig Volz ist eine Oel=Skizze,
daher nur für den Rahmen passend; aber beide sind gleich
an künstlerischem Werthe und legen Zeugniß von der Ge=
nialität ihrer Meister ab. Die Skizzen "Die Schlacht bei
Montara" und ein "Hund", ersteres von dem hochberühmten
Schlachten=Maler Franz Adam, letzteres von dessen
Bruder Beno Adam, nicht minder berühmt als Thier=
maler, sind ebenfalls in Oel. Auch die Skizze zur "Tochter

des Herodis" von dem hervorragenden Künstler der Münchner-Schule A. von Heckel ist in Oelfarbe ausgeführt, und konnte nicht meinem Album eingereiht werden, alle jedoch zieren meine bescheidenen Räume. Es fehlt mir aber dennoch nicht die Handschrift eines jeden Einzelnen der hier genannten Meister, denn entweder schrieben sie mir auf einem Blatte eigenhändig die Bedeutung des Bildes, Datum und freundlicher Erinnerung nebst Unterschrift, oder sie erfreuten mich mit ihren Photographien und versahen diese rückwärts mit ihrer Handschrift. Eine Ausnahme davon machten meine lieben Freunde Carl Pilotti und und Pixis. Vom Pilotti, dieser Capacität der deutschen Malerkunst und würdigem Nachfolger Kaulbach's als Director der königl. Kunstakademie in München, besitze ich eine herrliche Skizze — Kreidezeichnung — die Gestalt eines herrschaftlichen Dieners, und den allererstenen kleinen Entwurf zu seinem „Nero". Als wir uns bald darauf zum Curgebrauch in Carlsbad wieder fanden, daselbst viele heitere Stunden verlebten und auch dadurch in nähere Bekanntschaft traten, schrieb mir Pilotti:

> Wenn Ihnen die Cur in Carlsbad auch Ihr Leben noch so sehr verlängert, sollen Sie dennoch nicht vergessen
>
> Ihren
>
> freundschaftlichst ergebenen
> Carl Piloty.
>
> Carlsbad, den 9. August, 1867.

Horschelt gibt es zwei, Friedrich und Theodor. Der Erstere ist ein ausgezeichneter und sehr gesuchter Portraitmaler; der Zweite, leider schon dahingeschiedene Theodor

Horschelt war einer der hervorragendsten Künstler der Neuzeit, man nennt ihn allgemein den „Kaukasus-Maler", weil
er fast alle seine Meisterbilder und da wieder meistens
Schlachtstücke aus dem Kriege zwischen Rußland und den
Völkern des Kaukasus entnommen. Theodor Horschelt hat
lange dort und in Rußland gelebt und seine meisten Bilder
zieren auch die Petersburger Gallerie. Er war ein schlanker,
hübscher Mann, sehr freundlich, mit einem gewissen künst-
lerisch-aristokratischen Anstrich. Ich erhielt von ihm eine
lebensgroße Figur, einen kaukasischen Krieger darstellend,
der er genau und eigenhändig das Datum: den 22. Febr.
1867 und seinen Namen beifügte. Sein Bruder, der bereits genannte Friedrich Horschelt ist ein lustiger Kauz und
bewahrt dabei ein treffliches Gemüth; ich habe in seinem
Atelier manches vergnügte und heitere Viertelstündchen
verlebt. Der Schelm gab mir ein meisterhaft gezeichnetes,
mythisches Bild, das ich, wenn mein Album von einer
jungen, schönen Dame besichtigt wurde, am liebsten über-
schlug, wenn ich gerade nicht in der Laune war, psycholo-
gische Studien zu machen, oder mich an dem schelmischen
Lächeln einer jungen Frau zu erfreuen, oder an dem köst-
lichen Rosenroth zu erquicken, welches die Wangen eines
hübschen Mädchens überflog, wenn sie den losen „Pan"
u. s. w. betrachtete. Der liebenswürdige und humoristische
Künstler fügte dem Datum und Namen auf dem Bilde
noch die Worte des Mephisto bei: „Grau, theurer Freund,
ist alle Theorie und grün des Lebens goldner Baum!" —
Theodor Pixis — ein weitaus reichender Name der Münchner
Malerschule, ein Phänomen, was Schlagfertigkeit und
poetische Wiedergabe der Compositionen betrifft, zu den
hervorragendsten Illustratoren deutscher Dichter zählend,
hat mit einigen werthvollen Skizzen mein Album bereichert,
von denen jedoch nur der zwei hervorragendsten hier Erwähnung geschehen soll: „Die beiden Röselein", eine köst-

liche, anmuthige und poetisch gedachte Idylle, und eine
Federzeichnung: „Der Erlkönig". Er fügte seinen Skizzen
ein geschriebenes Blatt folgenden Inhaltes bei:

> Es ist allbekannt, daß im Sprichwort Wahrheit
> liegt und so ist es auch Wahrheit:
>
> „Wer Freunde sucht, ist sie zu finden werth,
> Wer keine hat, hat sie auch nie begehrt!"
>
> Zum Andenken für Herrn Dr. (sic!) Landau.
> München, den 14. Jänner 1867.
>
> Theodor Pixis.

A. Seitz, „der deutsche Teniers", wie ich ihn sehr
oft, und mit Recht bezeichnend, nennen hörte, dessen Meister=
stücke sehr gesucht sind, zählt zu den besten Genremalern
der Gegenwart, so daß seine Bilder trotz der hohen Preise
kaum in einer größeren Gallerie fehlen dürften. Man suche
seines Gleichen, schwer dürfte es zu finden sein. Es sind
auch die Engländer, Franzosen und Amerikaner, die diesen
deutschen Künstler am meisten zu würdigen verstehen.
Seitz ist rastlos in seiner Schaffungskraft und besitzt dabei
eine Bescheidenheit, wie man selbe bei seinen Collegen
selten anzutreffen Gelegenheit hat. Eine Gruppe ländlicher
Kegelspieler, von Seitz als Skize bezeichnet, dennoch aber
fast ausgeführt, ist mir ein liebes und werthes Angedenken
dieses Meisters.

Nun lasse ich die Gelehrten= und Dichterwelt des
damaligen München Revue passiren, so weit ich eben Ge=
legenheit nahm oder fand, durch Inscriptionen selbe für
mein Album zu gewinnen. Man sagt: aller guten Dinge

sind drei, und somit sind die Stammbuchblätter dreifach gut; denn dreimal drei neun der hervorragendsten Capaci= täten in der Literatur sind es, die mit Strahlen ihres geistigen Lichtes mein Album durchleuchten. Moritz Car= riere, der gelehrte und hervorragende Aesthetiker schrieb:

> Freiheit und Liebe sind die Schöpfersiegel
> Auf unsere Stirne und sind die Siegeskrone,
> Des Geistes Wesens und des Geistes Frucht!
>
> München, den 15. Jänner 1867.
>
> Moritz Carriere.

Dem folgt einer der bedeutsamsten Dichter der Gegenwart, Hermann Lingg. Derselbe eine Zeit lang Militärarzt von Beruf, entsagte dem Dienste Aesculaps und widmete sich mit aller Weihe und Hingebung, mit edlem Herzen und tiefer Gesinnung der ungefälschten Poesie. Aber eine Poesie kann nur dann ungefälscht und frei von allen Schlacken des irdischen Daseins befreit sein, wenn der Dichter, selbst im Bewußtsein seiner Erhabenheit über die Prosa der Alltäglichkeit, dennoch das menschlich Fühlende in seinem Innern trägt. Und dieses Letztere ist auch bei unserem Lingg der Fall. Er hat abgestreift alle martia= lische Schroffheit, und so wie er früher als Arzt seiner Pflicht getreu, der Wissenschaft Rechnung tragend, nur dahin getrachtet und gestrebt, den leiblichen Schmerz, die Leiden der ihm anvertrauter Menschheit zu lindern, zu heben und wie möglich zu tilgen; so ist es auch jetzt als Dichter sein einziges Ziel, den Geist des Menschen zu klären, zu erheben, zu vervollkommnen. Seine Muse ist keusch wie der frisch gefallene Schnee, seine Empfindungs= und Gemüths= wiedergabe erquickend und befruchtend wie der frische Thau

des Himmels; seine lyrischen Poesien sind durchweht von
Duft des bescheidenen Veilchens und der liebesdurstigen
Rose; seine Epopöen belebt ein den höhern Gottheiten,
nicht den Götzen, entstammter starker Geist! — Und so und
nicht anders, nur noch geziert mit der edeln Tugend eines
wahren Menschen: Bescheidenheit, gibt er sich auch im
Umgange uns dar. Zuweilen findet man auch, daß sich
der vom Herzblut getränkte rothe Faden der Wehmuth, der
getäuschten Hoffnung, der bitteren Erfahrung in seinen
Dichtungen durchzieht, ohne allzu süßlich-lyrische Empfind-
lichkeit. Ein Beispiel des Letzteren legte die folgende mir
gewidmete Inscription ab:

> Ersehntes Glück muß uns erreichen,
> So lange noch die Hoffnung blüht,
> Und nicht erst über ihren Leichen,
> Nicht erst, wenn nur noch Asche glüht.
> Zu spätes Glück kann nicht mehr freuen,
> Ein milder Tausch nur ist es dann,
> Und gleicht dem Bringer bittrer Reuen —
> Statt, daß es uns erquicken kann.
>
> München, den 21. Jänner 1867.
> Dr. Herrmann Lingg.

Diesem schließt sich würdig an, der edeldenkende und
belehrende Dichter „Mirza Schaffy“, recte Friedrich
Bodenstedt. Derselbe ist aber nicht nur durch Worte
belehrend, auch sein Benehmen, seine Güte allen gegenüber legen dafür das Zeugniß ab, daß er das, was er
sagt, auch durch die That bewähren kann und bewährt.
Durch die gastfreundliche Aufnahme, die ich bei ihm gefunden, erhielt ich auch Gelegenheit, sein schönes herrliches

Familienleben, sein Thun und Lassen Andern, selbst den ihm noch so fernstehenden Besuchenden gegenüber wahrzunehmen. In öfteren und nicht etwa bloß conventionellen Gesprächen fand zwischen mir und Bodenstedt ein lebhafter Gedankenaustausch statt, bei welchem ich mich con amore aussprechen und mich gleichzeitig erheitern und belehren lassen konnte. Eines unter Vielen, was er mir bot, schrieb er selber hin, als wollte er sagen: Du könntest es vergessen, so nimm es Schwarz auf Weiß:

> Sammle Dich zu jeglichem Geschäfte,
> Nie zersplittere Deine Kräfte,
> Theilnahmvoll erschließe Herz und Sinn,
> Daß Du freundlich Andern Dich verbindest,
> Doch nur da gib ganz Dich hin,
> Wo Du ganz Dich wiederfindest.
>
> München, Januar 1867.
>
> F. Bodenstedt.

Nun folgt der Philosoph, der Denker, der Dichter, der Meister der unübertrefflichen „Erzählungen aus dem Ries", der beste und leutseligste Mensch: Melchior Meyr. Was mir der nun leider Dahingeschiedene war, habe ich schon früher berührt; willst Du Melchior Meyr näher kennen lernen, so dürften Dir mehr als alle Encyclopädien, in denen er gewiß nicht fehlt, doch meine Schilderungen im Supplement meines „deutschen Hausschatzes" das Meiste, der vollen, ungeschmückten Wahrheit Entsprossenen darbieten; denn was ich in meinem letzterwähnten Werke mittheilte, ist nicht nur dem mir von ihm mündlich Erzählten entnommen, sondern auch durch seine Briefe an mich autori=

sirt. Die hier nachfolgende Inscription, welche er meinem
Album widmete, dürfte als sein „Glaubensbekenntniß"
bezeichnet werden:

> Ich habe nie mich größer gefühlt,
> Als wenn ich in Noth und hart beschädigt,
> Trotz allem treu am Glauben hielt,
> Und wurde vom Erfolg bestätigt.
>
> Und niemals hab' ich mich kleiner gefunden,
> Als wenn ich in Noth gehemmt, gelähmt,
> Verzagte, geistig überwunden,
> Und wurde von Erfolg beschämt.
>
> Steh' fest im Glauben! Wer verzagt,
> Verliert im Gang, verliert an Ziel.
> Wer muthig aushält, bis es tagt,
> Hat überall gewonnen Spiel.
>
> München, den 22. Jänner 1867.
>
> Zum freundlichen Gedenken an
> Melchior Meyr.

An Meyr schließt sich in meinem Album ein Mann
seltenster Art, der sich als Dichter einen schönen, blühenden
immergrünen Kranz erworben, zudem aber auch ein bedeu=
tender Literarhistoriker ist, dem wir in dieser Richtung viel
Schönes, Erhabenes zu danken haben, besonders seine Ar=
beiten aus dem Persischen und Spanischen; gleichzeitig ein
eifriger Verehrer und Förderer der bildenden Kunst und
bei allem dem Besitzer, wenn nicht mehrerer, so doch gewiß
eines Milliönchens ist. Ich habe nie Jemanden beneidet,
aber ich wünschte mir doch das poetische Element, welches
ihm inne wohnt und das er so glänzend in seinem „Ge-

dichte" bewährte; ferner seine sehenswerthe Gallerie, in welcher sich namentlich die unschätzbaren „Genelli's" befinden und endlich sein Milliönchen, um auch das Gute und Schöne zu förbern. Was die Kunst betrifft, so hat Freiherr von Schack — denn dieser ist es, von dem ich spreche — eine besondere Liebhaberei, indem er große Summen dazu verwendet, talentvolle Maler zur Copiatur großer, alter Meisterstücke zu veranlassen und so auch eine Gallerie der vorzüglichsten Bilder aus der klassischen Periode aller Schulen zu sammeln; zwar immerhin Copien, aber auch in dieser Weise meisterhaft. Im Umgange ist Fr. von Schack etwas „zugeknöpft", aber das muß man einem Mecklenburg'schen Staatsbeamten, der noch dazu mindestens eines Dutzend „hoher Orden" sich erfreut, gerne verzeihen und dieses umsomehr, da sein aristokratisches Benehmen doch liebenswürdig und acceptabl ist, während die soge= nannte Geldaristokratie immer unverdaulich und anwidernd erscheint. Es dürfte kaum ein Fremder in München sein, der nicht die Gallerie Schack besichtigte; sie steht Jedem offen. Und wie viele Hunderte und abermals Hunderte, denen es im Leben nicht gegönnt ist, die Originale großer Meister zu sehen, finden hier wenigstens eine treue Copie jener berühmter Bilder, von denen sie schon so oft und so viel gelesen und gehört und höchstens eine Reproduction durch Stahlstich oder Photographie gesehen. Die in der Gallerie Schack sich befindenden Copien nähern sich doch am meisten der Intention und Ausführung der berühmten alten Meister, so daß man dadurch eine höhere und geistig anregendere Anschauung gewinnt und dem Urschöpfer solcher Kunstgemälde nur um so größere Bewunderung und Ver= ehrung zollen muß. Es wird auch uns die alte Schule in ihrer Bedeutung und Würde einleuchtender; die Vertreter der Kunst aus jener Zeit werden uns befreundeter; ein Gewinn, der für die allgemeinen Kunstfreunde nicht genug

hochzuschätzen ist. Es wäre zu wünschen, daß es auch an=
dere Millionärchen gäbe, die auch diese Schack'sche Kunst=
liebhaberei besäßen, die aber auch so glücklich sein mögen,
Künstler zu finden, die ihren Pinsel mit eben solcher Meister=
schaft führen, wie dieses bei den Copien großer Meister
in der Gallerie Schack der Fall ist, so daß die Genialität
des Reproducenten nicht zu verleugnen und seine Auffassungs=
und Wiedergabe zu bewundern ist. Schack schrieb mir
ins Album:

> Nach seinem Tode lebt noch der Gelehrte,
> Wenn längst sein Leib zum Staube wiederkehrte;
> Todt aber ist, ob noch so lang er lebt,
> Der Ignorant schon, eh man ihn begräbt.
> (Aus dem Arabischen.)
> München, den 7. Februar 1867.
>   Adolf Friedrich von Schack.

Nun folgt Paul Heyse, einer der bevorzugsten und
auch beliebtesten Dichter und Schriftsteller der Gegenwart
und dieses nicht mit Unrecht, denn alle seine Produkte haben
wie sein Aeußeres, etwas Einnehmendes, Fesselndes, ich
möchte sagen Adonis=Artiges. Wenn man Heyse selbst sieht,
muß man denselben liebgewinnen. Als ich Heyse zum
ersten Male sah, dachte ich mir, so muß Göthe in seiner
Jugend ausgesehen haben; es war zu jener Zeit, als am
Nationaltheater zu München das Gozzi'sche morgenländische
Märchen: „Die glücklichen Bettler" frei für die Bühne
bearbeitet von Heyse zur Aufführung gebracht wurde. Ich
wohnte dieser Vorstellung bei, sie wurde mit einem Prolog
Heyse's eröffnet. Als ich eines Tages nach der Aufführung
bei Heyse einen Besuch abstattete, war, wie leicht begreiflich,

das morgenländische Märchen die Hauptwürze unserer Conversation, auch der Prolog kam zur Sprache, wobei ich das Bedauern darüber ausdrücke, daß er nicht durch den Druck dem Publikum zugänglich gemacht wurde, ich selbst würde mich freuen, sagte ich, ihn eingehender zu kennen, da er ebenso poetisch als humoristisch mir und dem zahlreich versammelten Auditorium gleich im Vortrage zusagte. Da erbot sich der Dichter mir eine Copie zu geben, was er auch sofort that, indem er sichs nicht verdrießen ließ, denselben in meiner Gegenwart noch, eigenhändig niederzuschreiben und am Schluß Datum und Name hinzuzufügen. „Die glücklichen Bettler" sind wohl als Bühnenmanuscript durch den Druck veröffentlicht worden, aber wir vermissen den Prolog dabei, und somit bin ich der Ueberzeugung, daß es meinen Lesern gewiß willkommen sein wird, wenn ich benselben als Erinnerungsblatt aus meinem Album reprobuziren werde.

Prolog
zu den „glücklichen Bettlern"
von Carl Gozzi.

Kusch (als alter Bettler):

Man schminkt sich und frisirt sich noch da drinnen;
Indessen schickt der Dichter mich heraus,
Um als Prolog, eh' wir das Spiel beginnen,
Höflich zu bitten das verehrte Haus —
Ein Bettler darf sich nicht der Bitte schämen —
Mit unserem Maskenscherz vorlieb zu nehmen.

Ihr alle kennt, die Schiller übersetzt,
Die Turandot, die Chinas jungen Thoren,
Was auf zu rathen gab, bis sie zuletzt
Den Kopf, den sie nicht hatten, dran verloren.
Mit dieser Dame, klug wie keine zweite,
Sind wir verwand von väterlicher Seite.

Doch jener gab Melpomene das Leben,
Und wir sind nur der heitern Muse Kinder.
Wir haben keine Räthsel aufzugeben,
Und Kopfabschneiden lieben wir noch minder.
Nein, Vater Gozzi, dieser Erzphantast
Hat uns im heitersten Humor verfaßt.

Das Leben schien ihm wie ein Maskenspiel,
Halb ernst, halb possenhaft, vorbeizurauschen,
Ein bunter Fastnachtstraum, an dessen Ziel
Bettler und Prinzen ihre Rollen tauschen;
Und hier im Schauspiel, wie im Carneval
Folgt auf den Rausch pflichtschuldigst die Moral.

Selbst ich, ein sehr durchtrie'ner Teufelsbraten
Muß noch zuletzt mich in der Tugend üben;
Doch um nicht gar das Beste zu verrathen,
Will ich nun geh'n — sie winken mir da drüben.
            (In die Coulisse rufend):
Ich komme schon! Na, wenn Ihr heut einmal
Mildherzig seid — vergelts Gott tausendmal!

München, Feber 1867.   Paul Heyse.

Und nun tritt ein Mann an uns heran, der sich von
der Kunst des Schauspiels, dem er einstens angehörte, zu
einer seltenen Ranghöhe in der Wissenschaft emporgeschwun=
gen hat — Max Pettenkoffer. Er verließ den Dienst
Thaliens und ergab sich den Erforschungen der Geheimnisse
der Chemie und der Natur, mit einer rastlosen Mühe, mit
unendlichem Fleiße, mit der humanitären Hingebung, nicht
nur sich, sondern zahllosen Menschen nützlich zu werden,
was ihm auch mehrfach gelungen ist. Er war der einzige
würdige Rivale und ist vielleicht der einzige ebenbürtige

Nachfolger Justus Liebig's; denn Beiden galt, dem Ersteren ist sie es noch, die Wissenschaft die einzige Gottheit,
der sie mit freien Geist, mit Herz und Seele dienten.
Pettenkoffer selbst legt ein ähnliches Bekenntniß in nachstehendem Ausspruch nieder:

> Die Wissenschaft darf kein anderes Ziel haben
> als die bloße Wahrheit!
>
> München, den 11. Februar 1867.
>
> Dr. Max von Pettenkoffer.

Justus Liebig war nicht nur ein Matador im großen
Reiche der Wissenschaft und da wieder, was Chemie betrifft,
sondern auch ein Matador als Mensch, voll Güte, Milde
und Liebenswürdigkeit. Wer ihn sprach, wer seines zarten
Benehmens, seiner Herz erwärmenden, Geist erfrischenden
Hingebung auch nur durch einmaligen Umgang sich zu erfreuen hatte, der mußte ihn nicht nur als Mann des hohen
Wissens verehren, er mußte ihn auch lieben. Mir wurde
das Glück zu Theil, mit Liebig öfter zu conversiren. Eines
Nachmittags, als ich mit ihm allein, auf einem Sopha
sitzend, mich unterhielt, war auch die Rede von dem abge-
laufenen Jahre 1866 und von dem Volke der Ungarn. Da
erlaubte ich mir meine unmaßgebliche Meinung dahin abzugeben, daß ich sagte: Der eigentliche Stamm der Magyaren dürfte binnen wenigen Jahrhunderten, vielleicht noch
früher, gänzlich verschwinden. Es ist statistisch nachgewiesen,
daß die Kinderlosigkeit in keiner Nation so um sich greift,
wie unter dem Stamm-Ungarn. Es ist theils die Lebensweise, mehr aber auch noch die Frühreife beim weiblichen

Geschlechte die Hauptschuld. Man findet viele, sehr viele kinderlose Ehen in Ungarn und Ehepaare, die nur eines Kindes höchstens zweier Kinder sich erfreuen. Nur die Eingewanderten, worunter viele Juden, die machen eine Ausnahme, so daß selbst durch Amalgamation, die Race der Magyaren dennoch in der Abnahme ist. Doch — unterbrach ich mich in dieser Bemerkung selbst — doch! geehrter Herr Geheimrath! Ich bitte um Entschuldigung, daß ich mir Etwas Ihnen mitzutheilen erlaubte, das Ihnen gewiß schon bekannt ist. — „Nein, nein!" erwiederte Liebig, „gewiß nicht, dieses ist mir ganz neu und Sie dürften nicht ganz Unrecht haben; es war immerhin interessant, was Sie mir darüber sagten. — — Haben Sie meine Rede: die Entwicklung der Ideen in der Naturwissenschaft gelesen?" — Zu meiner Schande muß ich es gestehen, daß selbe mir noch unbekannt ist. „Nun so nehmen Sie diese, Sie werden Manches darin finden, was Ihnen zusagen wird." — Er gab mir dieselbe, ich nahm sie dankend an und schob sie in die Seitentasche. Die Conversation begann von Neuem, ich wurde von Liebig's Leutseligkeit immer ermuthigter und erlaubte mir, wohl von Manchem als seltsam bezeichnet, die Frage: Herr Geheimrath, haben Sie vielleicht zufällig Gelegenheit gehabt, mein Werk „Deutscher Hausschatz ꝛc." zu durchblättern, der Herr Schwiegersohn, Professor Cariere, ist im Besitze desselben? — „Ja, ich habe es gelesen!" — Nun so bitte ich um Ihr Urtheil darüber, nur ob ich der Idee, die Männer der Kunst und Wissenschaften dem a l l - g e m e i n e n Lasepublikum näher zu bringen, auch nur theilweise gerecht wurde? — „Ja, wo haben Sie die Brochüre, die ich Ihnen gegeben habe?" — Dieses gedehnte Sprechen Liebig's, das Nachdenkliche dabei und das Auffallende, daß er mir die Rede wieder abforderte, machte mich im ersten Augenblick verlegen, in der Furcht, daß ich am Ende doch mit meiner Frage einen Faux-pas begangen habe. Ich reichte Liebig seine mir verabfolgte „Rede" zurück, er nahm sie, stand vom Sopha auf, ging zu seinem Schreibpulte, nahm seinen Lehnsessel ein, ergriff die Feder und schrieb. Ich schwebte zwischen Himmel und Hölle, denkend, was da kommen wird. Nach nur wenigen Minuten kam Liebig zu mir, gab mir die Brochüre wieder zurück mit den Worten: „Lesen Sie! Hier haben Sie mein Urtheil!" — Oben auf dem Tittelblatte stand geschrieben:

Herrn Herrmann Jos. Landau

hochachtungsvoll

J. Liebig.

Und somit machte ich wieder aufs Neue die Erfahrung, daß je höher der Mann der Kunst und Wissenschaft steht, er desto leutseliger und hingebender ist. In dem Bewußtsein seiner Kraft kommt er eben den Schwächern entgegen, aufrichtend und aufmunternd; im Gegensatz zu den „Halbmenschen" in der Kunst und Literatur, die immer in Furcht und Angst von einem aufkeimenden Talent überragt zu werden, oder auch nur einen Rivalen zu bekommen, stets großthuend, oft hochnasig, höchstens mit einer gewissen herablassenden Freundlichkeit andern Künstlern und Schriftstellern gegenüber sich benehmen. Die Inscription Liebig's für mein Album lautet:

Die Wissenschaft macht stark, nicht reich, aber die Kraft macht reich und arm, reich, wenn sie erzeugt, arm, wenn sie zerstört.

München, den 15. Februar 1867.

J. Liebig.

Die, wie ich im Eingang des Kapitels 1866 bis 1867
bemerkte, glänzende Stuttgart=Münchner Periode meines
Albums beschließt der berühmte Reisende Hermann von
Schlagintweit, dem mein schon oft hier erwähntes Werk
nicht unbekannt blieb und wie es scheint, auch nicht miß=
fallen hat, denn er schrieb mir in Bezug dessen Folgendes
als Stammblatt:

Des eigenen Schaffens zu gedenken ist nach mei=
nem Gefühle stets peinlich; denn im Gebiete der
Forschung wie in jenem der Kunst tritt uns dann,
mit Recht, dasjenige vor Allem entgegen, was noch
zu wünschen übrig läßt. Wer es gewagt hat, seine
Kraft auf beiden Gebieten, auch in fernen Landen,
zu versuchen, muß daher desto dankbarer sein,
wenn er ermuthigende Worte, selbst von Jenem er=
hielt, der zugleich die Bürde der Verbreitung denselben
nach Außen auf sich nimmt.

München, den 26. Februar 1867.

Hermann Schlagintweit.

Gesundheitsrücksichten zwangen mich meine Reise zu
unterbrechen, um einer Cur in Carlsbad mich zu unterwerfen.
Von da im October desselben Jahres heimgekehrt, erhielt
ich zwar kein Stammbuchblatt, aber eine Photographie von
einem der hervorragendsten, beliebtesten und geachtetsten
Mitglieder des deutschen Landestheaters: Friedrich Haffel.
Derselbe zählt zu denjenigen Priestern Thaliens, die nie
durch falschen Flitter, durch Pomp und Harlekinaden das
Publikum zu betäuben und zu momentanen Gunstbezeugun=
gen zu gewinnen suchen, sondern durch Ruhe, Ueberlegung,
Verstand, richtiger und naturgetreuer Auffassung in ihrem

Tempel wirken und so als Künstler würdig ihren Platz ausfüllen. Hassel's Rollen sind wahrhafte Cabinetsstückchen, oft nur Nippfiguren, aber nicht jene Jahrmarktsächelchen, die man allüberall findet und bei denen man, wenn man sie einmal gesehen, alle Lust und Liebe zu ähnlichen Sachen verlustig wird, sondern es sind kleine Meisterstücke, die uns immer mehr und mehr fesseln, indem wir sie genauer ins Auge fassen, ihre Details herausfinden und deren Werth wir immer höher schätzen lernen. Ich könnte eine ganze Reihe derartiger Parthien Hassel's hier aufzählen, unter diesen Rollen ist auch jene des Kapuziners in Schiller's „Wallenstein's Lager". Ein solches Costüm-Bild gab er mir aber mit vollständiger Portraitähnlichkeit und schrieb vorn unter dem Bilde: „Contenti estote! Begnügt Euch mit Eurem Commisbrode!" — und auf der Rückseite desselben fügte er noch Folgendes hinzu:

„Ich aber wünsche Ihnen von ganzem Herzen noch 10000 fl. ö. W. dazu und mir Ihre Freundschaft, dieselben mit mir zu theilen.

Prag, den 29. October 1867.

Ihr
Hassel.

1868.

Ein Kaufmann seltener Art. Gustav Kieritz. Ferdinand Stolle. Hähnel. Ludwig Reichenbach. Dr. Julius Nebst. Max Reiue. Kettner. Schleiden. Heribert König. Dr. Joachim Lederer. Ziegler. Penedix. Adolf Fätiger. Emil Pleer. Gerstäker. — Intermesso: das deutsche Landestheater in Prag. Tirsing. Kassel.

Ich begann wieder meine Wanderungen. Von Prag aus war mein erster Aufenthaltspunkt das „deutsche Florenz an der Elbe" — Dresden. Die Empfehlungs= briefe an die hervorragendsten Männer, namentlich in der mercantilischen Welt, mit denen ich ausgestattet war, hatten zwar alle ihre günstige Wirkung nicht verfehlt, um so mehr als dieselben von namhaften Persönlichkeiten mir zugegangen waren, aber dennoch hat kein Empfehlungs= schreiben mir nach jeder Richtung so viel moralischen und materiellen Vortheil gebracht, als jener an den Chef des Handlungshauses: Lüber und Tischer, Herrn H. G. Lüber. Lüber, ein Kaufmann der reellsten Sorte, ein Mensch, dem man die Humanität, die ihm im hohen Grade inne wohnt, von der Stirne herab lesen konnte, bleibt mir als Freund, als Rathgeber, als Mann voll Intelligenz und Würde unvergeßlich. Er hat sich mit ehernen Lettern in meinem Gedächtniß, in mein Gemüth und Herz eingegraben. Ich kann mir aber schmeicheln, daß ich dem trefflichen Lüber auch zusagte; bei unserem häufigen Umgang, den wir pflegten, sei es im Comptoir, in seinem anmuthigen, glück=

lichen Familienkreise oder beim gemeinschaftlichen Besuch
des Theaters, er blieb sich immer gleich; mein Wesen,
mein Thun und Lassen, mein Streben und Wirken, es lag
ihm klar und deutlich vor, er wurde nie müde, dasselbe zu
fördern und mir nützlich zu sein. Glaube mir, mein freund=
licher Leser, die Menschen sind nicht alle so „aschgrau" wie
man sie gerne malt und die Zeiten eines Diogenes sind
vorüber, man braucht keine Laterne — — — suche das
richtige Licht! Das Bild, welches mir Lüber beim
Abschied gab und dem er eine mich ehrende und für mich
schmeichelhafte Inschrift beifügte, es ziert mein — Familien=
Album; sein Andenken jedoch ruht für ewig in meinem
Herzen! Ich wünsche nur Eines, d. i. ein baldiges, frohes
Wiedersehen. Der erste Händedruck würde mir sofort
kundgeben: Er blieb mir das, was er mir war, ein —
Freund!

Lüber ist ein Verwandter von Gustav Nieritz,
ich habe es daher auch ihm zu danken, daß ich den sowohl
als Pädagogen wie Schriftsteller gleich trefflichen Mann
kennen lernte. Ich denke mir: Nieritz, Ferdinand Stolle
(den gemüthlichen Dorfbarbier) und Dr. Friedrich Hofmann
(den „alten Poeten", den fleißigen Mitarbeiter der nicht
genug zu würdigenden, von Ignaz Keil gegründeten und
bis heute gleich vorzüglich redigirten Gartenlaube) als ein
Trifolium, welches zu jenen bescheidenen Pionnieren zählt,
die viel, sehr viel im Stillen wirken um Ausbildung des
Geistes und Förderung der Humanität, nach allen
Winkeln und Enden Wurzel fassen zu lassen und so immer
mehr und mehr zur Verbreitung des geistigen Lichtes
unendlich viel beigetragen. Nieritz stand zu jener Zeit
schon in seinem 73. Lebensjahre, war aber noch so gemüthlich=
frisch, so milde und bedachtsam im Gespräche, in der Be=
wegung, in seinem Thun und Lassen, so säuberlich nett in
seinem Aeußern, daß man sofort den Mann erkennen mußte,

der durch so viele Jahre dem schwierigen, aber erhabenen
Beruf der Erziehung der Jugend so gewissenhaft sich ge=
widmet und darin so glänzende Erfolge erzielt, durch Wort,
That und Schrift, mit Weisheit, Schönheit und Kraft!
Nieritz war sich auch seines pädagogischen Aeußeren bewußt,
denn als ich ihn eines Tages um ein schriftliches Andenken
ersuchte, willfahrte er meinem Wunsche ohne Ziererei, mit
freundlichem Entgegenkommen, und schrieb mit so niedlicher
Feder, doch ohne kalligraphischen Aufputz, so haarklein und
fein und doch so deutlich, daß jedes Pünktchen genau sicht=
bar ist, Folgendes:

> Dichter und Schriftsteller soll man nicht in der
> Nähe betrachten, indem sie wohl selten ohne Schwä=
> chen bastehen, die den eingebildeten Nimbus um ihr
> Haupt erbleichen machen.
> Dresden, den 8. Mai 1868.
> Gustav Nieritz.

Und nun — wie oft der Humor spielt — folgen dem
edlen und würdigen Jünger Pestalozzi's — nicht weniger
als 50000 Teufel! Glücklicher Weise sind es die lustigen
Teufel, deren Vater E. M. Dettinger ist und bei denen
Grabben=Hoffmann zu Gevatter stand. Diese Teufel,
so zahlreich sie sind, verbreiten keine Gefahr, im Gegentheil,
wenn man sie liest, noch mehr aber, wenn man sie hört,
wie sie von Grabben=Hoffmann musikalisch illustrirt wurden,
so versetzen sie uns sogar in die heitersten und schönsten
höhern Regionen. — Diesem heitern, musikalischen Scherz
schließt sich in meinem Album eine der sensitivsten Poesien
an, die gewiß bei jedem, der sie liest, ein tiefergreifendes
Gefühl erwecken muß, Müttern aber, bei denen der Uner=
forschliche beschlossen hat, ein liebes Kindlein in das un=

nennbare Jenseits abzurufen, gewiß himmlischen Trost
gewähren wird. Der Dichter dieses kleinen Poems ist der
schon obenerwähnte Pionier des Geistes und der Bildung,
der leider schon im ewigen Licht wohnende Ferdinand
Stolle. Es war im Juni 1868, als ich den gemüthlichen
„Dorfbarbier" kennen lernte; da war er noch immer rüstig
und arbeitsam, seine Muse belebte ihn noch immer, sein
Humor war noch wenig abgeschwächt und sein Gemüth
war noch innig und herzlich, fast unberührt von der erbärm=
lichen und unbarmherzigen Misère des Kampfes mit dem
irdischen Dasein; wenigstens ließ ers nicht merken; man
hörte keine Klage, die seine Lippe berührte, und zum Ruhme,
zur Ehre des trefflichen Menschen Ernst Keil sei es
erwähnt, daß er nicht nur Verleger von Stolle's Schriften,
sondern auch Stolle's Freund und Bruder war, und als
solcher dem damals 62 Jahre alten Manne manche Bürde,
die ihn belastete, erleichterte und ihn oft gänzlich derselben
enthob. — Stolle bewohnte damals eine kleine, hübsche
Wohnung, in dem, bei Dresden sich befindlichen, von der
Natur so schön und reich gesegneten Loschwitz. Vormit=
tags kam er gewöhnlich in die Stadt und wir gaben uns
meistens ein Rendez-vous in einer bestimmten Bierkneipe,
wo bei Gambrinus stärkendem Saft die Tages= und Literatur=
Neuigkeiten zur Debatte gelangten. Aber ich besuchte auch
nach vorhergegangener freundlichen Einladung Stolle in
seiner Sommerfrische, wo ein „Blümchen=Kaffée" unsern
Humor nicht nur nicht abschwächte, sondern sogar erhöhte,
bei dem das „Schmausen" einer „Aechten" Sächsischen nicht
unterlassen wurde. In Loschwitz war es auch, wo ich den
bisher in seiner Art, besonders was Naturtreue betrifft,
unübertrefflichen Maler, Zeichner und Illustrator Ludwig
Richter und auch August Reinhart kennen lernte. Und
so war selbst das idyllisch=ländliche Loschwitz für mein Album
nicht unergiebig, denn Richter erfreuete mich zwar nur

mit der photographischen Reprodultion einer seiner anmuthigen Original-Handzeichnung „Im Korn", erhöhte aber dadurch ihren Werth, indem er eigenhändig eine Erinnerung
und seinen geschätzten Namen beifügte. Reinhard, der
Mann der Feder, des Griffels und Pinsels, gab mir eine
herrliche Skizze, eine Landschaft, die aber ihres Umfanges
wegen nicht ins Album eingereiht werden kann. Wie schon
oben erwähnt, gab mir Stolle eine eigenhändige Abschrift
des bereits erwähnten Gedichtes mit Datum und Namen-
unterschrift; es lautet:

Das schönste Bild, vom Himmel selbst gemalt,
Und von des Himmels Liebe reich umstrahlt,
Es ist ein Kind, das still und engelmild
Auf Mutterschoos mit seinen Blumen spielt.
Wie hilflos, arm und doch wie wunderreich,
Ein Blumenkränzlein ist sein Himmelreich,
Und aus der frommen Mutter sel'gem Blick
Strahlt seine Himmelsheimath ihm zurück.
Es ist dies Bild so rührend und so rein,
Als könnt' es nicht für diese Erde sein. —
D'rum seh'n wir auch nach kurzem Auferblühn,
Manch Kindlein wieder nach der Heimath ziehn.
Denn jedes Kind, von uns so heiß geliebt,
Ist nur ein Kuß, den Gott der Mutter gibt,
Auf daß schon hier sie ahnend es erkennt,
Wie man im Himmelsland die Liebe nennt.

Loschwitz, den 9. Juni 1868.

Ferdinand Stolle.

Zwar keines Stammblattes, aber eines der herrlichsten
Geschenke muß ich Erwähnung thun, da mich die Erinnerung desselben stets mit besonderer Freude durchfluthet. Es
sind die von Meister Hähnel im J. 1844 componirten
und modellirten und von T. Langer mustergiltig schön

gezeichneten und gestochenen Basrelief's zum Beethoven=
Monument in Bonn. Was aber den Werth dieser Kunst=
blätter erhöht und sie für mich um so schmeichelhafter und
werthvoller macht, ist die eigenhändig auf dem ersten Blatte
geschriebene Widmung; sie lautet: Herrn Landau zum
freundlichen Andenken von Ernst Hähnel. Dresden, den
28. Mai 1868.

Nun folgt einer der hervorragendsten Jünger Linée's,
der Direktor des königl. Naturalien=Cabinets zu Dresden,
Dr. Ludwig Reichenbach. Er ist der Begründer eines
eigenthümlichen Pflanzensystems, das er in „Conspectus
regni vegetabilis“, sowie im „Handbuch des Pflanzensystems“
ausführlich darzulegen sich bestrebte; hat sich jedoch durch
seine „Flora Germanica“ (20 Bände stark) selbst das
dauerndste und schönste Monument für alle Zeiten errichtet.
Im gewöhnlichen Leben sagt man, daß Alle, welche Blumen=
freunde sind, sich auch als Menschenfreunde bewähren. Die
Sache hat Etwas für sich, wenigstens hat mich und gewiß
noch viele Andere, bei länger verfolgter, genauer Beobach=
tung die Erfahrung diesem Ausspruche beizustimmen,
veranlaßt. Und daß ein Botaniker ein Freund der Blumen
und Pflanzen sein muß, liegt doch schon so offen und klar
vor uns, denn was ist es denn anders, das ihn veranlaßt,
seine Neigung, seine Liebe, seinen Geist, ja sein ganzes
Streben und Leben nur den Blumen und Pflanzen zu wid=
men, um sie zu erforschen, sie zu pflegen, sie zu vervielfäl=
tigen. Ferner wie sucht und trachtet der Botaniker mit
Mühe und Sorgfalt, keine Zeit scheuend, Vielem entsagend,
den zarten, schönen Blumen, den herrlich nützenden, oft den
Menschen Heil bringenden Pflanzen, hier und dort jenes
Plätzchen zu eruiren, wo sie hingestellt besser emporblühen,
schöner sich entfalten, zahlreicher sich vermehren und so für
die ganze Menschheit wohlthuender und nützlicher werden

müssen? Ja, ich würde behaupten, daß alle Botaniker,
Gärtner von Beruf, sowie Blumen-Liebhaber im Allgemei=
nen, sämmtlich gute Menschen, resp. Menschen=Freunde
sind. Es dürfte wohl hier und da eine Ausnahme geben,
aber Ausnahmen gehören nicht zur Regel. Ludwig Rei=
chenbach stand zu jener Zeit schon in seinem 75. Lebens=
jahr, war aber noch immer frischen Geistes; sein ehrwür=
diges, liebliches Aeußere erweckte sofort die ehrerbietigste
Hingebung und sein zartes, leutseliges Benehmen Allen
gegenüber mußte von Vornherein ihm die schönsten Sym=
pathien gewinnen. Diese Wahrnehmung habe ich beim
Umgange mit diesem Gelehrten gemacht und ich glaube,
gerade deshalb, weil ich den Lavater nicht studirt habe,
mich nicht getäuscht zu haben, gewiß jedoch war er es
mir gegenüber. Ich habe schon vorher das hohe Alter
Reichenbach's erwähnt und in jener Periode pflegen (wir
haben sogar viele Beispiele in der Geschichte der Gelehrten=
und Philosophen=Welt) derartige Männer gerne frömmeln=
der, etwas tiefreligiöser zu werden, klammern sich gerne fester
an das ihnen angeborene religiöse System, aber selbst dieses
scheint bei Reichenbach nicht der Fall gewesen zu sein, er
bekundete es, indem er eine der schönsten Sentenzen aus
dem Werke „Blicke in das Leben der Gegenwart" (pag. 240)
wählte, um damit mein Album zu verschönen:

Die Naturforschung im organischen Leben ist der
einzige gemeinschaftliche Gottesdienst aller Confessionen!

Herrn Dr. Landau zur freundlichen Erinnerung
Ludwig Reichenbach.

Dresden, den 28. Mai 1868.

Unter den andern hervorragenden Männern des Geistes, die sich auf dem Felde der Kunst und Literatur sehr verdient gemacht haben, zählt auch Dr. Julius Pabst, dem ich in meinen Erinnerungen einen ehrenvollen Platz einräumen muß. Julius Pabst bekleidet die Stelle eines Dramaturgen am k. Hoftheater in Dresden und hat auch alle Eigenschaften einem so wichtigen Posten, an einem so hervorragenden Kunstinstitute mit Kenntniß und Einsicht vorzustehen. Wer je Gelegenheit hatte auch nur wenige Blicke in die Geheimnisse der Theaterwelt und zudem noch in die geheimsten Geheimnisse eines Hoftheater-Lebens, zu richten, nur der kann, und da auch nur theilweise, aber immerhin einen Begriff bekommen, wie ungemein schwierig, mit wie unendlichen Hindernissen und unausweichlichen Rücksichten es verbunden ist, als Dramaturg und Schriftsteller, gleichzeitig aber auch als Mensch mit Ehren sich zu behaupten. Herrn Dr. Julius Pabst ist dies durch eine lange Reihe von Jahren, während welcher er diese seine Stellung einnimmt, nach jeder Richtung gelungen. Was aber Pabst den Schriftsteller und Dichter betrifft, so ist es sehr zu bedauern, daß seine Arbeiten sich noch nicht einer großen Verbreitung zu erfreuen haben; viele Kinder seiner Muse lassen sofort seine schöne Begabung und seine poetische Natur erkennen, der es nicht eigen ist, sich dem modernen Cliquewesen anzuschließen, der Cameraderie zu huldigen. Pabst theilt das Schicksal vieler Schriftsteller, deren Produkte nur deshalb noch nicht so sehr in die Oeffentlichkeit gedrungen sind, weil sie alles ostentative Hervortreten verschmähen. Doch es kommt die Zeit, es kommen die Männer, welche es verstehen werden den Spreu vom Kern zu trennen, das Wahre, Schöne und Verdienstvolle in das gehörige Licht zu setzen, so daß auch Pabst jene gebührende Anerkennung und Würdigung nach Außen immer mehr und mehr zu Theil werden wird, die ihm bereits in engerem Kreise

in hohem Maße wurde; spricht dieses doch gewissermaßen
Dr. Julius Pabst selbst aus, indem er mir schrieb:

> Was sich im Geist erkannt, gefunden,
> Es bleibt — ob auch getrennt — verbunden.
>
> Dresden, ben 11. Juni 1868.
>
> Dr. Julius Pabst.

In Dresden lernte ich auch den Bruder des unvergeßlichen Heinrich Heine, Maximilian kennen. Maximilian Heine ist k. russischer Staatsrath, wenn ich
nicht irre, Stabsarzt in Petersburg, ein hochgebildeter
Mann, der sich viel mit Literatur beschäftigt und selbst als
Autor manches Hübsche geleistet. In Deutschland hat sein
Werk: „Erinnerungen an Heinrich Heine und seine Familie",
im J. 1868 viel Aufsehen erregt. Diese Erinnerungen
haben manche Anfechtungen zu erdulden gehabt, sie haben
aber auch sehr viele Verehrer gefunden und werden immerhin einen verdienstvollen Beitrag zur Charakteristik Heinrich
Heine's für die Literaturgeschichte liefern. Maximilian
Heine verweilte zu jener Zeit in Dresden zur Erholung
und namentlich zur Heilung und Erfrischung seiner etwas
geschwächten Sehkraft. Er unterließ daher alles Selbst-
lesen und Selbstschreiben; er ließ sich Alles vorlesen und seine
Briefe und literarische Arbeiten (Letztere waren zu jener
Zeit seine geistige Erholung) dictirte er. Zu beiden Zwecken,
Vorlesen und Schreiben, wurde ihm eine Dresdnerin empfohlen. Es war eine durch und durch gebildete Dame,
mit etwas romantischem Anstrich, theilnehmenden und ehrenvollen Charakters; sie hegte und pflegte Heine wie ein

zärtliches Kind seinen Vater; sie fügte sich seinen häuslichen
und aristokratischen Launen, mit einer vollen Gebuld, wie
sie eben nur den Frauen eigen ist. Sie war auch seine
stete Begleiterin und würzte auch unser häufiges Zusammen=
sein durch ihren Geist, Witz und Humor. Auch mir wurde
sie eine liebe Freundin und holte bei mir hie und da Rath
ein. Es traf sich häufig, daß ich des Morgens bei Heine
einen Besuch machte, bevor noch der weibliche Secretär an=
gekommen war; dann aber ging es erst recht lebhaft her,
dann erst war der „hohe Rath" competent zu beschließen,
was an diesem Tage oder am Nachmittag vorgenommen,
welcher Ausflug per Schiff oder Achse gemacht werden solle.
Maximilian Heine hat sich auch als Dichter versucht, aber
nur, wie man zu sagen pflegt, für den Hausgebrauch. Er
ist nicht in die Oeffentlichkeit als Dichter getreten. Ein
Bändchen seiner Gedichte: „Für Dich!" betitelt, als Manu=
script gedruckt, enthält fast nur „Frauenlob", d. h. das Lob
und die Huldigung bringt er seiner eigenen Frau. Es enthält
manches Schöne und viele poetische Ideen und entwirft
uns eines der schönsten Bilder von einer glücklichen und
harmonischen, von Treue und Poesie durchgeistigten Ehe.
Eines Tages wurde hoher Rath gehalten darüber, was
denn der „Herr Staatsrath Maximilian von Heine" mir
ins Album schreiben sollte. Der oberste Gerichtshof, die
liebenswürdige Secretärin Fräulein S.....g entschied sich
für meinen Vorschlag, nachdem ich „Für Dich!" durchge=
blättert hatte. Und wahrlich, ich muß gestehen, es strengte
den leidenden Staatsrath ungemein an, die hier folgende
Strophe eigenhändig zu schreiben und mit „hoher" Namens=
fertigung — wie die stets heitere Pflegerin, Freundin,
Secretärin, Adjutantin und Rathgeberin in einer Person
sich schelmisch auszudrücken pflegte — zu versehen:

> Wenn sich das Herz zum Herzen findet,
> Wenn sich der Geist am Geiste bindet,
> Dann laß' französisch von mir fern —
> Dann hör' ich Deutschland's Sprache gern.

Dresden, den 18. Juni 1868.

Maximilian Heine.

Und glaubst Du, mein freundlicher Leser, daß mich diese schriftliche Erinnerung ungemein freut, nicht etwa allein, weil sie aus der Feder des Bruders eines gefeierten Dichters stammt, oder weil ich in Maximilian, trotzdem er Herr von Heine und kaiserlicher russischer Staatsrath ist — doch einen guten Menschen kennen lernte, nein, hauptsächlich darum, weil M. Heine trotz seines langjährigen Aufenthaltes in Rußland, trotz seines hohen Ranges, den er in Petersburg einnimmt, trotz Rücksichten 2c., dennoch seine deutsche Gesinnung, sein deutsches Herz treu bewahrt hat und bis heute noch es kund gibt.

Und nun begeben wir uns wieder auf das streng literarisch-esthätische Gebiet, indem ich mich der ungemein angenehmen Erinnerung hingebe, welche mir die Bekanntschaft mit dem großen Literarhistoriker Hettner verursachte. Hermann Hettner's Literatur-Geschichte ist die hervorragendste unserer Zeit; sie dürfte vielleicht nicht die Popularität haben, wie jene Heinrich Laube's, die, nebenbei bemerkt, fast schon gänzlich in den Hintergrund gedrängt ist, oder wie jene eines Gottschall's oder auch Julian Schmidt's noch weniger dürfte sie so allgemein bekannt sein wie die Scherr'sche und Kurz'sche, die alle mehr oder weniger ihre Vorzüge besitzen und auch für die Zukunft immer noch schöne und gesunde Quellen bilden dürften, aus denen der Freund und Forscher der deutschen Literatur, Gutes und Richtiges

schöpfen dürfte; aber trotzdem allen werden die hier genann=
ten Literatur=Historien nicht den Rang einnehmen, welchen
die Literaturgeschichte Hettner's gewiß einnimmt und
immer einnehmen wird. Bei Hettner findet man: Kraft,
Schönheit, Unpartheilichkeit, Schärfe des Urtheils, ohne
schartig und ausfällig zu sein, Geist, Wissen und Fleiß
in einander verschmolzen. — Hettner ist auch ein liebens=
würdiger Mensch, der sich im Umgange, wir möchten fast
sagen, mit Riesenschritten allgemeine Beliebtheit zu erwerben
versteht. Fern liegt ihm alle Großthuerei, die Gespr:ltzheit
des Gelehrten; ich glaube Hettner dadurch am meisten und
kürzesten zu characterisiren, wenn ich sage: Hettner dem
Menschen, Gelehrten und Schriftsteller ist sein Beruf —
der Adel! In seiner Inscription ruft er mir zu:

Trachtet zuerst nach dem Schönen und alles
Uebrige wird Euch von selbst zufallen.
Dresden, den 18. Juni 1868.
Dem Gleichgesinnten
als ein Wort des Andenkens
H. Hettner.

Es ist uns nicht bekannt, daß Schleiden neue Sy=
steme erfunden, daß er, was in der Blumen= und Pflanzen=
kunde noch tiefes Geheimniß war, zu Tage gefördert hat;
aber das steht gewiß, daß er zu den populärsten Erschei=
nungen in seinem Fache zählt, daß er sich nicht geringe
Verdienste um die Verbreitung der Botanik erworben und
das Streben, den Fortschritt in dieser Wissenschaft ungemein
geweckt und gefördert hat. Niemand wie Schleiden ver=
stand es, die poetische Identität der Frauen und Blumen
mit wissenschaftlicher Gewandheit auszubeuten und das

schöne Geschlecht mit Eleganz, vereint mit dem Anstrich der Gelehrsamkeit, ins Bereich der Botanik einzuführen. Seine zahlreichen Schriften sind daher ungemein verbreitet und beliebt; es haben daher manche derselben viele Auflagen erlebt und wenn sie auch für Männer vom Fache nicht immer Neues und noch nicht Dagewesenes in sich schließen, so bilden sie dennoch eine Fundgrube, aus der immerhin noch manches Interessante zu heben ist und für Blumen= freunde eine angenehme, erheiternde und belehrende Lectüre. Schleiden ist auch außer seiner Fachwissenschaft ein sonst vielseitig hochgebildeter Mann, der sich gerne auf poetischem und literarischem Gebiete bewegt, dem er auch in Stunden der Muße seine Feder weiht. Letzteres war auch der Haupt= stoff, der unserer Conversation zu Grunde lag, und als Schleiden wahrgenommen, daß ich ein Hauptaugenmerk auf die Göthe= und Schiller=Literatur stets gerichtet habe, so wie es ein förmliches Studium für mich ist, alles was in die Sphäre dieser Dichter=Heroen einschlägt, mir nach Möglich= keit anzueignen; er selbst jedoch nicht zu denen zählt, welche dem Cultus der „Göthe=Schiller=Literatur" huldigen, so schrieb er mir folgendes Album=Blatt:

Göthe an viele seiner Verehrer.

Fragt Ihr, auf wen ich dies Liedchen gemacht,
Welche Frau ich in jenem besungen,
Ob ich hier nicht an Gräthel gedacht,
Dort nicht das Lob der Christel erklungen.

Sucht Ihr gewöhnliches Alltagsgeklätsch
Statt der Dichtkunst in meinen Liedern,
Wär' es thöricht auf dieses Geschwätz
Nur mit Ja oder Nein zu erwiedern.

Funkelt im Tropfen das himmlische Licht,
Wie von Smaragd und Karfunkel entsprossen,
Fragt Ihr doch auch nach dem Topfe nicht,
Dem der spiegelnde Tropfen entflossen.

Dresden, den 1. Juli 1868.

Schleiden.

Während meines Aufenthaltes in Dresden fand im
Saale der Brühl'schen Terasse eine Ausstellung statt von
Herbert König's Aquarell-Skizzen; Ernst und Humor in
200 Bildern. Diese genialen Arbeiten König's boten dem
Beschauer, Künstler wie Laien, einen ebenso kunstreichen
als erheiternden Hochgenuß. Der Name des Künstlers für
dieses Genre ist ein so großer und weitverbreiteter, zudem
lebte er zu jener Zeit in Dresden selbst, daß es nicht zu
verwundern war, wenn ganz Dresden nach der Brühl'schen
Terasse wanderte, um seine Arbeiten zu sehen und zu bewundern. Obzwar ich diese Gallerie schon einige Male,
und stets mit erneuertem Interesse besucht hatte, konnte
ich dennoch eine Einladung des Hofkapellmeisters Krebs,
den ich zufällig begegnete, nicht refusiren, in seiner Gesellschaft die herrlichen Aquarellen nochmals zu besichtigen,
denn je öfter man König's Arbeiten sah, desto mehr mußte
man seine geniale Erfindungsgabe, seine originelle Wiedergabe des Vorhandenen und die staunenswerthe leichte Ausführung bewundern. Wir standen gerade vor dem Bilde,
„Der moderne Narzis", weideten uns ordentlich in heiter-
ster Weise durch den nicht genug sättigenden Anblick, den
dieses gelungene humoristisch aufgefaßte lebensgroße Portrait
barbot, da trat König heran und begrüßte uns. Im
Laufe des Gesprächs, wo auch vom Ankauf mancher Stücke
die Rede war, frug ich ganz unbefangen, was doch der
Preis dieses Bildes sei? „Ach Gott!" sagte König, „nur
einige Louisdors; kennen Sie den Mann, interessirt er
Sie?" — Ob ich ihn kenne? Und wie! Auch interessant
ist es für mich, ich habe noch selten ein gelungeneres Bild
des kaustischen, Prager — nun Dresdner — Demokritos
gesehen, und welcher Prager, welcher Gebildete überhaupt
wird den Verfasser der „weiblichen Studenten", den Dr. Joachim Lederer nicht kennen? Eine exclusiv literarische
Erscheinung; Humor, Witz, Satyre, Wissen, gute Sitten,

Alles, Alles besitzt er, nur keine Courage und Ausdauer; er ist Cyniker, liebt zu sehr die Gemächlichkeit, den sogenannten „beschäftigten Müßiggang“. Wie Schönes, Herrliches hat er für die Bühne geliefert, aber wie noch weit Schöneres, Herrlicheres und Zahlreicheres hätte er uns noch bieten können, wenn er nicht den Hang hätte, nur als ambulirender, geistreicher Gesellschafter zu glänzen. — Krebs lachte, König lächelte und sagte: „Sie scheinen ihn genau zu kennen, Ihre Schilderung ist gut und Alle, die Herrn Dr. Leberer kennen, bedauern den Stillstand seines namentlich d r a m at i s c h e n Talentes.“ — Ja wahrlich, bemerkte ich weiter, würde der gute Joachim auch nur die Hälfte jener Ausdauer gehabt haben, wie sie ein Dr. Carl Töpfer, Bauernfeld und Robr. Benedix besaßen, er würde nicht nur eine glänzende Stellung neben ihnen eingenommen haben, nein er hätte dieselben, was Humor, Satyre, kaustische Lauge und das so zu sagen „Schlag auf Schlag“ geben, betrifft, noch weit überragt; doch jetzt ist der Mann schon alt, seine Feder ist bereits stumpf:

Zum Teufel ist der Spiritus,
Das Phlegma ist geblieben.

Schon wollten wir, Krebs und ich, uns entfernen, als König die Frage an mich richtete, „wünschten Sie dies Bild?“ — O ja, wenn ich im Besitze einiger zu entbehrenden Louis wäre, sofort hätte ich’s angekauft. „Sie brauchen kein Geld, gestatten Sie mir, Ihnen das Bild als ein Andenken von mir anzubieten.“ — Dieses Anerbieten, so schmeichelhaft auch für mich, kann ich um so weniger acceptiren, da ich wahrlich nicht weiß, in wie fern ich mich revanchiren könnte. — „No! Das Bild gehört Ihnen, doch müssen Sie gefälligst warten, bis die Ausstellung beendet ist, früher kann ich es von hier nicht entfernen, aber abgemacht!“ — Wir reichten uns die Hände, empfahlen uns. Im Weggehen sagte ich zum Kapellmeister Krebs: Freund! Das

Anerbieten König's ist sehr liebenswürdig und artig; aber ich halte noch nichts davon, der gute Mann vergißt die Sache und ich würde es ihm auch nicht mißdeuten. Jedoch meine entschuldigende Beschuldigung war nicht richtig, denn Meister König hielt sein königlich gegebenes Wort; wenige Wochen nachher, ich war noch nicht in Prag, erhielt ich von dort aus die briefliche Mittheilung, daß ein wohlverpacktes Bild von Dresden aus für mich franco angelangt sei, dem ein Brief nachstehenden Inhaltes beigelegt war:

Oberleßnitz bei Dresden, den 16. Juni 1868.

Sehr geehrter Herr!

Nehmen Sie mit innliegend Gewünschtem vorlieb.
Ihr achtungsvoll ergebener
Herbert König.

Auch Clara Ziegler lernte ich kennen, zu jener Zeit, als die große Tragödin zu Leipzig engagirt war und das Kunststückchen den „Romeo" zu spielen wagte. Die treffliche und liebenswürdige Künstlerin Pauline Ulrich vom Hof=theater in Dresden gastirte in Leipzig und spielte die „Julie". — Die Kritik nahm es der Ziegler freilich sehr übel, daß sie den Romeo spielte, und bin ich auch nicht ein so sensitiver Recensent, um gleich wegen eines gewagten Sprunges, den ein geniales Weib, wie die Ziegler unbe= streitbar ist, über die Grenze der Aesthetik machte, Zetter zu schreien, so würde ich mich doch nicht damit einverstan= den fühlen, solche klassische Parthien den Reihen der soge= nannten Hosen=Rollen der Demi=Monde=Stücke, der über= rheinischen dramatischen Literatur einzuverleiben. Ich muß es gestehen, die Ziegler spielte den Romeo köstlich, ich be= bauerte nur die süße Julie=Ulrich, da sie naturgemäß sich durchaus nicht zu diesem weiblichen Romeo hinge= zogen fühlen konnte. Es liegt im Ganzen etwas Wider=

natürliches, Undenkbares und um nicht zu sagen Unanstän=
diges, gewiß Unästhetisches darin. Doch die Ziegler that
es nicht wieder und ich — wahrlich freue mich dennoch
Romeo=Ziegler gesehen zu haben — es zählt doch nicht
zu den Alltäglichkeiten und bildet eine „seltsame" Erinne=
rung. In Leipzig wurde ich krank, ich konnte mehrere
Tage nicht sitzen, nicht gehen, nicht stehen, nicht liegen —
sonst hatte ich keine Schmerzen! Und wahrlich, das ist
eine schöne Situation in der Fremde, im Hôtel! Es über=
fiel mich nemlich der sogenannte „Hexenschuß" im höchsten
Grade. Als ich in der Reconvalescens war, so daß ich
langsamen Schrittes schon die Straße passiren konnte,
besuchte ich wiederholt die Ziegler. Es war an einem
Nachmittage, wir plauderten sehr lange. Die Ziegler
ist eine herrliche, geistreiche Gesellschafterin und hat viel
Witz und Humor. „Wie steht es mit der mir versprochenen
Photographie?" frug ich sie im Verlaufe der Conversation.
„Nun, die sollen Sie haben, sogleich, vielleicht bringt sie
Ihnen Genesung," sagte sie scherzweise. Sie stand auf,
holte eine Photographie, ergriff die Feder und schrieb
rückwärts:

> Der Hexenschuß ist wohl vergänglich,
> Doch meine Freundschaft lebenslänglich!

Zur freundlichen Erinnerung an
Clara Ziegler.

Leipzig, den 16. Juli 1868.

Tags darauf war ich gesund und frisch. Was nicht
eine solche Photographie mit Inscription an herrlicher Heil=
kraft besitzt. Doch entschuldige, lieber Leser, daß ich mo=
mentan wollte witzig sein und ich erkenne die Nichtigkeit
der Inscription, die mir der leider verstorbene Roderich
Benedix schrieb, sie lautet:

Bei 27° Hitze
Gebricht es mir an Witze,
Die Tinte trocknet ein,
Das Denken schrumpfet ein,
Drum müssen heute Sie mit diesen Worten zufrieden sein.
Leipzig, den 23. Juli 1868.
27¼° R.   Roderich Benedix.

Im August desselben Jahres war es nicht minder
heiß, so daß es naturgemäß erforderlich war, mehr sich der
flüssigen Substanzen und Nahrungsmittel zu bedienen als
aller anderen. Es gibt aber Menschen, oft sehr begabte,
hochpoetische Naturen, die selbst bei gemäßigter Temperatur
dem Princip des Trinkens mehr als dem des Essens hul=
digen. Zu diesen zählte auch, wie bekannt, der reichbegabte
Poet und hochverdienstvolle Uebersetzer Byron's Adolf
Böttger; und dieses war das einzige Unglück, das sein
so schönes und schätzenswerthes Schriftsteller=Leben beein=
trächtigte; denn die allgemeine Menschheit glaubt nicht,
kann sich nicht erklärlich machen, daß geniale Menschen,
selbst wenn sie den status quo ihres Lebens über Bord
werfen und nebstdem, daß sie dem Gotte der Poesie huldi=
gen, dabei auch den Bachus und Gambrinus nicht verschmähen,
dennoch tüchtige Männer der Feder und treffliche Menschen
sein können. So war es unser Adolf Böttger! Was hat
der Mann alles geleistet, und was er uns geboten, wie
schön und nützlich reiht es sich den besten unserer neuen
literarischen Erscheinungen an. Böttger konnte in Wahr=
heit kein Wein= oder Bierstübchen passiren, dem er nicht einen
kleinen Tribut zollen mußte. Ich habe dieses aus eigener
Erfahrung wahrgenommen. Ich ging zuweilen von seiner
Wohnung aus mit ihm promeniren und er verstand es

und hatte die dahin sich beziehende beste geographische
Kenntniß, mich solche Strecken zu führen, auf denen hier
und da sich Häuschen befanden, die das Wappen des Bachus
oder Gambrinus zierten und an denen man: „ehrenhalber
nicht vorüber gehen konnte, ohne, wenn auch nur en passant
für einige Augenblicke einzukehren." Aber glaube ja nicht,
daß ich Böttger, trotz dieser „Stations=Wandlung", je in
unzurechnungsfähigen Zustand versetzt gefunden habe, er
war der Mann, der etwas ertragen konnte; es regte ihn
auf, aber es erweckte seinen Geist, seine Arbeitsfähigkeit,
es schärfte seine Feder, und daß dieses volle Wahrheit ist,
beweiset Folgendes. — Als ich eines Tages wieder eine
solche „Promenade" mit Böttger durchgemacht und ich ihn
beim Heimgehen erinnerte, daß er noch immer sein mir
gegebenes Versprechen, ein Stammblatt zu schreiben, nicht
eingelöst, so sagte er: „Gut, kommen Sie gleich mit mir noch=
mals in meine Wohnung, wir plaudern noch eine Stunde
mitsammen und ich werde Ihnen auch das Blatt schreiben."
Und nun, lieber Leser, urtheile selbst, kann ein Mann in
„unzurechnungsfähigem Zustande" so herrlich schön, wahr
und warm empfunden schreiben, wie dies Böttger im nach=
stehenden Stammblatte gethan?

> Nur ein Gedank', ein Hauch, ein Traum,
> Bewußt Gefühl von Zeit und Raum,
> Ein wie Musik ins All Verschweben:
> Das ist der Staubgebornen Leben.
> Geburt, der Anfang von dem Ende,
> Reicht im Entstehen dem Tod die Hände;
> Und kaum, daß Einer nachgedacht,
> Hat er den Erdgang schon vollbracht;
> Ihn hebt nur aus der Spanne Zeit
> Sein Wirken zur Unsterblichkeit.
>
> Zur freundlichen Erinnerung
>
> Leipzig, 16/3 1868.   Adolf Böttger.

Eine sehr liebe Erinnerung bildet bei mir die Bekannt=
schaft des Schauspielers Emil Claar. Lieber, freundlicher
Leser! ich bitte Dich, halte mich nicht für arrogant, wenn
ich Dir die Versicherung gebe, daß ich schon damals, also
vor ungefähr sieben Jahren, sofort im Umgang mit Claar
wahrgenommen habe, daß in diesem hübschen, zarten, blon=
den Männchen keine alltägliche Comödianten=Natur steckt.
Er hat nicht nur eine gute Leipziger Laube'sche, sondern
auch eine tüchtige Weimarische Schule durchgemacht. Es
scheint, als ob Claar, so trefflich, meisterhaft er auch die
meisten, in sein Genre einschlagenden Rollen darzustellen
vermag, doch den Schwerpunkt seiner Laufbahn auf die
Regie=Kunst gerichtet und darin seinen Hauptberuf erkannt
haben mochte. Demgemäß verfolgt er sein Ziel bis heute,
wo er sich als Oberregisseur des deutschen Landestheaters
in Prag aufs Glänzendste bewährt, sich aber auch als
Darsteller allgemeine Beliebtheit erworben hat. Ueberhaupt
hat Claar ganz das Zeug zum Regisseur, vielseitige Bildung,
eine bewunderungswürdige Belesenheit, besonders der klassi=
schen Literatur, Ruhe und Ueberlegung, Zuvorkommenheit
gegen alle Künstler, und wo nöthig, Ermahnung, jedoch
ohne Hervorthun, ohne schulmeisterische Pedanterie und fern
von aller Arroganz; mehr belehrend und erinnernd, als
comödienhaft zurechtweisend. Seine fleißigen Studien, sein
mannigfaches Wissen, unterstützen ihn in jeder Art und
Weise, so daß er bei Inscenirung historischer Dramen selten
oder gar nicht sich einen „Lapsus" zu Schulden kommen
läßt und so kann man heute schon bei ihm als Künstler
den bekannten Spruch in Anwendung bringen:

„Denn, wer den Besten seiner Zeit genug gethan,
    Der hat gelebt für alle Zeiten!"

Jedoch auch als Poet, wie überhaupt in schriftstelle=
rischer Weise hat er bereits die schönsten Proben seines
Talentes abgelegt, und ich bin gewiß, würde ihn sein Beruf

dem er mit rastloser Mühe und Sorgfalt obliegt, mehr
Muße lassen, oder kommt einst die Zeit, wo er Ruhepunkte
gewinnt, um seiner Feder mehr Schwung zu verleihen, so
würde er als Dichter und Schriftsteller gewiß nicht zu den
Letzten zählen. Ich möchte dieses mit Zuversicht behaupten,
denn der stattliche Band Gedichte, der gerade zu jener Zeit,
bei Oskar Leiner in Leipzig, von ihm erschienen ist, gibt
mir allen Grund zur Bewahrheitung des hier Ausgesprochenen. Das nachstehende Gedicht widmete er mir als Erinnerung für mein Album; es ist zwar etwas weltschmerz-
lichen Inhaltes, birgt aber Wahrheit in sich und so lange
ich strebe, kämpfe und ringe, war mir die Wahrheit lieb
und werth, so auch diese:

So lang Du ringest, wird hinieden
Kein reines Glück Dir je zu Theil,
Zerbrachst Du auch den eig'nen Frieden,
Zu kämpfen um der Menschen Heil!

So lang Du ringest, muß erzittern
Vor jedem Labequell Dein Mund,
Die Mißgunst wird ihn tief verbittern,
Der Neid vergiften bis zum Grund.

Das Köstlichste im Busen hehlend
Entfliehst Du gar in Einsamkeit,
Im Innern Fülle — außen Elend
Und Stille und Gebrochenheit.

Ertrage Unrecht und Verhöhnung
Ertrage jeder Marter Noth —
Die volle, weinende Versöhnung
Bringt einzig und allein der Tod!

Liegst Du erblaßt, im Todtenglanze,
Dann fallen Thränen aus der Luft.
Versagte Ehre wird zum Kranze,
Den man Dir legt auf Deine Gruft!

Zur Erinnerung an
Leipzig, October 1868.　　　　　Emil Claar.

Nun folgt der viel gewanderte und gewandte Schrift=
steller Gerstäcker. Derselbe ist ein zu allgemein aner=
kannter und beliebter Schriftsteller und wer ihn näher kannte,
muß ihn auch als einen Mann: „Frisch! frei! froh!" be=
zeichnen, so daß ich mich eines Nähern über Gerstäcker ent=
heben kann, um so mehr, da er sich selbst mit nur wenigen
Worten treffend charakterisirt, denn er schrieb mir:

Rast ich, so roste ich!

Dresden, den 19. September 1868.

Friedrich Gerstäcker.

Ich erhielt das letzte Blatt, während ich auf meiner
Rückreise nach Prag in Dresden wieder einige Tage verweilte.
Zu Ende des J. 1868 reiste ich nach meiner Vater=
stadt zurück, um auszuruhen, nicht etwa auf den mir erwor=
benen grünen oder goldenen Lorbeeren, denn diese liegen
mir noch allzu fern, aber ich hatte:

Das beste Ruhekissen
Ein gut Gewissen!

Das Bewußtsein, daß ich auf meinen Wanderungen
manchen guten Samen ausgestreut, der vielleicht geistig be=
fruchtend sein dürfte, und daß ich eine reiche Sammlung

von Erfahrungen mancher Art einheimſte, die belehrend,
beruhigend und aneifernd auf mich wirkten. — Uſus wurde
es bei mir, wenn ich längere Zeit herumwanderte, bei
meiner Rückkunft nach Prag, gleich nach wenigen Tagen
eine längere Converſation mit dem Direktor des deutſchen
Landestheaters, Rudolph Wirſing, abzuhalten. Da
kramte ich ihm Alles, was ich in allen Theatern geſehen,
gehört, wahrgenommen, aus. Da wurden auch von Seite
Wirſing's Erkundigungen eingezogen, über dieſen Künſtler,
über jene Künſtlerin, der für Prag aquirirt werden ſollte,
oder die in Prag Engagement ſuchte. Meine Meinung
war ſtets offen, frei und unpartheiiſch, ohne Rückſicht auf
Bekanntſchaft oder Freundſchaft. Und auch dieſes war mir
Gewiſſensſache, trat ich doch an den Verſtand eines ſo hervorragenden Kunſtinſtitutes nicht als „Theater-Agent", ſondern
als Freund, als alter Freund heran. Denn ich habe das
Vergnügen, Rudolph Wirſing nicht von heute und geſtern,
ſondern ſeit faſt 25 Jahren zu kennen, ſeit meines erſten,
bereits hier erwähnten Aufenthaltes in Leipzig, woſelbſt er
damals Director war. Und ich muß es hier offen geſtehen,
daß ich unter allen zeitweiligen Theater-Directoren (nicht
jenen Directoren, die ihre eigenen Inſtitute leiten) keinen
gefunden habe, der ſo mit Kenntniß ſeines Berufes, mit Gewandtheit, mit einem reichen Schaß von Erfahrungen und zur
vollen Zufriedenheit eines einſichtsvollen Publikums
ſein ihm anvertrautes Inſtitut ſo geleitet hätte, wie Wirſing.
Mögen nur meine lieben Prager „hinaus" gehen und ſich die
Theater der großen deutſchen Provinzen anſehen, und ich bin
gewiß, daß ſie bei ihrer Heimkunft das deutſche Landestheater
mit ſeinen herrlichen Kräften der Oper und des recitirenden
Dramas, wie ein Hoftheater begrüßen werden. Daß ein
Provinztheater nicht ſolche Kräfte haben kann wie ein
Hoftheater zu Wien, Berlin, München, Dresden, Stutt-
gart 2c., muß doch jeder nur halbwegs einſichtsvolle Menſch

zugestehen. Theater, welche wie die oben genannten ein zahlreicheres Publikum fassen, deren Preise höher angesetzt sind als in Prag, die zudem aber noch 100,000 fl. oder Thaler, oft noch mehr, jährlich Zuschuß erhalten und noch obendrein, wenn ein Deficit entsteht, was gewöhnlich da ist, dasselbe auch gedeckt wird; freilich solche Theater sind schon in der Lage mehrere Kräfte, und da jede einzelne Kraft mit 10,000 bis 15,000 fl. jährlich zu engagiren. Und eben die Nichtberücksichtigung des hier Gesagten von Seiten eines Häufleins sogenannter Kunst- und Theaterfreunde und wir sagen es offen und frei, die Unverschämtheit einzelner Theaterbesucher, an ein Institut wie das Prager Theater, dieselben Ansprüche und Anforderungen zu stellen, wie an jene hoch dotirten kaiserlichen und königlichen Institute, nur diese können Wirsing den Vorwurf des Unverständnisses als Theaterdirector machen; dem wirkliche Kunstfreund, dem Einsichtsvollen, dem Erfahrenen, dem wird es nie und nimmer einfallen, auf Rechnung des Herrn Wirsing unser Theater herabzuwürdigen — daß Wirsing auch nicht unfehlbar ist, daß er hier und da auch seine Mucken und Schwächen hat, und daß auch Manches anders, Manches vielleicht doch besser sein könnte, wollen wir nicht ganz in Abrede stellen. Diese Fälle geben aber keinen so großen Ausschlag, als daß sie das Ganze wesentlich beeinträchtigen könnten und zudem ist Wirsing auch ein Mensch wie alle anderen, die ihre Schwächen haben, aber dennoch ihrer Pflicht treu und ihrem Berufe ergeben sind — und wo es nöthig, am Ende doch keine Opfer scheuen, den Wünschen des Publikums wie nur möglich zu entsprechen.

Wir wollen auch zugestehen, daß Wirsing selbst seiner: „Darstellung der gegenwärtigen Theaterzustände, nebst Andeutungen zu einer zweckmäßigen Reform und Bühnenleitung", nicht nachgekommen ist; aber wie konnte er es? Er allein? Er ist Privatmann und ein solcher bleibt er selbst als zeitweiliger Theater-Director, der doch leben muß, der auf keine Pension Anspruch hat und daher nach Jahren noch leben will und obendrein seine Zeit, seine Mühe und Sorgfalt, seine im Kampfe um das Dasein theuer erkauften und erworbenen Erfahrungen und das sich angeeignete theoretische und practische Wissen verwerthen will. Sein immerhin treffliches Werk, sollten in erster Reihe die Herren Intendanten und Vorstände der Hof- und sonstigen gut dotirten Theater nicht nur lesen, sondern studiren und so mit gutem Beispiele vorangehen; sie könnten dieses und wir sind gewiß, dann würden sich auch schon Nachahmer und Nachfolger finden. Der Reiche — so wie im gewöhnlichen Leben — muß bei allen Gelegenheiten stets die Initiative ergreifen und dem minder Reichen, dem weniger Bemittelten mit Beispielen vorangehen, ihn ermuntern, ihn veranlassen, seinen Kräften, seinen Umständen gemäß ebenfalls wohlthätig zu wirken! Nicht aber sollen, wie es heute mit Riesenkräften um sich gegriffen hat, die Hoftheater alle nur halbwegs acceptablen Kräfte — und hier wieder besonders im Bereiche des weiblichen Geschlechtes, wenn selbe nur jung und schön sind, den unbemittelten Theatern vor der Nase wegschnappen, nur weil sie es besser bezahlen können. Und für diesen Krebsschaden bei unseren Theaterverhältnissen in Deutschland und Oesterreich kann man doch einen Theater-Director nicht verantwortlich machen? Geht nur hin und besucht die Theater von Brünn, Gratz, Hamburg, Breslau, Königsberg, Nürnberg, Augsburg u. s. w. u. s. w. und Ihr werdet mit mir dahin übereinkommen, daß unter allen hier genannten und auch nicht genannten größeren Provinz-Theatern, und so sehr selbe, eben ihren Verhältnissen auch angemessen, manches Schöne und Gute bieten dürften, dennoch unser Prager Theater, nach allen Richtungen — Oper, Schauspiel, Lustspiel, Posse

— als das erste und beste Theater — nach den großen
Hoftheatern — bezeichnet werden muß. Wohl ist nicht in
Abrede zu stellen, daß das Prager deutsche Landestheater
bedeutend besseres bieten könnte und zwar sogar in
solcher Vollendung, daß es die Concurrenz der Hoftheater
ertragen würde, aber dafür gibts nur ein Mittel, nur
eine Hilfe, dieses zu erreichen. Dieses Mittel ist aber nicht
etwa allein eine erhöhte Dotation für den Director, oder
die immer mehr und mehr erhöhten Preise der Sitze und
Eintrittskarten, wodurch den unbemittelteren Theaterfreun=
den der Besuch nur erschwert wird, o nein! Das eine
Mittel ist die Verdoppelung des Pensions=Fondes! Der
hohe Landesausschuß, der hohe Adel, die reichen Mäcenaten
sollen sich vereinigen und die minder Reichen und weniger
Bemittelten werden ihrem Beispiele folgen und auch ange=
messen ihr Schärflein beitragen und durch freiwillige
Gaben das Capital des Pensions=Fondes so vermehren, daß
nicht nur ein Künstler oder Künstlerin im Alter eine, wenn
auch nur theilweise erhöhtere Pension als bisher erlan=
gen, sondern auch daß im Falle ihres Todes auch ihre
Witwen und unmündigen Kinder, eine ihrem Stande
angemessene kleine Pension erhalten und vor gänzlicher
Armuth bewahrt werden können. In Aussicht dessen wird
jeder tüchtige Künstler und jede tüchtige Künstlerin am
Prager Theater sich eher mit einer guten, als bei einem
Hoftheater mit einer „brillanten" Gage begnügen in dem
Bewußtsein, einst ihr Alter in angenehmerer und ihren
einstigen Kunstleistungen angemessene Weise verleben zu
können, zudem auch mit Ruhe und erhöhetem Eifer, im
weiteren Bewußtsein, daß auch Frau und Kinder, wenn der
Ernährer fehlt, doch nicht in allzuärmliche Verhältnisse ver=
fallen. Ein zweites Hilfmittel entstünde durch die Verdop=
pelung des Pension=Fondes, indem die Beiträge zu dem=
selben herabgesetzt werden könnten, so daß die Mitglieder

auch von ihrer Gage ein Ersparniß zu bewerkstelligen im
Stande wären, denn wahrlich die Procente, die gegenwärtig
die Mitglieder des deutschen Theaters für den Pensionsfond
zu entrichten gezwungen sind, streifen, um uns gelinde auszudrücken, an das — Unangemessenste! — Und so würden
auch die an unser deutsches Theater herangezogenen jungen
Kräfte, wenn sie es zu einer höheren Leistungsfähigkeit
gebracht haben, sich unserem Institute nicht entziehen und
lieber mit minder erhöheter Gage bei uns verbleiben. —
Man mache mir nicht den Vorwurf, dieses Alles sei leicht
gesagt, aber schwer zu bewerkstelligen; nein! Es ist eine
Sache der Möglichkeit, es braucht nur Männer von Einsicht,
Männer, welche keine eingebildete, nur zur Schau getragene
Gesinnung für Kunst haben, sondern wirkliche Mäcenaten
und thatsächliche Freunde der Kunst sind. Ferner Männer
der Energie, die auch Gesinnung und Menschlichkeit in sich
bergen, und wahrlich, Prag zählt noch immer, Gott sei es
Dank! viele, viele solche Männer in seinem Weichbilde. Es
brauchen erst nur Wenige hervorzutreten und mit fester
Hand und ernstem Willen diesen wohlgemeinten Vorschlag
zu erfassen, es werden sich dann schon Anhänger und Nachfolger finden. Wohl dürfte dieses einen Kampf verursachen,
aber kein Sieg ohne Kampf, und je stärker der Kampf,
desto schöner der Sieg. — Vorläufig jedoch, wo noch kein
Pensions-Fond für die Witwen hingeschiedener Künstler
besteht, kann ich mir bei dieser Gelegenheit nicht versagen,
eine Bitte an den hohen Landesausschuß zu richten, mit
offenem Visir!

Die Bitte lautet dahin, daß ein einziges Wort
in den Statuten des Pensions-Fondes ausgemerzt werde,
das Wort lautet: „Gnadengeschenk!“ Ich habe dieses
Wort oft gehört und gelesen und zwar: „Der Witwe des
verstorbenen Künstlers N. N.“ oder „Der alten und kranken
bedürftigen Tochter des verstorbenen Künstlers X.“ ist ein

Gnadengeschenk von 100 fl. 2c. gemacht worden. Man kann allenfalls einem Verbrecher eine Gnade ertheilen; man kann Gnade für Recht geben; aber ein Künstler und seine Angehörigen brauchen keine Gnade! hier ist Menschlichkeit am Platze. Ueberhaupt leben wir jetzt in der Zeit des Fortschrittes, in der Zeit der Aufklärung, jetzt wird der Macht des Geistes, des Wissens, der Begabung die gebührende Anerkennung, Würdigung und Auszeichnung in hohem Grade zu Theil; jetzt sind mehr als früher die Schranken des „Geldunterschiedes" in der menschlichen Gesellschaft gefallen. Ich kenne nur Gott allein und dann meinen Kaiser, der Gnaden ertheilen oder mir gnädig sein kann — sonst Niemand! heiß er wie er wolle, wenn er Gnade ertheilt, würdigt er die Menschheit und mit dieser sich selbst herab. Wie schöner, passender würde es klingen, wenn es hieße: „Der Witwe des verstorbenen Schauspielers N. N. ist, in Rücksicht der Verdienste, die sich ihr Mann als Künstler erworben, ein Ehrensold oder ein Honorar von so und so viel ertheilt worden!" — Um wie viel menschlicher würde dieses sein, weil es nicht den Schein eines „Bettelpfennigs an sich trüge. — — —

Welch einen drückenden Alp habe ich mit diesen Worten von mir gewälzt! Und ich habe das beruhigende Bewußtsein, daß der Denkende, Fühlende, Einsichtsvolle, der gebildete Geistesbegabte diese meine Auslassung nicht mißdeuten wird; und die Andern? Nun, um die kümmere ich mich nicht, höchstens sollen diese mir keine Gnade erweisen! — Ihnen aber, verehrter Freund und hochgeschätzter Herr Director Wirsing! Ihnen bin ich dankbar, daß Sie mir durch das Stammblatt, mit welchem Sie meine „Erinnerungen" bereichert haben, Veranlassung gaben, mich auch in dieser Richtung „ohne Visir" auszusprechen und sprach ich doch nicht allein in der Absicht, Ihnen jetzt erst darzuthun, wie ich Sie als Mensch und Vorstand eines Kunstinstitutes zu würdigen weiß, sondern auch im Interesse meiner lieben Prager Kunstfreunde und unseres hervorragenden Theaters. Fürchten Sie nicht, habe ich auch mich nicht ganz strikt an Ihren mir werthen und schönen Ausspruch gehalten, so bot er mir doch bereits Gelegenheit, einiges davon zu beherzigen.

Auf der langen Reise durchs Leben sei Vorsicht Dein Anker, Dein Führer Pflicht! Lang ist der Weg, falsch ist die Welle. Fern ist das Ziel!
Prag, den 20. October 1868.

Zur freundlichen Erinnerung
Ihr Sie hochschätzender
Rudolph Wirsing.

1869 und 1871.

Eckardt. K. F. Ebert. K. H. Bauer. Kampl. Frau Belix. F. Hamerling. Anastasius Grün. Feiluer. Rosegger. Marx. Kaiser. Fr. Th. Fr. v. Raule. B. Joppee.

Im Monate Januar des Jahres 1869 kam Ludwig Eckardt nach Prag, um auch hier das Publikum durch seine Vorlesungen zu erfreuen. Eckardt zählt zu meinen Jugendfreunden; er war nur wenige Jahre jünger als ich und stand zu Beginn unserer Bekanntschaft noch in der Rosenblüthe seines Idealismus für Freiheit und Vaterland und am Anfange seiner sich nachher immer glänzender gestaltenden literarischen Laufbahn. Eckardt war republikanisch gesinnt; Republikaner im Leben, Republikaner als Dichter; er sagt selbst: „Poesie ist eine Republik. Umgrenzt ist sie von „Prosa" und ihren Reichen: der Monarchie des Egoismus — der Oligarchie der Bankpapiere — der Anarchie niederer Tiebe." Seinem consequenten, ehrlichen und nach jeder Richtung hin unantastbaren Charakter als ein freier Mann von gutem Ruf blieb er treu bis zum Augenblicke, wo er zum größten Leidwesen seiner ungemein zahlreichen Freunde, Anhänger und Verehrer, seine edle Seele aushauchte. Er war ein hochbegabter Schriftsteller und alle seine Produkte zeigen einen seltenen Geist, der, was er wiedergibt, mit seinem Herzblute schreibt und mit dem Sacrament der Ueberzeugung weiht, so sein: „Sokrates", sein „Palm". Er war einer der größten Vorkämpfer für Freiheit und Licht, ein unerbittlicher und unbiegsamer

Gegner und Verächter des Absolutismus und der Heerde der Schwarzkuttler, die man im Leben Jesuiten nennt. Daß dieses Alles und namentlich Letzteres ihm ein stetes Kämpfen um die Existenz, fortwährende Verfolgungen und noch viele andere sehr unangenehme Erlebniße zugezogen, ist selbstverständlich; aber es nützte nichts, man konnte ihn beugen, aber nie brechen; er blieb sich und seiner Ueberzeugung treu, er blieb a u f r e c h t! — Eckardt hatte nur eine hervortretende Schwäche: die Ungeduld! Rastlos wie sein Geist war, entschlossen, wie er in Allem sich kund gab, kein Hinderniß scheuend, wenn es galt, eine Sache zur Ausführung zu bringen, forderte er dies auch von Allen. Er huldigte nicht dem Spruche: Was lange währt, wird gut! nein, er sagte: „Was lange währt, wird sauer, wird alt — frische That! fort mit dem alten Sauerteig!"

Wir blieben durch fast volle dreißig Jahre im besten Einvernehmen; wir standen sogar eine Zeit lang in eifriger Correspondenz und ich besitze eine schöne und interessante Collection von an mich gerichteten Briefen, so wie auch das Original-Manuscript seines „Palm", das ich mit Stolz mein Eigenthum nennen darf. Er sandte mir nemlich „Palm" einst nach Hamburg und als ich ihm dasselbe per Post wieder absenden wollte, schrieb er mir: Behalte es nur, spare das Porto, ich komme selbst nach Hamburg und hole es. — Er kam — Palm war indeß schon gedruckt und Eckart sagte, als ich es ihm zurückstellen wollte: Wozu? ich brauchs nicht mehr, zerreiße es." — Zerreißen? Mein Freund! das thue ich nicht, ich bewahre es als Andenken. — „Nun so lege es in Dein Album," sagte er scherzhaft. — Nein, dazu ist es etwas zu umfangreich, für mein Album mußt Du mir ein eigenes Blatt schreiben. „Da kannst Du lange warten," sagte er, „mache mich nicht eitel, ich glaube am Ende gar, Gott weiß was für ein großer Mann ich bin, daß Du so Alles von mir bewahrst." — Was, großer Mann bin, großer Mann her! Du bist ein Freund von mir und Andenken von Freunden verwirft man nicht so leicht. — Es nützte aber Alles nichts, ein Stammblatt erhielt ich nicht, erst nach Jahren und eben in jener Periode, von der ich im Anfang dieses Capitels sprach, schrieb mir Eckardt Folgendes, das wieder seine Consequenz zu Tage förderte; er hatte einen stählernen Charakter.

Bleiben wir dem Jahre 1848 treu, so sind wir uns selbst und dem Besten treu geblieben.

Prag, den 31. Jänner 1869.

Ludwig Eckardt.

Nun folgt der Senior der lebenden deutschen und deutsch-österreichischen Dichter „von Gottes Gnaden", Carl Egon Ebert. Ich habe schon an anderer Stelle von Ebert dem Dichter und Menschen in ausführlicher Weise geschrieben; seit dieser Zeit verflossen freilich einige Jahre und während dieses Zeitraumes ist der Dichter Carl Egon Ebert, natürlich älter, aber auch „Ritter" geworden und meine öftere und häufig längere Abwesenheit von Prag hat mich verhindert, den früher mit ihm gepflogenen Umgang fortzusetzen, so daß es mir unmöglich gewesen wäre mitzutheilen, ob das rosenrothe Blut des Dichters sich in das „Blaublut" eines „Ritter von" verwandelt hat; da fügte es die Vorsehung, mir gerade jetzt die Freude zu machen, Ebert zu begegnen, der nur auf kurze Zeit nach Prag kam, um von da wieder nach Teplitz zu fahren. — „Ja, ich bin wohl! Nur die Füße, nur die Füße, ich bitte aber nicht zu vergessen, 74 Jahre ist keine Kleinigkeit.

Jedoch der Geist ist stark! Ich arbeite fort, habe Vieles geschaffen, was fast besser werden dürfte, als früher Geschriebenes, namentlich ein Seitenstück zu meiner Idylle „Das Kloster". — So Ebert's persönliche Aeußerung, worüber sich nicht ich allein, sondern alle seine zahlreichen Verehrer gewiß hocherfreut fühlen werden. Aber Eines, mein verehrter Leser! kann ich Dir noch im Vertrauen mittheilen, verrathe es nicht; es steht den Freunden der deutschen Poesie ein großes, erhebendes Ereigniß bevor, nemlich kein geringeres als das Erscheinen einer Gesammtausgabe sämmtlicher Schöpfungen Ebert's. Und wahrlich, es ist hohe Zeit, denn abgesehen davon, daß die Einzelausgaben der hervorragendsten Werke Ebert's, wie seine „Wlasta", „Bretislaw und Juta", „das Kloster" u. n. v. a. bereits im Buchhandel vergriffen sind, gedenkt der geistesfrische, greise Dichter, die in Rede stehende Gesammtausgabe mit vielen bisher noch ungedruckten kleineren und größeren Poesien zu bereichern; und zudem ist der politische Horizont der Gegenwart noch immer umwölkt und es weht eine fröstelnde, fiebererregende Luft vom deutschen Parnaß, daß uns der Durchbruch einer sonnenhaften Poesie Noth thut, um uns zu erleuchten und zu erwärmen. Möge der Wunsch Ebert's in Erfüllung gehen, nemlich das Erscheinen seiner Gesammtausgabe, möge er es bald erleben, aber dann erst noch lange leben. Und somit ist es leicht zu ersehen, das Rosenblut des Dichters blieb unverfälscht! — Der goldene Sporn des Ritters hat den Pegasus neu belebt!

Ebert verherrlichte mein Album durch nachstehendes Sonett, welches eine Rückerinnerung uns in eben so geistvoller als vollendeter Form, mit einem Worte, eines Ebert's würdig, vorführt.

Die Stätten all' besucht' ich jüngst, die trauten,
Wo wir so hohes, stilles Glück genossen,
Ich staunte, meine Augen überflossen,
Als sie die traurig schnelle Wandlung schauten.

Die Büsche, die sich uns zur Laub' erbauten,
Sind fahl und blattlos, nackte, dürre Sproßen,
Die Blumen, die um uns einst aufgeschoßen,
Die Gräser all' vergelbten und ergrauten;

Wo einst wir ungehört und spurlos wallten,
Erregt der Fuß im Laub ein schaurig Rauschen,
Und durch das Dickicht kann ein Späher lauschen,

Und wo einst munt're Vogelstimmen schallten,
Krächzt, einsam flatternd durch den Wald, der Rabe,
Als klagt' er jammernd über'm Freudengrabe. —
Im Januar 1869.

Karl Egon Ebert.

Gegen Ende des J. 1869 verließ ich wieder meine Vaterstadt, jedoch nicht ohne von dort noch zwei mir liebe und werthe Souvenir's für mein Album mitzunehmen. Das Erste stammt aus der Feder C. M. Sauer's. Sauer zählt zu den bereits anerkannten und beliebten Romanschriftstellern der Gegenwart, sowie auch zu den bewunderungswürdigen Erscheinungen in der sprachwissenschaftlichen und literarischen Welt; er ist rastlos in seinem Streben als Linguist, unermüdet in seinem Berufe als Professor. Seine Grammatiken, Dialoghi, Chrestomathien der italienischen und spanischen Sprache sind selbst weit über Oesterreich hinaus mustergiltig und haben die meisten derselben schon 4 bis 5 Auflagen erlebt. Ebenso fruchtbar ist Sauer als Kritiker,

Feuilletonist und Erzähler. Seine Romane, die meistentheils dreibändig sind, bilden eine Lieblingslectüre in allen schön-wissenschaftlich gebildeten Cirkeln und Familien, und nicht mit Unrecht, denn dieselben erheben sich zumeist weit über das Niveau der Jahrmarkts-Romane. So sein „Im blauen Ritter", Reclame", „Kinder der Zeit" u. s. w. Sauer's Studie „Alessandro Manzoni" hat ihn auch in den höheren Kreisen der Literatur und Wissenschaft bekannt gemacht; kurz und gut: Sauer ist eine Erscheinung, die uns, je mehr und länger wir sie ins Auge fassen, desto mehr fesselt und lieb wird. So erging es auch mir, es sind bereits Jahre verflossen, seit ich Marquard Sauer kennen lernte und oft von ihm getrennt, lange entfernt, vergaß ich ihn doch nie — den stets freundlich lächelnden und zuvorkommenden Freund, den fleißigen Beurtheiler und Verurtheiler unserer Bühnen-Helden und Heldinen; den modernen Apostel zur Verbreitung der Kenntniß italienischer und spanischer Sprache und Literatur, den Romancier, als der er sich besonders in meinen Erinnerungen befestigte, indem er mir durch eine Inscription seine Richtung, seine Anschauung als solcher kund gab; sie lautet:

Der Roman sei nicht bloß ein Reflex der Zeit, er sei auch ihr Wegweiser in die Zukunft.

Prag, 1869.

Ihr

C. M. Sauer.

In Betreff des zweiten Souvenir's will ich Dich, verehrter Leser, mit einem „räthselhaften Manne" in nähere Bekanntschaft bringen. Du brauchst aber nicht zu befürchten, daß das „Räthselhafte" dieses Mannes etwas Unan-

genehmes in sich schließt, ich habe ihm dieses Prädicat nur
scherzweise beigelegt, weil er selbst ein Liebhaber der Myste-
riösen ist. Er ist gewissermaßen ein „männlicher Turandot",
dessen Liebe, Freundschaft und Zuneigung man sich im
hohen Grade erwerben kann, wenn man sein „Räthsel"
aufzulösen sich bestrebt. Er liebt es nemlich, die schwierig-
sten Räthsel in gebundener Rede, die ihm nicht ungeläufig
ist, abzufassen, selbe durch den Druck in sogenannten
Fliegenden Blättern vervielfältigen zu lassen, an seine
Freunde und Bekannte zu vertheilen, überhaupt dieselben
in weiteren Kreisen zu verbreiten, und so den verschiedenen
Auflösungen, die oft die komischesten qui pro quo's nach
sich ziehen, mit gespannter Erwartung entgegen zu sehen,
was dem guten Manne „Spaß macht". Es gibt verschiedene sonderbare Künstler, die wieder verschiedene Lieb-
habereien haben. Zu diesen sonderbaren Künstlern zählt
auch dieser mir sehr liebe Freund Hans Hampel, von
dem ich eben gesprochen. Ich sagte Künstler, denn
Hampel ist Künstler, er ist es nicht erst geworden, sondern
ich möchte behaupten, er ist als solcher schon zur Welt gekommen, respective zum Künstler geboren. Hampel ist einer
der hervorragendsten Schüler Tomaschek's, Mitgenosse
Alexander Dreischock's und Julius Schulhof's. Dennoch ist
es ihm bisher nicht gelungen, seinem Namen jene populäre
Verbreitung zu verschaffen, die sich seine obgenannten Mitschüler in der Welt des modernen Virtuosenthumes und
der salonmäßigen Compositions-Fluth zu erringen vermoch-
ten. Nun aber habe ich competente Urtheile vernommen,
daß Hampel als Clavier-Spieler — Virtuose zu sein verschmäht er — wie als Componist mehr Ernst, Gediegenheit
und Idealismus besitzt, als seine Mitschüler. In seiner Richtung nähert er sich gerne Wagner, wie dieser liebt er es zuweilen in seine Compositionen Schwierigkeiten einzuflechten,
die selbst Künstlern schwer wird zu überwinden. Und so

ist es natürlich, daß, indem in seinen musikalischen Werken für den gewöhnlichen Clavierspieler viel „Räthselhaftes" liegt und derselbe es zu lösen nicht die Befähigung besitzt, dieselben auch nicht jene Verbreitung gefunden haben, die sie trotz alledem verdienten. Aber das wahrhafte Talent bricht sich stets Bahn, es scheuet nicht die „Schwierigkeiten" und wo es die Eingebung erfordert, weiß es dieselben zu umgehen, ohne dem Götzen der Mode auch nur das geringste Opfer zu bringen. So auch bei Hampel, auch er hat Compositionen geschaffen, welche uns nicht nur Staunen abringen, sondern auch unser Ohr, unserem Gemüthe, unserem Herzen zusagen und wohlthuen, und dieser sind nicht wenige und sie haben nicht nur im Auslande ihre Verleger gefunden, sondern auch dem Namen Hampel einen ehrenvollen Platz in der besseren musikalischen Welt erworben. Wir müßten einen förmlichen musikalischen Catalog produciren, wollten wir Hampel's sämmtliche Compositionen hier anführen, denn er hat bereits Opus 40 überschritten. Unter ihnen befinden sich viele Piecen, auf die ich gerne als Freund der Kunst und der Musik speciell pflichtgemäß die Aufmerksamkeit meiner auch musikalisch gebildeten Leser und Freunde einer gediegenen Musik hinlenken will. So sein: „Lieb-Ännchen" (eine Erzählung in 4 Bildern), „Entzücken", „Idylle" in F, „Them varié" in G, „Trauermarsch" in H-moll und „Variationen für die linke Hand" in Des u. n. v. a. Diese alle sind nicht gemachte, sondern aus einem tiefen und edlen Schacht musikalischer Kenntnisse und Empfindung gehobene Werke, bei denen der Virtuoseneffekt, im bessern Sinne des Wortes, mit Gediegenheit Hand in Hand gehen und welche sowohl dem fertigen Künstler als dem Musikfreunde, als dankbare Salon- und Concertpiecen willkommen sein müssen. — Hampel's sociale Stellung ist eine glückliche, und es würde ihm nicht schwer fallen, eine „Reclame" für sich zu gewinnen, allein dazu ist er wieder zu stolz, wie er überhaupt kein Freund dessen ist, um „lärmend" in die Oeffentlichkeit zu treten. Er ist ein Pionier für die bessere Geschmacksrichtung in den Labirynthen der musikalischen Welt. Und somit rufe ich Dir zu, Freund Hampel:

„Steure, muthiger Segler,
   Traue dem leitenden Gott! — — —"
„Mit dem Genius steht die Natur im ewigen Bunde;
   Was der eine verspricht, leistet die andre gewiß!"

Meinem werthen Freunde H. J. Landau
zur freundlichen Erinnerung
Hans Hampel.

Prag, 1869.

Es war zu einer Zeit, wo mein angeborenes Tempe=
rament mehr als je einer Wandlung unterworfen war.
„Heute sind Sie der alte Landau, der lustige Kautz, der
Humorist, so sollten Sie immer sein!" — So sagte man
mir. Ein anderes Mal wieder hieß es: „Aber heute sind
Sie stille; so griesgrämig, so ernst, was ist Ihnen Unan=
genehmes widerfahren?" Die Fragenden hatten Recht,
doch überlegten sie nicht, daß es nichts Wunderbares ist,
wenn man seine Laune wechselt; denn die „Unannehmlich=
keiten des Lebens" erscheinen in mannigfaltigen Variationen
und besonders einem Schriftsteller so häufig, daß die Stun=
den seines Daseins oft von Wolken umhüllt, trübe und
sorgenvoll sich gestalten. — In so verschiedenartigen Mo=
menten meines Lebens und Wirkens hat mich eine reizende,
anmuthige Künstlerin kennen gelernt und rief mir zu:

Sei lustig — und Jeder versteht Dich! Sei
traurig und Du bist ein Räthsel — ein Räthsel, das
Keiner sich zu lösen bemüht!

Herrn Landau zur Erinnerung
Hermine Delia.

Ja, es war die Delia, jetzt Frau Claar=Delia! Der
anerkannte Liebling der Prager Theater=Freunde. Ein
Liebling mit Recht, denn die Prager haben seit dem Ab=
gange von der Prager Bühne der nunmehr hingeschiedenen
Künstlerin, Frau Auguste Burggraf, keine so herzgewinnende
und Alles für sich einnehmende Repräsentantin „gewisser
Rollen" gehabt, wie nunmehr in Frau Claar=Delia. Man
mißverstehe mich nicht, wenn ich mich des bezeichnenden
Ausdruckes „gewisser Rollen" bediente, als ob ich damit

sagen wollte, daß n u r Parthien wie: Valentine, Camelien=
Dame, das Weib des Claudius, jene hervorragende Charakteure
sind, die Frau Claar=Delia musterhaft zu gestalten versteht;
nein! wer je Gelegenheit hatte, die genannte Künstlerin
als Gräfin Autreval (Frauenkampf), Leopoldine (der beste
Ton), Priska (Krisen), dann in den rein klassischen Gestal=
ten: Turandot, Gräfin Orsina, Eboli, Milford ꝛc. zu sehen,
wird einräumen müssen, daß Frau Claar=Delia als eine
ebenso vielseitige als treffliche Darstellerin bezeichnet zu
werden verdient und in ihrer Sphäre selten eine Rivalin
zu scheuen hat. Wenn wir zugesten, daß bei der in Rede
stehenden Dame, die ihr von Mutter Natur reichlich ver=
liehenen äußeren Gaben, ihr eminenter Fleiß, ihr ernstes
Streben, einen Haupttheil dazu beigetragen haben, daß sie
zu jener künstlerischen Stufe gelangte, die sie nun erreicht
hat; so dürfte doch nicht wenig, die Weisung, die Andeutung,
das tiefere Erkenntniß des ihr zur Seite stehenden Gatten,
des denkenden Mannes, dem es ernst mit der Kunst, wohl=
thuenden und geistig erfrischenden Einfluß darauf genommen
haben und daß bei keiner Künstlerin so leicht der Spruch
anwendbar sein dürfte wie bei der Claar=Delia; der Spruch:

> „Das Ewig=Weibliche
> Zieht uns hinan.
> Finis."

Und sei es wie es wolle, heute zählt Claar=Delia mit
zu jenen dramatischen Künstlerinnen, die sich eines vollen ehren=
haften Rufes erfreuen, und so wie sie gegenwärtig dem Kunst=
institute Prags zur Zierde gereicht, so würde sie auch jede
andere Bühne zieren. — Diesen meinen Ausspruch bewährte
die in Rede stehende Künstlerin sogar in allerneuester Zeit
und zwar bei Gelegenheit der Aufführung von Adolf Wilb=
brand's Drama: „Aria und Messalina". Wir zweifeln sehr,
ob das genannte Drama, trotz allen seinen hochanstrebenden

nicht alltäglichen Vorzügen, auf einer andern Bühne einen
solchen sensationellen Erfolg erringen wird, wie in Prag,
und zwar weil die Schwerkraft des Erfolges auf der Bühne
in den beiden Frauen-Rollen dieses Dramas concentrirt ist,
und zwei Künstlerinnen wie Frau Werfing-Hauptmann
und Fran Claar-Delia, die beide für Aria und Messalina
wie geschaffen sind, selten oder gar nicht an einer Bühne
vereinigt zu finden sein dürften. Diese Aria-Werfing-Haupt-
mann mit ihrer imposanten Erscheinung, ihrem geistdurch-
wehten Heroismus und ihrer innigen Gatten- und Mutterliebe,
die sie aber, um der Schande zu entgehen, für dieses Leben
opfert, denn: „Es schmerzt nicht!" suchet ihres Gleichen;
und wieder Messalina-Claar-Delia, dieses von zügelloser Liebe
durchdrungene Weib, das Menschenleben wie Kupferpfennige
hinwirft, um nur den unaufhaltsamen Trieb der Wollust
zu befriedigen; bei dem Allem aber doch ihrem weiblichen
Heroismus eine ästhetische Anziehungskraft zu verleihen
versteht, so daß man ihr, troß ihrer allen besseren Gefühle
hohnsprechende Verworfenheit nicht gram sein kann, die wir
verachten müssen, aber dennoch nicht hassen können, vermag
kein zweites Weib so vollendet uns wiederzugeben und so
unsere Bewunderung heraufzubeschwören. Wir sind überzeugt,
daß, wenn Adolf Wildbrand, der in allen Theilen vor-
trefflich gespielten und inscenirten Darstellung seines herrlichen, für die neuern dramatischen Schriftsteller musterhaften
Werkes beigewohnt hätte, es ihm für den schmerzlichen Verlust,
den er durch das Hinscheiden seines leiblichen Kindes, das
holde Fränzchen, erlitten, kein kleiner Trost gewesen wäre;
denn Frau Werfing-Hauptmann und Frau Claar-Delia waren
die ersten und einzigen Pathinen, als sein geistiges
Kind mit der sacramentalen Weihe der Kunst aus der Taufe
in die Welt der Unsterblichkeit gehoben wurde. Die
letzten Monate des J. 1869 so wie einige Monate des J. 1870
verweilte ich in dem anmuthigen Gratz. Daselbst lernte ich

ben Kaulbach mit der Feder, Robert Hamerling, dem
ich von Carl Egon Ebert bestens empfohlen war, sodann
Anastasius Grün, Carl Gottfried Ritter v. Leitner,
Friedrich Marr, J. P. Rosegger und den Blücher auf
dem Schlachtfelde gegen das Pfaffenthum J. R. Zimmermann, den aus Oesterreich hinausgemaßregelten Redakteur
der „Freiheit" und Verfasser der „Pfaffenpeitsche", kennen.
Die Pflicht des Dankes gebietet es mir, auch mich des trefflichen Bibliothekars am Johanneum Dr. Franz Mitterbacher
zu erinnern, eines Mannes, der sich in frühern Jahren auch
ungemein fleißig und mit vielem Geschick, der belletristischen
Literatur gewidmet. — Mitterbacher war es, der mir in Graz
als Freund zur Seite stand, er verschaffte mir das Vergnügen,
auch den liebenswürdigen Graf von Meran, einen thätigen
Förderer alles Schönen und Guten, der Kunst und Literatur,
persönlich kennen zu lernen. Graf von Meran ist auch einer
der leutseligsten Cavaliere und erfreuet sich in Graz einer
ungemein ehrenvollen Popularität; er huldigt den Grundsätzen
seines unvergeßlichen Vaters, des verewigten Erzherzogs
Johann, denn er liebt und achtet das Bürgerthum.
Graz bildet überhaupt in meinen Erinnerungen eine der
schönsten Perioden des Lebens, und wahrlich selten dürfte
sich auch eine Stadt in Oesterreich rühmen, solche Capacitäten der Literatur, der Wissenschaft und Intelligenz zu
besitzen, wie Graz, welches aber auch ein Trifolium für
politische und geistige Freiheit seltener Art aufzuweisen hat:
Rechbauer! Kaiserfeld! Dr. Moritz Ritter von
Schreiner!
Anastasius Grün, eigentlich Graf A. Auers-
perg, der demokratische Aristokrat, der aristokratische Sänger
der Freiheit, ist im Umgange so liebenswürdig-aristokratisch,
daß man in Versuchung geräth, ihn für einen Demokraten
zu halten, in allen Fällen ist er aber stets der höfliche
Mann, der gerne für Augenblicke den „Grafen" in den

Hintergrund drängt und tritt hier und da der gräfliche Adel
zum Vorschein, so geschieht dieses wieder in so hochgebil=
deter Weise, daß es selbst den hochrothen Demokraten nicht
unangenehm berühren wird. Graf, Dichter und Mensch, ist
doch jeder Einzelne für sich schön, wie ungemein selten ist
es doch, wenn alle drei sich amalgamiren, wie dieses bei
Anastasius Grün der Fall ist. Dies dürfte die
Hauptveranlassung sein, daß das ganze Deutschland ihn
liebt und verehrt, insbesondere aber Oesterreich, das auf
ihn stolz ist und stolz sein darf. Er schrieb mir:

> Poesie — wo ist sie? und wo nicht? —
> Ob Juvelenpracht sich sonnt im Licht,
> Wie viel mehr noch Ihresgleichen ruht
> Ungehoben noch in Schacht und Fluth!
> Graz, den 25. November 1869.
>
> A. Grün.
> A. Auersperg.

Glückliches, beneidenswerthes Graz! Du das schon
von Mutter Natur so paradiesisch begabt, birgst auch noch
so viele, schöne, herrliche Erscheinungen, entsprossen dem
hohen poetischen Olymp in deinen Mauern: Grün, Hamer=
ling, Gottfried v. Leitner und den hochbegabten Friedrich
Marx. — Lieber Leser! Siehst, sprichst Du Leitner, so
wirst Du nie oder selten den „Ritter von" gewahren; aber
den lieben edlen Menschen, den Mann voll Hingebung
und Gemüth, den Dichter, der vielleicht nicht eine Zeile
schrieb, die er nicht empfunden! Dennoch findest Du
in seinen Poesien nicht das allzuschwärmerische und süßliche,
nicht das bleiche Mondscheinartige eines Hölderlein. Männ=
liche Wärme, männliches Gemüth, keine hektische, nur
gesunde Phantasie. Leitner ist eine der ehrwürdigsten

Erscheinungen am Parnasse Oesterreichs, dessen lyrische
Gesänge weit tönend in allen Herzen das wohlthuendste
Echo hervorrufen. Nimm Leitner's Poesien zur Hand, ohne
Furcht, Du findest kein vermärzliches „Dudelbumbei!" darin,
denn Leitner ist Patriot, ein Christ im wahren Sinne
des Wortes, aber kein „decorirter Hofpoet", kein „Frömmler".
Lese in seinen „Herbstblumen" nur die Gedichte: „Galte",
„Galilei", „das neue Evangelium", „Glaubensfreiheit",
u. n. v. dgl. m. Und was er von Politik denkt? Nun das
sage Euch das Sonett, welches Leitner mir fürs Album
widmete, als er bereits das 69. Lebensjahr erreicht hatte:

Freiheit.

Die Freiheit, Mensch! ist alt; sie ward geboren,
Als Gott Dir Geist aus seinem Geist einblies;
Doch ging beim ersten Fehl im Paradies
Sie mit des Herzens Reinheit Dir verloren.

Der Zucht bedürft'ge Enkel selbst erkoren
Zum Herrn sich den, der Macht und Muth bewies.
Was Wunder, daß er thun in Bande hieß,
Zum Schutze ihnen selbst, die schlimmen Thoren.

Und wie wir laut nun nach Entfesslung ächzen,
Der Freiheit gold'ner Tag, nach dem wir lechzen,
Ist, fürcht' ich, weit vom Anbruch noch entfernt.

Es frommt, zu stürzen die verhaßten Schranken,
Nur dem, der allenthalb und ohne Wanken
Sich weise selbst beschränken hat gelernt.

Grätz, am 27. Dezember 1869.

C. G. R. v. Leitner.

Das Jahr 1869 schloß der anmuthige, liebliche Natur-
Poet und Erzähler P. K. Rosegger. Dr. C. Swo-
boda, dem Redacteur des „Grazer Tagblatt" und Robert
Hamerling haben wir es zu danken, daß dieses, einem
einsamen Dorfe entsprossene Talent herangezogen und zu
Tage gefördert wurde, um einen ehrenvollen Platz unter
Oesterreichs Poeten und Erzählern einzunehmen. Und
wahrlich die beiden hier genannten Herren haben es nicht
zu bereuen, sie haben sich den Dank zahlreicher Leser und
Freunde der Naturpoesie in hohem Maße erworben. Was
Rosegger bisher geleistet, ist fast alles gut, selbst das,
was über die Gränze seiner ursprünglichen Begabung schreitet;
ich meine seine Erzählungen in hochdeutscher Sprache.
Dennoch hat sein poetisches Talent sich bisher nur in
obersteirischer Mundart bewährt; seine nach jeder Richtung
ihm eigene Bescheidenheit, hat ihn noch nicht verlassen und
seine Dichtungen in hochdeutscher Sprache ruhen bisher noch
in seinem Pulte, er begnügt sich damit, neben Dialekt-
Dichtern wie Franz Stelzhamer, Klaus Groth und
Fritz Reuter würdig genannt zu werden. Rosegger
schrieb mir:

Ich bin owa vo der Olm und an Steirakopf hon ich,
Du gibst ma Dei Hand, und ich: Grüaß Dich Gott
ah! —
A wenig singen, a weng blosn, a weng Zithernschlagn
konn ih,
Und siach ih a schöns Diandl, o weng bußln kann
ih ah!

Graz, im Dezember 1869.
P. K. Rosegger.

Das J. 1870 eröffnet in meinem Album Friedrich Marx. Wer ist Friedrich Marx? dürften manche meiner Leser fragen, welche nicht Gelegenheit hatten, sich mit allen Erscheinungen der Poesie im Laufe des letzten Decenniums zu befreunden; und wieder werden viele so fragen, welche es für gerathen finden, sich nur jene poetischen Werke anzuschaffen (vielleicht um selbe zu lesen, vielleicht auch nur der „Mode" wegen), deren Lob ihnen von der papiernen Posaune gewisser Zeitungs-Charlatans vorgeblasen wurde. Ich aber, verehrter Leser, rathe Dir, nehme Friedrich Marx's „Gemüth und Welt" (Gedichte, 2. Auflage, Hamburg, J. F. Richter, 1870) zur Hand, lese sie, es wird Dich nicht reuen, Du wirst Marx den Dichter und Menschen kennen lernen. Marx hat sich auch schon als dramatischer Dichter in hervorragender Weise bekannt gemacht, seine „Olympias", seine „Jakobäa von Bayern" gehören unter die bessern Dramen der Gegenwart. Marx zählt zu seinen Freunden Männer wie Anastasius Grün, Hamerling und Leitner, die alle sein Talent hochschätzen und seinen poetischen Schöpfungen volle Gerechtigkeit widerfahren lassen. Seine Ordnungsliebe, seine Pünktlichkeit, seine Disciplin, die sich in allem seinen Thun und Lassen kund gibt, ließe wohl den einstmaligen Hauptmann in der k. k. Armee verrathen, aber in seinem Umgange und Benehmen gegenüber seinen Freunden und Bekannten, merkt man es nicht, da findet man kein Härchen einer soldabescischen Rauheit, keinen martialischen Anstrich und so harmoniren bei ihm „Leyer und Schwert" aufs Beste. Ein kleines poetisches Frag- und Antwortespiel, das in der allumfassenden Liebe seinen Ausgangs- und Entscheidungspunkt findet, hat Marx meinem Album eingereihet, er lautet:

Was ist der Ruhm? Kein treuer Stern! Ein feuersprühend Meteor,
Kaum faßst Du auf, erlosch es Dir, umgibt Dich Dunkel wie zuvor!
Die Wissenschaft? Kein Sonnenstrahl! Vielleicht des Knappen
Grubenlicht,
Bei dem er durch viel taub Gestein nur selten Stufen Goldes bricht.
Was ist die Kunst? Kein Göttersaal! Doch wohl der Iris farbig Band,
Das auf des Lebens Wolkengrau die Phantasie uns tröstend spannt.
Doch Lieb', sie ist das Tröpflein Thau an dieser Leidensblume: Welt,
Der uns mit Licht und Himmelsblau des Kelches tiefsten Grund erhellt!
Graz, im Januar 1870.

Seinem werthen Freunde
H. J. Landau zur Erinnerung
Friedr. Marx.

Robert Hamerling lebt zurückgezogen von der Welt,
abgeschieden von Allem und Jedem, pflegt wenig oder gar
keinen Umgang mit Andern, er lebt nur der Poesie. Ewig
leben wird seine „Venus im Exil", vielleicht entschloß er
sich deshalb nicht zu heirathen. Dennoch steht Hamerling
nicht allein, denn ein Herz schlägt für ihn, ein lieblich
blickendes Auge bewachet ihn, eine zarte Hand streift oft
ab die Falten seines Antlitzes — es ist die Hand, das
Auge, das Herz seiner Mutter! Sie ist die Alma mater
in dem heiligen Cultus seines Dichterlebens. So schlicht
und einfach sie ist, so liebt sie in ihrem „Robert" nicht nur den
Sohn, den sie unter ihrem Herzen getragen, den sie mit
Schmerzen geboren, sondern sie versteht ihn auch und
weiß sein hohes Wirken, sein edles Streben zu würdigen;
sie hat das Bewußtsein, daß sie die Mutter eines „Gott=
begabten" ist, doch fern liegt ihr jedweder Stolz, jedwedes
Großthuen. Und mit welcher Klugheit, mit welcher Hinge=
bung weiß sie seinen dichterischen Launen und Eigenheiten
zu begegnen; sie lebt und wirkt nicht für sich, nur für ihren
„Robert"; er ist ihr Stolz, ihr Augapfel, die lebendig,
freudig schlagende Ader ihres zarten mütterlichen Herzens.
Er ist ihr Alles! Sie ist eine gebenedeite Mutter eines

gebenebeiten Sohnes. Wohl Ihr, daß sie einen solchen
Sohn, wohl Ihm, daß er ein solche Mutter besitzt!

Franziska Hamerling! lebt und wird leben mit dem
Namen Robert Hamerling! Und wahrlich, man braucht
nur die Dichter-Mutter zu sehen, sofort wird man sie lieben
und verehren. Diese zarten, noch immer von einstmaliger
Schönheit zeugenden Züge, dieses freie und freundlich blickende
Auge, das bescheidene, gemüthvolle und zutrauliche Thun
und Lassen! Und was das Häusliche betrifft, kann man
hier im wahrsten Sinne mit Schiller sagen:

„— Zufrieden mit stillerem Ruhm
Brechen die Frauen des Augenblickes Blume
Nähren sie sorgsam mit liebendem Fleiß,
Freier in ihrem gebundenem Wirken,
Reicher, als er, in des Wissens Bezirken
Und in der Dichtung unendlichem Kreis!"

Und glaubt mir, was ich hier schrieb, ist aus der
tiefsten Tiefe meines Gemüthes entsprossen, es ist die volle
Wahrheit, aber auch zugleich die reine Huldigung, die
ich als ein geringes Zeichen meiner Dankbarkeit der
Frau Franziska Hamerling — eben daß sie eine
solche Mutter unseres gefeierten Dichters ist, in meinem,
gewiß auch noch im Namen der zahlreichen Verehrer des
Dichters von: „Ahasverus in Rom", „König von Sion"
u. s. w. in Ehrerbietung darbringe. Möge die Vorsehung
Robert Hamerling noch ein langes, von allen Schmerz und
Leiden freies Dasein schenken und möge auch, eben so
lange ihm seine herrliche Mutter in der Frische ihres thätigen und wirkenden Lebens zur Seite stehen. — Robert
Hamerling schrieb mir ein köstliches Blatt für mein Album,
das ich aber jetzt noch nicht der Oeffentlichkeit übergeben
will; um jedoch meine lieben Leser gewissermaßen zu revanchiren, gestatte ich mir hier nur vier Zeilen zu reprobuciren,

die er so gütig war in einem mir gewidmeten Exemplar
seines „Ahasverus in Rom" einzuzeichnen; sie lauten:

Was will sie nur, die Poesie?
Sie kommt zu spät, sie kommt zu früh,
Hat leichten Lohn für schwere Müh',
Was sie gewollt, erreicht sie nie.

Graz, den 4. Februar 1870.

Robert Hamerling.

Im J. 1870 besuchte ich auch Linz. Hier wurde
ich erfreuet, eine ebenso kunstvolle als köstliche Gabe meinem
Album einreihen zu können, und zwar von dem berühmten
Bleistiftzeichner Professor J. M. Kaiser I. Ja der Erste,
vielleicht auch der Einzige, denn nennt mir einen zweiten,
der so mit dem Stift zu malen versteht wie Kaiser!
Kaiser ist aber auch ein wissenschaftlich hochgebildeter Mann,
er beschäftigt sich heute noch in seinem vorgerückten Alter
mit Literatur und Wissenschaft, so daß es ihm ein Leichtes
wird, sich in die Intentionen jener Dichter und Schrift=
steller genau einzuweihen, zu deren Werken er Illustrationen
macht, die uns die Gedanken, das Empfinden der Au=
toren in geistvoller Weise verkörpern. Wir erinnern hier
nur an die Schriften Adalbert Stifters, die Kaiser mit
seinem Meistergriffel so unübertrefflich schön ausgestattet. —
Kaiser hat etwas Patriarchalisches in seinem Aeußern, sein
stets freundlich=würdevolles Benehmen muß auf Jedem, der
ihm nahe kommt, eine sympatische Attraction ausüben. Er
erinnerte mich in seiner Erscheinung an die altdeutschen
Künstler aus der Nürnberger Kunstperiode. Aus den oben
erwähnten Illustrationen zu Stifters Schriften, widmete
er mir zwei herrliche Bildchen für mein Album, denen er
nebst der freundlichen Erinnerung noch nachstehende Inscrip=
tion beifügte:

Geſchwiſter ſind die Künſtler alle
Ob er ſinge, dichte, mahle,
Wer immer jagt im Kunſtrevier,
Der iſt ein lieber Bruder mir!
Linz, am 22. November 1870.

J. M. Kaiſer.

Wie hocherfreut, wie ungemein überraſcht fühlte ich mich aber, als am Tage, an welchem ich bei Kaiſer Abſchied nahm, er mir noch eine Folio-Landſchaft, ein ſeltenes Kunſt= ſtück der Bleiſtiftzeichnung als Andenken überreichte. Unten ſchrieb er:

Alles pünktlich und genau, ohne eitel Prunk und Prahlen,
Lieb ich es auch nur Grau in Grau ohne bunte Farb' zu
malen,
Und wenn's den Pöbel nicht beſticht — nun für den Pöbel
mal' ich nicht!
Leipzig, den 7. Dezember 1870.
Der Bleiſtiftzeichner
Profeſſor J. M. Kaiſer.

Bei meiner Rückreiſe von Linz verweilte ich wieder eine kurze Zeit in Wien, wo ich das Vergnügen hatte, den Baron Dr. Theodor von Raule ſo wie deſſen Frau Gemalin kennen zu lernen. Raule iſt nicht nur ein Freund und Förderer der Kunſt und Literatur, ſondern er beſchäftigt ſich auch ſelbſt mit der Letzteren. Er ſchrieb und edirte Gedichte, die ein ſchönes poetiſches Talent bekunden; in weiten Kreiſen machte er ſich in vortheilhafter Weiſe durch ſeine zahlreichen Luſtſpiel=Bluetten bekannt, die größtentheils auf vielen Bühnen mit durchſchlagendem Erfolg zur Auf= führung gelangten und zwar unter dem Pſeudonym Richard vom Walde. Raule hat in letzterer Zeit etwas pausirt und wäre es zu wünschen, daß die Pause keine allzulange werde, denn die neu auftauchenden beſſern Arbeiten würden die gegenwärtige Mißernte auf dem Felde der heiteren dramatiſchen Bluetten uns theilweiſe vergeſſen machen. Darum rufen wir dem liebenswürdigen Richard vom Walde zu: „Friſch gewagt und nicht verzagt! Sie haben ja alle Befähigung dazu, und wann Sie auch wie bis jetzt nur „im Kleinen arbeiten", ſo wiſſen Sie doch, es iſt beſſer im Kleinen begonnen und Groß zu enden, als gleich Groß anzufangen, wo der Anfang ſchon das Ende iſt. Daß ich mich Ihrer erinnerte, iſt ſelbſtverſtändlich, denn wie konnte ich Ihrer vergeſſen? Haben Sie ſich doch auch als Mann mir und vielen Andern gegenüber im vollſten Glanze bewährt; ob ich aber mit dieſer wohlgemeinten freundſchaftlichen Mahnung recht oder unrecht gehandelt habe, dies ſolle Sie ſelbſt entſcheiden, indem ich mir erlaube, Ihnen jenen Wahlſpruch ins Gedächtniß zu rufen, den Sie mir vor vier Jahren geſchrieben haben, er lautet:

> Um recht zu handeln, braucht man nichts vom Rechte zu wiſſen, aber um unrecht zu thun, muß man ſehr genau die Rechte ſtudiren.
>
> Wien, 1870.
>
> Dr. Theodor Freiherr von Raule.

Und ſomit bin ich dem mir werthen Richard vom Walde um ſo mehr zu Dank verpflichtet und hat er ſich um ſo feſter in meiner Erinnerung eingeprägt, indem durch ihn mein Bewußtſein noch gehoben wurde, daß das, was ich that, nicht unrecht ſein konnte, da ich keine Rechte ſtudirt habe. — Die Frau Gemalin des Baron von Raule ist eine geborene Freiin von Eskeles. Dieser Familienname läßt schon voraussetzen, daß diese Dame eine so feine und hochgebildete Erziehung genossen, die sie weit selbst über viele ihres Standes und Ranges hervorhebt. In vielen Zweigen der Kunst ist sie bewandert; Musik, Malerei u. s. w. pflegt sie heute noch mit Eifer und Lust, aber ohne daß sie dabei, was wahrlich nicht genug unsere Bewunderung hervorruft, die treue, sorgsame Gattin, die zärtliche liebe-volle Mutter, überhaupt die Frau vom Hause in den Hinter-grund treten läßt. Dieses, verehrter Leser, mußte ich Dir kund geben, indem Du es dann leicht begreiflich finden wirst, daß mir ein, von der zarten Hand der Frau Baronin schön ausgeführtes Aquarell-Bild, das mir „Bewunderung der Natur, Duldung und Glaube" vor Augen führt, eine so erfreuliche als schmeichelhafte „Erinnerung" sein muß, die ich nur in undankbarer Weise übergehen könnte.

Im Jahre 1871 hieß es zunächst: „Wohin mit der Freud!" welche genannte herrliche Composition mir des Liedes Altmeister, Heinrich Proch, für mein Album widmete. Diesem folgt der König David des Cellos, ich meine David Popper! Wollte ich noch etwas zum Lobe dieses fast unübertrefflichen Cello-Virtuosen der Gegenwart hier sagen, es hieße, Eulen nach Athen tragen. Fest gegründet steht Popper's Name in der großen, weiten musikalischen Welt. „Dieser Schüler übertrifft mich bedeutend, besonders in der Composition!" sagte einst sein Meister Julius Goldermann zu mir. Der bescheidene Meister hat wahr gesprochen! Popper ist Poet als Künstler, Poet als Mensch, denn nur ein Mann, dem die Kunst und das Leben Poesie ist, kann sich auch nur eine solch liebenswürdig-poetische Erscheinung, eine solche Poetin ihres Instrumentes wie Sophie Menter zur Lebensgefährtin erwählen. Popper schrieb mir Nachstehendes:

Aus diesem und allem, was dazwischen liegt, ist alle musikalische Kunst zusammengesetzt. Erinnern Sie sich beim Ansehen dieser Tonleiter Ihres Freundes und lassen Sie Ihre freundschaftlichen Gefühle für ihn alle Tonleitern passiren.

April, 1871.   Ihr

D. Popper.

Nach einem kurzen Verweilen in Prag wurde aufs Neue eine Wallfahrt nach Wien beschlossen. Wien ist eine Metropole, von der, wenn man einmal ein wenig festen Fuß gefaßt, sich nicht so leicht Abschied nehmen läßt; und so verweilte ich denn auch 1872 längere Zeit daselbst. Resultat? Siehe nächstes Kapitel.

1872 bis 1874.

Goldhann. Brahms. L. Rosengruber. Rubinstein. H. Brugrof. Player. Bossi. Falb. Weilen. Johannes Portmann. Dr. L. Plawits. Musikalischer Abschied von Josef Läw.

Als ich aufs neue nach Wien wanderte, machte ich in Brünn Station und verweilte daselbst kurze Zeit. Brünn, diese hervorragende Fabriksstadt, in welcher aller Wandel nur Handel ist, hat wohl viele intelligente und bekannte Persönlichkeiten verschiedenen Genres aufzuweisen, jedoch was Kunst, Musik und Literatur betrifft, steht sie hinter fast allen, ja selbst kleineren Provinzstädten des großen Kaiserstaates weit zurück und hat auch keine Männer, welche sich in irgend einer Weise durch Griffel, Composition oder Schrift bekannt machten. Ich mache hier die Ausnahme einer Persönlichkeit, deren Bekanntschaft mir nach jeder Richtung hin zu den schönsten Erinnerungen zählt. Und diese ist: Dr. Ludwig Goldhann. Goldhann zählt zu den seltensten Männern im Bereiche der Literatur, denn so ehrlich, so wahr, so ohne Prunk und Ehrsucht wie dieser Mann im Schriftstellerthume vorgeht, findest Du selten einen zweiten. Goldhann schrieb Dramen, die, wo sie das Glück hatten, zur Aufführung zu gelangen, einen glänzenden Erfolg erzielten; schon vor 20 Jahren kam sein Trauerspiel: „Der Landrichter von

Urban" in Hamburg mit ungemein günstigem Erfolge zur
Darstellung. Die österreichischen Bühnen blieben diesem
Trauerspiele geschlossen, denn wie konnte man damals dem
Volke ein g e s ch i ch t l i ch e s Beispiel davon vorführen,
wie schlichte Bauersleute begeistert für ihr gefährdetes
Gemeindebewußtsein, sich in Kerker und Tod stürzen? Sein
neuestes Werk „Sicilianische Wanderungen", welches uns
den Mann des Geistes, Wissens, Forschens, unparteiischer
Anschauung, gediegenen Styls beurkundet hat, in weitern
Kreisen Sensation gemacht, und dennoch hat Goldhann
noch nicht, ich weiß nicht, soll ich sagen das Glück oder
Unglück, populär zu sein — ach was ist nicht in heutigen
Tagen populär? Doch sei es wie es wolle, auch die Zeit
kommt heran, wo es allgemein heißen wird: G o l d h a n n
ist ein Dichter und Schriftsteller, der seine ganze Mannheit
für ein rüstig ernstes Wollen einsetzt und die gesammte
Thatkraft einer männlichen Gesinnung entwickelt. Ich schätze
Ludwig Goldhann ungemein ohne ihn zu ü b e r s ch ä tz e n;
wer ihn kennt, wer gelesen, was er schrieb, wird in der
Charakterisirung Goldhann's mit mir gleichen Schritt halten,
aber auch er selbst überschätzt sich nicht, er ist in Allem
bescheiden, man lese Folgendes:

Landau's Album!

Ein einzig Werk, verfaßt von Hundert Dichtern!
Und käm' nun gar mit ihrem Spruch
Die Kritik über dieses Buch —
Mir bangt vor den gestrengen Richtern!

Doch Eines läßt die Sorge mich verschmerzen,
Man prüft ja hier nicht, wer zumeist
Geschrieben hat mit tiefem Geist,
Man fragt nur nach den besten Herzen.

Brünn, 1872.   Dr. Ludwig Goldhann.

Und nun gings nach Wien, wo wieder eine glänzende Periode für mein Album sich nach und nach entwickelte. Den Anfang machte ein Stern erster Größe aus der Componistenwelt: Johannes Brahms. Mit Stolz kann Wien sagen, ich habe keinen Beethoven, keinen Schubert mehr, aber ich habe Brahms! Denn Brahms ist kein Zukunftsmusiker, aber ein Componist für die Ewigkeit! Er arbeitet nicht, er macht nicht, er treibt nicht Musik, sondern seine Werke sind Schöpfungen eines Gottbegabten, deutschen Genius. Alles das Herrliche, Erhabene, Geist, Herz und Gemüth Erfrischende, was er uns bot, sind harmonische Töne, die er erlauscht aus den Sphären der ewigen Harmonien. Dabei steht unser Brahms erst im kräftigen Mannesalter, in der Frische seines schöpferischen Geistes und bewährt sich jetzt schon als Meister, was wird uns dieser Auserwählte nun erst in der Zukunft bieten? Und wie einfach und schlicht ist seine Lebensweise, fern steht er all dem bunten Treiben seiner musikalischen Mitgenossen, nur lehrend und belehrend schreitet er einher; er ist der Johannes im Evangelium der Musica!

Brahms schrieb mir fürs Album:

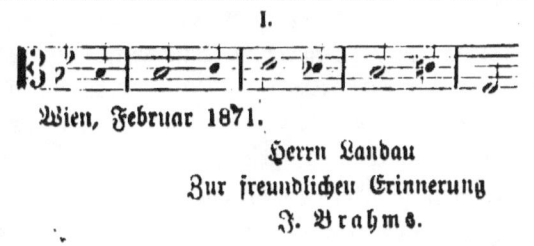

I.

Wien, Februar 1871.

Herrn Landau
Zur freundlichen Erinnerung
J. Brahms.

Wien, 1872.

Herrn Landau zur freundlichen Erinnerung

J. Brahms.

Zu jener Zeit hatte ich auch das Vergnügen, in einem angenehmen gesellschaftlichen Kreise den Mann aus dem Volke und Dichter des Volkes — Anzengruber persönlich kennen zu lernen. Einige in seiner Gesellschaft recht animirt verlebte Abende reichten hin, durch Gedanken- und Meinungsaustausch ein jovial-herzliches Einvernehmen zwischen uns herzustellen. Es geschah ohne alle Zeremonie, ohne Gläseranstoß, ohne gegenseitige Bekomplimentirung und hat eben dadurch festere Wurzel gefaßt. Anzengruber stand damals auf dem Gipfel seines Ruhms und seiner mit Recht erworbenen allgemeinen Beliebtheit, die ihm sein genialer „Pfarrer von Kirchfeld" und sein nicht minder köstliches Gebilde: „Der Meineidsbauer" errungen haben; und dennoch gewahrte man bei ihm keinen Schatten der

Arroganz; kein Lüftchen einer modernen künstlerischen Auf=
geblasenheit weht uns in seiner Nähe an — er blieb der
Dichter aus dem Volke, der Poet fürs Volk. Möge es
Anzengruber gelingen, uns recht bald wieder mit Kindern
seiner schönen Muse zu erfreuen, es thut uns Noth, Dich=
tungen wie jene Anzengruber's wieder über die Bühne
schreiten zu sehen, die uns den Geist Ferdinand Raimund's
w a r n e n d vorführen, damit die modern französisch=brama=
tischen Pestbeulen, diese Misère, die jetzt unsere deutsche
Bühne überfluthet, verdrängt und vernichtet werden. Nach
gemachter Aufforderung überreichte mir Anzengruber eines
Tages ein Blatt für mein Album. „Nun, wie gefällt es
Ihnen, sind Sie zufrieden damit?" — Es gefällt mir recht
gut, es liegt viel Wahrheit darin, aber es ist mir aus
Ihrer Feder viel zu e r n s t, fast w e h m ü t h i g; etwas mehr
Humor, der Ihnen wahrlich nicht mangelt, würde mir noch
angenehmer sein. — „Gut, behalten Sie dies, ein zweites
nach Ihrem Wunsche folgt morgen." — Ein Mann, ein
Wort! ich erhielt ein zweites Blatt, beide zieren mein Album
und beide mögen hier meine Leser e r n st stimmen und auch
e r f r e u e n.

Memento.

Ob Ihr viel genossen,
Ob Ihr stets gedarbt,
All' das gleicht sich gründlich
Aus, wenn Ihr 'mal starbt;
Denn dem Einen warb's gegeben,
Der nahm's aus der Hoffnung Schatz —
Träumte sich ein zehnfach Leben —
Und nun ruht an einem Platz'
Das Erfahr'ne, das Geträumte,
Das Errung'ne, das Versäumte,
All' das Glück, all' die Miser',
Alle Schand' und alle Ehr'!
Keiner hat, was er erworben,
Keiner, was sein Träumen sann,
Alles nimmt, wenn Ihr gestorben,

Nun die Welt als Erbe an;
Kann's verzetteln, kann bewahren,
Richtig finden oder rar,
Finden auch, daß Eures Lebens
Ganzer Inhalt „Bettel" war!
Wien, den 29. Februar 1872.

L. Anzengruber.

Einem freundlichen Waller in's Album.

Hätt' ein Gedicht Dir zugedacht,
War gar in schlimmer Zeit gemacht,
War gar nicht rosenfarben.
Fiel eben mir noch ein zur Zeit,
Wolltest wohl gern den Kerl von heut,
Dem seine Sorgen starben!
Hätt' eben nicht auf plansten Pfad
Mich heißersehntem Ziel genaht,
Mag nun ruhig rasten;
Und nicht verstimmt, nein, nur bewegt,
Seh' ich, wie Alles schleppt und trägt
An Daseins Lust und Lasten
Und seither kommt die Erde mir,
Wenn g'rad nicht paradiesisch für
Doch eben zum Ertragen;
Und beß' entbreche ich mich nicht
Und grüß' jed' freundliches Gesicht:
„Gut Freund!" Laß' Dir's behagen.
Wien, den 29. Februar 1872.

L. Anzengruber.

Nun folgt ein Meteor am Firmamente des nordischen Virtuosen= und Componistenthumes, das aber auch seine Leuchte durch die ganze Welt verbreitete. Diese seltene und bewunderungswürdige Erscheinung heißt: Anton Rubin= stein! Aber weder bei Rubinstein dem Virtuosen und Componisten noch bei Rubinstein als Mensch gewahrst Du seine Abstammung, Du findest nichts Nordisches, nichts Anfröstelndes, im Gegentheil alles erwärmend, zartfühlend, mehr lyrisch einschmeichelnd, als nordisch=stürmend, Schauer erregend. So gibt er sich auch in seiner herrlichen, melodien= vollen und reizenden Oper „Feramors" (Lallah-Rookh); aus diesem seinen Born reizender Melodien schrieb er mir Eine für mein Album:

Andante assai.

Feramors.

Doch wo ist sie, die schönst' der Frau - en,

Lal-la Rookh, meine hol-de Braut, laßt mich sie jetzt se-hen,

sie, nach der mein Herz sich sehnt;

Wien, den 30. April 1872.

Herrn Landau zur freundlichen Erinnerung an
A. Rubinstein.

In Wien hatte ich auch das Vergnügen, den hervorragenden Publicisten und Redacteur Moriz Wengraf kennen zu lernen. Wengraf zählt zu den seltensten Erscheinungen, denn so ehrenhaft, so zuvorkommend, so wahrhaft mildthätig nach jeder Richtung, so bereitwillig da zu helfen, wo Hilfe nöthig, so ein hingebender, ohne allen Prunk und Stolz, bereitwilliger Freund ist selten Einer in der menschlichen Gesellschaft zu finden. Ebenso ist Wengraf als Publicist. Er verstand es, stets seiner Feder den richtigen Schwung zu geben, ohne zu straucheln, er tauchte sie nie allzu tief in die Schwärze, und wo er den rothen Griffel handhabte, waren seine Züge nicht allzu grell; er blieb sich, seinem Charakter, seiner Ansicht, seinem Gotte, seinem Kaiser, seinem Vaterlande treu! Aber die Vorsehung hat auch Gerechtigkeit an ihm geübt, denn:

„Der größte Sporn, der größte Lohn
Für jeden bessern Erdensohn,
Der Menschen Seligkeit, der Engel Glück ist — Liebe!"

Und so hat die Vorsehung ihm eine Gattin gegeben, die eben so huldreich und schön, wie milde und herzensgut ist; und fast möchte ich sagen, es hat sich der Spruch: Gleich und Gleich gesellt sich gern! noch nie in so voller Wahrheit bewährt wie bei: Moriz und Johanna Wengraf. Er schrieb mir ins Album:

Dem rastlosen Propagandisten für deutsche Dichtung und deutsche Cultur.
Wien, 1873.
Zur freundlichen Erinnerung von
Ihrem
M. Wengraf.

Im selben Jahre nahm ich auch neinen mehrmonat=
lichen Aufenthalt in Triest; da ist es zwar nur eine
einzige, aber eine der wichtigsten, schönsten und erhabensten
Erinnerungen, die, so lange ich lebe, meinem Gedächtniß
nicht entschwinden wird, und stets auf meine Arbeiten er=
munternd und tröstend einwirken muß. Es ist die Bekannt=
schaft mit Alexander Wheelock Thayer, dem berühm=
ten Biographen Beethoven's. — Thayer ist der Sohn von
Alexander und Susanne Thayer. Sein Vater war Doctor
der Medizin und ein ausgezeichneter Arzt. Thayer wurde
geboren am 22. October 1817 zu Natick im Staate Massa-
chusetts, drei deutsche Meilen von Boston, und lebt bis zur
Zeit in Triest als Generalconsul der Vereinigten Staaten
von Amerika. Wheelock ist der Familien=Name seiner Mutter
und wie mir Thayer selbst mittheilte, ist es in Amerika
Sitte, auch den Familien=Namen der Mutter anzunehmen.

Alle bisher erschienenen Biographien Beethoven's, so
verdienstvoll dieselben auch mehr oder weniger sein mögen,
werden nicht nur dem Laien, sondern auch selbst den Män=
nern vom Fache als Pygmäen erscheinen gegenüber jener
Thayers. Der Verfasser hat dazu einen Zeitraum von nicht
weniger als drei und zwanzig Jahren verwendet;
hat dabei sein ganzes Vermögen geopfert, um nur nach
allen Winkeln und Enden Europa's reisen zu können und
da Aufenthalt zu nehmen, wo er Quellen zur Vervollkomm=
nung und Richtigstellung aller biographischen und auf
Beethoven's Werke bezugnehmenden historischen Daten ver=
muthete, und um wo nöthig Drucke, Manuscripte, Musika-
lien u. s. w. käuflich an sich zu bringen. Eine wahrhafte
Hercules=Arbeit, die einzig da steht! —

Trotzdem Thayer beinahe ein Viertel=Jahrhundert
und viele Tausende und Tausende Gulden darauf verwendet,
so sind bennoch erst zwei Bände seiner Biographie
Beethoven's erschienen, der dritte Schlußband ist noch nicht

vollendet. Thayer ist einer der lieblichsten Erscheinungen, trotz seines noch nicht hohen Alters hat er dennoch volles schneeweißes Haupthaar und einen weißen Vollbart, was ihn Ehrfucht gebietend erscheinen läßt. Er ist voll Güte und Bereitwilligkeit, Jedem dienlich und nützlich zu sein, bedient sich im persönlichen Umgange der deutschen Sprache geläufig, in der Schrift jedoch ist er derselben nicht so mächtig, daher hat er auch sein Riesenwerk in seiner Mutter=sprache — Englisch — abgefaßt. Und nun könnte, ja sollte man glauben, daß Thayer für das bereits aus dem Englischen ins Deutsche übertragene Werk ein derartiges Honorar erhalten habe, welches ihm doch wenigstens einen Theil seiner Kosten gedeckt hat; aber nein, selbst das nicht, denn Thayer hat das Manuscript seinem gegenwärtigen Verleger in Berlin unentgeltlich überlassen. Als ich ihn frug, weshalb er dieses gethan, sagte er mir, er hätte wohl auch in Leipzig einen Verleger gehabt, der ihn hono=rirte, aber aus Dankbarkeit hat er es jenem in Berlin überlassen; denn zu jener Zeit, als er in Berlin wegen den Beethoven=Studien sehr lange Aufenthalt nehmen mußte, kam er oft in die Enge, und der Mann, welcher nun sein Werk übersetzen und drucken ließ, war der Einzige, der ihm willig Geldvorschüsse machte. Obzwar Thayer ihm diese Vorschüsse schon alle beglichen, so wollte er doch dem Freunde in der Noth seinen Dank dafür ablegen und that dies, indem er ihm das Recht zur ersten deutschen Ausgabe un=entgeltlich überließ. — Lieber Leser! Nenne mir noch Männer ähnlichen biedern Charakters wie Mr. A. W. Thayer. Thayer hat sich freilich durch dieses glänzende Werk ein seltenes Monument gesetzt, denn so lange die Sphärenklänge des deutschen Tonheroen Beethoven die Welt erfreuen, so lange überhaupt der Name Beethoven genannt werden wird, so lange auch, also in alle Ewigkeit, wird der Name Thayer nie erlöschen.

Möge nun die Vorsehung diesem verdienstvollen und biedern Manne Leben, Kraft und Ausdauer, Zeit und Ruhe verleihen, auf daß es ihm noch gelinge, den nun schon ziemlich vorgeschrittenen dritten Band zum Abschluß zu bringen, und so das in seiner seltenen Vollkommenheit glänzende Werk in seinem ganzen Umfange zu vollenden. Thayer ist im Besitze einer sehr gewählten und ungemein umfangreichen musikalischen Bibliothek, in der sich auch viele Unica befinden Auch seine Handschriftsammlung ist eine reichhaltige und werthvolle. Beides stellte er mir während meines viermonatlichen Aufenthaltes in Triest zur Verfü= gung und ich habe auch diese Gelegenheit nicht unbenützt gelassen und bin Thayer dafür zu unendlichem Danke verpflichtet, denn viel, sehr viel habe ich dadurch erfahren, gelernt, eingeheimst, excerpirt, was mir ohne Thayer's Bekanntschaft gewiß nie gelungen wäre. Hat sich Thayer so in meiner Gedächtnißkammer, in meinem Herzensbuche mit unauslöschbarer Lapidarschrift eingezeichnet, so hatte er doch noch obendrein auf dreierlei Arten mich eben so sehr erfreuet, als ich mich auch dadurch geehrt fühle; indem er nämlich mir sein herrliches Bild mit Inscription, ferner ein, für meine compilativen Arbeiten aufmunterndes Stamm= blatt widmete und endlich, was aller seiner Güte und Liebenswürdigkeit die Krone aufsetzt, einen Brief, in Bezug auf mein „erstes poetisches Beethoven=Album" zukommen ließ, der mir für alle Zeit als Sporn zu ferneren For= schungen und Studien und zur Vollendung ähnlicher Werke dienen wird; denn der Inhalt dieses Briefes ist für mich um so wichtiger, als er, was Beethoven betrifft, aus com= petenster Feder stammt. Thayer's Stammblatt lautet:

Lives of great men all remind us
We can make our lives sublime,
And departing, leave behind us
Footsteps on the sands of time

From „Psalm of life" by Longfellow.

Triescé 30. Octob. 1873.

Alexander W. Thayer.

Die Lebensgeschichten großer Männer erinnern uns alle
daran, daß wir auch unser Leben hervorragend gestalten und
beim Scheiden Fußstapfen im Sande der Zeit hinterlassen können.

Auf meiner Rückreise von Triest verweilte ich wieder
in Wien. Rossi, ich hätte bald geschrieben Roscius, es
wäre am Ende kein Fehler gewesen, denn der italienische
Tragöde verdiente die Bezeichnung: „Der Roscius der
Gegenwart"; also Rossi gastirte daselbst, und es ist allgemein bekannt, mit welch glücklichem Erfolge nach jeder
Richtung. Ich hatte von Gratz eine Empfehlung an Rossi,
es war mir daher nicht schwer, seine Bekanntschaft zu
machen. Ich sprach ihn noch Tages zuvor, um Abschied
zu nehmen, als seine letzte Gastrolle bereits angezeigt war
und Rossi selbst war ungemein überrascht, erfreut und
wie leicht denkbar, ganz entzückt von der enthusiastischen
Aufnahme, die seine Kunstleistungen in Wien gefunden.
Im Bezug darauf schrieb er mir auch folgende Zeilen,
die besonders meinen lieben Wienern sehr willkommen sein
werden.

Se avessi potuto immaginaro il dolora stella partenza, non mi sarei mai ubbandonato alla gioja dell' arrivo.

Vienna, 22. Gennaio 1874.

E. Rossi.

Hätte ich den Schmerz des Scheidens ahnen können, so würde ich mich niemals der Freude der Ankunft überlassen haben.

Und somit hatte das Jahr 1874 in sehr glänzender Weise für mich begonnen, indem ein Stern erster Größe am bramatischen Firmamente mich mit einem Stammbuchblättchen erfreute; und dieser Stern schien eine unsichtbare Attraction ausgeübt zu haben, denn bald darauf hatte ich das Vergnügen, nach langer Zeit wieder mit dem bekannten Sternsucher und Forscher Rudolf Falb zusammenzukommen. Falb, obwohl noch in der Blüthe seiner Mannesjahre, zählt bennoch heute schon zu den nicht kleinen Sternen der astronomischen Gelehrtenwelt. Falb lebt, wie es allen Anschein hat, in bescheidenen, glücklichen Verhältnissen, sein Forschen und Streben geht nicht dahin, den Stern des Glücks allein aufzufinden, denn ihm ist es zu thun um:

„Licht! mehr Licht!"

Ihm gilt ein Himmelsstern mehr als alle „Erdensterne"; er kennt die Wirkungen dieser wie jener und weiß:

„Gewaltig ist das Reich des Lichts!"

das wahr und unvergänglich, ewig segnend glänzt im — Osten. Und so möge sich sein Spruch, den er mir fürs Album widmete, bewähren:

> Wir alle wandeln unsere Wege wie die Sterne
> am Himmel, Jeder den seinen; daß es doch immer
> auch in so erhabener Ruhe geschähe!
> Wien, den 26. Februar 1874.
>
> Rudolf Falb.

Diesem folgt ein Mann, dessen ich im Bezug auf sein
Aeußeres schon im Anfang dieses Werkes Erwähnung that;
es bleibt mir nur noch übrig diejenige Erinnerung hier
anzudeuten, die mir seine geistige Beschaffenheit fest einge=
prägt. Dieser Mann, Johannes Nordmann, ist einer
der bescheidensten und fleißigsten Schriftsteller und Dichter
Oesterreichs, dessen Arbeiten wohl leicht zählbar sind, dafür
aber den Vorzug besitzen, daß sie wieder weniger durch
feuilletonistischen Flitterglanz blenden. Seine Gedichte zeigen
den Mann von Herz und Welt in edlerer Bedeutung, seine
literar=historischen Studien, wie z. B. „Dantes Zeitalter“,
der Mann des Wissens und ernsten Strebens; ein weiteres
Bild: „Vom Dichter und seinem Ruhme“, das gibt er
selbst in seinem „Spruche“, den er mir als Stammblatt
geweiht:

> Wer die Wahrheit geigt,
> Dem zerbricht man die Fiedel.
> Spielt ein Lügenliedl,
> Man hält Euch für Virtuosen,
> Auf die man mit Fingern zeigt
> Und die man bekränzt mit Rosen.
>
> Wien, Febr. 1874.
>
> Johannes Nordmann.

Kurz vor meiner Abreise von Wien erhielt ich noch drei Blätter für mein Album, welche die Wiener-Periode für das J. 1874 schließen und zwar von Josef Weilen und von zweien mir lieben und werthen Freunden: Carl Grünborf und Dr. Erdin Plowitz, welch zwei Letztgenannten sich ebenfalls schon auf dem Kampfplatze der Literatur in ehrenvoller Weise hervorgethan haben, Carl Grünborf besonders durch seine allerliebsten Lustspiele.

Josef Weilen ist anerkannt als ein dramatischer Dichter von solcher Bedeutung, wie wir ihn gegenwärtig in Deutschland selten, in Oesterreich aber gar nicht finden. Wohl haben wir tüchtige, hervorragende dramatische Schriftsteller, deren Produkte mit glänzendem Erfolge die Runde auf den Brettern machten, die die Welt bedeuten, aber was Gedankenreichthum, innern Gehalt, Sprachgewandheit betrifft, haben Weilen's Schöpfungen vor den Meisten der neuesten Zeit bedeutenden Vorrang. Weilen's Herr und Meister und Vorbild ist Grillparzer, und Weilen verstand es eben nicht oder wollte es eben so wenig wie Grillparzer verstehen, die dramatisch-effektvolle Gewandheit mitten in die Poesie hineinzuflechten. Die sogenannte „Mache" mußte den poetischen Empfindungen, dem Ausbruck eines erhabenen Gedankens, welcher das Erwecken des Geistes und Gemüthes der Zuhörer bezweckt, der Mischung der dichterischen Farbenschönheit, vereint mit der vollendetsten Form unterliegen. Weilen will mehr bramatischer Poet, als bramatischer Schriftsteller sein; und das ist ihm auch gelungen, er hat es bewiesen vom Anfang des: „Tristan und Jsolda", wie in „Heinrich von der Aue", „Graf Horn" und „Edda". So Josef Weilen der Poet. Weilen der Mensch? Einfach, schlicht, gefällig, freundlich, jedoch nicht ohne aristokratischen Anstrich. Er spricht gelassen und wohlbedacht; kommt man in der Conversation mit ihm auf seine Werke und seine Wirksamkeit zu sprechen, so weiß er dieses Thema mit so diploma-

tischem Takt zu umgehen, daß man ihn einer Unbescheiden=
heit oder Eitelkeit nicht zeihen kann. Weilen's Stammblatt
lautet:

Vor der Schmiede.

Abends schritt ich durch die Gassen,
Brütend über neuem Liede,
Und ich mußt' — ich konnt's nicht lassen,
Stehen bleiben vor der Schmiede.

Lag drin auf dem Ambos helle
Eine Stange glühend Eisen,
Auf die hämmert der Geselle,
Daß die Funken sprühend kreisen.

Noth thut's, daß ich nicht vergesse,
Wie der Schmied sein Eisen schweiße,
Glühend kommt es aus der Esse,
Doch die Form gehört dem Fleiße.

Wien, Februar, 1874.

Herrn H. J. Landau
zur freundlichen Erinnerung
Josef Weilen.

Der bereits obenerwähnte Lustspieldichter Gründorf
ist als solcher meinen Lesern gewiß im besten Andenken,
was er aber mir als Freund ist, wie er sich als solcher
in meinen „Erinnerungen" gerirt, möge nachstehende In=
scription kund geben:

Liebe und Freundschaft, die leuchtenden Sterne,
Alles veredelnd, erwärmend das Herz;
Nebel zerstörend und widrige Wolken,
Dringen sie ein in das innerste Sein!
Alles für Freundschaft, Alles für Liebe
Und für die Freiheit! — Dies sei unser Spruch! —
Wien, 1874.

Carl Gründorf.

Weniger bekannt dürfte Dr. Plowitz sein und eben in dieser Voraussetzung sehe ich es als eine Pflicht an, die Aufmerksamkeit auf denselben als Dichter hinzulenken. Plowitz hat alle Begabung für einen Poeten; Gedanken= reichthum, schöpferische Kraft und ernstes Wollen; jedoch brauset und wirbelt in ihm noch die „Sturm= und Drang= periode"; er will jetzt schon den Himmel erobern ohne noch auf dem Klumpen Erde festen Fuß gefaßt zu haben. Es fehlt ihm noch die Ruhe und Ausdauer zum Schlichten, Ordnen und Sichten; er sieht zuweilen die Muschel schon für eine Perle an, den Goldflitter für reines Gold, ein glänzendes Steinchen für einen Brillant. Seine jugendliche Phantasie ist oft zu weitschweifig und übersieht dadurch zuweilen das naheliegende Bessere. Würde mein lieber Freund Plowitz bei der Herausgabe seines: „Im Sturm und Frieden" (Prag, 1872. E. Weil), „Dichtergrüße aus Oesterreich" (Wien, 1874. Gebrüder Winter), die obenge= rügten Mängel, die übrigens allen jungen aufstrebenden Talenten mehr oder weniger eigen sind, berücksichtiget haben, so hätte er sich der Welt, freilich in nicht so reichhaltiger, aber in besto gediegener Weise als Dichter präsentirt. Plowitz klebt noch eine Untugend an, die aber mit jedem Tage abnimmt, ich meine seine Jugend! Mit der Zeit, mit den Jahren keimt es, sproßt es, blüht es und wird zur reifen Frucht; so bei ihm; Plowitz hat Wurzel gefaßt, der Stamm, der schöne Keim ist da und gewiß der Thau der innern Seelenruhe wird diesen Keim befruchten, die Gluth des Herzens wird ihn erwärmen und der göttliche Hauch des Geistes wird ihn kräftigen. Im Uebrigen, mein freundlicher Leser! wenn Du Gelegenheit hast, nimm Plowitz's Poesien zur Hand, blättere und lese dieses und jenes darin und Du wirst mir zugestehen, daß wir es hier mit keinem alltäglichen Talente zu thun haben und mir Recht geben, daß ich zur Aufmunterung und zum Fortstreben diesen jungen, hoffnungsreichen Dichter in meinen Erinnerungen nicht umgangen habe, in denen er sich mit Nachstehendem inscribirte:

Ein Blatt von mir! bescheidenes Verlangen,
O! ich erfüll's mit ungestümer Hast,
Ja, kaum, daß Du mich darum angegangen,
Fühl' ich schon doppelt freudig mich erfaßt;
So wenig! Ach, es macht mich fast befangen,
Denn eingedenk der alten Schuldenlast,
Die dankend ich Dir noch nicht abgetragen,
Darfst Du, bei Gott, schon and're Bitten wagen.

Welch Glück soll ich drum heute höher schätzen,
Der kleinen Bitt' bereitwillig Gewähr,
Den Stolz, dort meinen Namen hinzusetzen,
Dort, wo, wie in dem allgewalt'gen Meer
Den Zaubergrund viel Wunderperlen netzen,
Der Namen Fülle grüßet hoch und hehr?
Ich zaudre nicht und reich' zum Freundesmale
Den Wein Dir in dem goldenen Pokale.

Denn jedes Blatt gleicht einem goldnen Becher,
Worin die Freundschaft Dir den Wein kredenzt,
Und jeder Name einen wackern Zecher,
Den einst der holde Gott Apoll bekränzt.
So nimm ihn hin den süßen Sorgenbrecher,
Der im Pokale neu verjüngend glänzt,
Und laß dem Freunde Dich so lange grüßen,
Als noch in Land und Au — die Adern fließen.

Wien, 1874.   Ihr treuergebener Freund
                                      Dr. Erwin Plowitz.

Und nun, meine verehrten Gönner und lieben Freunde, lebet wohl! In diesen zwei W   n liegt die ungefälschte Empfindung meines Herzen   es Dankes für die mir werdende Nachsicht; ferner die ganze Kraft meines aufrich-tigen Gemüthes, das ich Euch entgegen trage, damit Ihr mir Eure Liebe und Freundschaft wie bisher auch ferner bewahren soll. Allein, ich bin — vielmehr meine Feder ist zu schwach, Euch durch Worte wiederzugeben, was in dem „Lebe wohl!" liegt; so hat es ein Freund von mir versucht, durch die, zu allen Herzen tönende Sprache der Musik, meinem: „Leben wohl!" kräftig und milde einen erhöhten Ausdruck zu verleihen. Dieser Freund, Josef Löw, einer der fruchtbarsten Componisten der Gegenwart, zählt zu denen, deren Werke sowohl wegen ihres originalen Melodien-Reich-thums, wie auch wegen ihrer nicht allzuschwierigen Spiel-weise zu den beliebtesten der sogenannten Salon-Musik gehören. Josef Löw ist der Czerny der Gegenwart, jedoch dem Fortschritte und dem Geschmacke mehr Rechnung tragend; denn so ungemein zahlreich seine, bei den renomirtesten Musikalien-Verlegern des In- und Auslandes erschienenen Instrumental- und Gesangs-Piecen auch sind, so tragen selbe dennoch nicht den Stempel des Gemachten und Nach-geahmten, vielmehr ragen fast alle durch ihre anmuthigen, originellen Weisen bedeutend über jene Czerny's und sogar über die meisten ähnlichen Erscheinungen der neuern Zeit hervor. In Prag, wo Löw stabil ist und zu den vorzüg-lichsten und gesuchtesten Meistern des Claviers gezählt wird, nennen ihn viele Kenner den „böhmischen Chopin." — Löw steht in dem schönsten und kräftigsten Mannesalter, sein eminenter Fleiß, sein fortwährendes Streben nach Voll-kommenheit, sein Ernst als Künstler geben zu der berech-tigsten Hoffnung Veranlassung, daß er das obenangedeutete, ihm beigelegte Prädicat rechtfertigen wird.

Sündenregister.

Seite	Zeile		statt:	lies:
Seite 18	Zeile 4	statt:	herrlich	lies: herzlich.
„ 31	letzte Zeile	„	meinen	„ einen.
„ 40	Zeile 8	„	Burckhardt	„ Buckhardt.
„ 42	„ 9	„	mit linker	„ für die linke.
„ 43	„ 12	„	1848	„ 1846.
„ 53	„ 5	„	Lehrer	„ Leser.
„ 60	„ 1	„	Louise	„ Sophie.
„ 77	„ 32	„	Hellheit	„ Hohlheit.
„ 104	„ 23	„	Bircher	„ Birchow.
„ 119	„ 26	„	doch endlich Ritter	„ doch Ritter.
„ 120	„ 3	„	R. Gottschall	„ R. Gottschall.
„ 155	„ 13	„	fand ich	„ fand.
„ 210	„ 4	„	durchgeistert	„ durchgeistet.
„ 215	„ 27	„	Gungl	„ Gungl.
„ 221	„ 26	„	daß	„ des.
„ 229	„ 20	„	berufen	„ berufen.
„ 284	„ 7	„	die	„ den.
„ 285	„ 8	„	Kreise	„ Kreisen.

Seite 35 Zeile 11 ist das Wort „zogleich" überflüssig; ferner soll durchgehends:
statt „Servai" gelesen werden Servais
„ „Salomon" „ „ Seligmann Heller.